平川祐弘決定版著作集◎第3巻

夏目漱石

非西洋の苦闘

平川祐弘

勉誠出版

孤独な夏目金之助をピトロクリに招待したジョン・H・ディクソンが描いた「キリクランキーの峡間」

目次

夏目漱石――非西洋の苦闘――

第二部　漱石のあばたづら、鼻、白いシャツ

——執筆衝動の裏にひそむもの——……153

クレイグ先生（ワット氏の入手による）

日本語速成学校を卒業したころの魯迅
（学習研究社『魯迅全集』より）

藤野先生とその写真裏に書かれた「惜別」の文字

凡例

一、本著作集は平川祐弘の全著作から、著者本人が精選し、構成したものである。
一、本文校訂にあたっては原則として底本通りとしたが、年代については明確化し、明かな誤記、誤植は訂正した。
一、数字表記等は各底本の通りとし、巻全体での統一は行っていない。
一、各巻末に著者自身による書き下ろしの解説ないしは回想を付した。
一、各巻末には本著作集のために書き下ろした諸家の新たな解説を付すか、当時の書評や雑誌・新聞記事等を転載した。

底本

『夏目漱石——非西洋の苦闘——』の初出は新潮社、一九七六年刊である。本著作集の底本は講談社学術文庫、一九九一年刊である。

夏目漱石——非西洋の苦闘——

第一部　クレイグ先生と藤野先生

——漱石と魯迅、その外国体験の明暗——

まえおき

昭和四十七年の五月、筆者は『毎日新聞』の夕刊に「クレイグ先生と藤野先生」という題の、次のようなコラムを書いた。

> ロンドンへ着いた夏目漱石が人間味を温かく感じることができた人は、毎週火曜私宅を訪問して英詩の講釈を聞いたクレイグ先生だった。漱石によると「其の顔が又決して尋常ぢやない。何となく野趣がある。髯杯《など》はまことに御気の毒な位黒白乱生《こくびやくらんせい》してゐた。」
>
> 仙台へ着いた医学生魯迅《ろじん》が人間味を温かく感じることができた人は医専の藤野先生だった。魯迅によると「はいって来たのは、色の黒い、痩せた先生であった。八字髯を生やし、眼鏡をかけ、大小とりどりの書物をひと抱えかかえていた。」
>
> 二人はともに常人でなかった。漱石によれば「いつかベーカーストリートで（クレイグ）先生に出合つた時には、鞭を忘れた御者《カブマン》かと思つた。」そして魯迅によれば「この藤野先生は、冬は古外套一枚で顫《ふる》えている。一度など、汽車のなかで、車掌がてっきりスリと勘ちがいして、車内の旅客に用心をうながしたこともある。」

漱石はイギリスで、魯迅は日本で、ともに後進国から来た留学生として使命感と重圧感に悩まされた。魯迅は、愛読した漱石がロンドンでつらい生活を送ったことを知った時、漱石に対しますます愛着を覚えたのだろう。そして仙台で自分を大事にしてくれた藤野先生をなつかしく思い出したのだろう。太宰治の

『惜別』が魯迅の『藤野先生』をもとに書かれたことは知られているが、その『藤野先生』も漱石の『クレイグ先生』に刺戟されてできた作品なのではなかろうか。弟の周作人の証言によると、魯迅の翻訳でいちばん秀れた中国文は『克莱喀（クレイグ）先生』であるという。

筆者はその後もこのテーマを大学の演習で取りあげてみた。口頭で発表して議論するとなると、その場の雰囲気はとかく押しの強い人の意見に左右されがちになるが、筆記で感想を提出するとなると、人々の反応は多種多様で、その中には捨てがたい示唆も数多く含まれていた。筆者もさまざまな思いつきを自分なりに整理して、漱石と魯迅の並行伝を試みてみた。そしてギリシャの偉人とローマの偉人を並行させて伝記を書いたプルタルコスには比較史的な発想があったのだろうかなどとも考えた。もっともここにまとめた結果は、漱石と魯迅の二短篇を論ずるにしては——その二人がたとい近代の日本と中国をそれぞれ代表する国民作家であるとしても——あまりに長文に過ぎて恐縮な気もするが、比較文学研究の一変種としてお読みいただいても、後進国の近代化とその心理の一研究として御検討いただいても構わない。

時は第一章の漱石の場合も第二章の魯迅の場合も、ひとしく二十世紀の初めである。より厳密にいえば、第一章の時は西暦一九〇一年、日本暦明治三十四年、処《ところ》はロンドンである。そこではソールズベリー侯爵が十五年来保守党を率いて政権の座についていた。そしてそのイギリスへ日本から選抜された回航員が派遣されて新鋭軍艦の造船の監督にあたっていた。その軍艦の中には、やがて日本の聯合艦隊の旗艦となる戦艦もまじっていた。ちょうどそのころ、冬の近づいたロンドンへ日本政府の留学生、夏目金之助が英仏海峡で船酔いに苦しみながら渡って来た。彼自身が『文学論』の序に記した古風な表現を借りるなら、三十四歳の夏目漱石は「此地に笈《きふ》を卸《おろ》した」のだった。

第一章　夏目漱石とクレイグ先生

ロンドンの憂鬱

倫敦《ロンドン》ノ町ニテ霧アル日、太陽ヲ見ヨ。黒赤クシテ血ノ如シ、鳶色《とび》ノ地《ち》ニ血ヲ以テ染メ抜キタル太陽ハ此地ニアラズバ見ル能《あた》ハザラン。

これは文部省留学生夏目金之助が、イギリスへ着いてまだ間もない、明治三十四年正月三日に書きつけた『日記』の一節で、その黒赤い太陽のイメージは、肌寒い、不吉《ふきつ》なものを予感させる。それは『倫敦塔』の中で幽閉された二人の王子が、絞殺される前に獄窓からのぞき見る「百里をつゝむ黒霧《こくむ》の奥にぼんやりと写る冬の日」「屠《ほふ》れる犬の生血《いきち》にて染め抜いた」太陽である。このような『日記』の描写を読むとボードレールの『悪の華』の一節が思い出されるが、ボードレールは『スプリーン四』では、その憂鬱《ゆううつ》を次のようにうたっていた。

低い重い空は、蓋《ふた》でもするようにのしかかると、
長い倦怠《けんたい》にとらわれて呻き声を発する精神をおさえつけ、
夜よりも物悲しい黒い日の光を俺たちの方へ注いだ……

夏目漱石の場合もボードレールの場合も、陰気で憂鬱なのは自然の風景だけではなかった。黒赤い太陽は、実際の太陽であると同時に、留学生夏目金之助の陰鬱な精神状態の投影でもあった。とくに一月三日は日本にいたならお屠蘇《とそ》気分のころであるだけに、漱石はロンドンでひとしお孤独の感を深めていたのだろう。ボードレールは『秋の歌』では、

北極の地獄の中にとざされた太陽のように
俺の心はもはや赤く凍った塊《かたまり》でしかないだろう。

Et, comme le soleil dans son enfer polaire,
Mon cœur ne sera plus qu'un bloc rouge et glacé.

とうたっているが、この赤く凍った太陽はとりもなおさず詩人のいま一つの自我である。漱石が見た「黒赤クシテ血ノ如」き太陽も、留学生夏目金之助の混濁《こんだく》した不安な意識に映じた彼自身の心の姿なのである。一九〇一年一月、後進国日本から来た三十四歳の留学生夏目金之助は、ロンドンへ着いて日本とイギリスの文明の隔差《かくさ》に愕然《がくぜん》として、メランコリアの黒い太陽を見たのだった。一月三日の日記は、前に引いた、

倫敦《ロンドン》ノ町ニテ霧アル日、太陽ヲ見ヨ。黒赤クシテ血ノ如シ、鳶色《とび》ノ地《ぢ》ニ血ヲ以テ染メ抜キタル太陽ハ此地ニアラズバ見ル能《あた》ハザラン。

という文章で始っているが、その日記のその次の行はいきなり唐突に、

彼等ハ人ニ席ヲ譲ル、本邦人ノ如ク我儘ナラズ。

と話題を変えている。この「彼等」は無論《むろん》イギリス国民をさすので、漱石は英京へ来て乗物に乗るたびにイギリス人と日本人の公徳心の比較を強《し》いられてしまったのである。話題は突然変ったかのように見えたが、漱石の心中の憂鬱は依然として同じなのである。「黒赤クシテ血ノ如」き太陽を見た漱石は、同時に英国の文明と日本の文明、両者の民度の比較を強いられてしまった人なのである。「彼等」と「我等」の違いを、いや応《おう》なしに感じさせられてしまった人なのである。この一月三日の日記の「彼等ハ人ニ席ヲ譲ル、本邦人ノ如ク我儘ナラズ」という記述は、三日の当日、漱石が乗物に乗って見聞したという種類の感想ではないのだろう。そうした光景を前々から目撃して、そのような文明化《シヴイライズ》されたイギリスの市民生活の習慣を目《ま》のあたりにするにつれ、漱石の日本人としての自己卑下の感情はますますつのっていったのにちがいない。そのような漱石のメランコリアの感慨が連俳《れんぱい》のように「黒赤クシテ血ノ如キ太陽」から「彼等ハ人ニ席ヲ譲ル、本邦人ノ如ク我儘ナラズ」へと連なっていったのである。その記述の背後には、留学生夏目金之助の重苦しい心理状態が一貫して感じられはしないだろうか。漱石は一月三日に車中でイギリス人が席を譲る光景を見たのではなくて、一月三日には英京にあって日本への反省をあらためて日記へ洩したのである。実は漱石はその日記と同様趣旨《しゆし》の見聞をすでに前の年の暮にも妻鏡子あての手紙に書いていた。明治三十三年十二月二十六日の手紙には次のように出ている。

当地のもの一般に公徳に富み候は感心の至り、滊車抔《きしやなど》にても席なくて佇立《ちよりつ》して居れば、下等な人足の様なものでも席を分《わか》つて譲り申候。日本では一人で二人前の席を領して大得意なる愚物《ぐぶつ》も有之《これあり》候。又種々の買物でも盗んで出様《でやう》とすればいくらでも盗める様なもの有之、古本の如きは窓外に陳列して番人も何もなき処有之候。鉄道の荷物抔も「プラツトフオーム」に抛り出してあるを各自勝手に持つて参り候。日本で小利口な物どもが滊車を只乗つたとか一銭だして鉄道馬車を二区乗つたとか縁日で植木をごまかしたとか不徳な事をして得意がる馬鹿物沢山有之候。是等の輩を少々連れて来て見せてやり度候。

漱石の心に、蓋《ふた》でもするように低く重くのしかかったロンドンの曇り空の重圧や、黒赤い血のような太陽の陰鬱《いんうつ》は、右の手紙にも示されているように、後進国から来た人間が、過度に感じてしまう劣等感と不安感にも由来《ゆらい》していた。漱石はそのような自分の心理状態を、なかば笑いにまぎらせながら正岡子規へあてた明治三十四年四月九日付の『倫敦消息』の一では次のように報じた。

……こちらへ来てからどう云ふものかいやに人間が真面目になつてね。色々な事を見たり聞たりするにつけて日本の将来と云ふ問題がしきりに頭の中に起る。柄にないといつてひやかし給ふな。僕の様なものが斯る問題を考へるのは全く天気のせいや「ビステキ」のせいではない天の然《しか》らしむる所だね。此国の文学美術がいかに盛大で、其《その》盛大な文学美術が如何に国民の品性に感化を及ぼしつゝあるか、此国の物質的開化がどの位進歩して其進歩の裏面には如何なる潮流が横はりつゝあるか、英国には武士といふ語はないが紳士といふ言《ことば》があつて、其紳士は如何なる意味を持つて居るか、如何に一般の人間が鷹揚で勤勉であるか、色々目につくと同時に色々癪《しやく》に障《さは》る事が持ち上つて来る。時には英吉利《イギリス》がいやになつて早く日本へ帰り度《たく》なる。すると又日本の社会の有様が目に浮んでたのもしくない情けない様な心持になる。日本の紳士が徳育、体育、美育の点に於て非常に欠乏して居るといふ事が気にかゝる。其紳士が如何に平気な顔をして得意であるか、彼等が如何に浮華であるか、彼等が如何に空虚であるか、彼等が如何に現在の日本に満足して己等が一般の国民を堕落の淵に誘ひつゝあるかを知らざる程近視眼であるか抔《など》といふ様な色々な不平が持ち上つてくる。先達《せんだつ》て日本の上流社会の事に関して長い手紙を書いて親戚へやつた。……

ここで親戚というのはおそらく岳父中根重一をさすのだろう。前に引いた十二月二十六日の鏡子夫人宛の手紙も同時に妻がいま里帰りしている「中根様」宛の手紙でもあった。しかし漱石は、病床の正岡子規に宛てて日本の社会の現状や将来を論ずるというような、しかつめらしい議論を開陳《かいちん》せずにはいられない自分自身を多少滑稽《こっけい》にも感じていた。それで、こんな事はただ英国へ来てから余計に感ずるようになった迄《まで》で、ちっとも英国と関係のない話だと反省して、『倫敦消息』の本文を写生文のスタイルで面白《おもしろ》おかしく書きはじめたのだった。

……是から吾輩は例の通り『スタンダード』新聞を読むのだ。西洋の新聞は実にでがある。始から仕舞《しまひ》まで残らず読めば五六時間はかゝるだらう。吾輩は先第一に支那事件の処を読むのだ。今日のには魯国《ろこく》新聞の日本に対する評論がある。若《も》し戦争をせねばならん時には日本へ攻め寄せるは得策でないから朝鮮で雌雄《しゆう》を決するがよからうといふ主意である。朝鮮こそ善い迷惑だと思つた。……さうかうする内に十時二十分だ。今日は例の如く先生の家へ行かねばならない。先づ便所へ行つて三階の部屋へかけ上つて仕度をして下りて見るとまだ十一時には二十分許り間がある。又新聞を見る。……十一時五分前になつた。書物を抱へて家を出た。

癪の種

夏目漱石はイギリスへ着いてみると、色々感心する点にも気づいたが、同時に「色々癪《しやく》に障る事が持ち上つて来る。」それではその癪の種とはいったい何なのだろうか。その癪の種が人種的偏見であるとか差別であるとか偽善であるとかの特定できる原因であれば、話はまだしも簡単でお安く義憤も発せるのだが、漱石にとって問題が複雑であるのは、相手について色々感心する点が実は同時に自分にとって癪に障《さわ》る点である、という矛盾にさらされたためだろう。イギリス人にたいして感心するというのは、裏返していえば、日本人として引目《ひけめ》を感じるということである。年がら年中引目を感じさせられれば忌々《いまいま》しくなるのが人情だろう。江戸っ子の漱石のように好き嫌いがはっきりしていて感情的に反撥するお坊っちゃんであってみれば、その不快感がロンドン滞在中に黒く澱《よど》んでいったとしても無理はない。

夏目漱石がイギリスへ来て覚えた不快感は、一般的にいえば後進国の学生が先進国へ留学した際に覚えるアンビヴァレントな気持――感心するがゆえに腹立たしく思う気持――なのだが、しかし漱石の場合には彼が外国人としてイギリスの国文学を学ぶという立場に立たされたために、その精神状態は二重に悪化したのだった。そして漱石は後には英文学の学理的研究を放棄して創作家に転身することによって、自分自身の生き甲斐《がい》も、また精神の衛生もある程度は回復するのだった。その後者の問題についてはまた後でふれるが、ここではその前者の問題、後進国の出身者が先進国へ留学して、そこで覚える人種的・文化的な劣性コンプレクスの問題を一瞥《いちべつ》してみよう。

最初に容貌・体格・服装という外面上の点にふれると、漱石自身が『倫敦消息』の二に次のように戯画化して書いている。

……向へ出て見ると逢ふ奴も〳〵皆んな厭に脊いが高い。御負に愛嬌のない顔ばかりだ。こんな国ではちつと人間の脊いに税をかけたら少しは倹約した小さな動物が出来るだらう抔と考へるが、夫《それ》は所謂《いはゆる》負惜しみの減《へ》らず口と云ふ奴で、公平な処が向ふの方がどうしても立派だ。何となく自分が肩身の狭い心持ちがする。向ふから人間並外れた低い奴が来た。占たと思つてすれ違つて見ると自分より二寸許り高い。此度は向ふから妙な顔色をした一寸法師が来たなと思ふと、是即ち乃公自身の影が姿見に写つたのである。不得已《やむをえず》苦笑ひをすると向ふでも苦笑ひをする。是は理の当然だ。

夏目漱石がこのような「肩身の狭い心持ち」になったのは、ただ単にフィジカルに自分が見劣りがする、と思ったからだけではないだろう。この『倫敦消息』には自分を滑稽化してみせるための誇張もまざってはいるが、根本には精神的に萎縮《いしゅく》しているために肉体的にも必要以上に「肩身の狭い心持ち」におちいっているのである。（これがもしかりに大男でも知能の劣る連中の間を闊歩《かっぽ》しているのであるならば、身長百六十センチメートル足らずの夏目漱石などは、すぐさま「大男総身《そうみ》に智恵がまわりかね」とへらず口を利《き》いて得意になったにちがいない。）

ところで夏目漱石には大正四年、文集『色鳥』に編入する際に作者自らが筆を加えた『倫敦消息』の改訂版ともいうべき文章がある。明治三十四年の漱石は文壇では無名の人だったから、正岡子規へ宛てて送り『ホトトギス』誌に掲載された『倫敦消息』の初版は、ほとんど私的な性質を帯びた通信だった。それはイン・グループでの発言だったから、外人に対しては礼を失した、相当ひどい表現も平気でまじっていたのである。しかし大正四年の夏目漱石はもはや十五年前の漱石とは違って、日本の文壇の一番高い位置にいる人だった。そのような地位に上ったからには、広い読者層というものを考えなければならない。かつてのような書生めいた悪態《あくたい》をそのまま活字にするのは、品位という点で、やはり遠慮があったのだろう。「奴」というような言葉を微温的な「もの」に変えたのをはじめいろいろ改竄《かいざん》を加えてしまった。そのため、文章は前ほど生き生きしなくなった憾《うら》みがあるが、その改訂版もここにあわせて引用しよう。

先づ往来へ出て見ると、会ふものも〳〵みんな脊《せい》が高くて立派な顔ばかりしてゐる。それで第一に気が引ける。何となく肩身が狭くなる。稀《たま》に向ふから人並外れて低い男が来たと思つて擦り違ふ時に、念のため脊を比較して見ると、先方《さき》の方が矢つ張り自分より二寸がた高い。それから今度は変に不愉快な血色をした一寸法師が来たなと思ふと、それは自分の影が店先の姿見に映つたのである。僕は醜い自分の姿を自分の正面に見て何遍苦笑したか分らない。或時は僕と共に苦笑する自分の影迄見守つてゐた。

なにかグロテスクなほどの自己憐愍《れんびん》がロンドンの街頭で自分の影を見つめて苦笑している漱石の姿に看取《かんしゅ》される。漱石はあばた面であるために、元々《もともと》自分の容貌についてはひどい劣等感を持っていた人だが――漱石の「あばた」や「鼻」や「白シャツ」が彼の心理に落した翳《かげ》りについては第二部で詳説するが――しかしそのような劣等感は昭和後期の日本の若者にはおそらく追体験できない性質のものではあるまいか。漱石は苦笑する自分自身の影を見守って、

さうして其たんびに黄色人とは如何にも好く命《つ》けた名だと感心しない事はなかつた。

といっているが、この劣等感は単に顔が黄色いという人種的なものだけではあるまい。その背後にある文化上の隔絶感からも来ているものだろう。そうしてこの種の人種感情がいかにデリケートな傷つき易い性質のものであるかは、漱石自身がその種の感情を顧慮して『倫敦消息』の文章に後年筆を入れたという事実によっても証明できよう。漱石が私人として正岡子規に語り得たような表現の中には、公人としての漱石が公表するのをはばかられるような言葉も混じっていたのである。漱石は自分自身の中にある反人種主義的人種主義ともいうべき白人への偏見をはしたなく思って、大正四年には「奴」を「もの」に改め、へらず口の方

は消去してしまったのだ。

このような人種や文化にまつわる劣性コンプレクスはまだしも理解できることかもしれない。しかし精神病理的に見てもより興味ふかい場合は、漱石のイギリス人の公衆道徳にたいする反応の推移だろう。このイギリス人の good manners にたいする漱石の反応の変化は、なかなか複雑な屈折を呈している。ロンドンへ着いた漱石がイギリス人が鷹揚《おうよう》で勤勉であるのに感心したことは『倫敦消息』の一にも出ていた。またイギリス人の公衆道徳に感心したことは妻鏡子あての手紙にも、彼の日記にも出ていた。

彼等ハ人ニ席ヲ譲ル、本邦人ノ如ク我儘ナラズ。

そのようにイギリス人の good manners にロンドン着き立ての夏目金之助は目を瞠《みは》ってすなおに感心したのだった。しかしそのような感心の種は、また同時に腹立ちの種にもなりかねない性質のものだった。西暦一九〇一年はヴィクトリア女王が亡くなった年で、イギリス帝国がその絶頂にあったころだが、そのような時期に西洋文明世界の中心のロンドンで下宿に閉籠《とじこも》って生活していた夏目漱石は、ほかの誰にもまして西洋キリスト教文明社会の重みをひしひしと感じていたにちがいない。その重圧感があったからこそ「蠅頭《ようとう》の細字にて五六寸の高さに達した」ノートを蒐《あつ》めるほどの猛勉強もしたのだろう。しかしそのような重苦しいプレシャーが二年間も続いて上からのしかかるとなると、これは神経に狂いも生じようというものである。その重圧感そのものが漱石にとってはもっとも不愉快な、もっとも重苦しい癪の種であったから、留学中の漱石の心中には、その重圧感にたいしていつしか敵対感情に似たなにかが生じてきた。そしてその敵対感情はその矛先《ほこさき》を具体的には英国ならびに英国人へ向けるようになってしまったのである。彼の敵意《アニモジティー》は、留学帰朝後も東京大学で英文学を講義している限りは消え失せなかった。漱石は敵意の生ずる本体が実は自分自身の、なんとなくうまく行かなかった英文学研究それ自体にもあるということに気づかずに、『文学論』の序では激越な文字を連ねてイギリスの悪口を書きたてたのである。

しかしその序に記された「英国紳士の為めに大に気の毒なる心地なり」とか「謹んで紳士の模範を以て目せらるゝ英国人に告ぐ」といった嫌味《いやみ》や、「自己の意志を以てすれば、余は生涯英国の地に一歩も吾足を踏み入るゝ事なかるべし」とか「従つて、かくの如く君等の御世話になりたる余は遂に再び君等の御世話を蒙るの期なかるべし」といった啖呵《たんか》は、日本の若い読者相手には痛快な「ノー」といえる台詞《せりふ》であったかもしれないが、その当時（『文学論』の序が書かれたのは明治三十九年）、イギリス人で日本語の読める人がこの偏狭な文章をもしかりに読んだとしたなら、黄色い犬の遠吠《とおぼえ》でも聞いているような、それこそ不快な感をもよおしたことだろう。

それでは漱石のこの種の発言がもっぱら日本人相手の発言で、漱石は修辞的な面白さに惹《ひ》かれて誇大な文辞を弄《ろう》していたのかといえば、どうもそれだけではないらしい。明治三十四年の『倫敦消息』で英国紳士を持上げて、彼等の good manners を讃えたことに比べると、これはまた五年間になんという態度の激変かと驚かされるのだが、孤独であった夏目金之助の留学体験の後遺症というのはきわめて深刻なものだった。筆者は最近、夏目漱石が明治三十八、九年に読んだニーチェの『ツァラトゥストラ』の英訳本への書入れを詳細に調査公表する機会があったが（氷上英広編『ニーチェとその周辺』、朝日出版、所収）、『文学論』の序を書く前後の漱石の反英感情のたかぶりの異常さにはほとんど無気味な印象さえ受けた。なにしろ夏目漱石は『ツァラトゥストラ』を読んでいる最中、たまたま good manners という活字が眼にふれると、ニーチェが説く前後の思想とはまったく無関係に、good manners という言葉自体に興奮して次のような書入れを英語で書いている始末《しまつ》だからである。この種の蔵書の欄外の余白に記入された言葉は、漱石がもともと他人に読まれることなど意識せず、その場の感情にまかせて書き飛ばした言葉であるだけに、漱石の鬱憤《うつぷん》が露骨《ろこつ》にずけずけと出ている。漱石が留学から帰国して二年ほど経って駒込《こまごめ》の書斎で書きつけた英文書入れの一部をいまここに引いてみる。

Go to England to see what is meant by good manners. They say this is nice, that is nice. Everything seems to them nice enough. Strange to say, however, it is those who use the word most that do not know its meaning.....They do not know a person may be offended by being called nice by those who do not know what 'nice' is.

いまそれを漱石風に訳すると大要次のようになる。

good manners トカ良風美俗トカ云フ言葉デ何ガ意味サレテキルカ英国ヘ行ツテ見テミルガイイ。彼等ニトツテハ何事モ結構ヅクメ nice enough ダ。シカシ奇妙ナ話ダガ、コノ nice ト云フ言葉ノ意味ヲ知ラナイノハ、コノ言葉ヲ一番ヨク使フ連中ダ。...... nice ガ何デアルカヲ知ラヌ連中ニヨツテ nice ト呼バレルコトニヨリ人ガ傷ツケラレルカモシレナイ、ト云フ事ヲ彼等ハソモソモ知ラナイノダ。

least poor Chinese

夏目漱石のような人でさえ、対西洋文明の問題ではこのような劣等感とそれを裏返しにしたような尊大な自己主張にとらわれていたのかと思うと、まことに感にたえないが、しかし考えてみると内村鑑三の *How I Became a Christian* なぞには、この種の自己卑下と自己主張がさらに増幅した形で示されている（平川祐弘『西欧の衝撃と日本』、『平川祐弘著作集』第五巻参照）。漱石も鑑三もそうした点では、鷗外などと違って、やや小児じみた正義感の持主であったから、それがかえって日本の読者層にはアッピールしたのでもあろうか。

ここで夏目漱石のロンドンにおける生活を別の角度から覗いてみよう。漱石は『文学論』の序などでは学費が足りなかったから生活がなにかと不如意《ふにょい》だったと匂わせているが、その当時年千八百円という学費は本当に漱石が何遍《なんべん》も口にするほど少額だったのだろうか。ロンドンへ着いてまだ一月足らずの十一月二十日の日記に、

Biscuit ヲ買ヒ昼飯ノ代リトナサント試ム。一カン80銭ナリ。

と出ている。このビスケットを一罐《かん》買ったというのは生活上の一種の実験のようなものだったろう。その話は藤代禎輔あてのはがきにも、また『道草』の中にも出てくる。

其《その》健三には昼食を節約した憐れな経験さへあつた。……ある時の彼は町で買つて来たビスケツトの罐を午《ひる》になると開いた。さうして湯も水も呑まずに、硬くて脆いものをぼり〳〵噛み摧いては、生唾《なまつばき》の力で無理に嚥《の》み下《くだ》した。

この挿話は『道草』という陰気な小説に似合いのエピソードとなっているが、しかし金が絶対的に不足して「辛うじて露命を繋」いでいた（『文学論』序）かというと、明治政府はそのような不体裁なことはしていなかったはずである。漱石山房の蔵書目録はずいぶん立派なものだが、その中の相当部分は彼がロンドン留学中に購入した書籍なのである。どうも留学生夏目金之助には、昼飯を英国人とともに食べて会話を楽しむなどということよりも、イギリスから書物を沢山《たくさん》買って帰ることの方が重要事であるように思われた。それは一つには、漱石が留学帰朝した上は熊本でなく東京へ戻って中央で英文学を講義しようという野心が

あったためだろうが、いま一つには、たとい漱石の方で望んだとしても、知性に秀でたイギリス紳士や淑女で漱石と食事を共にするような人はどこにもいなかった、という淋しい事実のためだろう。漱石だってイギリスまで海を渡ってきた以上、本当はそういう種類の交際も望んだのだろうが、そうしたつきあいの機会はないと思って、自分でそうした可能性はのっけから否定してしまったのだ。漱石は同じ船で洋行して途中でドイツとイギリスへと別れた独文学専攻の友人藤代禎輔とは、二人してたがいに留学体験の情報交換を行なっているが、その際、藤代へ宛てた手紙の漱石自身の言葉を借りれば、漱石には「シンミリした話」の出来る相手は男にも、女にもいなかったのである。漱石のイギリス留学の最大の不幸は彼にイギリス人の友人がついにできなかったということに尽きると思う。それは一般的には中年になってから留学する人の悲劇であるのかもしれないが、漱石の場合には、彼自身が進んで交際を求めようとしなかったという点にも、そのいかにも日本的な彼の社交性の欠如にも、その責の一半はあるかと思う。他の一半はイギリスの押付《おしつ》けがましいキリスト教徒の婦人連がいけなかったので、最初は外国人とも交際しようと思っていた漱石もこの婦人連の御招待には辟易《へきえき》してしまったのである。

そうしてだんだん孤立していった漱石は、ロンドンにおける自分自身の状況を明治三十四年の『断片』では次のように説明した。このべらんめえ口調には自嘲《じちよう》の念がうすら寒いほどににじみ出ている。

我々はポツトデの田舎者のアンポンタンの山家猿《やまがざる》のチンチクリンの土気色《つちけいろ》の不可思議ナ人間デアルカラ、西洋人から馬鹿にされるは尤だ。加之《しかのみならず》彼等は日本の事を知らない。日本の事に興味を持つて居らぬ。故ニ、我々が西洋人に知られ、尊敬される資格が有つても、彼等が之を知る時間と眼がなき限りは、尊敬とか恋愛とかいふ事は両方の間に成立たない。

漱石はそのような感情のうちに留学生活を送った人であったから、後に大谷繞石《じようせき》がイギリス人の生活にはいりこんで『舞踏会』などという作品を書いた時、「面白う御座いました」と素直《すなお》に感心したのではなかろうか。

夏目漱石とても日本にいた時は外人とつき合いがなかったわけではなかった。英語のよく出来た夏目金之助は、今日の東大の大学院の普通の学生以上に西洋人との交際はあったのだと思う。外人教師の家に訪問時間も構わずに遊びに行っていたくらいなのだ。しかし、日本に来ている西洋人が多かれ少かれ日本の事に関心を持っているのに反して、ロンドンにいる西洋人は——今でも似たりよったりかもしれないが——日本の事などにあまり興味のない西洋本位の人ばかりである。明治三十四年一月二十五日、漱石はその点にふれて日記に次のように記した。

西洋人ハ日本ノ進歩ニ驚ク。驚クハ今迄軽蔑シテ居ツタ者ガ生意気ナ事ヲシタリ云タリスルノデ驚クナリ。大部分ノ者ハ驚キモセネバ知リモセヌナリ。真ニ西洋人ヲシテ敬服セシムルニハ何年後ノ事ヤラ分ラヌナリ。土台《どだい》日本又ハ日本人ニ一向 interest ヲ持テ居ラヌ者多キナリ。ツマラヌ下宿屋ノ爺抔《ぢぢいなど》ガ日本ヲ appreciate セヌノミカ、心中軽侮《けいぶ》スルノ色アルヲ見テ、自《みづか》ラ頻《しき》リニ法螺《ほら》ヲ吹キ己レ及ビ己レノ国ヲエラソウニ言ヘバ云フ程、向フハ此方ヲ馬鹿ニスルナリ。是ハ此方ガ立派ナ事ヲ云ツテモ、先方ノ知識以上ノ事ヲ言ヘバ、一向通ゼヌノミカ皆之《これ》ヲ conceit ト見做《みな》セバナリ。黙ツテセツ〱トヤルベシ。

漱石はそれでも日本がイギリスでどのように評価されているかがやはり気になった。自分自身が日本人としてどのように言われているかがやはり気になった。それだから『日記』や『断片』には次のような記述が散見される。すなわち前に引いた一月二十五日の翌々日の一月二十七日には、夜下宿ノ三階ニテツク〴〵日本ノ前途ヲ考フ。日本ハ真面目ナラザルベカラズ、日本人ノ眼ハヨリ大ナラザルベカラズ。

とそれこそ大真面目に書いている。

ところでそのころの西洋で、とかく比較対照して論じられた二つのアジアの国は——いまでもその両者はやはり並べて話題にされることの多い間柄《あいだがら》だが——日本とシナだった。明治三十四年は西暦の一九〇一年であり、北清事変の戦闘は前年の夏に終っていたが、その事後処理が未解決のまま持ち越された年である。そのような年だからこそ漱石もロンドンの下宿で『スタンダード』新聞を取上げると『倫敦消息』にも書いたように「吾輩は先《まづ》第一に支那事件の処を読むのだ。」

明治維新以後の日本の国際社会における振舞いは、昭和にはいって満州事変を惹き起すまではおおむね優等生として終始しているが、その中でもとくに整然と行動したのが北清事変の時だったのではないかと思う。欧米諸列強に伍して天津から北京へ向って進んだ日本軍はもっとも勇敢《ゆうかん》であったし、拳匪《けんぴ》に包囲されて苦境に陥った北京の各国公使館の老幼男女が「北京の五十五日」を頑張り通すことができたのは、僅少な手兵を沈着に指揮した日本の陸軍武官柴五郎少佐のお蔭《かげ》だった。しかも聯合軍の北京入城後、各所で乱暴狼藉《ろうぜき》が起ったのに、日本軍の占領地域では治安が比較的良好に保たれていて、そのため北京市民が続々と日本軍占領地域へ避難してくる有様だった。Major Shiba の名前はその当時のイギリスの新聞のトップを飾ったばかりではなかった。昭和になってオクスフォードへ留学した日本人学生の中にさえも、日本は立派な国である、柴さんのような軍人がおられた、といってあたたかく迎えられた人もいたという。日英同盟が成立した一因も、イギリスの有力な将官が現地で日本軍の秩序ある精鋭ぶりを親しく目撃したからだともいわれている。

そのような事件の記憶が新しいから、明治三十四年当時の日本人の多くは維新以来の日本の西洋化の努力を自らも祝し、また西洋人のお世辞にも喜んで耳を傾けていたのだった。そして脱亜入欧《だつあにゆうおう》に急ぐ日本であるだけに、自分たちがいま捨て去ろうとしている古い遺物であるところのシナとその文化にたいしては、旧来の敬意の裏返しにも似た侮蔑《ぶべつ》の眼を向けるようになりつつあった。とくに日本人は西洋にいて自分たちがシナ人と間違えられることにひどく腹を立てるようになった。しかし夏目漱石は若い時から漢籍を好んだし、周囲の同国人の軽佻《けいちよう》さ加減に反撥するところがあったから、明治三十四年三月十五日の日記には次のような感想を書いた。

日本人ヲ観テ支那人ト云ハレルト厭《いや》ガルハ如何。支那人ハ日本人ヨリモ遥カニ名誉アル国民ナリ、只不幸ニシテ目下不振《ふしん》ノ有様ニ沈淪《ちんりん》セルナリ。心アル人ハ日本人ト呼バルヽヨリモ支那人ト云ハルヽヲ名誉トスベキナリ。仮令然《たとひしか》ラザルニモセヨ、日本ハ今迄ドレ程支那ノ厄介ニナリシカ、少シハ考ヘテ見ルガヨカラウ。西洋人ハヤヽトモスルト御世辞ニ「支那人ハ嫌ダガ日本人ハ好ダ」ト云フ。之《これ》ヲ聞キ嬉シガルハ世話ニナツタ隣ノ悪口ヲ面白イト思ツテ、自分方ガ景気ガヨイト云フ御世辞ヲ有難ガル軽薄ナ根性ナリ。

そして翌三月十六日には次のように日記に書いた。

日本ハ三十年前ニ覚《さ》メタリト云フ。然レドモ半鐘《はんしよう》ノ声デ急ニ飛ビ起キタルナリ。其《その》覚メタルハ本当ノ覚メタルニアラズ、狼狽《らうばい》シツヽアルナリ。只西洋カラ吸収スルニ急ニシテ消化スルニ暇《いとま》ナキナリ。文学モ政治モ商業モ皆然ラン。

そしてそのような感想はそれと同じころに書かれたに違いない『断片』には次のような考察となって現われた。漱石は日支比較論をするとなると、なんとなく中国の肩を担《かつ》ぎたい心情の日本人の一人なのだった。

> 人は日本を目《もく》して未練《みれん》なき国民といふ。数百年来の風俗習慣を朝食《あさめし》前に打破して毫《がう》も遺憾と思はざるは成程未練なき国民なるべし。去《さ》れども善き意味にて未練なきか、悪しき意味に於て未練なきかは疑問に属す。西洋人の日本を賞讃するは、半ば己れに模倣《もはう》し己れに師事するが為なり。其《その》支那人を軽蔑するは、己れを尊敬せざるが為なり。彼等の称讃中には吾国民の未練なき点をも含むならん。去れども是を名誉と思ふは誤《あやまり》なり。深思熟慮《しんしじゆくりよ》の末、去らねばならぬと覚悟して翻然《ほんぜん》として過去の醜穢《しうわい》を去る、是よき意味に於ての未練なきなり。目前の目新しき景物に眩《げん》せられ、一時の好奇心に駆られて、百年の習慣を去る、是悪き意味に於ての未練なきなり。沈毅《ちんき》の決断は悔《くゆ》る事なかるべく、発作的の移動は又後戻《あともどり》する事あるべし。

夏目漱石はそのように日本人の軽はずみな欧化主義を戒しめ、その反作用として中国の肩を持つかのような発言を口先ではしていたが、しかしそれでいながら自分自身がロンドンの街頭で「支那人」といわれると、やはり気になった。それだから漱石の日記には「心アル人ハ日本人ト呼バル、ヨリモ支那人ト云ハル、ヲ名誉トスベキナリ」と書きつけた半月後に次のように書きこんである。すなわち三月三十一日の日曜日、

> 田中氏ト Brockwell Park ニ行ツタラ、男女二人連ノ一人ガ吾々ヲ日本人ト云ヒ一人ガ支那人ト云ツタ。

そしてそれからまだ一週間も経たぬ四月六日の土曜日、

今日Camberwellヲ歩行《ある》イテ居タラ二人ノ女ガ余《よ》ヲ目《もく》シテleast poor Chineseト云ツタ。

この〈least poor Chinese〉というのは、前後関係を抜きにしてはおそらくあり得ない英語表現だろう。漱石の異常にとがった神経が勝手にそう聞きとがめたのではないか、とさえ思われるほどだが、おそらく漱石が〈He is the least poor-looking Chinese I have ever seen.〉といった類の私語を自分でつづめてしまったのだろう。直訳すれば「あのシナ人全然貧相じゃないわね」というほどの意味である。それではこの表現はそれでもって漱石を褒《ほ》めていることになるかといえば、素直《すなお》に褒言葉として受取ることもできない。シナ人といえば見すぼらしいに決っているのに珍しく全然そうでないシナ人がいるわネ、というこの発想の前提には最初から東洋人であるシナ人が一級下と認定されているからである。それだからイギリス女が口にした〈least poor Chinese〉という言葉が漱石の耳には〈a handsome Jap〉とその旬日後に呼ばれた時と同様、奇妙に不愉快に聞えたのである。漱石は厭な顔をした。それで「こんな事を話す積りではなかつた」のに、やはり正岡子規宛の『倫敦消息』にそのことを書いて「least poorとは物臭い形容詞だ」と説明までつけ加えたのだった。

頗る妙な爺

いままで夏目漱石の留学体験の中からいろいろ不愉快な話の種を拾ってきたが、イギリス留学がすべて不愉快でもっておおいつくされていたわけではない。漱石がロンドンで個人的についた教師クレイグ先生は陰気なロンドン生活における一つの息抜きであったように見受けられる。先に引いた『倫敦消息』の「今日は例の如く先生の家へ行かねばならない。……十一時五分前になつた。書物を抱へて家を出た」は、火曜日にそのクレイグ先生の私宅へ通っていることにふれた一節である。正岡子規に送り『ホトトギス』の明治三十四年五月号に掲載されたその『倫敦消息』の一は、実は僕の先生の話しをし度《たい》のだがね。余程奇人で面白いのだから。然し少々頭がいたいから是で御勘弁を願はう。四月九日夜。

と終っている。漱石の頭痛のために正岡子規は生前ついにクレイグ先生の話はその名前も聞かず仕舞《じまい》になってしまった。しかしクレイグ先生のことを一度は書きたいと思った漱石の気持は、そのまま失せずに残ったと見えて、漱石は八年後の明治四十二年に『クレイグ先生』という一小品を書くことになる。その作品それ自体についてはまた先でふれるとして、ここでは留学生夏目金之助がどのようにしてクレイグ先生に就《つ》くようになったか、その事実経過に触れておこう。

理工系の留学生ならばいざ知らず文科系の留学生にとっては、教室内での生活もさることながら、教室外での生活が大きな意味を持つ場合が多い。夏目漱石がオクスフォードにもケンブリッヂにも行かず、またスコットランドやアイルランドにも渡らず、ロンドンに落着いたのは、ある意味では当然の選択だったと思う。その経緯は『文学論』の序にも記されているが、より砕けた調子では東京にいる友人狩野亨吉、大塚保治、菅虎雄、山川信次郎の四人へ連名で宛てた明治三十四年二月九日の手紙に詳しく出ている。この手紙には漱石の判断が素直に示されていると思うので、関係する条《くだ》りをやや長きにわたるが、句読点を打って引用しよう。

……偖《さて》是から留学地選定の件を方付《かたづけ》ねばならぬ。……で余程「エヂンバラ」に行かうとしたが茲《ここ》に一の不都合がある。「エヂンバラ」辺の英語は発音が大変ちがう。先づ日本の仙台弁の様なものである。切角《せつかく》英語を学びに来て仙台の「百ズー三」抔を覚えたつて仕様がない。夫《それ》から倫敦《ロンドン》の方はいやな処もあるが社会が大きい。……倫敦に留まるとすれば第一学校第二宿をきめねばならぬ。学校の方は University College

ノ Prof. Ker に手紙をやつて講義傍聴の許諾を得たから先《まづ》よいとして宿の方は困つた。……宿は夫《それ》で一段落が付《つい》た。夫から学校の方を話さう。University College へ行つて英文学の講義を聞たが、第一時の配合が悪い、無暗に待たせられる恐《おそれ》がある。講義其物は多少面白い節もあるが日本の大学の講義とさして変つた事もない。滊車へ乗つて時間を損して聴に行くよりも、其費用で本を買つて読む方が早道だといふ気になる。尤《もつと》も普通の学生になつて交際もしたり、図書館へも這入《はいつ》たり、討論会へも傍聴に出たり、教師の家へも遊びに行たりしたら、少しは利益があらう。然し高い月謝を払はねばならぬ。入らぬ会費を徴集されねばならぬ。其のみならずそんな事をして居れば二年間は烟の様に立つて仕舞ふ。時間の浪費が恐いからして大学の方は傍聴生として二月許《ばか》り出席して其後やめて仕舞た。同時に Prof. Ker の周旋で大学へ通学すると同時に Craig と云ふ人の家へ教はりに行く。此人は英詩及「シエクスピヤー」の方では専門家で自分で edit した沙翁を「オクスフオード」から出版して居る。「ダウデン」の朋友で今同教授が出版しつゝある沙翁集中の「キングリヤ」の editor である。「ベーカー」町の角の二階裏に下女と二人で住んで居る。頗《すこぶ》る妙な爺《ぢぢい》だよ。余り西洋人と縁が絶《たえ》ても困るから、此先生の所へは逗留《とうりう》中は行く積りだ。

夏目漱石が東京の親友たちに書き送ったこのような経緯は、漱石の『日記』やベルリンにいた藤代禎輔へあてた通信によっても裏打ちされる。夏目漱石は明治三十三年十月二十八日パリからロンドンに着いて、十一月一日にはケンブリッヂへ様子を見に行ったのだが、ここは自分の柄《がら》にあわないと観念して一泊してロンドンへ戻った。そして、

十一月五日（月）University College ニ行ク。Prof. Ker ニ手紙ヲ以テ紹介ヲ求ム。

この「紹介」は「面会」の意味だと思うが、漱石はロンドン大学のユニヴァーシティ・カレッジの英文学のケヤ教授に会ってこの大学に籍を置こうと思ったのである。

十一月六日（火）Ker ノ返事来ル。明日午後十二時来レトノ事ナリ。

十一月七日（水）Ker ノ講義ヲ聞ク。

十一月十三日（火）Underground railway ニ乗ル。Ker ノ lecture ヲ聞ク。

そしてケヤ教授がイギリス風に私宅教師に就くことを薦めたのか、それとも漱石の方から私宅教師の推薦を依頼したのか知らないが、ケヤはクレイグの名前と住所を教えてくれた。それで漱石がクレイグに手紙を書いたのだと思われる日記の一節がある。すなわち十一月の、

十八日　日曜　手紙ヲ認む。

すると一両日置いて返事が来た。

二十一日（水）Ker ノ講義ヲ聞ク、面白カリシ。Craig ヨリ返事来ル。滅茶苦茶ノ字ヲカキテ読ミニクシ。来リテ相談セヨトノ意味ナリ。

漱石は早速その翌日会いに行った。

二十二日（木）Craig ニ会ス。Shakespeare 学者ナリ、一時間 5 shilling ニテ約束ス。面白キ爺ナリ。

こうして夏目漱石はクレイグ先生の家へ通いはじめたのである。『日記』には十一月二十七日火曜らしいあたりに「Craig」とあり、

十二月四日（火曜）Craig ニユク。

とあって、さらに「十二月十一日」と「十二月十八日」の日付だけがノートに記されている。この十一日も十八日もともに火曜日であるから、それは漱石がクレイグ先生の家へ通った日の心覚えだったのだろう。漱石は同じ船で留学して、いまベルリンにいる藤代禎輔に向って歳末の十二月二十七日、次のようにクレイグ先生について書き送った。

先日の御手紙拝見。「コーチ」と云ふのは書生間の語で private な先生の事を云ふのだよ。僕の「コーチ」は「シエクスピヤ」学者で頗る妙な男だ。四十五歳位で独身もので、天井裏に住んで、書物ばかり読んで居る。今は「シエクスピヤ」字引を編纂中である。

そして藤代禎輔へ宛てては翌明治三十四年の二月五日にも自分の coach のクレイグ先生のことを次のように報じた。

……大学も此正月から御免蒙つた。往復の時間と待合せの時間と教師のいふ事と三つを合して考へて見ると行くのは愚だよ。夫に月謝抔を払ふなら猶々愚だ。夫で書物を買ふ方が好い。然《しか》も其 Prof. がいけすかない奴と来たら猶々愚だよ。君はよく六時間なんて出席するね、感心の至だ。僕のコーチも頗る愚だが少しは取る処ありで是丈はよさずに通学して居る。system も何もなくて口から出まかせを夫《それ》から夫へとシヤべる奴だよ。

文学と literature

夏目漱石のイギリス留学は、彼自身が『文学論』の序で分けて説明しているように、最初の一年と後の一年で多少性質を異にするのではないかと思う。最初の一年は今日風の表現を用いるなら教養主義的な努力を積んだ期間で、漱石自身の表現を借りれば、「有名にして人口に膾炙《くわいしや》せる典籍《てんせき》も大方は名のみ聞きて、眼を通さゞるもの十中六七を占めたるを平常遺憾に思ひたれば、此機を利用して一冊も余計に読み終らんとの目的」をもって勉強した期間だった。漱石は英文学者として恥しくないよう Bildungslücke を埋めようとしたのだろう。いま「教養の欠如」というドイツ語を引いたが、こうした教養主義的な努力というのは、専門分化する以前に必ず要求される道程で、フランス語でも lacune à combler という注意は、専門白痴にならないよう、発せられる言葉なのである。そしてそのような訓練はまずなによりも生きた外国語の訓練を通して行なわれるのが一般だから、留学生夏目金之助がクレイグ先生に就いたというのは、きわめて適切な行き方だったのではないかと思われる。『文学論』の序には、

大学の聴講は三四ケ月にして已めたり。予期の興味も智識をも得る能はざりしが為めなり。私宅教師の

方へは約一年程通ひたりと記憶す。

とあるが、実際大学へ通ったのは、先にも見た通りもっと短くて二ヵ月だけだった。学部のイギリス人学生のための講義を受動的に聴くだけでは、三十四歳の夏目漱石が物足らなく思ったのは当然のことで、大学へ通うのをやめたことに漱石の自閉症的な傾向を見て取る解釈は、おそらく過剰解釈というべきだろう。クレイグ先生の私宅でならば、クレイグ氏だけでなく日本人夏目金之助にも英語で自己表現をする機会が与えられているのだから、この方が授業としても余程《よほど》効率が高いわけである。それにこのように私的に教師につくことは英国の名門校の tutor 制度の伝統にも即しているのだ。夏目漱石は明治三十三年十一月二十二日クレイグと面会してから、火曜日ごとにきちんきちんと実に真面目にベーカー街へ通っている。「私宅教師の方へは約一年程通ひたりと記憶す」と『文学論』の序にあるが、漱石が最後に借りていた本を返しにクレイグ氏の家へ行ったのが明治三十四年十月十五日火曜だから、実質的には十一ヵ月足らずのお付合いだった。その間漱石は復活祭の休みや夏休みの間も毎週欠かさずクレイグ氏の許《もと》へ通っているので、漱石の滞英中の日記でいちばん良く出てくる表現は、

Craig 氏ニ至ル

という言葉である。それはあるいは漱石が謝礼を払う関係で毎回きちんと記入した心覚えのようなものだったのかもしれないが、とにかく火曜日ごとに市中のクレイグ氏の許《もと》へ通ったことが、漱石の留学生活の第一年に規則性のあるリズムをつけたことは間違いない。そのお蔭《かげ》だろうか、漱石の精神状態もロンドン滞在第一年は比較的良好だったようである。漱石は僅かにクレイグ先生を通してではあったが外界とも接触を

保っていたし、英文学の世界とも人間を介して——留学第二年のようにもっぱら書籍を介してというのではなく——交際していたからである。それが明治三十四年十月、クレイグ氏の許へ行かなくなると、この孤独な中年の留学生はにわかに自閉的傾向を深めた。漱石のもともと疎《まば》らであった日記帳の記入はさらに稀となり、ブランクがふえた。そしてクレイグ先生の家へ本を返しに行った一ヵ月後には日記をつけることも止めてしまった。その最後の記入は、

十一月十三日（水）学資来ル。文部、中央金庫へ受取ヲ出ス。

というのであった。そして十一ヵ月の間に四十二回も記入された Craig という横文字の名前ももうそれきりぱったり消えてしまった。

ここでクレイグ先生その人の話にはいる前に、漱石のイギリス留学の第一年目と第二年目の質の差を多少考えてみよう。実はこれは漱石におけるイギリス嫌いの心理の発生とも無縁ではない事柄なのである。漱石自身は留学第一年を「検束なき読書法」のうちに経過して、時日の逼《せま》れるのに茫然自失《ぼうぜんじしつ》したという。留学第一年が経過した明治三十四年末は彼が満三十四歳の年である。国家から選ばれて英国へ派遣された官費留学生である夏目金之助は、漠然《ばくぜん》とした読書といった受身の努力だけでなく、自分でも能動的になにか研究をまとめなければならぬ、という義務感に責められていたに相違ない。漱石はもともと自然科学的な頭脳の持主であり、しかもロンドンで池田菊苗《いけだきくなえ》のような化学者と親しくつきあって学問論をたたかわしたとなれば、英文学を文学として享受するだけでなく科学的研究の対象にしなければならぬとする意欲は強まっていたことだろう。漱石にとって English Literature はいままではいってみれば英「文学」だったが、漱石はそれを英文「学」と見做《みな》して一つの学術論文にまとめあげようと決心をしたのだ。そしてそれによって自己の英国留学

の証《あか》しを立てようと思ったのだ。もっともそのように意は決したものの、一体どのようにしてこの外国文学の研究に手を着けてよいかは皆目《かいもく》見当がつかなかった。それで明治三十四年九月には――それはもうそろそろクレイグ先生の家へ通うのをやめようと思っていた時期だが――寺田寅彦《てらだとらひこ》へ宛てて「学問をやるならコスモポリタンのものに限り候。……僕も何か科学がやり度《たく》なつた」という普遍性のある自然科学研究への憧れなどを洩らす破目《はめ》におちいったのだろう。それで英文学研究についても「文学とは如何なるものぞ」という問題を自分で自分に強引に課して、半ば自然科学者のような態度でその問題の究明にのぞんだのである。

その間の漱石の心理の推移は『文学論』の序に鮮やかに描かれているが、しかし序の文章には後からの合理化も加えられているのかもしれない。たとえば漱石はそこで、

　余は少時好んで漢籍を学びたり。之を学ぶ事短かきにも関《かかは》らず、文学は斯《か》くの如き者なりとの定義を漠然と冥々裏《めいめいり》に左国史漢より得たり。

と述べ、それに比較して専攻の英文学では会心《かいしん》の域に達しないという不安を述べている。しかも漱石の英学の力は自分でも書いているように漢学の力に比べて劣るというわけではなかった。それで漱石は次のように論理を進めた。

　学力は同程度として好悪《かうを》のかく迄に岐《わ》かるゝは両者の性質のそれ程に異《こと》なるが為めならずんばあらず、換言すれば漢学に所謂《いはゆる》文学と英語に所謂文学とは到底同定義の下に一括し得べからざる異種類のものたらざる可からず。

夏目漱石の研究者も読者も漱石のこのような主張をそのまま容認しているかに見えるが、しかし漢学でいう「文学」と英語でいう literature とは、はたして漱石がいうほど違うものだろうか。漱石にとって異質に思われたのは、少年時代に覚えた、文章を読み、文章を綴って楽しむという行為と、いまロンドンで自分がいよいよ取組まねばならなくなった、文学の学理的研究という行為の性質の差異ではなかっただろうか。漱石は文学と文学研究とは違うのだという自覚を大学の英文科以来強《し》いられてきた。そのことが「余の脳裏《なうり》には何となく英文学に欺《あざむ》かれたるが如き不安の念」を生ぜしめたのではないだろうか。

漱石は無理に自分を曲げて英文学研究の「茫乎《ばうこ》として際涯《さいがい》なき」世界へ突入してしまった。彼の『文学論』の研究は、自己の内発的な欲求と必ずしも重ならず、満足のゆく自己表現とも自己実現ともならなかった。それだからこそ漱石は後に喜んで創作家へ転身し、大学も辞めてしまったのだろう。それもただ単なる転身ではすまなかった。漱石は後足で泥をひっかけるように、自分の『文学論』などの仕事を「学理的閑文字」と自嘲《じちょう》し、自分がそのような仕事に打込《うちこ》んだイギリス留学を不快の念をもって回想する。『文学論』の序で英国ならびに英国紳士が漱石から悪態《あくたい》を浴びせられたのは、漱石自身のその不快感、一種の自己嫌悪の飛ばっちりをひっかけられたという面もあるのではないだろうか。

『クレイグ先生』

夏目漱石が自分のイギリス生活をもっと穏やかな気持で思い返すことができるようになったのは、彼が作家としての地位も確立し、『三四郎』などの執筆も順調に進んだ明治四十二年のころのようである。漱石はそのころになって留学当時の思い出をいくつか断片のように書いた。小宮豊隆《こみやとよたか》は岩波版の『漱石全集』の解説でそれにふれてこう述べている。

『永日小品』の中のイギリス物、『下宿』、『過去の匂ひ』、『暖かい夢』、『印象』、『霧』、『昔』、『クレイグ先生』などの、漱石がロンドンに留学してゐた時分に体験したことを書いたものは、日常生活の中からロマンティックな世界を截り取つて来て、美しい詩の世界を纏め上げてゐる点で、真に珠玉のやうな感じを与へるものが多い。

『クレイグ先生』という小品をロマンティックと呼ぶことには問題もあろうが、「クレイグ先生は燕の様に四階の上に巣をくつてゐる」という一行に始るこの作品が、温かな情感のうちに描かれていることは間違いない。ごく短い作品だから、いまここに全文を引かせていただく。

クレイグ先生

クレイグ先生は燕の様に四階の上に巣をくつてゐる。鋪石《しきいし》の端に立つて見上げたつて、窓さへ見えない。下から段々と昇つて行くと、股《もゝ》の所が少し痛くなる時分に、漸く先生の門前に出る。門と申しても、扉や屋根のある次第ではない。幅三尺足らずの黒い戸に真鍮の敲子《ノツカー》がぶら下がつてゐる丈《だけ》である。しばらく門前で休息して、此の敲子《ノツカー》の下端《かたん》をこつ〳〵と戸板へぶつけると、内から開けて呉れる。

開けて呉れるものは、何時《いつ》でも女である。近眼《ちかめ》の所為《せゐ》か眼鏡を掛けて、絶えず驚いてゐる。年は五十位だから、随分久しい間世の中を見て暮した筈だが、矢つ張りまだ驚いてゐる。戸を敲くのが気の毒な位大きな眼をして入らつしやいと云ふ。

這入ると女はすぐ消えて仕舞ふ。さうして取附《とつつき》の客間——始めは客間とも思はなかつた。別段装飾も何もない。窓が二つあつて、書物が沢山並《なら》んでゐる丈《だけ》である。クレイグ先生は大抵其処に陣取つてゐる。自分の這入つて来るのを見ると、やあと云つて手を出す。握手をしろといふ相図だから、手を握る事は握るが、向《むか》ふではかつて握り返した事がない。此方《こつち》もあまり握り心地が好い訳でもないから、一層《いつそ》廃《よ》したら可からうと思ふのに、矢つ張りやあと云つて毛だらけな皺だらけな、さうして例によつて消極的な手を出す。習慣は不思議なものである。

この手の所有者は自分の質問を受けて呉れる先生である。始めて逢つた時報酬はと聞いたら、左《さ》うさな、と一寸窓の外を見て、一回七志《シルリング》ぢやどうだらう。多過ぎればもつと負けても好いと云はれた。それで自分は一回七志《シルリング》の割で月末に全額を払ふ事にしてゐたが、時によると不意に先生から催促を受ける事があつた。君、少し金が入るから払つて行つて呉れんか抔《など》と云はれる。自分は洋袴《ズボン》の隠《かく》しから金貨を出して、むき出しにへえと云つて渡すと、先生はやあ済まんと受取りながら、例の消極的な手を拡げて、一寸掌《てのひら》の上で眺めた儘、やがて是れを洋袴《ズボン》の隠《かく》しへ収められる。困る事には先生決して釣を渡さない。余分を来月へ繰り越さうとすると、次の週に又、ちよつと書物を買ひたいから抔《など》と催促される事がある。

先生は愛蘭土《アイヤランド》の人で言葉が頗る分らない。少し焦《せ》き込《こ》んで来ると、東京者が薩摩人と喧嘩をした時位六づかしくなる。それで大変疎忽《そゝつか》しい非常な焦《せ》き込《こ》み屋《や》なんだから、自分は事が面倒になると、運を天に任せて先生の顔丈《だけ》見てゐた。

其の顔が又決して尋常ぢやない。西洋人だから鼻は高いけれども、段があつて、肉が厚過ぎる。其処は自分に善く似てゐるのだが、こんな鼻は一見した所がすつきりした好い感じは起らないものである。其の代り其処《そこ》いら中《ぢゆう》むしやくしやしてゐて、何となく野趣がある。髯《ひげ》抔はまことに御気の毒な位黒白《こくびやくらんせい》乱生してゐた。いつかベーカーストリートで先生に出合つた時には、鞭《むち》を忘れた御者《カブマン》かと思つた。

先生の白襯衣《しろシャツ》や白襟を着けたのは未だ曾て見た事がない。いつでも縞のフラネルをきて、むく〳〵した上靴《うはぐつ》を足に穿《は》いて、其の足を煖炉《ストーブ》の中へ突き込む位に出して、さうして時々短い膝を敲いて――其の時始めて気が附いたのだが、先生は消極的の手に金の指輪を嵌《は》めてゐた。――時には敲く代りに股《もゝ》を擦《こす》つて、教へて呉れる。尤も何を教へて呉れるのか分らない。聞いてゐると、先生の好きな所へ連れて行つて、決して帰してくれない。さうして其の好きな所が、時候の変り目や、天気都合で色々に変化する。時によると昨日《きのふ》と今日《けふ》で両極へ引越しをする事さへある。わるく云へば、まあ出鱈目《でたらめ》で、よく評すると文学上の座談をして呉れるのだが、今になつて考へて見ると、一回七志《シルリング》位で纏つた規則正しい講義抔《など》の出来る訳のものではないのだから、是は先生の方が尤もなので、それを不平に考へた自分は馬鹿なのである。尤も先生の頭も、其の髯の代表する如く、少しは乱雑に傾いてゐた様でもあるから、寧ろ報酬の値上をして、えらい講義をして貰はない方が可《よ》かつたかも知れない。

先生の得意なのは詩であつた。詩を読むときには顔から肩の辺《あたり》が陽炎《かげろふ》の様に振動する。――嘘ぢやない。全く振動した。其の代り自分に読んで呉れるのではなくつて、自分が一人で読んで楽んでゐる事に帰着して仕舞ふから詰りは此方《こつち》の損になる。いつかスヰンバーンのロザモンドとか云ふものを持つて行つたら、先生一寸見せ玉へと云つて、二三行朗読したが、忽ち書物を膝の上に伏せて、鼻眼鏡をわざ〱はづして、あゝ駄目々々スヰンバーンも、こんな詩を書く様に老い込んだかなあと云つて嘆息された。自分がスヰンバーンの傑作アタランタを読んで見様《みやう》と思ひ出したのは此の時である。

先生は自分を小供の様に考へてゐた。君かう云ふ事を知つてるか、あゝ云ふ事が分つてるか抔《など》と愚《ぐ》にも附かない事を度々質問された。かと思ふと、突然えらい問題を提出して急に同輩扱《どうはいあつかひ》に飛び移る事がある。いつか自分の前でワトソンの詩を読んで、是はシエレーに似た所があると云ふ人と、全く違つてゐると云ふ人とあるが、君はどう思ふと聞かれた。どう思ふたつて、自分には西洋の詩が、先づ眼に訴へて、しかる後《のち》耳を通過しなければ丸《まる》で分らないのである。そこで好い加減な挨拶をした。シエレーに似てゐる方だつたか、似てゐない方だつたか、今では忘れて仕舞つた。が可笑《をか》しい事に、先生は其の時例の膝を叩いて僕もさう思ふと云はれたので、大いに恐縮した。

ある時窓から首を出して、遥かの下界を忙《いそが》しさうに通る人を見下《みおろ》しながら、君あんなに人間が通るが、あの内で詩の分るものは百人に一人もゐない、可愛相《かはいさう》なものだ。一体英吉利人《イギリスじん》は詩を解する事の出来ない国民でね。其処へ行くと愛蘭土人《アイヤランドじん》はえらいものだ。はるかに高尚だ。――実際詩を味《あぢは》ふ事の出来る君だの僕だのは幸福と云はなければならない。と云はれた。自分を詩の分る方の仲間へ入れてくれたのは甚だ難有《ありがた》いが、其の割合には取扱が頗る冷淡である。自分は此の先生に於て未だ情合《じやうあひ》といふものを認めた事がない。全く器械的に喋舌《しやべ》つてる御爺さんとしか思はれなかつた。

けれども斯《こ》んな事があつた。自分の居る下宿が甚だ厭になつたから、此の先生の所へでも置いて貰はうかしらと思つて、ある日例の稽古を済ましたあと、頼んで見ると、先生忽ち膝を敲いて、成程、僕のうちの部屋を見せるから、来給へと云つて、食堂から、下女部屋から、勝手から、一応すつかり引つ張り回して見せて呉れた。固《もと》より四階裏の一隅だから広い筈はない。二三分かゝると、見る所はなくなつて仕舞つた。先生は其処で、元の席へ帰つて、君斯ういふ家《うち》なんだから、何処へも置いて上げる訳には行かないよと断るかと思ふと、忽ちワルト・ホイツトマンの話を始めた。昔ホイツトマンが来て自分の家《うち》へ少時《しばらく》逗留して居た事がある――非常に早口だから、よく分らなかつたが、どうもホイツトマンの方が来たらしい――で、始めあの人の詩を読んだ時は丸《まる》で物にならない様な心持がしたが、何遍も読《よ》み過《すご》してゐるうちに段々面白くなつて、仕舞には非常に愛読する様になつた。だから……

書生に置いて貰ふ件は、丸《まる》で何処かへ飛んで行つて仕舞つた。自分はたゞ成行《なりゆき》に任せてへえ〳〵と云つて聞いてゐた。何でも其の時はシエレーが誰とかと喧嘩をしたとか云ふ事を話して、喧嘩はよくない、僕は両方共好きなんだから、僕の好きな二人が喧嘩をするのは甚だよくないと故障を申し立てゝ居られた。いくら故障を申し立てゝも、もう何十年か前に喧嘩をして仕舞つたのだから仕方がない。

先生は疎忽《そゝつ》かしいから、自分の本抔《など》をよく置き違へる。さうして夫《それ》が見当らないと、大いに焦《せ》き込《こ》んで、台所に居る婆さんを、ぼやでも起つた様に、仰山《ぎやうさん》な声をして呼び立てる。すると例の婆さんが、是れも仰《ぎやう》山《さん》な顔をして客間へあらはれて来る。

「お、おれの「ウオーヅウオース」は何処へ遣《や》つた」

婆さんは依然として驚いた眼を皿の様にして一応書棚を見回してゐるが、いくら驚いても甚だ慥《たし》かなもので、すぐに、「ウオーヅウオース」を見附け出す。さうして、「ヒヤ、サー」と云つて、聊《いさゝ》かたしなめる様に先生の前に突き附ける。先生はそれを引つたくる様に受け取つて、二本の指で汚《きた》ない表紙をぴしや〳〵敲きながら、君、ウオーヅウオースが……と遣り出す。婆さんは、益《ます〳〵》驚いた眼をして台所へ退《さが》つて行く。先生は二分も三分も「ウオーヅウオース」を敲いてゐる。さうして折角捜して貰つた「ウオーヅウオース」を遂に開けずに仕舞ふ。

先生は時々手紙を寄こす。其の字が決して読めない。尤も二三行だから、何遍でも繰返して見る時間はあるが、どうしたつて判定は出来ない。先生から手紙がくれば差支があつて稽古が出来ないと云ふことゝ断定して始めから読む手数《てすう》を省《はぶ》く様にした。たまに驚いた婆さんが代筆をする事がある。其の時は甚だよく分る。先生は便利な書記を抱《かゝ》へたものである。先生は、自分に、どうも字が下手で困ると嘆息してゐられた。さうして君の方が余程上手だと云はれた。

かう云ふ字で原稿を書いたら、どんなものが出来るか心配でならない。先生はアーデン・シエクスピヤの出版者である。よくあの字が活版に変形する資格があると思ふ。先生は、それでも平気に序文をかいたり、ノートを附けたりして済《すま》してゐる。のみならず、此の序文を見ろと云つてハムレツトへ附けた緒言《しよげん》を読まされた事がある。其の次行つて面白かつたと云ふと、君日本へ帰つたら是非此の本を紹介して呉れと依頼された。アーデン・シエクスピヤのハムレツトは自分が帰朝後大学で講義をする時に非常な利益を受けた書物である。あのハムレツトのノート程周到にして要領を得たものは恐らくあるまいと思ふ。然し其の時は左程《さほど》にも感じなかつた。然し先生のシエクスピヤ研究には其の前から驚かされてゐた。

客間を鍵の手に曲ると六畳程な小さな書斎がある。先生が高く巣をくつてゐるのは、実を云ふと、此の四階の角で、其の角の又角に先生に取つては大切な宝物がある。――長さ一尺五寸幅一尺程な青表紙の手帳を約十冊ばかり併《なら》べて、先生はまがな隙《すき》がな、紙片《かみぎれ》に書いた文句を此の青表紙の中へ書き込んでは、吝《けちん》坊《ぼう》が穴の開《あ》いた銭《ぜに》を蓄《ため》る様に、ぽつり〳〵と殖やして行くのを一生の楽みにして居る。此の青表紙が沙翁《さをう》字典《じてん》の原稿であると云ふ事は、こゝへ来出《きだ》して暫く立つとすぐに知つた。先生は此の字典を大成する為に、ウエールスのさる大学の文学の椅子を抛《なげう》つて、毎日ブリチツシ・ミユージアムへ通ふ暇をこしらへたのださうである。大学の椅子さへ抛《なげう》つ位だから、七志《シルリング》の御弟子を疎末《そまつ》にするのは無理もない。先生の頭のなかには此の字典が終日終夜槃桓磅礴《ばんくわんはうはく》してゐるのみである。

先生、シユミツドの沙翁字彙《さをうじゐ》がある上にまだそんなものを作るんですかと聞いた事がある。すると先生はさも軽蔑を禁じ得ざる様な様子で是れを見給へと云ひながら、自己所有のシユミツドを出して見せた。見ると、さすがのシユミツドが前後二巻一頁として完膚なき迄真黒になつてゐる。自分はへえと云つたなり驚いてシユミツドを眺めてゐた。先生は頗る得意である。君、もしシユミツドと同程度のものを拵へる位なら僕は何もこんなに骨を折りはしないさと云つて、又二本の指を揃へて真黒なシユミツドをぴしや〳〵敲き始めた。

「全体何時頃《いつごろ》から、こんな事を御始めになつたんですか」

先生は立つて向ふの書棚へ行つて、しきりに何か捜し出したが、又例の通り焦《じ》れつたさうな声でジエーン、ジエーン、おれのダウデンは何うしたと、婆さんが出て来ないうちから、ダウデンの在所《ありか》を尋ねてゐる。婆さんは又驚いて出て来る。さうして又例の如くヒヤ、サーと窘《たしな》めて帰つて行くと、先生は婆さんの一瞥《いつさつ》には丸《まる》で頓着なく、餓《ひも》じさうに本を開けて、うん此処にある。ダウデンがちやんと僕の名を此処へ挙げて呉れてゐる。特別に沙翁《さをう》を研究するクレイグ氏と書いて呉れてゐる。此の本が千八百七十……年の出版で僕の研究は夫《それ》よりずつと前なんだから……自分は全く先生の辛抱に恐れ入つた。序《つい》でに、ぢや何時《いつ》出来上るんですかと尋ねて見た。何時《いつ》だか分るものか、死ぬ迄遣る丈《だけ》の事さと先生はダウデンを元の所へ入れた。

自分は其《そ》の後《ご》暫くして先生の所へ行かなくなつた。行かなくなる少し前に、先生は日本の大学に西洋人の教授は要らんかね。僕も若いと行くがなと云つて、何となく無常を感じた様な顔をしてゐられた。先生の顔にセンチメントの出たのは此の時丈《だ》けである。自分はまだ若いぢやありませんかといつて慰めたら、いや〳〵何時《いつ》どんな事があるかも知れない。もう五十六だからと云つて、妙に沈んで仕舞つた。

日本へ帰つて二年程したら、新着の文芸雑誌にクレイグ氏が死んだと云ふ記事が出た。沙翁《さをう》の専門学者であると云ふことが、二三行書き加へてあつた丈《だけ》である。自分は其の時雑誌を下へ置いて、あの字引はつひに完成されずに、反故《ほご》になつて仕舞つたのかと考へた。

『タイムズ』紙の故人略伝

いま作品としての『クレイグ先生』にふれる前にクレイグ先生の人と業績を西洋側からも見ておこう。漱石の作中にも出てきたダウデンはいまなお名前の伝わるダブリン大学の教授だった人だが、クレイグの方は相当教養のあるアイルランドの人に聞いてももうすっかり忘れられてしまった存在であるらしい。それでもクレイグ William James Craig（一八四三―一九〇六）の名前は *the Dictionary of National Biography* の第二附録に載っていたので、それを手蔓《てづる》にいくつかの事実を知ることができた。まずこの『大英伝記辞典』（一九二〇年版）から抄訳して紹介しよう。

シェイクスピアの編纂者であるクレイグは一八四三年十一月六日、デリー州 Co. Derry の Camus juxta Bann 別名 Macosquin で当時その地で副牧師をしていたジョージ・クレイグ（一八〇〇－一八八八）の次男として生まれた。ポートトラ・スクールへ通った後、一八六一年七月一日ダブリン大学のトリニティー・カレッジへ寄宿生として入学、一八六五年歴史と英文学で銀牌を得、学士として卒業した。修士の学位を得たのは一八七〇年であった。学部時代から熱心な英語英文学の研究者で、なみなみならぬ辛抱強さの歩行者でもあった。卒業後、トリニティーで歴史と文学の私的なチューターをしていたが、一八七四年ロンドンへ移り、陸軍や公務員を志望する者の私的なコーチを勤めた。一八七六年にウェールズのアベリストウィスのユニヴァーシティ・カレッジの英語英文学の教授に任命されたが、彼がそこで開設したシェイクスピアを読むクラスはこの劇作家を知る上で非常に刺戟的で、彼は自分の文学的熱情の幾分かを学生たちにもわかち伝えた。その時の教え子の中には後に代議士になったトマス・エドワード・エリスもいれば高等裁判所所長になったサミュエル・エヴァンズ卿もいた。彼は一八七九年教職を辞してロンドンへ戻りまたコーチの生活をはじめた。一八八四年にはハットフィールドでソールズベリー侯爵の末子ヒュー・セシル卿のチューターとなったが、その時期を除けばいつもロンドンで私的教授をして生計を立て一八九八年に及んだ。その年から死ぬまでクレイグは彼の全精力を文献学的ならびに文学的調査のために集中し、しきりと大英博物館へ通った。彼はすでに一八八三年、新シェイクスピア協会のために『シンベリン』の綿密な校合本を刊行していたが、それに引続いて一八九四年にはオクスフォードのクラレンドン出版局から一冊本の『シェイクスピア全集』を出している。これには短い字彙がついている。この版は *The Oxford Shakespeare* として知られ、その後さまざまな形で版を重ねた。教育に携っていたころからクレイグは綜合的なシェイクスピア字彙を作るための材料を蒐集していたが、引退後はその材料に加えるにエリザベス朝作家からの引用も説明に役立つ限り加えるという巨大な仕事に取組んだ。しかし彼の蒐集はあまりにも不完全な状態のままで死後に残されたためついに出版されずにおわった。しかし彼はMethuen社から出版された*The Little Quarto Shakespeare*（全四〇冊、一九〇一年–一九〇四年）のための序説や脚註を完成したし、また一九〇一年以降は彼の友人エドワード・ダウデン教授のあとを継いで*The Arden Shakespeare*（同じく全四〇冊）の監修者となった。この『アーデン・シェイクスピア』は当時のシェイクスピア学者が分担して作品を校合し註釈を丹念に付した版である。この『アーデン・シェイクスピア』の中でクレイグは『リヤ王』の巻（一九〇一年）を担当したが、驚嘆すべき完璧な労作であった。『コリオラヌス』の巻も準備していたが未完のまま亡くなった。

クレイグは「野蛮倶楽部」の人気のある会員で共感できることの幅が広く、しかもそれに学者的関心と詩心とが結びついていた。最後まで彼はたくましい歩行者であって、学問研究の方法は秩序立っていなかったが、シェイクスピアの良い版を組もうとする努力においてはいかなる労も惜しまなかった。彼は独身のまま、一九〇六年十二月十二日、手術を受けた後、亡くなった。遺骸はライギット墓地に葬られた。彼の蔵書のうち数百冊は妹のMerrick Head夫人の手でストラットフォード・オン・エイヴォンの公共図書館へ寄贈された。それらはまとめられてしかるべき言葉を記入された本棚に保管されている。彼の肖像は一九〇四年Alfred Wolmarkによって描かれた。

（以上、筆者の『タイムズ』一九〇六年十二月十八日の記事、下院議員S. L. Gwynnの『スペクテイター』一九〇七年一月五日の記事、『シェイクスピア年鑑《ヤールブッフ》』（ワイマル）一九〇七年号、私的情報ならびに個人的知識による）

S・L

S・Lというイニシャルは、この『大英伝記辞典』の編集者でかつ執筆者の一人のSidney Leeである。そのリファレンスをたどって東京大学綜合図書館で調べると、『スペクテイター』や『シェイクスピア年鑑』

の古いバックナンバーは揃《そろ》っていなかったが、ロンドンの『タイムズ』紙はプレス・センターにマイクロ・フィルムが備わっていた。いま一九〇六年十二月十八日の同紙の〈Obituary Mr. W. J. Craig〉という記事を読んでみよう。その記事は〈A correspondent writes……〉という形で始まっているが、『大英伝記辞典』のリファレンスで明らかにされたように、『タイムズ』へ通信を寄せたのはシドニー・リーその人なのだった。この高名な伝記作家で批評家は友人クレイグの死を悼《いた》んでこう書きだしている。

先週ウィリアム・ジェイムズ・クレイグが亡くなった。彼は現存のシェイクスピア編纂者の中でおそらくもっとも学識の豊かな人であった。

そして『大英伝記辞典』の項目に記されたと同じように、アイルランド出身のクレイグの生い立ちや学歴にふれ、ダブリンのトリニティー・カレッジの時代については、いかにも英国風な関心の寄せ方かと思うが、サー・シドニーはこう書いている。

クレイグは自分が学生時代、運動競技に秀でたことを好んで話した。学部時代の彼はその点で傑出した学生だったそうである。そして彼は最後まで熱心な積極的な歩行者《ウォーカー》であった。彼はまたいつでも自分の母校の運命に深い関心を寄せていた。彼が生涯の友人となったウィリアム・グラハム教授やダウデン教授と知己になったのもまたそこでであった。……後にハットフィールドでヒュー・セシル卿の私教師となったが、彼は同卿と生涯の終りまで親しい関係を結び続けた。彼はただ単に若い人に能率的に教える教師だけでなく、それ以上のなにものかであった。彼は自分の教え子の中に親愛の感情を呼びおこしたが、その感情は後年しばしば堅固な友情へと発展していったのである。若いころから彼はひたすら、周到な注意と献身的な熱意をもって英文学研究に打込んだ。英語で書かれた散文や詩の最上のものが彼のすばらしい趣味性に訴えるのであった。次第に彼はその注意力をシェイクスピアの作品に集中し、十一年前には主としてシェイクスピア字彙《じい》を完成する目的で他の職はいっさい捨ててしまった。そのシェイクスピア字彙は巨大な規模で構想されたものだが、彼の死によって未完成のままに終った。彼が集めた厖大《ぼうだい》な資料がいつか研究者の用に供されることが期待される。

リー博士はそこでシェイクスピア学者としてのクレイグの業績と能力にふれた後、クレイグの人となりについてはこう書いた。

クレイグ氏が公刊した業績はまことに立派な価値のあるものだが、しかしそれとても彼の人間としてのまた学者としての天真爛漫《てんしんらんまん》な、充ちあふれるような人柄とは比較的関係が薄かった。ある点ではクレイグ氏は孤独な一人だちの人である。彼は世にも稀な卓抜した文献学者《フイロロジスト》の一人で、そのような彼にとっては、文学において見るべきものは文体、思想、感情だけであった。一語一語の言葉の意味をたどってその使用例を明らかにしようとするあの正真正銘の情念も彼の批評眼を曇らせることはけっしてなかった。彼の文学的センスは二十五歳の時も六十三歳の時も同じように新鮮で清らかに澄みきっていた。人間としてのクレイグ氏は友情の天才であった。若い人々の望みや憧れや熱意にたいし自分の方から進んで共感できる性質であったから、彼は最後まで心が若かった。他人の役に立つことを喜ぶ性分で、自分の該博《がいはく》な知識を利用したい人には誰にでも惜しみなく提供した。他人の弱点にたいしては寛容で、健康だったころは非常に陽気なすばらしい仲間で、つきあって彼くらい楽しい人はいなかった。鋭いユーモアの感覚の持主で、自分が滑稽な立場へ追いこまれると、立ち所に生き生きと反応した。なにしろクレイグ氏には注意散漫の傾向があり、しかもその筆蹟が奇妙に読みづらいときているために、しばしば彼自身がコミカルな立場へ追いこまれてしまったのである。彼の親しい友人は、彼と同じような趣味をわかちあう人々だったが、しかし彼は誰とでもくつろいで交わった。「野蛮倶楽部」には彼ほど人気のある会員はほかになかったと思う。彼は寛大で謙虚な魂の持主であったから、卑しさと思いあがり以外は他人を難詰《なんきつ》することはなかった。ライギット墓地で先週土曜日に行なわれた葬式に参列した知友の中には、P・S・アブラハム博士、J・M・バリー氏、シドニー・リー氏、E・V・ルーカス氏、J・M・ミンチン教授、ノーマン・ムーア博士、ジョン・ラック博士などの顔が見られた。

これがクレイグ先生の訃を報じた『タイムズ』の記事だった。このような情理を兼ね備えた読み出がある文章に接すると、「西洋の新聞は実にでがある」という漱石がロンドンへ着いて受けた第一印象が私たちにもまたよみがえってくる。私は東京大学図書館で『タイムズ』のマイクロ・フィルムを読み進んでゆくうちに、漱石がロンドンで体験した文明の隔差《かくさ》の意味をこのような死亡記事一つにも追体験する思いがした。いま obituary を研究社の『新英和大辞典』に従って「死亡記事」と訳したが、しかし日本の新聞の数行でお座《ざ》なりに片づけてしまう「死亡記事」とタイムズのヒューマンな記事とを同じ言葉でくくってしまうべきではないだろう。考えてみるがいい。一学究の死に際して、（センチメンタルな型にはまった、あの日本の大新聞特有のお安い義憤ではなく）、いま読んだような正確な評価をもまじえた追悼記事が日本の大新聞に出たことがかつてあるだろうか。それも有名な学者ではなく、市井《しせい》の、いうならば家庭教師をしながらシェイクスピア研究を推し進めたウィリアム・ジェイムズ・クレイグの訃報《ふほう》なのである。その obituary は「死亡記事」と訳さずに「故人略伝」とでも訳せば、いくらかでもその内容の真実に近づくことができるだろうか。もっともこれほど言葉の足りた故人略伝はイギリスの新聞でも稀《まれ》な記事だったのかもしれない。というのは執筆者のリー（一八五九―一九二六）はオクスフォードを出てから『大英伝記辞典』の編輯部に入り、後にはその監修者の地位にまで上った人で、彼が *the National Biography* へ寄稿した項目は八百に及ぶといわれる伝記の名手――リーには『伝記の原則』*Principles of Biography* という著書さえある――だったからである。それにリーは、血統はユダヤ系という点はクレイグと違っていたが、クレイグと同じようにエリザベス朝の人々に興味を持ち、彼自身シェイクスピア学者であり、『大英伝記辞典』のシェイクスピアの項目も彼が書いている。そしてその項目をふくらまして『シェイクスピアの生涯』という著書も一八九八年に出している。リーはそのような関係もあって、なにかとクレイグとのつきあいの深かった人だからである。

一回一時間五志《シルリング》

このように調べてみると、ケヤ教授が日本人留学生 Mr. Natsume に推薦《すいせん》したコーチはヴェテランだったということがわかる。イギリスでソールズベリー家といえば名門中の名門で、しかも当主のロバート・セシル・ソールズベリー侯爵（一八三〇―一九〇三）は一八八六年以来、イギリスの保守党を率いて政権の座にあり、十五年来首相として大英帝国をリードしてきた人である。日本が一九〇二年イギリスと日英同盟を結ぶのも、このソールズベリー内閣を相手としてのことである。夏目漱石は自分では知らなかったが、その Salisbury 侯爵の末子 Lord Hugh Cecil の家庭教師であったクレイグを自分の個人教授とするという偶然にめぐりあっていたのだった。漱石はそうと聞かされたら、へえと恐れ入ったことだろう。

またこのように日英双方から調べてゆくとシドニー・リーが気づかなかったような事も二、三私たちには気づかれてくる。クレイグが亡くなった直後、リーは『タイムズ』紙には、クレイグが『シェイクスピア字彙』の編纂《へんさん》に専心するために一八九五年来ほかの職はいっさい捨てたと書いた。それが『大英伝記辞典』の記事では三年後へずれて一八九八年来と訂正された。しかし一九〇一年にもクレイグは一日本人に private tuition を授けて、それで生計の一助としていたのだった。

ところでそのクレイグ氏の授業料の件だが、オクスフォード大学の名誉総長《チャンスラー》であったソールズベリー家の家庭教師も勤めたというからには、またクレイグ氏の学識をもってすれば、いま少し高く取っても良さそうなものだが、それがすこぶる安かった。円で示される明治三十年代の物価を今日（一九七三年）の千分の一と計算すると当時の漱石の学費月百五十円は今日の月十五万円という額に換算されるが、その割で行くと当時の一シリングは今日の五百円に相当する。漱石の日記を見ると明治三十三年十一月二十二日に、

Craig ニ会ス。Shakespeare 学者ナリ。一時間 5 shilling ニテ約束ス。面白キ爺ナリ。

と出ている。一回一時間五シリングで月単位で払う事にしていた。それで二月五日火曜日に、

Craig 氏ニ至ル、謝儀ヲ払フ。

三月五日火曜日に、

Craig ニ至リ謝礼ス。

と出てくるのだと思う。支払いの単位が一磅《ポンド》であるのは一回五シリングで四回で二十シリング、すなわち一ポンド、という計算なのだろう。それなのに漱石は勘違《かんちが》いしたのか、それとも自分の謝儀が一回五シリングというのではいかにも自分が吝嗇《けち》に見えてみっともないという虚栄心が働いたからか、作中では報酬を一

回七シリングに値上げしてしまった。この先生と生徒の金のやり取りは日本風でなくって面白い。いま会話を括弧《かっこ》に入れて再現してみよう。

始めて逢つた時、「報酬は」と聞いたら「左《さ》うさな」と一寸窓の外を見て、「一回七志《シルリング》ぢやどうだらう。多過ぎればもつと負けても好い」と云はれた。それで自分は一回七志《シルリング》の割で月末に全額を払ふ事にしてゐたが、時によると不意に先生から催促を受ける事があつた。「君、少し金が入るから払つて行つて呉れんか」抔《など》と云はれる。自分は洋袴《ズボン》の隠しから金貨を出して、むき出しに「へえ」と云つて渡すと、先生は「やあ済まん」と受取りながら、例の消極的な手を拡げて、一寸掌《てのひら》の上で眺めた儘、やがて是れを洋袴《ズボン》の隠しへ収められる。困る事には先生決して釣を渡さない。余分を来月へ繰り越さうとすると、次の週に又、「ちよつと書物を買ひたいから」抔《など》と催促される事がある。

「多過ぎればもつと負けても好い」などというビジネスの台詞《せりふ》は日本の教師の口からはそう気軽《きがる》に出てこない言葉だろう。漱石の日記を見ると三月十九日火曜日にはもう順序が狂って謝礼を月半ばに払わせられている。四月十六日火曜日の日記は作品中に出てくるクレイグ先生の面影をすでに髣髴《ほうふつ》させるものがある。

Craig 氏ニ至ル、一磅《ポンド》ヲ払フ。同氏曰ク、「英国人ハ金バカリ欲シガツテ居テ困ル、己《お》レモ少シ lecture デモシテ金ヲトラネバナラヌ。」

漱石も裕福などといえた身分ではなかったから、一人でやきもきと金の計算をしていた。五月二十一日火曜日の日記にはこう出ている。

朝洋服屋ノ見本来ル。Craig 氏ニ行ク、壱磅《ポンド》ヲ払フ、次回迄ノ分ナリ。

それなのにクレイグ先生は次回迄の繰越しを認めてくれなかったと見えて、四週間後の六月十八日火曜日には、

Craig 氏ニ至ル、£1ヲ払フ。

とまた一ポンド払ってしまっている。先生の催促がとくに急であったのは八月のことで、八月十三日の火曜日には、

Craig 氏ニ至ル、半磅ヲ払フ。

そしてその次の週の八月二十日火曜日にはまた、

Craig 氏ニ至ル、壱磅ヲ払フ、（3回分貸）

などと出ている。漱石はクレイグ先生に「君、少し金が入るから払つて行つて呉れんか」といわれると断りきれない江戸っ子の気風があったのだろう。漱石は自分がそのような気質の男だったから、それで逆に金銭問題でクレイグ先生にたいし一度ひどく腹を立てたことがあった。それは明治三十四年二月十二日火曜日

で、先生の私宅へ通い出してからまだ二月半ほどのころのことである。事件は――文化人類学者などにいわせれば cross-cultural frustration などという大袈裟《おおげさ》な事になってしまうだろうが――師弟関係についての東西の観念の相違に由来するのだった。漱石が英作文の添删《てんさん》をクレイグ先生に頼んだら、先生はビジネス・ライクにその分の謝礼も余計に請求したのである。漱石はむっとした。むっとしたから日記にも（そしてそれに引続く二、三回の間も）「Craig 氏」の「氏」が抜けて「Craig」と呼び棄てになっている。

二月十二日　火
Craig ニ至ル、文章ヲ添删センコトヲ依頼ス、extra charge ヲ望ム、卑シキ奴ナリ。

最初のうち漱石はどうもクレイグ先生にたいし多少突っかかってゆくようなところがあった。月雪花の審美感覚のうち、日本文学もイギリス文学も月や花を歌う点では共通するようだが、（ラフカディオ・ハーンも『乙吉の達磨《だるま》さん』で言及しているように）雪についてはどうも必ずしもそうはゆかぬらしい。漱石の『文学論』第四編第五章に、

嘗て彼地にありし頃雪見に人を誘ひて笑を招きし事あり。

と書いてあるのは、おそらく次の体験に基くのだろう。二月九日土曜日の日記に漱石はこう書いた。

……先達《せんだつ》て Craig 氏に「雪は好きか」と尋ねたら「大嫌ひだ」と答へた。「何故」と云たら、「泥がきたない」と云つた。「泥は誰も好くまいが雪は poet ノ愛するものだ」と答へてやつた。Craig は頻《しき》りに nature

を云々する男だ。

先達てというのは一月八日の火曜日のことかもしれない。漱石はその前の七日にはじめてロンドンの雪を見た。八日の日記には、

雪尚消えズ、午後ヨリ又降リシキル。

とあり、翌々日の一月十日には、

朝雪晴れて心地よき天気なり。独り野外に散歩す。温風面《おもて》を吹きて春の如し。倫敦《ロンドン》も Denmark Hill 附近は閑静にて、聊《いさゝ》か風雅の心を喚起するに足る。

と愉快の心境を記していたからである。しかし漱石がクレイグにいちばん突っかかるような姿勢を示したのは、彼がクレイグにメレディス――漱石はこの作家については後に自分の創作に利用するほどの関心をよせていた――について質問した時だった。二月二十日水曜日の日記にはその前日の漱石とクレイグとのやり取りが次のように記されている。それは文章添删の件で漱石が興奮した翌週であったから、まだ漱石の気もたかぶっていたのかもしれない。ここでも Craig と「氏」を抜いた呼び捨てで書いてある。

Craig ニ George Meredith ノ事に就て聞たら少しも知らない。色々言訳をした。英語の書物を悉《ことごと》く読まねばならぬ訳はない。耻《はぢ》るに及ばぬ事だ。

漱石は英国へ着いて一般の英国人が文学上の知識においては必ずしも自分より上ではない、ということをすでに発見して、奇妙な安心をしていた。その心理は一月十二日の日記にも詳しく出ているが、ロンドン大学でも講義の後で女子学生が教授に向って Keats や Landor の名前のスペリングを聞いているのを目撃して、へ、こんな程度か、と驚きもし安堵《あんど》もしていたのだった。そして一月十二日の日記にはこう結論していた。

……カヽル次第故、西洋人ト見テ妄《みだ》リニ信仰スベカラズ、又妄リニ恐ルベカラズ。然シ Prof. 抔ハ博学ナモノナリ、夫《それ》スラ難問ヲ出シテ苦メル事ハ容易ナリ。

それやこれやの体験があったから、夏目漱石は帰朝して東京大学で十八世紀英文学を講義する際、冒頭にまずこう述べた。『文学評論』第一篇の序言に出てくるこの言葉は、クレイグ先生との二月十九日のやり取りの一つの余響《よきょう》と見做《みな》してよいのだろう。

……西洋の学者でも自己の専ら修めて居る時期以外に渉《わた》ると普通の人が読んで居る書籍すら目を通して居らんことがよくある。

当り前の話かもしれないが、しかしその当り前のことを当り前として確認できたことにも漱石の英国留学の一つの意味はあったのである。

先生の情合《じょうあい》

シドニー・リーはクレイグについて「彼は自分の教え子の中に親愛の感情を呼びおこしたが、その感情は後年しばしば堅固な友情へと発展していった」と書いた。漱石のクレイグ先生にたいする追憶は、友情にまではいっていないが、親愛の情が底に流れていることは誰しも否定するまい。A feeling of affection は漱石の心中にも火を点《とも》されたのだった。そのような感情はおそらく二人が詩を論じていた間に生まれたのだろう。漱石は二月の最後の火曜日にクレイグ先生からシェリー協会の刊行物を二冊借りて帰ったが、シェリーについて英語で一文を草すると、三月五日火曜日にはそれをもってクレイグ氏の宅へ出かけた。日記にはこう出ている。

Craig ニ至リ謝礼ス。先生余ノ文章ヲ観テ大変賞讃シタリ。然シ議論其物ニハ平カナラザルガ如ク、少々余ニ議論ヲ吹キカケタリ。Shelley Society ノ Publication ノ内 W. Rossetti ノ *A Study of Prometheus Unbound* ヲ借テ帰ル。帰途 Knight ノ沙翁集其他合シテ50円許ノ書籍ヲ買フ。

日本人の英語教師には、いまでも多分にそうなのだろうが、喋らせると下手な割には文章の結構上手な人がいる。漱石はけっして話下手ではなかったが、英文は（もともと漢文で鍛えられていた関係もあって）なかなか達意だった。それを読んでクレイグも急に漱石を同輩扱いにして議論を吹き掛けたのだろう。『クレイグ先生』の中に面白おかしく書いてあるワトソン William Watson（一八五八―一九三五）とシェリーの比較論なぞもしかするとこの前後に話題にのぼったことかもしれない。

いつか自分の前でワトソンの詩を読んで、是はシエレーに似た所があると云ふ人と、全く違つてゐると云ふ人とあるが、君はどう思ふと聞かれた。どう思ふたつて、自分には西洋の詩が、先づ眼に訴へて、しかる後耳《のち》を通過しなければ丸《まる》で分らないのである。そこで好い加減な挨拶をした。シエレーに似てゐる方だつたか、似てゐない方だつたか、今では忘れて仕舞つた。が可笑《をか》しい事に、先生は其の時例の膝を叩いて僕もさう思ふと云はれたので、大いに恐縮した。

『クレイグ先生』を書いた時、漱石はもう大学の英文学の教師を辞めて朝日新聞社に入社して二年経っていたから、呑気《のんき》な、ざっくばらんな調子でこんなことも言えもしたのだった。しかしロンドンにいた時は、もっと緊張して硬くなっていたにちがいない。それだけにクレイグ先生に英語の文章を褒《ほ》められた時は、学生時代外人教師に褒められた時と同じように、嬉しかったにちがいない。その日はまたシェリー協会から出ている『鎖を解かれたプロメテウス』の研究書もクレイグ先生から借りて帰ったし、通いつけの本屋では『シェイクスピア全集』をはじめ、しこたま書物を買いこんでいる。五十円という金はその月の学費の三分の一に当るので、いまなら五万円というほどの金額ではあるまいか。クレイグ先生に文章を褒められた心のはずみが財布の紐をゆるめたのだろう、漱石はその日はベーカー街で一シリング十ペンスの安い昼食まで自分に奢《おご》って帰宅している。

クレイグと漱石は、テニソンやワーズワースを論じた際にも意気投合するところがあったらしい。四月十六日の火曜日の日記に次のように書いたのは、漱石も心中かねて感じていたところをクレイグがはっきり指摘したからではあるまいか。

……Craig 氏曰ク、Tennyson ハ artist ナリ、大詩人ナリ。去《さ》レドモ欠点アリ。彼ノ哲学的詩ハ深カラズ、彼ノ Nature ニ対スル観念ハ Wordsworth ヨリモ scientific ナリ、細カイト云ニ過ギズ。Wordsworth ノ傑作ハ固《もと》ヨリ T. ノ上ニアリ。

そしてその翌週は漱石が自分の意見を述べる番となった。四月二十三日の火曜日の日記にはこう出ている。

……Craig 氏ニ至ル。Tennyson ノ *In Memoriam* ヲ評ス。「Taste ハ天福ナリ、君之《これ》ヲ得タリ、賀スベシ」ト云フ。

夏目漱石はクレイグにそういわれて本当に嬉しかったにちがいない。「Taste ハ天福ナリ、君之ヲ得タリ、賀スベシ」という文章の、このなんともいえぬ張りのある響きに、漱石の胸の高鳴りを聞く思いがする。『クレイグ先生』の中にはそれと似た話が、次のように出ている。

ある時窓から首を出して、遥かの下界を忙《いそが》しさうに通る人を見下《みおろ》しながら、君あんなに人間が通るが、あの内で詩の分るものは百人に一人もゐない、可愛相《かはいさう》なものだ。一体英吉利人《イギリスじん》は詩を解する事の出来ない国民でね。其処へ行くと愛蘭土人《アイヤランドじん》はえらいものだ。はるかに高尚だ。――実際詩を味《あぢは》ふ事の出来る君だの僕だのは幸福と云はなければならない。と云はれた。

そしてその創作中の文章は、

自分を詩の分る方の仲間へ入れてくれたのは甚だ難有《ありがた》いが、其の割合には取扱が頗る冷淡である。

と続く。その続け方には漱石の照れ隠しもまじっているのだろう。作品中の文章はさらに、自分は此の先生に於て未だ情合《じやうあひ》といふものを認めた事がない。全く器械的に喋舌《しやべ》つてる御爺さんとしか思はれなかつた。

と続いている。漱石はそのころはクレイグ先生についてあるいは本気にそう思っていたのかもしれない。しかしシドニー・リーが指摘した a feeling of affection ——これは「情合」という言葉で訳せばよいのだと思うが——はこの極東から来た留学生の心中にも生まれつつあった。それだから「……としか思はれなかつた」という過去形で終る文章は行を改めて「けれども」と一転する。

けれども斯《こ》んな事があつた。自分の居る下宿が甚だ厭になつたから、此の先生の所へでも置いて貰はうかしらと思つて、ある日例の稽古を済ましたあと、頼んで見ると、先生忽ち膝を敲いて、成程、僕のうちの部屋を見せるから、来給へと云つて、食堂から、下女部屋から、勝手から、一応すつかり引つ張り回して見せて呉れた。固《もと》より四階裏の一隅だから広い筈はない。二三分かゝると、見る所はなくなつて仕舞つた。先生は其処で、元の席へ帰つて、君斯ういふ家《うち》なんだから、何処へも置いて上げる訳には行かないよと断るかと思ふと、忽ちワルト・ホイツトマンの話を始めた。

さりげない筆で書かれているが、漱石はクレイグ先生の家に書生に置いて貰おうとまで思ったのだ。この先生と日常顔をつき合せて暮していれば必ずやなにか学ぶところがあるだろうと漱石は思ったのだ。それは漱石のことだから、ケーベル先生の所へ頼みこんで書生に置いて貰った深田康算や久保勉のようなひたむきな感じはないけれども、それでもこの明治日本の一留学生は、クレイグ先生の書生になろうという突拍子《とつぴようし》もないことを、食堂から勝手から一応見てまわった二、三分の間は、真面目《まじめ》に考えていたのだ。それにこの話を読むと、漱石に詳しい読者はそれより三年ほど前に熊本の内坪井町の漱石の家へ訪ねてきた漱石の教え子のことを思い出すのではないだろうか。その生徒が、

「先生のお宅へ書生において頂けませんか」

という相談をもちかけた時、

「裏の物置なら空いているから」

と漱石は自分が先に立って案内した。しかしその物置が畳が剝いで埃《ほこり》だらけだったばかりか板壁なので頼んだ方がしょげて退却してしまった。それがやがては漱石と親しい師弟愛で結ばれ、後にはたがいに尊敬する仲となった漱石と寺田寅彦の出会いの一齣《ひとこま》なのであった。

槃桓《ばんかん》磅礴《ほうはく》

先生は時々手紙を寄こす。其の字が決して読めない。尤も二三行だから、何遍でも繰返して見る時間はあるが、どうしたつて判定は出来ない。先生から手紙がくれば差支があつて稽古が出来ないと云ふことゝ断定して始めから読む手数《てすう》を省《はぶ》く様にした。

漱石の『クレイグ先生』のユーモアは適宜《てきぎ》誇張をまじえることからも生まれているので、この一節を読んだ時もそうかと思った。西洋人の筆蹟にはなんとも読みづらいのがあるので、それに比べると漱石の英文の筆蹟はいかにも見事だ。これは漱石が筆と墨で漢字を書かせても達筆だったことに由来しているのだろう。クレイグ先生が漱石に「君の方が余程上手だ」と言ったのは御世辞《おせじ》抜きだったと思う。しかしその次の一節を読んだ時は、これはもう誇張だと思った。

から云ふ字で原稿を書いたら、どんなものが出来るか心配でならない。先生はアーデン・シエクスピヤの出版者である。よくあの字が活版に変形する資格があると思ふ。先生は、それでも平気に序文をかいたり、ノートを附けたりして済《すま》してゐる。

「よくあの字が活版に変形する資格があると思ふ」などという表現は、『吾輩は猫である』になんとなく通じるこの『クレイグ先生』のヒューモラスな文体の一特色だろうと最初のうちは思っていた。そう思っていただけに、シドニー・リーが『タイムズ』の追悼記事の中で「クレイグ氏はその筆蹟が奇妙に読みづらいためにしばしば氏自身がコミカルな立場へ追いこまれた」と書いてあるのを見つけた時は、漱石の言い分との暗合《あんごう》に驚かされた。リーの〈his singularly difficult handwriting〉などという言い廻しには、その singularly という副詞の選び方にも、旧友にたいする微笑を含んだ揶揄《やゆ》が感じられる。漱石が明治三十三年十一月二十一日、クレイグから最初に返事を貰った時の印象「滅茶苦茶ノ字ヲカキテ読ミニクシ」は事実その通りだったのである。

リーはまたクレイグのことを〈To the last he was a sturdy walker, and although an unmethodical worker spared himself no pains in his editorial efforts.〉と書いているが、漱石の見たクレイグもシステムもメソッドもないという点ではまさにその通りだった。私宅教師としてもおよそ unmethodical だったので、漱石は最初からその点に気づいて明治三十四年二月五日、藤代禎輔には、「僕のコーチも頗る愚だが少しは取る処ありで是丈《これだけ》はよさずに通学して居る。system も何もなくて口から出まかせを夫《それ》から夫へとシャベる奴だよ」と報じた。この「頗る愚」という言葉は、狩野亨吉以下に宛てた手紙の「頗る妙な爺」や日記の「面白キ爺」などと同様、一種の親しみをこめた表現であることはいうまでもない。クレイグの「アイヤランド弁」の聞き取りにくさも御愛嬌《ごあいきよう》のうちだが、「昔ホイツトマンが来て自分の家へ少時逗留して居た事がある」というのは漱石の聞き違えの一例だろう。ホイットマンは生涯イギリスの地を踏んだことのない詩人だからである。非常に早口で、無方法で、一向に秩序立っていないクレイグ先生の教授法は次のように叙されている。

……聞いてゐると、先生の好きな所へ連れて行つて、決して帰してくれない。さうして其の好きな所が、時候の変り目や、天気都合で色々に変化する。時によると昨日《きのふ》と今日《けふ》で両極へ引越しをする事さへある。わるく云へば、まあ出鱈目《でたらめ》で、よく評すると文学上の座談をして呉れるのだが、今になつて考へて見ると、一回七志《シルリング》位で纏つた規則正しい講義抔《など》の出来る訳のものではないのだから、是は先生の方が尤もなので、それを不平に考へた自分は馬鹿なのである。尤も先生の頭も、其の髯の代表する如く、少しは乱雑に傾いてゐた様でもあるから、寧ろ報酬の値上をして、えらい講義をして貰はない方が可《よ》かつたかも知れない。

シドニー・リーはクレイグについて〈He was that rare kind of skilled philologist with whom style, thought, and feeling were the only things that counted in literature.〉といい、文献学的な実証調査の情念も彼の批評眼を曇らせることはけっしてなかった、「彼の文学的センスは二十五歳の時も六十三歳の時も同じように新鮮で清らかに澄みきっていた」と書いた。漱石が彼に就いた五十七歳の時もそうだったのだろう。英語で書かれた最良のものがクレイグのすばらしい趣味性に訴える様は、漱石によっても見事に描かれている。

先生の得意なのは詩であつた。詩を読むときには顔から肩の辺《あたり》が陽炎《かげろふ》の様に振動する。――嘘ぢやない。全く振動した。

「陽炎の様に振動する」というのは漢詩などに出てくる形容なのだろうか。実にうまい言葉だと思う。一種、実感があるではないか。

漢語表現をいわゆる字眼としてうまく使った例はクレイグが *A Comprehensive Glossary of Shakespeare* を大成しようとして、こつこつ努めている様を叙した最後の条りにも出てくる。

……先生はまがな隙《すき》がな、紙片《かみぎれ》に書いた文句を此の青表紙の中へ書き込んでは、吝坊《けちんぼう》が穴の開《あ》いた銭《ぜに》を蓄《ため》る様に、ぽつり〳〵と殖やして行くのを一生の楽みにして居る。……先生の頭のなかには此の字典が終日終夜槃桓磅礴《ばんくわんはうはく》してゐるのみである。

蓄積をこととする学問に従事する学者の心理状態が吝嗇家《りんしょくか》のそれに通じるというのは、正《まさ》にその通りかと思うが、その「銭《ぜに》を蓄《ため》る様に」という俗なたとえの後に「槃桓磅礴」という漢語を持ってきたのは文章法としてもうまいものだ。槃桓《ばんかん》が「たちもとおり進みがたいさま」で、磅礴《ほうはく》が「みちふさがるさま」だ、などという意味は別に知らずとも、なんとなく感じが伝わってくる。学問研究の方法は秩序立っていなかったが、シェイクスピア字彙《じい》を大成するためには、いかなる労をも惜しまなかったクレイグ氏の孜々《しし》としてつとめる感じが、実によく伝わってくる。

シドニー・リーが指摘した、クレイグ氏の注意散漫《さんまん》の傾向 his tendency to absent-mindedness も、漱石の『クレイグ先生』には見事に活写されている。よく本を置き違える先生が、本が見当らないと「焦《せ》き込《こ》んで、台所に居る婆さんを、ぼやでも起つた様に、仰山な声をして呼び立てる。」すると婆さんがすぐ見つけ出して「ヒヤ、サー」と云って「聊《いさゝ》かたしなめる様に先生の前に突き附ける。」漱石はそのような光景を自分の目の前でもう何度も見たのにちがいない。his tendency to absent-mindedness をいま「クレイグ氏の注意散漫の傾向」と直訳したが、absent-minded は漱石が書いたように「疎忽《そそっ》かしい」と訳せばもっと感じが出るのだろう。その先生の疎忽かしさがこの小品の中でももっとも巧みに描写された面なのかもしれない。
リーの記述と漱石の記述はこのようにぴたりぴたりと一致するが、一箇所だけ合致しない点があった。それは明らかに漱石の間違いなのだが、先ほどのクレイグ先生の筆蹟の話の続きとして漱石はこう書いている。

……先生は、それでも平気に序文をかいたり、ノートを附けたりして済《すま》してゐる。のみならず、此の序文を見ろと云つてハムレツトへ附けた緒言《しょげん》を読まされた事がある。其の次行つて面白かつたと云ふと、君日本へ帰つたら是非此の本を紹介して呉れと依頼された。アーデン・シエクスピヤのハムレツトは自分が帰朝後大学で講義をする時に非常な利益を受けた書物である。あのハムレツトのノート程周到にして要領を得たものは恐らくあるまいと思ふ。

これは明らかに漱石が勘違いしたので、クレイグが introduction を書いたのは『ハムレット』ではなくて『リヤ王』である。漱石の明治三十四年一月二十九日火曜日の日記にも、

Craig 氏ニ至ル、*King Lear* ノ Introduction ヲ書キツヽアリ。

と出ている。狩野亨吉以下へ宛てた手紙にもそのことは出ている。漱石は帰朝後、大学の英文科で『マクベス』、『リヤ王』、『ハムレット』などを次々と講義した。それでうっかり取違えたのかと思うが、ここで話題となっているのは、リーが〈an admirably thorough piece of work〉と評したアーデン・シェイクスピアの『リヤ王』のことである。江藤淳氏は『漱石とその時代』（新潮社）の中で、漱石のシェイクスピア講読の評

判に刺戟されて上田敏《うえだびん》や外人教師までがシェイクスピアの授業を始めた様をいきいきと伝えているが、漱石がクレイグ氏がつけた周到にして要領を得たノートを利用しつつ講義を進めた様については次のように想像もまじえて報じている。ちょっと引かせていただく。

（明治三十七年）四月二十一日、金之助は第三学期のシェイクスピア評釈第一講として、『リア王』のフールの性格を論じていた。文科大学二十番教室は立錐の余地もなく、彼の講義は見ちがえるように冴えていた。

たくましい歩行者

シドニー・リーはクレイグが学生時代から熱心な歩行者《ペデストリアン》であった、と再三強調した。クレイグが自分の脚でこつこつと歩く人であることと、シェイクスピア学者としての類を絶した粘り強さとを結びつけた説明であることはいうまでもない。〈a pedestrian of unusual endurance〉〈a sturdy walker〉〈he remained to the last an ardent and active walker〉こうした一連の言葉に接すると、その歩き方そのものが、クレイグの学者としての努力のあり方、さらには人生の生き方そのものと重なってくる。せかせかとではなく、大股にゆったりと自分のペースで歩いていったのだろう。もっともそのような独身の奇人ではあったが、クレイグは人間嫌いでもなければ社交嫌いでもなかったようで、「野蛮倶楽部」のもっとも人気のある会員だったという。The Savage Club というのは現役の科学者、文学者、芸術家のためにつくられたクラブで、チェヤリング・クロスの近くにあったと当時のロンドンのガイド・ブックにも載っているが、この面白い名のクラブはどんな会員組織だったのだろう。もっと調べてみたい気がする。

夏目漱石の方も、やはりこのなみなみならぬ辛抱《しんぼう》強さの研究者にはかねがね驚かされていた。漱石だって学者になることを志していたのだが、しかしこうした種類の endurance は漱石にはなにか無縁なもののように思われた。それで彼は愚問を三つクレイグに呈してしまった。その一は、

「先生、シュミツドの沙翁字彙《さをうじゐ》がある上にまだそんなものを作るんですか」

であり、その二は、

「全体何時頃《いつごろ》から、こんな事を御始めになつたんですか」

であり、その三は、

「ぢや何時《いつ》出来上るんですか」

と尋ねたことだった。いま順をずらして第二問への答えから始めると、クレイグはダウデンの本を開けて、

(餓《ひも》じさうに本を開けて)、

「うん此処にある。ダウデンがちやんと僕の名を此処へ挙げて呉れてゐる。特別に沙翁《さをう》を研究するクレイグ氏と書いて呉れてゐる。此の本が千八百七十……年の出版で僕の研究は夫《それ》よりずつと前なんだから……」

それで漱石はへえと先生の辛抱強さに恐れ入るのだった。

ここで先ほどから再三その名前が出てきたダウデンその人について多少説明を加えよう。『漱石全集』に小宮豊隆がつけた註解には、

ダウデン Dowden, Edward（1843-1913）イギリスの文学史家。ダブリン大学教授。シェイクスピア研究家として有名。ここではその著書をさす。

とあるが、「イギリスの文学史家」はよしにした方があるいは無難ではあるまいか。ダウデンはクレイグと同じ一八四三年に同じアイルランドで生まれ、同じアイルランドのダブリン大学で学んだ仲で、いちはや

く母校の英文学の教授に任命された「アイルランドの英文学史家」なのである。そんな差異は取り立てていうほどのことはないではないかと思われるかもしれないが、これはなかなかデリケートな差異なので、実は私はそれと似た取り違えをやらかしたために、前に一度アイルランドの一令嬢から速達状《プヌマテイツク》で絶交を申し渡されたことがある。もっともその時は私が飛んで行って謝《あやま》ったら、相手の方がかえって照れくさがって絶交も解消となったが、しかしこれはやはり傷つけやすい問題なのである。言ってみれば旧京城帝国大学出身の韓国の人に「あなたは日本人ですね」というくらいな失礼な取り違えにもなりかねないのである。読者はクレイグが漱石に向って言った、

君あんなに人間が通るが、あの内で詩の分るものは百人に一人もゐない、可愛相《かはいさう》なものだ。一体英吉利《イギリス》人《じん》は詩を解する事の出来ない国民でね。其処へ行くと愛蘭土人《アイヤランドじん》はえらいものだ。はるかに高尚だ。――実際詩を味《あぢは》ふ事の出来る君だの僕だのは幸福と云はなければならない。

というお国自慢《じまん》の言葉を憶えておられると思う。この種の民族意識は単なるお国自慢で片付かないものがあるので、江藤淳氏は『漱石とその時代』の第二部でそれにふれて、次のような推測をめぐらしている。東《とう》海散士《かいさんし》の『佳人之奇遇』(明治十八年)の中でもうすでに日本人はアイルランド人と共感して手を握りあうのだが、この種のシンパシーは小説中に限らず実際に働くものでもあるだろう。江藤氏の推測とはこうである。

……金之助がとにかく一年近くクレイグの個人授業をつづけることができたのは、彼が英国人ではなくてアイルランド人だったという事情もてつだっていたかも知れない。英国内におけるアイルランド人の地

位は、ほぼ在日朝鮮人のそれにひとしく、クレイグと金之助は、おそらく英国及び英国人に対する陰微な敵意と憤懣を共有していたと思われるからである。

もっともこのクレイグと漱石の民族感情の問題については、これ以上立入って論じるだけの資料は揃っていないので、筆者はこれ以上の推測は避けたい。

話をダウデンとクレイグに戻すと、この二人は漱石が狩野亨吉以下に報じたように、またリーが『タイムズ』への通信に記したように、ダブリン大学以来の「朋友」であり、**life-long friends** であった。年齢は同じでありながら、早く母校に教授の職を得、次々と著書を出していたダウデンは、明治の中葉、日本にまでその名を知られた英文学者だった。そしてそのような地位に上った人であるだけに、旧友で世間知らずのクレイグをなにかと引き立ててくれたのにちがいない。アイルランド人はマイノリティー・グループであるだけに同郷の誼《よし》みもまた強い人たちなのだ。小宮教授の註解には、

ダウデン　……ここではその著書をさす。

とあるが、そのダウデンの著書とは具体的に何なのか、そのどこに「特別に沙翁を研究するクレイグ氏」という文句が出てくるのかと思って、ダウデンの数多い著書のうち一八七五年に出た Dowden : *Shakespeare : his Mind and Art* ほか七十年代に出た彼の著書を探ってみたが、どうもその文句が見当らない。だいたい漱石の「此の本が千八百七十……年の出版で」という記述そのものがうろ覚えに違いないのだから、七十年代の書物にその文句が出ているという保証はない。また文句そのものも「特別に沙翁を研究するクレイグ氏」というままの文面であったという保証もない。それでほかの年代に出たダウデンの著書も探ってゆくと、文

章の内容は違うが、ダウデンがクレイグを推称した言葉としては次のようなのがあった。それは先刻から話題にのぼったアーデン・シェイクスピア中のダウデン編纂の『ハムレット』(初版、一八九九年)の附録《アデンダ》の第三補足の中にあるので、この言葉を読むと、ダウデンとクレイグの親しい仲が目に浮んでくる。いま最初にその原文を引かせていただく。

Mr. Craig, who in knowledge of the language of Shakespeare is, I believe, unsurpassed by any living student, has read the proof-sheets of this edition (not always agreeing with my interpretation), has noted omissions, and has sent me a mass of valuable illustrations and additions, from which I make a scanty selection.

シェイクスピアの言語に通じている点では、クレイグ氏を凌駕する人は現存の研究者中にいないと筆者は信じているが、そのクレイグ氏がこの版の校正刷を読んで(その際、氏は必ずしも筆者の解釈に同意したというわけではなかった)、筆者が見落した点を指摘し、筆者に山のような貴重な参考例と補足とを書き送ってきた。残念ながらここではその中から少数を選んで掲げることしかできない。

後でふれるようにクレイグはクレイグでダウデンのシェイクスピア批評家としての能力には最高の敬意を表しているのだが、しかし博捜《はくそう》や編輯にかけてはクレイグの方がはるかに上手《うわて》だったのだろう。ダウデンも敬服して半ば参っているらしい。またそれだからこそアーデン・シェイクスピアの監修者 general editor が、最初はダウデン教授であったのが、中途で(というのはこのダウデン編纂の『ハムレット』が出た一八九九年と、クレイグ編纂の『リヤ王』が出る一九〇一年の末の間のことだが)クレイグ氏へと変ったのだろう。その監修者の交替には友情もあずかっていたが、学識の力関係もまたあずかっていたにちがいない。

ところで一つ一つの語や語句の意味をたどり、そのさまざまな使用例を集めることによって、その語や語句の正しい解釈を決定しようとするこの博引旁証《はくいんぼうしょう》こそ、博言学とも訳されたことのある philology の古典的な行き方であり、クレイグが生涯を傾けたのも、まさにそのための努力だった。だがしかしすでにその方面で先輩が仕事を一応完成させているとなると、新規にシェイクスピア字彙《じい》を造ろうとする仕事は、いったいどういう意味を持ち得るのだろうか。そこでその仕事の意味を問うたのが漱石の第一問、

「先生、シユミツドの沙翁字彙《さをうじゐ》がある上にまだそんなものを作るんですか」

だった。

「すると先生はさも軽蔑を禁じ得ざる様な様子で是れを見給へと云ひながら、自己所有のシユミツドを出して見せた。見ると、さすがのシユミツドが前後二巻一頁として完膚なき迄真黒になつてゐる」

ここでシュミット（漱石はシユミツドとトに濁点を振っているが）というドイツのシェイクスピア語学者にふれておこう。アレクサンダー・シュミット Alexander Schmidt（一八一六―一八八七）は *Shakespeare-Lexicon* という大著を出したことで、今なお名前の知られている学者である。その『シェイクスピア辞典』は副題を *A Complete Dictionary of All English Words, Phrases and Constructions in the Works of the Poet* というので、シェイクスピアの作品に現われたあらゆる語彙を集め、その出所を示したもので、用語索引にもなるし、その解釈も標準的とされたものでいまなお版を重ねている。ドイツにおけるシェイクスピア熱と――シュミットが生まれた時はゲーテが『ヴィルヘルム・マイスター』の中で『ハムレット』を論じてからまだ間もないころだった――厳正な文献学的な伝統が、外国語学研究においても本国人の業績を凌駕《りょうが》した一例といえるだろう。なにしろ前後二巻、一四八五ページもある大部なもので、しかもそれが前世紀の七十年代に公刊されてから、まだそう年月が経っていなかったから、それで漱石の「シユミツドの沙翁字彙《さをうじゐ》がある上に」という質問となったのだった。

しかしクレイグの眼から見るとシュミットの「標準的」とされている解釈が、間々《まま》怪しくて不満に堪えぬのだ。それだからアーデン・シェイクスピアでダウデンが『ハムレット』を出して註釈にシュミットを引くと、クレイグからそれに反論する「山のような」別の引用例が送られてきたのだろう。それでダウデンとしてはざっと次のように両者の説をあわせて紹介し、それに自説を混じえることとなった。ここでは二例だけを掲げるが、もし拙稿の読者の中に奇特《きとく》な学者肌の方がおられるなら、お手許の *Hamlet* の第一幕第五場を繙《ひもと》かれて正解を御検討願いたい。（なおここでFとあるのは一六二三年に出た最初のフォリオ版のことの由。）

I. v. 97: *globe.* Schmidt thinks this may mean the world ; Mr. Craig suggests this little world of man. Compare *Lear*, III. i. 10.

I. v. 133: *whirling words*. Schmidt defines whirling "giddy". Mr. Craig prefers F *hurling*. But compare *1 Henry VI.* I. v. 19, "My thoughts are whirl'd like a potter's wheel."

奇人

ここで第三のそして最後の質問、

「ぢや何時《いつ》出来上るんですか」

に移ろう。この問いにたいする答えは、後から振返ると、はなはだ簡単かつ悲劇的だ。クレイグ氏のシェイクスピア字彙はついに出来上らなかったのである。漱石がクレイグ氏の訃《ふ》を報ずる新着の文芸雑誌を読んで、その雑誌を下へ置いてふっと考えた通り、「あの字引はつひに完成されずに、反故《ほご》になつて仕舞つた」

のである。生前にも完成しなかったが、死後も遺稿があまりに不完全な状態だったために、ついに公刊不可能に終ってしまった。そしてクレイグの名もまたたちまち忘れ去られていった。彼が死んでから五年経った一九一一年に、**C. T. Onions** がシェイクスピア字彙を新しく出すのだが（そしてそのオニオンズの改訂増補版は、日本でも紀伊国屋書店からリプリントが出るほどシェイクスピアを読む上では参考になる **glossary** なのだが）、その序文を見ても、そこでオニオンズが学問的に負うところがあるとして謝意を表しているのは、シュミットの字彙やバートレットの用語索引であって、クレイグの名前はもう片隅に退けられてしまっている。クレイグがいかに巨大な規模で『シェイクスピア字彙』を構想したにせよ、それが未完成に終り未公刊に終った以上、クレイグの名前が記憶されないとしても止むを得ないことなのだろう。私も念の為に大学の同僚の英語英文学の教授の何人かにうかがいを立ててみたが、どなたも御存知ない様子だった。私はクレイグ先生という人物にたいしていつしか奇妙な愛着を覚えるようになっていたので、ネガティヴな「知りませんねえ」という熱のない御返事に接するたびに腹立たしい気分さえ覚えたのであった。

クレイグ氏はそのように忘れ去られてしまったが、それではその一生は不幸だったのだろうか。「無名のまま晩年を迎えてマニアックな研究生活に閉じこもり、しかもそうした自分の境遇を自覚しえないまでにマニアックにもなりきれず、自分の失敗をハッキリ承知してもいるらしい人生の敗残者」――和田正弘氏のような犀利な批評眼の持主から見ると、クレイグ氏の晩年はそのようにも見えるのだろうか。なるほど漱石も作品の結び近くでは、

自分は其《そ》の後暫《ご》くして先生の所へ行かなくなつた。行かなくなる少し前に、先生は日本の大学に西洋人の教授は要らんかね。僕も若いと行くがなと云つて、何となく無常を感じた様な顔をしてゐられた。先生の顔にセンチメントの出たのは此の時丈《だ》けである。自分はまだ若いぢやありませんかといつて慰めたら、

いや〳〵何時《いつ》どんな事があるかも知れない。もう五十六だからと云つて、妙に沈んで仕舞つた。

と書いている。しかしそれは所詮《しょせん》どのような生き方をしようとも、老年には老年の淋しさがあるというものだろう。妙な事をいうと思われるかもしれないが、クレイグ氏が『シェイクスピア字彙』を完成できなかった、ということは氏の生涯をさまで悲劇的にしてないのではないか、という気さえする。「死ぬ迄遣る丈《だけ》の事さ」と漱石に言ったその仕事が、いつまでたっても終らず、しかもそれに自分が打込める、ということがクレイグ氏のやや偏狭《へんきょう》な職人気質《かたぎ》にはきっと向いていたのだろう。そして江戸っ子の漱石もクレイグ氏のそのような職人気質が好きだったのだろう。日本でも泰平な徳川時代には奇人を愛するというゆとりが生れたことがあった。イギリスにも十八世紀以来奇人を愛するという趣味は続いていた。英国人は今日にいたるまで、一面では常識を尊ぶ国民でありながら、他面では日本人以上に eccentrics にたいして一種情愛にみちた眼差《まなざし》を向ける国民であるかと思うが、クレイグ氏を温く見つめる漱石やリーの背景には、江戸文化とロンドン文化のそうした伝統の共通性のようなものが働いていたのかもしれない。

もっとも奇人とはいったが、クレイグが打込んだ語彙編纂の事業は、学問世界の中にあっては、もっとも正統的な基礎作業である。地味ではあるがクレイグ氏の学問はオーソドックスなものだった。彼のアーデン・シェイクスピアの註釈は、漱石の表現を借りれば「周到にして要領を得たもの」であり、シドニー・リーの表現を借りれば「彼の知識のまっとうさ soundness of his knowledge を証するもの」である。クレイグ氏はひとりよがりとか世に拗《す》ねるとかいう意味での奇人ではなかった。それはいってみれば Arthur Waley が *Some British Eccentrics* の一人にかぞえられるのと同様な意味での奇人なので、学問的業績はまっとうなのである。もしかするとそのあたりに日本の奇人とイギリスのエクセントリックの微妙な違いがあるのかもしれない。私たちの周辺を見まわしてみても、日本の国語学者の間には、クレイグ先生のような奇人はまだいないと見えて、私たち日本人は語や語句の一つ一つの歴史をたどり、その使用例をできるだけ集めて正確な解釈を示してくれるというような歴史に根ざした国語辞典を不幸にももっていない。*the Oxford English Dictionary* のような国語辞典は日本にまだ残念ながらないのである。新村出編の『広辞苑』(岩波書店)のような便宜的なハンドブックが年々版を重ねているのかと思うと、あまりいい気がしないのは私だけだろうか。もっとも『オクスフォード英語辞典』というような大事業は、組織的に行なわなければできない性質の仕事だから、クレイグ氏のような独立独歩の人には不向きだっただろう。先にふれたオニオンズの『シェイクスピア字彙』も『オクスフォード英語辞典』編纂の大事業の副産物として、そのシェイクスピア関係の部分の抜萃《ばっすい》としてできたものであるという。

惜別

漱石がクレイグ先生の所へ行かなくなったのは明治三十四年の十月である。十月七日月曜日の日記に、

Craig 氏ニ手紙ヲ出ス。

とあるのは授業を受けるのをやめるという旨の通知を出したのだろう。十月十五日の火曜日には、定例の火曜日だから先生は家にいるかと思って本を返しがてら別れの挨拶に行ったら、先生は留守だった。

Craig 氏ヲ訪フ。アラズ。本ヲ返シテ去ル。

漱石はクレイグ氏に直接会って礼を述べる機会を失して心残りだったにちがいない。そのようにして別れ

てしまったクレイグ氏を懐しむ気持は帰国後もいっそうつのったのだろう。東京帝国大学の英文科でクレイグ編の『リヤ王』を参照しつつ講義して、しかもその講義が「文科大学二十番教室は立錐の余地もな」いほどの反響を呼んだのだとしたら、やはりクレイグ先生のことは再三念頭に浮んだにちがいない。しかも『リヤ王』の脚註を読むと「頗る妙な爺」などといっていたクレイグ氏が、シェイクスピア学者としては実に「周到にして要領を得た」ノートを附していた。漱石の敬意はその時さらに深まったのだろう。私たちもこの機会に *King Lear* edited by W. J. Craig を一瞥《いちべつ》してみよう。

アーデン・シェイクスピアの『リヤ王』の初版が公刊されたのは、漱石がクレイグ先生の所へ行くのをやめた、その翌月にあたる一九〇一年十一月のことで、クレイグがつけた緒言——漱石もその原稿を読まされた——を読むと、彼の狙いが正確な校合を行なってできるだけ良い本文を世に出そうとしたことがわかる。しかしクレイグの情念は、綿密な校合を行なうことにだけあるのではなかった。五十七歳になって(漱石が藤代禎輔宛ての通信で報じた「四十五歳位」は、漱石の、また作中の「五十六」は漱石かクレイグの思い違いである)、妙に沈んで仕舞うこともなかったわけではないこの独り者の老学者は、シェイクスピアのこの悲劇を繰返し読んで老いの痛ましさに心動かされるところがなかったわけではないだろう。しかしそれなのに『リヤ王』を批評するクレイグの言葉には、なにか温いものがこもっている。クレイグは「このわれわれのもっとも悲しい劇作品にはどこかさわやかな息吹きが感じられはすまいか」といい、ウェブスターとかフォードとかの作品と相対した時とは違って『リヤ王』には瘴気《しようき》を清める一陣の風が荒野の上を吹いている、と説く。そして「幸いにもいまだにわれわれとともにある卓越した一批評家の雄弁なる数語を引きたい」といって、ダウデンの『シェイクスピア、彼の精神と芸術』から引用を行なうのだった。そのような一連の言葉から察すると、クレイグはロマン派に近いシェイクスピア観の持主だったのではないか、と思われる。もっともクレイグは批評家として語るよりは、もっぱら実証的なシェイクスピア学者として、自己を控え目に抑えて語っているのだが。

しかし学問の世界は日進月歩であると思う。日進月歩とはいわずとも半世紀たつと変化するものだと思う。ニュー・アーデンと呼ばれるアーデン・シェイクスピアの新版は第二次世界大戦後に出るのだが、そこではミュアーがクレイグとは別の見方に立って別の校合を試みている。もちろんそのような新版でクレイグの解釈が部分的には否定されるのは、クレイグの研究を基礎として一歩前へ踏み出した進歩の結果なのであるが。

そのような後日談はさておき、漱石の『クレイグ先生』を読み了《お》えた時、私たちの胸中に去来する感情はいかなるものであるだろう。ロンドン留学の往時をしのぶ漱石の筆に妙な気負いがないだけに、しんみりとした余情が読者の胸にも伝わってくる。A feeling of affection が不思議に私たちの胸にも湧いてくる。借りた本を返しに行ってクレイグ先生に会えず、立去りざまにベーカー・ストリートに立って、人混みに押されながら、いま一度上の階の窓を振返る夏目漱石の姿が瞼に浮ぶような気もする。不思議な作品である。漱石は『クレイグ先生』の中で一言も、先生はいい人だ、先生が懐しい、などとはおくびにも出さず、いやかえって、先生にも困ったものだ、などと悪口めいたことをあちこち書きながら、それでいて、「先生は燕の様に四階の上に巣をくつてゐる」――この最初の一行を読ませただけで、もう漱石の心の奥のしたしみの気持を読者の胸に浸みこませてしまう。本当は取っつきにくい爺さんだったのかもしれない。だが漱石の小品を読み了えると、なんだか不思議に愛着が湧いてきて、惜しい人が亡くなったような気になっている。それは明治四十二年の漱石のクレイグ先生を想う懐しみの気持が、おのずと読者にも伝わってくるからにちがいない。このクレイグ先生を描いた文章は、ケーベル先生やマードック先生を語った文章以上に、しみじみとした余情を読む人の心に伝えてくれる。教室で読んでいるとクラスの雰囲気もなごやいで、教師と学生の間に温かな感情が通うかのように感じられる。構成の巧みさといい厚みといい、作者の人間観察の熟成ぶりといい、『クレイグ先生』はポートレート文学の一傑作というべき作品にちがいない。『大英伝記辞典』の改訂版が今後万一出るようなことがあるなら、その際は末尾に、「クレイグ氏の人柄は日本の作家で彼から個人教授を受けた夏目漱石によって見事に描かれた（一九〇九年）」とでも一行補足してもらいたいものである。

第二章　魯迅と藤野先生

東京の憂鬱

夏目漱石がクレイグ先生の所へ通うのもやめて下宿に立籠《たてこも》って論文のためのノートを取り続けた明治三十五年は、西暦一九〇二年にあたる。西洋文明だけが文明の名に値いすると思っていたその当時の西洋人の目から見れば、日本は西洋化路線をたどる模範生に見え、中国はその路線に従わぬ低能児に見えた時期である。キリスト教徒であり、四書五経もジェイムズ・レッグの英訳で読むという、ハワイで教育を受けた孫文の改革の主張が、清国の官憲にいかがわしいものに見え、孫文がロンドンで清国公使館員に捕まって公館内に拘禁《こうきん》されたのは一八九六年のことだった。そのような kidnap の事件——今日でいえば政治的亡命者が人さらいにさらわれて公使館へ連れこまれたと同種の事件——も中国は野蛮国であるという印象をイギリス人の間にいっそう強めた。漱石もイギリス人から「支那人ハ嫌ダガ日本人ハ好ダ」などといわれて妙な気分になっていた。そしてその明治三十五年は、国際政治の上からいえば、英国と日本の間に同盟が締結された年でもあった。日本人は日本がついに世界最強の国家と兄弟の誼《よし》みを結んだと思って歓呼の叫びを発し、東京では祝賀につぐ祝賀のためにシャンペン酒の価格が暴騰《ぼうとう》したほどであった。ロンドン在留の邦人の喜びもお膝元《ひざもと》であるだけにまたひとしおであった。もっとも夏目漱石は貧乏人が金持と身分不相応な縁組をして喜んでいるようなものだ、とかえって苦々しく思った。二十四歳の海軍中尉山梨勝之進は、ちょうどそのころイギリスで建造中の新鋭戦艦の領収に来ていたが、車中で日英同盟の締結を報ずる新聞記事を熱心に読んでいた。同じコンパートメントの向いでもイギリスの一紳士がやはり the Anglo-Japanese Alliance の記事を読んでいたが、日本青年の方を振向くと〈a very good business〉といった。仙台の士族出身の山梨勝之進は同盟というものを武士の契《ちぎ》りのように考えていたので、商売人が口にするような〈a very good business〉という言葉にとまどいすら覚えたが、やがて英国人とのつきあいが長く深くなるにつれ、その言葉の意味を了解するようになっていった。そして日本人と英国人の日英同盟にたいする了解の仕方にギャップのあることに気づくようになっていった。イギリスのビッカーズの造船所で艤装《ぎそう》を完了した新鋭戦艦はその年、日本側に引渡され、明治三十五年三月十三日イギリスを出発、五月十八日に横須賀へ到着する。山梨中尉もその戦艦に乗って帰国するのだが、その戦艦が三笠と名づけられ、日本の聯合艦隊の旗艦としてやがて日露戦争で活躍するのである。中国が定遠・鎮遠の二戦艦によって日本に威圧を加えていた時代は、もはや遠い過去のものとなっていた。

　ところでその明治三十五年、西暦一九〇二年は中国暦の光緒《こうちょ》二十八年にあたる。その年の四月のはじめ、二十歳の中国人留学生が江南督練公所から派遣されて日本へ留学しに海を渡ってきた。その旅券に記されていたにちがいない、光緒七年（一八八一年）浙江《せっこう》省紹興《しょうこう》生れ、周樹人《しゅうじゅじん》という名前がこの第二章で取りあげる魯迅《ろじん》の本名である。

　ここではじめに留学についての文化史上の物理学的法則といったものに一言ふれておきたい。外国留学というのは、文化上の後進国から先進国へ学びに行く場合がいちばん多いのだが、その際、留学生の数の増減は文化上の隔差に比例する。ちょうど水面の高さを異にする湖が二つ相接すれば高い方から低い方へ水が流れるように、留学生の数の増減にも物理学的法則に似たなにかがあるらしい。明治三十年代は前にもふれたように国際的に見て日本の評価と中国の評価との間にいちばん隔差が開いた時代だった。とくに日露戦争における日本の勝利の直後はそうだった。それだから明治三十九年には日本に中国人留学生が一万名近く来ていたといわれている（実藤恵秀著『中国人日本留学史』、くろしお出版、参照）。もちろんこのような厖大な数は、背後に中国という人口の多い国が控えていたからだが、そしてその一年前には科挙《かきょ》の制が廃止されたということも関係しているのだが、しかし清末民初における——明治三十年代から大正にいたる——中国人の日本留学は、その数においても、それがもたらした影響結果においても、世界の文化史上やはり特筆すべき事件だったに相違ない。その歴史的意味はさらに詳細に究められてよい主題だろう。周恩来《しゅうおんらい》のような海千山千の卓越した人物もこのような外国留学の運動の中から出現してくるのであり、それはいうならば明治日本の元老の若い日の外国体験に相応するものと考えてよいのだろう。今日の中国の外交がもっぱら年輩の人によって行なわれているのは、そのような過去の体験と無縁ではあり得ないことである。

それではそのような二十世紀初頭の中国人の日本留学を望む気持がどのようなものであったかといえば、それは郭沫若《かくまつじゃく》の自伝や郁達夫《いくたつふ》の作品などにまことに鮮やかに描かれている。郭沫若は『私の幼少年時代』（平凡社、東洋文庫）の中で、四川省の奥地まで体操を教えに来ている日本人教師を「金が目当《めあて》で来てるんだよ」と一面では馬鹿にしながら、他面では日本へ惹《ひ》かれる心を次のような形で述べている。

私は言った。

「八弟《パーティ》」と兄は私にきいた。「おまえは家にいたいかい、それとも日本に行きたいかい」

「もちろん兄さんと一緒に行きたいよ」

「行って何を勉強したい？」

私は答えられなかった。私は当時は実のところ何を学ばねばならないのかもわからず、またいったい何をやれるのかもわからなかったのだ。兄は自分で答えを出した。

「やっぱり実業を勉強するのがいいね、実際的な事をやりなさい。実業を勉強すれば富国強兵ができる」

じつのところ実業の概念がどんなものだか、当時の私にはきわめて曖昧《あいまい》だった。長兄にしてもおそらく人の言葉の受売りだったのだろう。だが富国強兵という言葉は、非常に高らかな響きを持っていた。当時富国強兵というのは、現在帝国主義打倒を唱えるのと同様だったのである。私はその時私たちの沙湾の蒙学堂の入口にかけてある門聯も「儲財興学、富国強兵」の八字だったのを思い出した。

一八九二年生まれの郭沫若は魯迅よりも一まわり若い世代に属する人だが、しかしここに記されているような心境は、現状脱出や現状打破を願う留学志望の青年に多かれ少なかれ共通していた動機だったろう。一八八一年に生まれた魯迅の日本留学の動機については、仁井田陞教授は「魯迅の作品『藤野先生』と『阿Q正伝』」(『中国の法と社会と歴史』、東大出版会、所収)で次のように説明している。

魯迅は(満二十歳のとき)、医学を学ぶため日本に参りました。彼は後々次のように申しております。彼の父が病気のときにかかった医者は、紹興地方で名医とまで評判される人でございましたが、薬の効果を強めるための併用剤の処方は「もとから同じ穴にいて、厳粛に一夫一婦を守ったこおろぎ」のせんじたもの、といった流儀でございました。その医者から見れば「昆虫も貞節でなければならぬと見えて、後妻を娶《めと》ったり、二度嫁に入ったりしたものは、薬になる資格さえなくなってしまうものらしい」と魯迅は述懐しております。魯迅が新しい医学に志し、日本に留学を思いたったのは、このような迷信から人を救うためと、日本の輝かしい明治維新は新しい西洋の学問を受けいれたがためであると考えたからでございます。

魯迅の日本留学の動機については、ほかにも諸家がいろいろ説いているが、その動機の説明はおおむね魯迅の文章の中に求められているようである。「蟋蟀《こおろぎ》一対、原配、即ち終始同穴に居る者に限る」という話は

『父の病気』（『魯迅選集』第二巻、岩波書店）に出てくるし、「次第に私は、漢法医は結局意識的あるいは無意識的な騙《かた》りに過ぎない、ということをさとるようになったのである。そして同時に、騙られた病人と、その家族にたいして深い同情を抱くようになった。さらにまた、翻訳された歴史書によって、日本の維新が大半、西洋医学に端を発しているという事実をも知るようになったのである」という回想は「『吶喊』自序」（『魯迅選集』第一巻）に出てくる。魯迅は生まれてまだ百年も経っていない作家だが、彼が生きていた中国が乱れた国であったせいか、日本の魯迅研究家が彼の生涯をたどる材料は、主として彼の書いたものに依存する傾向が強い。しかし伝記研究の材料源が作品であってみれば、そうしてできあがった伝記研究は作品を説明するものとは成りがたい。それでもって作品を解明しようとすれば堂々めぐりになってしまう。それに魯迅のような作家については、彼の著作を頼りにその生涯の一部を再現するという操作は事実を歪める危険性もまたなしとはしない。たとえば先に仁井田教授が言及した「昆虫にも貞節が必要で、後妻を入れたり二度嫁に行ったものは、薬になる資格さえ失うものと見える」という魯迅の述懐は、魯迅が父の病気に際して実際そのような処方を漢方医から与えられたのかもしれない。しかしもしかするとそれは儒教的精神風土を皮肉《ひにく》るための魯迅一流の意識的な誇張的な挿話なのかもしれない。魯迅は自分が受けた苦々しい体験をユーモアをまぜて一つの象徴として表現することを得意とする作家だったからである。

しかし夏目漱石のイギリス留学が、漱石の著作以外のソースから出た資料によってもいろいろと裏打ちされるようには、魯迅の日本留学は実体を明らかにすることはもはやできないのかもしれない。弟の周作人も一九六七年に亡くなってしまった以上、あまり信頼できる情報源はもうそうないのかもしれない。ましてや門外漢である筆者などには、「漱石とクレイグ先生」の場合のような資料的な意味での新発見を「魯迅と藤野先生」の場合には提出することはできない。しかし問題に接近する、そのアプローチの仕方はさまざま許されるはずだから、例えば漱石のイギリス体験を一つの参照基準として魯迅の日本体験を見直してみたらどうだろうか。そうすれば眼が中国に釘づけになっている魯迅の専門家とはまた異なる視野もおのずから開けてくるかもしれない。そうすれば新しい視角をひらいたという意味での新発見 original view を、「魯迅と藤野先生」の場合にも指し示すことができるかもしれない。それでそのような比較研究者の複眼の見方に留意しつつ魯迅の場合も見直してみよう。日本のいま（千九百七十年代）の高等学校教科書には漱石の『クレイグ先生』は載っていないけれども、魯迅の『藤野先生』は載っているものが多い。それだけに若い読者には御存知の方も多いと思うが、『藤野先生』は次のように始まる。いま冒頭の部分を『魯迅選集』第二巻、岩波書店、竹内好氏の訳によって引用させていただく。作品中の時は西暦の一九〇四年、日本暦の明治三十七年、満二十二歳の周樹人はその年の四月、二年間の日本語の訓練を東京牛込の弘文学院で了えていた。

> 東京も格別のことはなかった。上野の桜が満開のころは、眺めはいかにも紅《くれない》の薄雲のようではあったが、花の下にはきまって、隊を組んだ「清国留学生」の速成組がいた。頭のてっぺんに辮髪をぐるぐる巻きにし、そのため学生帽が高くそびえて、富士山の恰好をしている。なかには辮髪を解いて平たく巻いたのもあり、帽子を脱ぐと、油でテカテカして、少女の髪にそっくりである。これで首でもひねってみせれば、色気は満点だ。
>
> 　中国留学生会館の入口の部屋では、本を若干売っていたので、たまには立寄ってみる価値はあった。午前中なら、その内部の二、三の洋間は、そう居心地は悪くなかった。だが夕方になると、一間の床板がきまってトントンと地響きを立て、それに部屋じゅう煙やらほこりやらで濛々となった。消息通にきいてみると「あれはダンスの稽古さ」ということであった。
>
> 　ほかの土地へ行ってみたら、どうだろう。
>
> 　そこで私は、仙台の医学専門学校へ行くことにした。

「東京也無非是這様」という冒頭の句が、「東京も相変らずであった」（増田渉）、「東京もまあこんなふうであった」（小田嶽夫）、「東京もそんなふうでしかなかった」（松枝茂夫）、「東京も格別のことはなかった」（竹内好）という風に訳者によってニュアンスを異にして訳されている点についてはすでに指摘もあるが、留学への期待に魯迅が胸をふくらませて来た東京も別にどうということがない、という一種の失望感の表明と読めばよいのだろう。そしてその幻滅は自己嫌悪とうらはらをなす同国人嫌悪となってあらわれる。日本へ留学した以上、日本の生活に溶けこまなければ意味がないのに「清国留学生」は隊を組んでいる。しかも日本へ来ても依然として満州人による中国支配のシンボルである辮髪《べんぱつ》をぐるぐる巻きにしている。「そのため学生帽が高くそびえて、富士山の恰好《かっこう》をしている」などという台詞《せりふ》は魯迅独特の皮肉であることはいうまでもない。丸山昇氏の『魯迅』（平凡社、東洋文庫）によれば、魯迅自身は日本へ来た翌年の一九〇三年三月ごろ辮髪を切った由《よし》で、丸山氏は、

その日、彼は辮髪を切った後、かすかに嬉しそうな顔をしながら許寿裳の自習室に来た。許が「お、面目を一新したね」というと、手で頭を撫でてにっこりした。

と許の亡友を回想する文章を紹介している。許は一九〇二年秋、東京に着いたその日に辮髪を切ったというのだから、一年近くは旧態然と辮髪を結っていた魯迅はあまり偉そうな口を利いて辮髪をした同胞の悪口をいえた義理ではない。もっとも魯迅という人の面白味は、休暇で中国へ帰った時には辮髪のかつらを冠っているようなところにもあるのだからあまり単純に割切らない方がよいかもしれない。安直な正義漢ではなかったにせよ、魯迅はダンスなどして遊んでいるような連中ともうこれ以上顔を合せたくなかった。それで、

ほかの土地へ行ってみたら、どうだろう。

そこで私は、仙台の医学専門学校へ行くことにした。

ということになったのだと思う。漱石もロンドンをよしにして余程エヂンバラへ行こうとしたことがあったが、それと似たような心境に魯迅もおちいっていたにちがいない。ただし漱石の方は専攻が英語英文学だったから、イギリスの仙台にあたるエヂンバラへ行くのを結局次のような理由でとりやめてしまった。狩野亨吉以下に宛てた手紙をまた引くと、

……で余程「エヂンバラ」に行かうとしたが茲《ここ》に一の不都合がある。「エヂンバラ」辺の英語は発音が大変ちがう。先《ま》づ日本の仙台弁の様なものである。切角《せつかく》英語を学びに来て仙台の「百ズー三」抔《など》を覚えたつて仕様がない。

漱石はそうしたわけでロンドンの憂鬱の中に留まったが、魯迅は東京の憂鬱を避けて仙台へ北上したのだった。その魯迅の孤独なうら淋しい心に「日暮里」という漢字が深く印象された。

東京を出発して、間もなく、ある駅に着いた。「日暮里《にっぽり》」と書いてあった。なぜか、私はいまだにその名を記憶している。

魯迅の心中も日の暮れるような思いだったのだろう。それはまた清朝支配下の漢民族の亡国の悲哀にも通

う淋しさだったのだろう。それだから駅名の話にかこつけて魯迅は筆をこうすすめた。

その次は「水戸」をおぼえているだけだ。これは明《みん》の遺民、朱舜水先生が客死された地だ。

清朝支配に抵抗した朱舜水は、魯迅の郷里、紹興府属の余姚県の大先輩で、日本へ来ても師として遇せられた。しかし自分はいま一介の学生として水戸を通って北上してゆく。周囲は自分の見知らない人ばかりである。

癪の種

ここで魯迅の日本留学をより幅の広い比較文化史的な枠組《わくぐみ》の中で再考してみよう。伝統的な文化的価値体系の中で生きてきた人々が、他の文化的体系の特質に否応《いやおう》なしに注目せざるを得なくなるのは、生存競争の上で後者の方が優越していることが明らかな場合だろう。こと生命に関する術で相手の方が優秀であるとわかれば、反応に遅速《ちそく》の差はあろうが、人はやはり相手について学ぶものである。それだから西洋技術文明の地球大の発展の過程で、非西洋の側が示した反応には一定の法則性があるといわれている。ロシヤにせよ、トルコにせよ、日本にせよ、また中国にせよ、これらの非西洋諸国が西洋文明との接触に際していちはやく取りいれようとした西洋文明の内容は、医学であり、軍事技術だった。前者は個人としての生命を保全しようとするためであり、後者は民族としての生命を保全しようとするためだった。もっともこの軍事技術の導入は、どこの国でもじきに他者を圧迫するために転用されはしたが。

ところでこのような巨視的な見方に立って眺めると、日本へ西洋医学を学びに来た周樹人は、日本へ西洋医学を導入しようとして努力した杉田玄白、緒方洪庵、森林太郎といった人たちと同質の精神の系譜に属するといえるだろう。そしてその系譜には、福井県坂井郡の出身で明治三十七年仙台医専の教授となった藤野厳九郎もまた属していた。福井県の山奥の出身とはいうが、藤野厳九郎は祖父は宇田川玄真に、父升八郎は緒方洪庵に学んだ蘭学者の家の出であり、その一族にはいまも微生物学の権威の秀れた医学者がおられるという名門なのである。しかしこのように秀れた医学者プロパーの名前を列挙すると医者にはならなかった魯迅は恐縮してしまうだろう。魯迅は初めは西洋医学を志望したが後には文筆家として名を成した人——周樹人という本名より魯迅という筆名で知られた人だからである。そうした意味では魯迅は、緒方塾の出身だが啓蒙思想家として名を成した福沢諭吉や軍医でありながら作家としてより知られた森鷗外などに、むしろ近く位置する人なのだろう。それでは魯迅が狭い意味での文学者、いわゆる文学者プロパーであるかといえば、そうもいえない。すくなくとも留学当初の目的に関していえば、二十世紀初頭の日本が夏目金之助を英語英文学の研究の目的でイギリスへ留学させたようなゆとりは当時の中国にはなかった。郭沫若の兄の言分《いいぶん》ではないが、当時の中国人はそれより一世代前の日本人と同じようにより緊急な実学に注意を奪われていた。

「実際的な事をやりなさい。実業を勉強すれば富国強兵ができる」

そしてその西洋の実学への志向は、立身出世の望みとも、ナショナリズムの感情とも重なっていたのだった。そのような時期には「富国強兵」という理念が、日本だけでなく中国においてもポジティヴな響きをもっていたのは郭沫若がいう通りだろうと思う。

いまここで「富国強兵」という日本製の漢語のスローガンが、漢字の国中国へ逆輸入されたことの意味について考えてみよう。明治維新は日本が統一国家を建設することによって、国際的には各国と平等の地位を確保し、アジアにおいてはリーダーシップを握ろうとした運動だった。そして日本がそのような運動の過程で、日清戦争では勝利をおさめ、北清事変では国威を高め、条約改正には成功し、日英同盟を締結するにいたった一連の成功の歴史は、アジアの近隣諸国のエリートたちに刺戟を与えずにはおかなかった。清国が日本へはじめて留学生を送るのは日清戦争の翌年にあたる一八九六年、明治二十九年のことである。康有為《こうゆうい》らが戊戌《ぼじゅつ》の政変の後日本へ亡命するのは一八九八年、明治三十一年のことである。一九〇〇年、明治三十三年には北清事変が起る。そして一九〇二年、明治三十五年に魯迅が日本へ留学に来たのはすでに見た通りである。マリウス・ジャンセン教授は『坂本龍馬と明治維新』（時事通信社）の序文の中で、明治日本の指導者たちがおさめた数々の成功が近隣のアジア諸国へ与えた影響を、フランス革命が他のヨーロッパ諸国へ与えた影響に比較しているが、孫文がいった「明治維新は中国革命の第一歩」という有名な言葉を引くまでもなく、日本の輝かしい先例がアジアの各国の若い志士たちに刺戟を与えたのだった。孫逸仙《そんいっせん》も康有為も金玉均《きんぎょくきん》もエミリオ・アギナルドもチャンドラ・ボースも、その他の大勢の人々も、それぞれの母国において日本と同じような統一国家を造りあげ、日本と同じような欧米列強に比肩し得る近代国家に母国を造りあげようと思っていたのだった。それだからかれらは日本へ憧れたのである。それだからまた魯迅も「国民の維新への信仰を促進させよう」（「『吶喊』自序」）と考えて日本へ留学しに来たのだった。

ところでフランス革命は、その理念はともあれ、現実には国内では恐怖政治やナポレオンの独裁を生み、国外へは「ナポレオン戦争」といわれる一連の対外武力進出となって現われた。フランス革命を肯定的に評価する論者は、論理の必然として「ナポレオン戦争」までをも肯定的に承認せざるを得ない立場へ追いこまれるもののようだが、しかしフランス人が得々《とくとく》として「ナポレオン戦争」の勝利を謳歌し、その戦争を「解放戦争」と規定しているのを聞いた時は――筆者は大学生の身分だったがフランスの中等教育のフランス史の授業をそっくりそのまま受ける機会があったので、篤《とく》と拝聴して試験にもいわれた通りの要約《レジユメ》を暗記して答案に書いたのだが――その善良なフランス人の先生の、自己満足的な、中華主義的な歴史観にはいささか辟易《へきえき》したのだった。もっともそのような解放戦争の論理の欺瞞性《ぎまんせい》に私たちの世代が敏感であるのは、アジア解放の名の下に戦われた大東亜戦争の大義名分とその実体の差を敗戦によって痛感させられたせいもあるだろう。

ところで大東亜戦争によってはしなくも露呈《ろてい》されたように、日本のアジア主義は、日本人のアジア主義者が自己満足的に謳歌するほど、他のアジア人にとって愉快なものとはならなかった。明治日本の躍進《やくしん》も、一方においては日本へ多くの中国人留学生を惹きつけたような魅力的な面もあったが、他方においては反撥を感じさせるような不愉快な面もあった。国外に出た日本のエリートは、内村鑑三がアメリカでシナ人と間違えられて憤然と食ってかかったように、「日本人ヲ観テ支那人と云ハレルト厭ガ」ったのである。都合の良い時には黄色人種の名において反白人の気勢をあげる内村だったが、その舌の根がまだ乾かぬうちに「自分を支那人扱いしやがって」と腹を立てるのも内村だった。しかしそれはなにも内村鑑三の独善性のせいばかりではなかった。北清事変以後の中国の国際社会における評判の著しい低下のためにChineseと呼ばれると、夏目漱石のような人でさえ日記に書きとめずにはいられないなにかがあったのは先に見た通りである。

日本国内においても、かつて鎖国時代に聖人の国に向けられた敬意は、中国の実体が露呈されるとともに一転して侮蔑《ぶべつ》へと変っていった。東京へ来た中国人留学生が辮髪を切ったのは旧習に対する反抗というだけでなく、往来で子供たちから「チャンコロ坊主」と冷やかされるのがなんともわずらわしかったからにちがいない。もっとも仙台では周樹人が最初の中国人留学生であったから、彼はそこで優待された。優待というのは裏返しされた差別だが、そしてそういう差別はあった方がいい差別だろうが、しかしそれでもこの誇高《ほこり》い中国人留学生には癪《しやく》に障《さわ》る種がいくつかあった。

まず第一に専攻の医学について、当然のことながら日本の方が進んでいるということ、それも口惜しいことではないだろうか。その日本における医学の進歩について仙台医専の藤野先生の最初の授業で魯迅は次のような事実を知った。

先生は、解剖学の日本における発達の歴史を講義しはじめた。あの大小さまざまの書物は、最初から今日までの、この学問に関する著作であった。はじめのころの数冊は、唐本仕立であった。中国の訳本の翻刻もあった。彼らの新しい医学の翻訳と研究とは、中国に較べて、決して早くはない。

「中国の訳本の翻刻」というのは魯迅が徳川時代の漢訳医書を見て錯覚したのではないかと思うが、具体的にはどのような書物をさすのだろう。字義通りに取れば、中国語に訳された西洋医学の本の日本における翻刻という意味になると思うが、漢訳した人は中国人だったのだろうか、それとも西洋人だったのだろうか、その辺《あた》りに中国医学の近代化の問題はひそんでいるのだろうが、しかし仙台の医学専門学校ではしなくも漢文の書物を見せられて、周樹人は中国も努力すれば日本に追いつける、という歴史的展望をかいま見たのだった。西洋というものが向うにあって日本と中国はそれを目標にして競走するライヴァルと感じた節もあるのだ。日本へ来た中国人留学生の中には日本で受けた屈辱感をはらすために、自分たちが日本で学んでいるのは西洋文化であって日本文化ではない、ということをわざといいたてる人もいたというが、西洋化がそのまま近代化であるかのように受取られていた時期には、そのような反撥《はんぱつ》の台詞《せりふ》もまた可能だったのである。

しかし魯迅は、勝気《かちき》な青年として何度も反抗的な気持におちいったろうが、それでも実質においては日本の医学に信を置いていた人だと思う。言葉が通じるという便もあってのことからかもしれないが、魯迅が上海でかかっていた医師は日本人であったし、絶筆もまた日本人医師須藤氏の来診を依頼した日本文だった。それは魯迅と日本の医学の関係をシンボリカルに示した最期だったと思う。

魯迅と日本の医学の関係が大局的には深い信頼で結ばれたものであることは『藤野先生』の結びの部分にある、

よく私はこう考える。彼の私にたいする熱心な希望と、倦まぬ教訓とは、小にしては中国のためであり、中国に新しい医学の生れることを希望することである。大にしては学術のためであり、新しい医学の中国へ伝わることを希望することである。

によっても明瞭に示されている。しかし細かな点では魯迅の神経に障ることもないではなかった。藤野先生は学術的な興味からか、それとも会話をつなぐ話題としてか、中国の女はどんな風に纏足《てんそく》するのか、足の骨はどんな工合に畸型になるのか、などと彼に訊いた。感じやすい魯迅は中国人として恥部にさわられた思いがしたにちがいない。辮髪といい纏足といい、中国の後進性の象徴であるから、骨学研究の対象として冷静に客観視することなどは魯迅にはできなかった。魯迅の母親の魯瑞は清末に纏足廃止運動が起った時、真先に纏足を解いた女の一人の由で、一族の男の一人が「あの女は纏足を解いた、毛唐のところへ嫁に行く気なのだ」といいふらした時、平然と「そうですとも、本当にそうかもしれないよ」と澄して答えたそうだが、外国人にはエグゾティックに見える纏足という習慣も、解く解かないという本人たちにとっては非常に感情的な事柄、いわゆるエモーショナル・チャージを帯びた事柄だったのである。

藤野先生が魯迅に言ったことでいま一つ象徴的と思えることに次のような注意があった。

「ほら、君はこの血管の位置を少し変えたね——むろん、こうすれば比較的形がよくなるのは事実だ。だが、解剖図は美術ではない。実物がどうあるかということは、われわれは勝手に変えてはならんのだ。いまは僕が直してあげたから、今後、君は黒板に書いてある通りに書きたまえ」

だが私は、内心不満であった。口では承諾したが、心ではこう思った——

「図はやはり僕の方がうまく書けています。実際の状態なら、むろん、頭のなかに記憶していますよ」

学生であった周樹人はそのような負け惜しみを言ったが、しかし後年の魯迅はそのころを振り返って自分の我儘《わがまま》や不勉強を認めている。しかし解剖図を勝手に書き改めたという行為は単なる気まぐれだったのだろうか。観念が先行してその観念にあうように解剖図まで曲げて書いてしまったのがかつての中国医学であり、そのような習癖の一端が西洋医学を専攻しようとする若き日の魯迅にも無意識裡にあらわれたのではなかっただろうか。杉田玄白の『蘭学事始』には、腑分《ふわ》けをしてみると、中国の医経に説かれた人体内の形状が事実といちじるしく相違していたが、「ただ和蘭図《オランダづ》に差《たが》へるところなきに、みな人驚嘆せるのみなり」という有名な条りがある。魯迅の「図はやはり僕の方がうまく書けています」という奇妙な自己主張には、肺の六《ろく》葉両耳《ようりようじ》、肝の左三葉右四葉など実際に存在しない図をうまく書いていた人々の名残りが感じられはしまいか。おおまかな言い方をするようだが、中国人の思惟様式の一つがあらわれたエピソードと取ってよいようにも思われる。

「チャンコロ」

医学上の問題でこの中国人留学生にいろいろと気に障《さわ》る点があったとしても、そのような点は中国人が日本人によって「チャンコロ」と馬鹿にされたということ、そしてそれによって民族意識を触発されたことに比べれば、よほど小さな事柄であったろう。実藤恵秀教授は戦時中に書かれたためにある意味では戦後の著書よりもかえって率直な『近代日支文化論』の中で中国人日本留学の意味を総括して次のように述べている。すなわちその留学は、

中国にとつてはどうであるかと考へてみると、大局的にいつて、成功してゐると思ふ。一番成功したの

は、なにかといへば、愛国心を学びとつたといふことである。

として梁啓超《りょうけいちょう》が日露戦争の際、亡命先の日本で出征兵士を送る幟《のぼり》の中に「祈戦死」という文字が記されてあるのを見て感動した、という有名な挿話を伝えている。しかしそのような愛国心の自覚は、張資平の小説に出てくる排日運動の青年がいうように、日本から学びとったという積極面もあったかもしれないが、日本という異国へ来て「中国は弱国である。したがって中国人は当然、低能児である」といった待遇を受けたことが留学生の民族的自尊心を強く刺戟したという面もあったであろうことは想像に難くない。それは外国体験がもたらす心理上の変化の一般的通則に属するものであり、日本統治下の朝鮮の学生も、日本へ留学することによってより熱烈な愛国的精神を得て帰るのが常だった。その種の心理現象について吉野作造は『中国・朝鮮論』（平凡社、東洋文庫）中の「満韓を視察して」という論文で次のように指摘している（同書八五ページ）。

……何故に（朝鮮人学生は）日本に来るとこう皆熱烈な思想を抱くようになるのか。これを或は日本に於ける教育者の不謹慎に帰し、或は既に日本に在る過激なる朝鮮人の煽動によるとなすものがあるが、これ皆皮相の見解である。弱国のものが強国の真中に抛り出されると、初は従来予想しなかった新天地の眼前に展開せるに驚き、次にはこれと故国の衰勢とを対比して一種の愛国的熱情に駆らるるのは、いずれの民族にも共通なる当然の道行である。かくして土耳古《トルコ》には青年土耳古党が起った。支那今日の年少革命の志士も、皆外国留学によって思想の洗礼を受けたものである。

傷つきやすい民族意識の問題は、それに女性問題がからむ時、さらに深刻さの度合をましただろう。作家の郁達夫は自分の日本留学時代を回顧する時、一面では「あの楽しかった日本留学時代」という風に甘美な形容詞をつけて呼んでいるが、他面では作品『雪の夜』に記されたように苦い感情も洩らしている。ここにも留学生に特有の愛憎並存《アンビヴァレンス》が認められる。

支那あるいは支那人というこの名称は、東隣の日本民族にあっては、ことに妙齢の少女の口から出るとき、聞く者の脳裏に、どのような屈辱、絶望、苦痛を引き起すものであるかは、日本に行ったことのない同胞には、絶対に想像できないことである。

戦後の日本の中国文学者の中にはこのような一節を引いて、日本人の民族的偏見の証左のように言う人も多いが、偏見は偏見であるにしても、妙齢の少女たちが、清国留学生の一時の慰《なぐさ》みものにされてはたまらない、という警戒心を抱いたのもまた無理からぬ節はあったのではあるまいか。永井荷風の『あめりか物語』や『ふらんす物語』ほどの芸術性を備えていない中国人留学生の『日本物語』ともいうべき『留東外史』などの遊蕩耽溺《ゆうとうたんでき》の作品が、在日留学生の間では愛読されていた。その種の書物とその生活の実体については郭沫若も一種不快の念を表しつつ、その自伝で回想している。もっとも魯迅はすぐ下の弟の周作人が日本女性と結婚しているし、郭沫若も日本女性と一緒に生活していたので、女性問題については郁達夫などとはニュアンスを異にする感情を抱いていたかもしれない。なお魯迅自身は明治三十九年夏——というのは『藤野先生』に出てくる仙台を去る決心をした年の夏だが——休暇で帰国した折、母親のいいつけに従って朱安という娘と愛情のない結婚をし後に離婚している。魯迅が一家の長男としての責任感から親まかせの結婚をしたあたりは、エリスを諦めて母親のいいつけに従って赤松氏の娘と結婚して、後に離婚した森家の長男森林太郎の人生態度を連想させる。どうも魯迅と朱安の結婚・離婚に周作人と羽太信子との恋愛を重ねて一組にまとめあげると、森鷗外とエリスとの恋や赤松登志子との結婚・離婚の話に対応するドラマが生まれるように思われる。また中国人の大家族の中へ日本人の嫁がはいっていったためにさまざまな葛藤が生じたであろうことは、時代も時代であっただけに推察に難くないが、その種の家庭不和ももしかりにエリスが森家へ嫁に来たならばおそらく避けがたかったことではないかと思われる。なまじ小姑にインテリの女史などがいると、異国から来た嫁はそれだけかえって辛い思いをすることもあるのだろう。

ところで女性問題が民族意識の覚醒《かくせい》と密接に結びつくことは郁達夫の発言に徴しても、また人間の本性に照しても、明らかなことだが、魯迅の作品にはその種の話は一向《いっこう》に出てこない。夏目漱石のイギリス物にもそうした意味での白人女性は登場してこない。登場しないのは漱石が妻帯者であり儒教倫理に由来する潔癖な女性観の持主だったからだろう。魯迅も、盛んに伝統的な道徳の桎梏《しっこく》を非難するようでいながら、ダンスの稽古《けいこ》に励む同胞の悪口など言うところを見ると、その本体は本人が自覚する以上に儒教的感情の持主だったのではないだろうか。後でふれるが『藤野先生』を分析すると、そこで自明のこととして前提されている価値意識は意想外に儒教的伝統に沿っている。いま魯迅自身による民族意識の自覚の過程の説明を、『藤野先生』と表裏をなしている『吶喊』自序」について見てみよう。それは先に引いた仁井田教授の文章にも要約されて示されていたが、一種の自己紹介のようなものである。

……私はいまでも覚えている。以前の医者の理窟や処方を、いま知ったこととくらべてみて、次第に私は、漢法医は結局意識的あるいは無意識的な騙りに過ぎない、ということをさとるようになったのである。そして同時に、騙られた病人と、その家族にたいして深い同情を抱くようになった。さらにまた、翻訳された歴史書によって、日本の維新が大半、西洋医学に端を発しているという事実をも知るようになったのである。

これらの幼稚な知識のお蔭で、のちに私の学籍は、日本のある田舎町の医学専門学校に置かれることになった。私の夢はゆたかであった。卒業して国に帰ったら、私の父のように誤られている病人の苦しみを救ってやろう。戦争のときは軍医を志願しよう。そしてかたわら、国民の維新への信仰を促進させよう。そう私は考えていた。私は、微生物学を教える方法がいまどんなに進歩したか、知るべくもないが、ともかくそのころは、幻燈をつかって、微生物の形態を映してみせた。そこで、講義が一くぎりしてまだ時間にならないときなどには、教師は風景やニュースの画片を映して学生に見せ、それで余った時間をうめることもあった。時あたかも日露戦争の際なので、当然、戦争に関する画片が比較的多かった。私はこの教室の中で、いつも同級生たちの拍手と喝采とに調子を合わせなければならなかった。あるとき、私は突然画面の中で、多くの中国人と絶えて久しい面会をした。一人がまん中にしばられており、そのまわりにおおぜい立っている。どれも屈強な体格だが、表情は薄ぼんやりしている。説明によれば、しばられているのはロシア軍のスパイを働いたやつで、見せしめのために日本軍の手で首を斬られようとしているところであり、取りかこんでいるのは、その見せしめのお祭りさわぎを見物に来た連中とのことであった。

この学年がおわらぬうちに、私は東京へ出てしまった。あのことがあって以来、私は、医学など少しも大切なことでない、と考えるようになった。愚弱な国民は、たとい体格がどんなに健全で、どんなに長生きしようとも、せいぜい無意味な見せしめの材料と、その見物人になるだけではないか。病気したり死んだりする人間がたとい多かろうと、そんなことは不幸とまではいえぬのだ。されば、われわれの最初になすべき任務は、彼らの精神を改造するにある。そして、精神の改造に役立つものといえば、当時の私の考えでは、むろん文芸が第一だった。

一般に序文というのは、本文以上にあらたまって執筆されるせいか、ややもすると、旧来の思考の型にとらわれた言辞を連ねる傾向におちいりやすい。挨拶というのは昔からの仕来《しきた》りを重んじる性質のものだから、序文の発想が古びてくるのもまた止むを得ないところかと思う。「『吶喊』自序」における魯迅の説明も、辻褄《つじつま》を一応あわせてあるが、それはもしかすると後からの合理化なのかもしれない。それに後から論理で巧く飾るという術にかけては、中国人は魯迅ならずとも達人が多いのだ。それだから右の文章に記されたことを素朴に事実と受取らないで、右の文章の中で当然自明とされている価値意識をまず探ってみよう。

魯迅はこの自序の前の部分で、「経書を学んで官吏の試験を受けるのが、正当なコースである」のに、自分は洋学を選んだむね書いている。それは確かに大転換だったが、しかし名家の出身者としてのエリート意識はいずれのコースを選んでも魯迅にしみついていたと思われる。そのような士大夫《したいふ》のエリート意識を継承していたからこそ、「国民の維新への信仰を促進させよう」とか「われわれの最初になすべき任務は、彼らの精神を改造するにある」などという指導者的な発言がすなおに出てくるのである。それにこの自序に見える文芸についての観念は、またなんと伝統に深く根ざしていることだろう。文章は天下国家を論ずるためであり、民衆の精神の改造に役立つためである、とする見方はまさに儒教的伝統に即した発想ではないだろうか。「……私もまた小説を文壇にもち込もうという考えはなく、ただその力を利用して社会を改良しようと思っただけである……」そしてもしそのような発想のゆえに『新民主主義論』の中で毛沢東から「偉大な文学者、偉大な思想家、偉大な革命家」と評価されたのだ、というのなら（そのような説をなす人もいるのだが）、またなんと窮屈な「文学」であることだろうか。

しかし魯迅における文学への回心についてはまた後でふれることにして、ここではこの序文の中核をなしている中国人処刑事件について考えてみよう。ドイツ留学から新帰朝の細菌学の中川愛咲教授のクラスだった。真暗な教室で、幻燈の画面だけが明るくて、そこに屈強な体格の中国人――周囲で幻燈を見ている日本人学生はみな「チャンコロ」と思っているだろう――が縛られている。「屈強な体格」と書いたのはその後の「愚弱な国民は、たとい体格がどんなに健全でも」に照応するための伏線で、『藤野先生』の方には別に屈強とは出ていない。その男はロシヤ軍のスパイを働いたかどで日本軍の手で首を斬られようとしている。これは銃殺では打首よりも見ごたえがなく、景気が悪いからそう改めたのだろう。『藤野先生』では銃殺されることになっている。魯迅は日本の生活に同化して留学の実をあげようと努力した学生だったが、さすがにこの場面において同級生の拍手に調子を合わせることに苦痛を覚えた。自分もまた中国人のひとりである、という自覚は『藤野先生』には次のように示される。

取囲んで見物している群集も中国人であり、教室のなかには、まだひとり、私もいた。「万歳!」彼らは、みな手を拍《う》って歓声をあげた。

この歓声は、いつも一枚映すたびにあがったものだったが、私にとっては、このときの歓声は、特別に耳を刺した。その後、中国へ帰ってからも、犯人の銃殺をのんきに見物している人々を見たが、彼らはきまって、酒に酔ったように喝采する——ああ、もはや言うべき言葉はない。

魯迅がなんともいえぬほど腹を立てた相手は、同胞を処刑する日本人というより、犯人が処刑されるのを喜んで見物する同胞たちだった。犯人が三角帽子をかぶされて町をひきずりまわされる。すると人々が酒に酔ったように喝采《かっさい》する。そのような国民のどこに人間としての誇りがあるのか。そのような思いが『引き廻し』や『阿Q正伝』となったのだろう。暴君の政治の下の人民は、多くは暴君よりさらに暴虐であることを魯迅は暗澹《あんたん》とした思いで自覚したのだ。その種の自覚は「中国よ、中国よ、なぜお前は強くならないのか」といった単純なナショナリズムとは違う、よりソフィスティケイトされた内容をもっている。そういえば魯迅も、それより二年ほど前の一九〇三年ごろには親友の許寿裳に宛ててまだ次のような単純に愛国的な漢詩を自分の写真の裏に書きつけて贈っていた。

霊台無計逃神矢　風雨如磐闇故園
寄意寒星荃不察　我以我血薦軒轅

心（霊台）は、日本で受けたさまざまの刺戟（神矢）を逃れられない。風雨はいよいよ激しいが、祖国（故園）はなお闇にとざされている。遠く寄せる私の思いを、わが国民は察してはくれない。私は私の血を祖国に捧げるのみである。

漢詩で書いたから型にとらわれて大仰《おおぎょう》になったが、その間の心理は、かりに散文にすれば次のようにくだいてもいうことができるだろうか。

こちらへ来てからどう云ふものかいやに人間が真面目になつて、色々な事を見たり聞いたりするにつけて中国の将来と云ふ問題がしきりに頭の中に起る。色々目につくと同時に色々癪に障る事が持ち上つて来る。時には日本がいやになつて早く中国へ帰りたくなる。するとまた中国の社会の有様が目に浮んで、たのもしくない情けない様な心持になる。

これは実は漱石の『倫敦消息』の文中の「日本」を「中国」に、「英吉利《イギリス》」を「日本」にそれぞれ置き換えたものだが、一応そのまま通じる心境だろう。しかし帰国すれば第一高等学校の教授に迎えられるという漱石の時代の近代国家として整備された日本と、半植民地に転落しつつある清末民初の中国とでは、ひとしく「たのもしくない情けない様な心持」といっても深刻さの度合はおのずから異なっていた。その心持を魯迅は寂寞《じゃくまく》と名づけたのだろうと思う。漱石も『文学論』の序の中で学問の進まぬ自分の心境を寂寞と名づけているが、深刻さの度合ははるかに異なっていた。

医学と文学

『藤野先生』の中に出てくる中国人スパイの銃殺と見物人の喝采を叙した後の、

ああ、もはや言うべき言葉はない。だが、このとき、この場所において、私の考えは変ったのだ。

という一節は前にも引いた「『吶喊』自序」の次の一節に符合する。

あのことがあって以来、私は、医学など少しも大切なことでない、と考えるようになった。愚弱な国民は、たとい体格がどんなに健全で、どんなに長生きしようとも、せいぜい無意味な見せしめの材料と、その見物人になるだけではないか。病気したり死んだりする人間がたとい多かろうと、そんなことは不幸とまではいえぬのだ。されば、われわれの最初になすべき任務は、彼らの精神を改造するにある。そして、精神の改造に役立つものといえば、当時の私の考えでは、むろん文芸が第一だった。そこで文芸運動を提唱する気になった。

これが魯迅自身による医学から文学への回心の説明だが、あまりに論理的に過ぎて、かえって本当だろうか、という疑問を抱かせる。魯迅は親友の許寿裳にも「ぼくは文芸を勉強することに決めたんだ。中国の馬鹿、大馬鹿どもを医学でなおせるかね？」といったと伝えられるが、しかしどうもこの説明は、医学を中途でやめてしまった留学生が、その後めたい気持を押しつぶして、無理に理屈の辻褄《つじつま》をあわせたきらいがある。自己の閲歴について魯迅は一種の自己正当化を行なっているのではないだろうか。『藤野先生』の中で舌足らずの箇所が一つあるとするならば、それは、

だが、このとき、この場所において、私の考えは変ったのだ。

と強調を重ねた箇所だろう。日本の魯迅研究家の多くもこの説明が真実ではないと感じているようだが、その点にふれて鋭い洞察を行なったのは太宰治だった。太宰は魯迅を取りあげた小説『惜別』（筑摩版全集第七巻）で自分自身の作家としての感情を移入して作中の一人物――魯迅の仙台医専の同級生ということになっている――に次のような解釈を語らせている。

所謂「幻燈事件」といふものも、その翌年の春、たしかにあつた。しかし、それは彼の転機ではなく、むしろ彼がそれに依つて、彼の体内のいつのまにやら変化してゐる血液に気附く小さいきつかけに過ぎなかつたやうに、私には見受けられたのである。彼は、あの幻燈を見て、急に文芸に志したのでは決してなく、一言でいへば、彼は、文芸を前から好きだつたのである。これは俗人の極めて凡庸な判断で、私自身さへ興覚めるくらゐのものだが、しかし、私などには、どうも、さうとしか思はれない。あの道は、好きでなければ、やつて行けるものではないやうな気がする。さうして彼の、かねてからの文芸愛好の情に油をそそいで燃えあがらせた悪戯者として、あの一枚の幻燈の画片を云々するよりは、むしろ、日本の当時の青年たちの間に沸騰してゐた文芸熱を挙げたはうが、もつと近道なのではあるまいかとさへ私には思は

れる。……周さんが、夏休みに東京へ行き、まづ感じたものは、その澎湃たる文芸の津波ではなかつたらうか。書店の文芸書の洪水ではなかつたらうか。

日露戦争が日本国民に自信を与え、その一つの結果として戦後文壇に新しい趨勢《すうせい》が生まれたことは一つの文学史的事実だが、文学者魯迅の誕生にはそのような時代の風潮も関係していたにちがいない、と太宰治は見るのである。

いったいどこの国でも先進国へ留学生を送る時には、はじめは形而下の実用的な面に注目するものである。魯迅自身が『吶喊』自序」に書いているように「東京にいる留学生仲間では、法政や、理化や、さらに警察や、工業を学ぶ連中は多かったが、文学や美術を修めるものはいなかった。」なるほど日本は明治三十年代にはいると夏目漱石や藤代禎輔のように外国文学研究専攻の留学生を送り出しはするが、しかし明治十年代、森鷗外が留学したころには日本にもまだそのようなゆとりはなかった。鷗外はドイツで医学を修めに留学中、かたわら読んだドイツ語の文学書を通して近代文学に開眼され、帰国後『舞姫』『うたかたの記』などの創作によって近代日本文学に新生面を切りひらいたのだが、魯迅も鷗外と同じように日本で医学を修めに留学中、かたわら読んだ漱石や鷗外や翻訳書を通して近代文学に開眼されたのだった。魯迅の医学から文学への転身も、巨視的に見ればそのような文化史上の法則的な現象の一つとして説明されるように思えるのだが、しかし魯迅は「幻燈事件」によって、というドラマティックな転身を口にすることを好んだ。それは、と太宰は『惜別《せきべつ》』で作中の人物の口を借りてこうも言っている。

それはあの人が、何かの都合で、自分の過去を四捨五入し簡明に整理しようとして書いたのではなからうか。人間の歴史といふものは、たびたびそのやうに要領よく編み直されて伝へられなければならぬ場合があるらしい。どんな理由で、魯迅が自分の過去をそんな工合に謂はば「劇的」に仕組まなければならなかつたか、それは私にもわからない。ただ、彼がその自分の過去の説明を行つた頃の支那の情勢、または日支関係、または支那の代表作家としての彼の位置、そのやうなところから注意深く辿つて行つたら、或ひは何か首肯するに足るものに到達できるのではなからうか、とも思はれるのだが……

太宰治は魯迅が日本かぶれと思われることを嫌ってあのような転身を仕組んだ、とでも推理していたのだろうか。しかし魯迅があのような説明をつけたのは、もしかすると魯迅の修辞技術の結果だったのではないか、とも筆者には思える。魯迅は、読者にわかりにくいような心理の襞《ひだ》をことごとく説明しないで、時には単純に割り切って、話の進め方を滑《なめ》らかにしたりする。話の進め方を滑らかにするためには事実の方を動かして、上手に整理してから提示する。今村与志雄氏は「魯迅の原稿について」(『魯迅と伝統』、勁草書房)という一文で、魯迅が『藤野先生』にどのように推敲《すいこう》を加えたかを説明しているが、氏のテクスト・クリティークをうかがうと、魯迅の抑制された筆致にひそむ激情とともに短篇作家としての効果を狙った計算、そうした意味での四捨五入ということも感じられる。このように構成された短篇は、中国古来のジャンルに従えば小心文というのだろう。いま推敲の一例をあげると、『藤野先生』の結びは初稿では、

たちまちまた良心を発し、再び「正人君子」の連中に深く憎まれる文字を書きつづけるのである。

とあった由だが、しかしこれではいくらなんでも、self-righteous に過ぎて気がひけたのだろう。字を書き加えて次のように改めたのだという。

たちまちまた私は良心を発し、かつ勇気を加えられる。そこでタバコに一本火をつけ、再び「正人君子」の連中に深く憎まれる文字を書きつづけるのである。

これとても作者自身が煙草《たばこ》に火をつけるのなぞ、なにやらヒロイックなポーズで嫌味《いやみ》だと感じる向きもあるかもしれない。しかしそれでも抵抗文学にありがちな肩肘《かたひじ》を張った感じを「そこでタバコに一本火をつけ」ることによって、まだしもほぐしている。そのような文章上の技法も中国四千年の文学的伝統に負うところが必ずや多いにちがいない。そうした点を考えると魯迅の第一創作集『吶喊』(一九二三年)が、中国文学史をそれ以前と以後とに劃然と分けている、などとあまり大袈裟《おおげさ》な分類はしない方がよいのかもしれない。

色の黒い、痩せた先生

魯迅論の通弊《つうへい》は鑑賞が文章に密着せず、話題が作品の外へ流れがちなことである。筆者もその過《あやま》ちを犯さぬよう、ここで『藤野先生』へ戻ろう。

魯迅と藤野先生の関係は、初対面と学業の指導と別れの挨拶とが三つ見事《みごと》に描かれている。初対面の場面は藤野先生のポートレートとしてユーモアたっぷりで面白い。いま引用すると、

最初は、骨学である。そのとき、はいって来たのは、色の黒い、痩せた先生であった。八字ひげを生やし、眼鏡をかけ、大小とりどりの書物をひと抱えかかえていた。その書物を講壇の上へ置くなり、ゆるい、抑揚のひどい口調で、学生に向って自己紹介をはじめた——

「私が藤野厳九郎というものでして……」

……うしろの方にいて笑った連中は、前学年に落第して、原級に残った学生であった。在校すでに一年

になり、各種の事情に通暁していた。そして新入生に向って、それぞれの教授の来歴を説いてきかせた。それによると、この藤野先生は、服の着方が無頓着である。時にはネクタイすら忘れることがある。冬は古外套一枚で顫《ふる》えている。一度など、汽車のなかで、車掌がてっきりスリと勘ちがいして、車内の旅客に用心をうながしたこともある。

それでは第二に教育者として藤野先生は留学生周樹人にたいしどのように接したのだろうか。新学期が始まって一週間すぎた時、先生は助手に命じて清国留学生を研究室へ呼ばせた。

「私の講義は、筆記できますか」と彼は尋ねた。
「少しできます」
「持ってきて見せなさい」
私は、筆記したノートを差出した。彼は、受け取って、一、二日してから返してくれた。そして、今後毎週持ってきて見せるように、と言った。持ち帰って開いてみたとき、私はびっくりした。そして同時に、ある種の不安と感激とに襲われた。私のノートは、はじめから終りまで、全部朱筆で添削してあった。多くの抜けた箇所が書き加えてあるばかりでなく、文法の誤りまで、一々訂正してあるのだ。かくて、それは彼の担任の学課、骨学、血管学、神経学が終るまで、ずっとつづけられた。

これは美談である。夏目漱石がクレイグ先生に文章の添删を依頼して規定外料金《エクストラ・チャージ》を取られたのとは百八十度異なる話である。しかしここで美談に手放しで感激する前に、西洋と東洋（といっても儒教文化圏のことだが）の師弟関係の微妙な差異について考えてみよう。G・B・サンソムは『西欧世界と日本』（筑摩書房）

の第十五章で日本人やシナ人が学問を非常に尊敬し、弟子がその師にたいして生涯を通じて敬意を表し、時に感謝のしるしを届けることを「この教育者にたいする世にも稀な気持の良い態度」と評して、その「態度はヴィクトリア朝のイギリスで行なわれていた考え方とは、根本的に異る学問観に由来する」むね述べている。儒教文化圏では教育の目的は若者の頭に役にたつ事柄をつめこむのではなく、若者に聖人の智恵を教えることにより、若者を有徳《ゆうとく》にし、若者が属する社会の必要に応じた性格を形成することにあるとされていた。そして教師の側にとっても学識に劣らず必要とされたものは高邁《こうまい》な性格で、師はこの性格によって弟子の徳性の発展に感化を与えなければならなかった。

このような教育観とそれに由来する師弟関係は、当然のことながら西洋風の教育観とそれに由来する師弟関係とは異なる面をもっている。それにはよい面もあれば悪い面もある。いま西洋人が日本へ来て驚いた、という師弟関係のうるわしい面と苦々しい面の双方の例をそれぞれ拾って紹介しよう。吉田茂といえば戦後日本の最高権力者で、ワン・マンとも呼ばれた人だった。その吉田氏が外国人も大勢まじっているパーティーの席上で、突然へいつくばるように丁寧なお辞儀《じぎ》をすると、その新来の高齢の老人の手を取っていたれりつくせりのサーヴィスをはじめた。その九十歳を越えた老人が東京大学名誉教授の山田三良博士で、吉田氏の旧師であった人だ、と聞いた時、同席した外国人たちの間には一種の感動に似た囁きがおこった。西洋諸国であるならば、時の最高権力者がこのようなへりくだった態度で旧師に接することなどは絶対にあり得ない、というのである。列席した西洋人諸教授がこのような師弟関係を世にも稀な気持の良い態度（rare and agreeable atitude）と感心したのはいうまでもないだろう。

しかし日本における師弟関係については批判もまた多い。パッシン氏は「近代化と日本の知識人」という一文（ジャンセン編『日本における近代化の諸問題』、岩波書店）でその否定的な側面を拡大して次のように書いている。

現代知識人の性格という点になると、伝統の非常に強い持続が見受けられる。簡単に二、三の例を、ここにあげてみる。第一に、先生の伝統がある。過去の尊敬された先生は単なる専門家や熟達者ではなかった。彼は先達であり、指導者であり、またかつ師匠でもあった。彼の学生になる、いやもっと正確にいえば弟子になることは、生涯の服従と尊敬を含む、特殊な関係になることを意味した。先生が有給労働者へと変わったとはいえ、先生は依然として先生であるといえる。生徒である弟子は、先生に対して忠実に奉仕し、先生に指導と助力とを、生涯をとおして頼っている。この制度は、教室内でのふるまい、討論の自由、権威の承認、主導権、また生徒の出世といった問題の上に深刻な影を落としている。

日本の大学では先生がテニスをすれば弟子もテニスをする。先生がゴルフをすれば弟子もゴルフをする、とパッシン氏は皮肉っているのだが、一時代前ならそのような光景も見られたかもしれない。もっとも精神的には師弟関係の拘束はいまなお続いていて、たとえばある師が魯迅について立派な論を出すと弟子筋はいつまでもそれを繰返すというような現象は知識人の間にまだ残っているのかもしれない。

西洋人が日本における師弟関係に接して自分たちの師弟関係と違うと感じたように、日本人もまた西洋へ行って逆の意味で違和感を覚えた。漱石の、

Craig ニ至ル、文章ヲ添刪センコトヲ依頼ス、extra charge ヲ望ム、卑シキ奴ナリ。

はまさにその典型的な一例だったが、森鷗外もドイツ留学時代、私的に語学教師について英語やフランス語を学んだ時、相手が金銭と引換えに知識を切売りすると感じて驚いたのだった。その鷗外の違和感は明治

十八年十月六日の『独逸日記』に次のように記されている。

英語の師イルグネル Ilgner と別る。凡そ西洋言語の師は猶《な》ほ東洋音楽の師のごとし。金を与ふれば拝して受く。其内或は「プロフエツソル」Professor の称ある者あり。奇と謂ふ可し。

鷗外はそのような師弟関係を語学教師の貧乏のゆえかとはじめは考えたらしい。しかしその背景にはもっと根本的な社会的通念の相違があったのだ。

実はそういう筆者自身もかつて貧書生としてフランスで日本語の個人教授をしていた時、レッスンが終るたびにフランス人学生からむき出しの大きな紙幣を渡されて異《い》な（というのは dignity を多少傷つけられるような）感じを受けていたが、ある時ヴェトナム人の学生に日本語を教えてレッスンの後、彼から礼金を封筒に入れて渡されて、「あ、この人は儒教文明圏の人だな」と感じたことがあった。そしてそのように東西双方の例をあげてゆくと、魯迅のノートを全部朱筆で添削してくれた藤野先生は高邁な性格だが、規定外料金を請求したクレイグは卑《いや》しき奴だ、というような単純な割切り方はできないことに読者は気づかれたことだろう。しかし次のことは言えるように思う。魯迅は儒教的伝統の世界に育った人として、師弟については伝統的な関係を当然自明のこととしていた。それだから藤野先生の好意に「ある種の不安と感激とに襲われた」のである。先生のこのような無償の好意に報いるには自分は良き生徒として学業に励まなければならない。しかし自分は先生の期待に添えるだろうか、という不安と恩義のいりまじったなにかを感じたのだ。外国人学生としてのハンディキャップはあったが、第一学年の終りの試験は、

解剖　五九・三

組織	七二・七
生理	六三・三
倫理	八三
独逸語	六〇
物理	六〇
化学	六〇
平均	六五・五

という成績で一四二人中六八番だった。中国人留学生に成績を越された日本人学生の中には、藤野先生が彼にとくに親切なことをやっかんで、あらぬいいがかりをつけたことはこの短篇中にも記されている。それが魯迅のナショナリスティックな感情を過度に刺戟したことは、

中国は弱国である。したがって中国人は当然、低能児である。点数が六十点以上あるのは自分の力ではない。彼らがこう疑ったのは、無理なかったかもしれない。

といった言葉の端々《はしばし》にもうかがわれる。幸い、藤野先生と、仲の良かった数人の同級生の尽力で、この清国留学生にかけられたあらぬ嫌疑《けんぎ》はじきに立消えになった。しかし明治三十九年の春には、前にもふれた医学から文学への転身の希望が、ついにやみがたいまでに強くなった。それが魯迅と藤野先生の第三の挿話である別れの挨拶の場面を形づくる。作中ではそれは幻燈事件の「だが、このとき、この場所において、私の考えは変ったのだ」に引続く。

第二学年の終りに、私は藤野先生を訪ねて、医学の勉強をやめたいこと、そしてこの仙台を去るつもりであることを告げた。彼の顔には、悲哀の色がうかんだように見えた。何か言いたそうであったが、ついに何も言い出さなかった。

「私は生物学を習うつもりです。先生の教えてくださった学問は、やはり役に立ちます」実は私は、生物学を習う気などなかったのだが、彼がガッカリしているらしいので、慰めるつもりで嘘を言ったのである。

「医学のために教えた解剖学の類は、生物学には大して役に立つまい」彼は嘆息して言った。

出発の二、三日前、彼は私を家に呼んで、写真を一枚くれた。裏には「惜別」と二字書かれていた。

藤野先生が口下手《くちべた》なだけにこの別離にはいっそう深い余韻があるように思われる。

惜別

夏目漱石はお弟子筋に偉い方々がいたせいか、そのお弟子筋が御存命の間は多少聖人化されたきらいがないでもなかったが、最近はそれにたいする反動か、精神病理的にも精神分析的にも漱石を扱う文章がふえてきた。魯迅も精神病理的に考察してみたらどうだろう。またそれほど厳密にいわずとも『藤野先生』の中に示された留学生がおちいりやすい神経衰弱の徴候についていますこし気をつけてみたらどうだろう。

漱石がロンドンで見た黒赤い太陽が彼の陰鬱な精神状態の投影、ネルヴァルのいわゆる **le soleil noir de la mélancolie** でもあることはすでに述べたが、魯迅が仙台行の車窓から「日暮里」という漢字を見て心に留めたのも――その際魯迅はおそらく「リームーリー」とこの漢字を見て発音したにちがいない――その「日暮里」の三字が彼の憂愁の気分を投影するものだったからだろう。不定形の感情は漢字を見た途端《とたん》に、その漢字を核として結晶しはじめる。魯迅が藤野先生から依怙贔屓《えこひいき》されている、試験問題をあらかじめ知らされていたのだ、という嫌疑をかけられた時の彼の反応もそれに類似していた。この清国留学生は「汝悔い改めよ」という手紙を受取って、

それで思い出したのは、二、三日前にこんな事件があった。クラス会を開くというので、幹事が黒板に通知を書いたが、最後の一句は「全員漏レナク出席サレタシ」とあって、その「漏」の字の横に圏点がつけてあった。圏点はおかしいと、そのとき感じたが、別に気にもとめなかった。その字が、私へのあてこすりであること、つまり、私が教員から問題を漏らしてもらったことを諷していたのだと、いまはじめて気がついた。

しかしこの「漏」という漢字の横に圏点をつけたのは、本当に魯迅がいうごとく彼へのあてこすりだったのだろうか。学生が黒板に書く通知の文面などたいてい無神経なものである。その圏点に諷刺を感じたのは、魯迅の精神状態が過敏になっていたからではないだろうか。不快感にいらだつ魯迅の眼前に「漏」の字が浮び、その「漏」の字を核として被害者意識が結晶しはじめたのに相違ない。注意してみると魯迅が「辮髪」とか「纏足」とかを象徴として使う手法にも、それぞれの漢字に結晶した感情の含蓄《がんちく》というものが感じられる。このような漢字を核とする感情の結晶作用は漢字文化圏に生きる人々の感情現象や思考様式の特徴なのではないだろうか。

魯迅はそのような気質の人だったから、逆にある漢字を連想の核として好感情が結晶し発達してゆく場合もまたあった。藤野先生が写真の裏に書いてくれた「惜別」の二字は、その漢語を中心に善意が結晶していった例である。別れた後の藤野厳九郎先生という人は、別に直接声をかけてはくれないけれども、苦境に

ある魯迅にとっては常に自分を励ましてくれる先生なのである。それは日本を離れた魯迅の心中においてもなお常に生き続ける師の面影なのであり、その面影がややもすれば挫《くじ》けそうになる自分を励ましてくれる。それは魯迅が自分で自分を励ますためのシンボルなのである。その種の心理について、ここで極限状況を例に引くなら、フランクルは強制収容所に捕われた人でも、自分を激励し自分を愛してくれる人が外部にいると信じることのできた人は、その面影が力となり頼りとなって、自らを奮《ふる》いたたせることができた、と報告している。藤野先生の惜別の写真は、魯迅にとってもそれと類似した心理上の役割を果したのではないだろうか。いま作品の結びを引くと、魯迅は先生と別れたきり御無沙汰してついに一通の手紙も送らずにしまった。だが、と魯迅はいう、

だが、なぜか知らぬが、私は今でもよく彼のことを思い出す。私が自分の師と仰ぐ人のなかで、彼はもっとも私を感激させ、私を励ましてくれたひとりである。よく私はこう考える。彼の私にたいする熱心な希望と、倦まぬ教訓とは、小にしては中国のためであり、中国に新しい医学の生れることを希望することである。大にしては学術のためであり、新しい医学の中国へ伝わることを希望することである。彼の性格は、私の眼中において、また心裡において、偉大である。彼の姓名を知る人は少いかもしれぬが。

彼が手を入れてくれたノートを、私は三冊の厚い本に綴じ、永久の記念にするつもりで、大切にしまっておいた。不幸にして七年前、引越しのときに、途中で本箱を一つこわし、そのなかの書籍を半数失った。あいにくこのノートも、失われたなかにあった。運送屋を督促して探させたが、返事もよこさなかった。ただ彼の写真だけは、今なお北京のわが寓居の東の壁に、机に面してかけてある。夜ごと、仕事に倦んでなまけたくなるとき、仰いで灯火のなかに、彼の黒い、痩せた、今にも抑揚のひどい口調で語り出しそうな顔を眺めやると、たちまちまた私は良心を発し、かつ勇気を加えられる。そこでタバコに一本火をつけ、

再び「正人君子」の連中に深く憎まれる文字を書きつづけるのである。

返事もよこさなかった運送屋は乱れた中国の秩序のなさや信用のなさの象徴だろう。北京のわが寓居の東の壁にとあるのは無論日本に面した東の壁という意味である。この写真はいま上海の魯迅記念館に所蔵されているが、複製を見ると藤野厳九郎先生は右の耳が途中でくびれた、いかつい顔をしている。顔というよりは「ゴンさん」というあだ名にふさわしい、面構《つらがま》えといった感じである。この藤野先生の性格は、「私の眼中において、また心裡において、偉大である」と魯迅が書いているのは取りも直さず、藤野先生のイメージが魯迅の主観の中で結晶し、その結晶作用が年とともに進行した、ということなのだろう。またここでいう「性格」とは英語の character にそのまま相当するのだろうか。それとも「人格」が英語の personality に必ずしも相当せず、「人格者」というきわめて儒教倫理的な語感の強い言葉を縁語としてもつように、この「性格」も儒教倫理的な響きをもっているのだろうか。松枝茂夫氏の訳では中国語原文の「性格」が「人格」と日本語へ訳されている。そのようなところを見ると、やはり儒教的なニュアンスを帯びている言葉なのに違いない。サンソムが指摘した「儒教文化圏において師にとって学識に劣らず必要とされるものは高邁な性格であり、師はこの性格によって弟子の徳性の発展に感化を与えなければならない」ということの真実を、藤野先生という師と魯迅という弟子は実に鮮やかに例証している。その意味では藤野先生と魯迅の師弟関係は儒教文化圏の伝統に即したティピカルなものといわなければならない。それだけにまた『藤野先生』は中国や日本や韓国——韓国では魯迅の翻訳が自由に読まれている——で高く評価されるほど、西洋諸国では重んぜられる作品とはならないであろう。

ところで藤野先生と魯迅の師弟関係の奇妙さは、それが魯迅の側の片想いが後まで続いた、というところに求められよう。夏目漱石が描いたクレイグ先生は、クレイグ先生の友人のシドニー・リーの証言などともぴたりぴたりと一致する人間観察であった。しかし藤野先生の場合には、その風貌や話しぶり、洋服の感じなどは魯迅の描写の通りであったと明治三十九年仙台医専卒の新津宗助氏は語っている由だが（仁井田論文による）、しかし魯迅の主観の中に結晶した藤野先生のイメージと実際の藤野先生との間には多少の開きはあったのかもしれない。後でまたふれるが漱石の『クレイグ先生』がクレイグ先生に会った八年後に書かれているのに対し、魯迅の『藤野先生』は藤野先生にはじめて会った二十二年後、別れた時からかぞえても二十年以上経った時期に書かれたものだからである。

一九三六年（中華民国二十五年）魯迅が上海で亡くなった時、日本の新聞は大きくそれを伝えた。そしてそれがきっかけとなって藤野先生が郷里の福井県の医者のいない村で診療所を開いて附近の貧しい人々のよい友達となって老後を養っているということがニュースとして伝えられた。藤野先生はその時はじめて増田渉氏が訳した魯迅の『藤野先生』を面映《おもはゆ》い気持で読んだのだろう。そして魯迅と同じ明治三十七年に仙台医専に入学した教え子の小林茂雄氏に手紙を書いた。その手紙の一部は昭和十二年六月の『大魯迅全集』月報第五号の小林氏の「魯迅と仙台医専時代」に公開されているが、藤野先生はそこではっきりと次のように述べている。歴史というのはアイロニーに富んだ面白いものである。漢学で鍛えられ、儒教倫理で養われたことがこの藤野厳九郎という周樹人――やがて中国の儒教的伝統に挑戦する魯迅という作家になる人――の日本におけるよき師を生み出したのだ。

私は少年の頃酒井藩校を出て来た野坂と云ふ先生に漢文を教へて貰ひましたので、支那の聖賢を尊敬すると同時に彼の国の人を大事にしなければならぬと云ふ気持がありました。
周さんが泥棒であらうと学者であらうと将《は》た又君子《くんし》であらうと、そんな事には頓着なく、後にも先にも異邦人の留学生は周さん唯独りでした。それで下宿屋の周旋、邦語の話し方迄、及ばずながら便宜を計つてあげた事は事実です。君に忠、親に孝と申す事は皇国本来の特産品であるかも知らねども、隣邦儒教の刺戟、感化を受けし事、又不尠様《すくなからざるやう》に思はれますので、道徳的先進国として敬意を表したまでで、何も周さんだけ、可愛がつたといふわけではありません。

魯迅が昭和九年十二月二日増田渉氏宛の通信で洩した希望、岩波文庫で日本語訳『魯迅選集』を出すなら「私は別に入れなければならないと思ふものは一つもありません。併し『藤野先生』だけは訳して入れたい。」それが藤野先生の目にふれて、先生の消息が得られるかもしれないから、という希望は半ばは達せられ、半ばは達せられなかった。『藤野先生』という作品はたしかに藤野先生の目にふれたが、魯迅はついに藤野先生の消息を知らないで世を去ったからである。「惜別」という言葉はそれだけにいっそうしみじみとした余韻をもって私たちの胸に響く。しかしひょっとして日支事変の前夜に、藤野先生と魯迅が再会するようなことがもしあったとするなら、魯迅の心裡に三十年間生き続けてきた藤野先生のイメージと実際の藤野先生のギャップに、魯迅もとまどったかもしれない。それともまた先生をガッカリさせぬために、礼儀正しい周生徒はその場でなにかお上手をいったかもしれない。文学と美談とは本来次元を異にするものと思うが、しかし美談は美談で、仙台の医学部や福井の山奥や魯迅研究会や上海の魯迅記念館やで、作品とは別箇に自動運動を続けて今後も語りつがれ言いつがれてゆくにちがいない。仁井田教授が昭和二十八年二月三日、宮中での御講書《ごこうしょ》始めの御進講に「魯迅の作品『藤野先生』と『阿Q正伝』」を選んだ際にも、やはり美談という要素が考慮の中に加えられていたことと思われる。

日華親善の文学

それにしても「惜別《せきべつ》」という言葉は情趣に富むよい言葉だと思う。太宰治は魯迅を主題にした作品を昭和十九年から二十年にかけて書くのだが、はじめに考えた題の「支那の人」や、その次に考えた題の「清国留学生」に比べて「惜別」という題は格段にいい。いかにも落着くべきところへぴたりと落着いたという感じがする。いまその太宰の『惜別』についても二、三感想を述べさせていただく。

太宰治という作家はなにかと論じられることの多い作家なのだが、それにしてはこの『惜別』はいっこうに話題にのせられることのない作品である。ここではなぜそれが話題から忌避《きひ》されるのか、その心理に焦点をあわせて検討してみよう。『惜別』が無視されるのは第一にそれが太宰治らしくない作品であり、しかも失敗作だからだろう。その点について理解を示しているのは豊島与志雄で、豊島は八雲書店版『太宰治全集』の解説に太宰を知る人としてこう書いている。

懶け者は、よい意味では、出しや張りを厭ひ、純粋を固持する。その太宰が、如何なる動機があつたのか、『惜別』を書いたことは、私としては意外である。魯迅に対する敬愛の故であらうか。

『惜別』は、魯迅こと周樹人が仙台医専に学んでゐた頃の、同窓の親友であつた一老医師の思ひ出の手記、として書かれてゐる。当時の仙台市のことが、周到に調査され、正確に誌されてゐる。然し、周樹人のことゝなると、その人間像が概念的で、そしてよそよそしい。この点、太宰の作品としては異色だ。周樹人の見解や思索や悩みや文学への転向などについては、作者がそちらへ忍び寄り、或は身辺に引きつけ、老医師の思ひ出としての表現法の枠内で、叙述されてはゐるが、それでも、冷え冷えとした隙間風があちこちに吹き通つてる感じである。

私が意外だとし、太宰の作品としては異色だとする所以は、そこにある。この「懶け者」が、かういふ作品を書いたのは、むしろ惜しい、と言つたならば、太宰は苦笑するであらうか。当時の「日華親善」のための飛躍であつたらうか、と言つたならば、これは確かに、太宰は渋面するどころか立腹するであらう。

はっきり言へば、『惜別』は太宰の嫡出児ではない。そしてそこに、太宰文学の限界がある。

なまじ太宰のような、事態を客観視することのできない意志薄弱な人が、周到に調査して周樹人を描こうなどとするから奇妙な事となる。太宰は内閣情報局と文学報国会の依嘱を受けてこの長篇を書いたというが、――そしてそのような経緯《けいい》を取りあげて太宰の戦争責任を云々する人もいないわけではなかったが、――しかしドナルド・キーン教授のように当時連合軍側であった人の目から見ると、太宰のような一市民としても性格に破綻《はたん》をきたしているような作家に愛国的な仕事を依頼するということがそもそも信じがたいことだったし、しかも太宰が魯迅――反日抵抗運動におのずから結びつく中国作家――を取上げてそれが日本の当局から許可されたというにいたっては、ますます信じがたいことだった。しかし大東亜戦争下の日本というのは、どこか間《ま》の抜《ぬ》けたところのある、おめでたい一面もあったのである。大東亜解放の理想を、他国民の思惑《おもわく》などは抜きにして、自分では頭から信じているような、そうしたひとりよがりの部分もあったのである。戦時下の日本で気の弱い太宰は結構まともでむきになって、本気に次のようなつもりで『惜別』を書く気になっていたのだろう。

中国の人をいやしめず、また、決して軽薄におだてる事もなく、所謂潔白の独立親和の態度で、若い周樹人を正しくいつくしんで書くつもりであります。現代の中国の若い知識人に読ませて、日本にわれらの理解者ありの感懐を抱かしめ、百発の弾丸以上に日支全面和平に効力あらしめんとの意図を存します。

しかし太宰治という人は、キーン教授が『日本文化論』(英文、講談社インターナショナル)でも指摘するように、作中の魯迅を第二の自己として、完全に自分の身辺に引きつけて書いてしまったならば、まだしも成功したかもしれないのだが、なまじ周到な調査などして客観的に描こうとしたりしたために、「冷え冷えとした隙間風」があちこち吹き抜ける作品となってしまった。太宰はその欠点を魯迅と仙台医専で同級であった老医師が語る、という形で誤魔化《ごまか》そうとしたが、尾崎秀樹氏は「『惜別』前後——太宰治と魯迅——」という一文で、その欠陥を「魯迅像の不確かさはこの老医師におしつけられてしまっている」と指摘している。

ところで『惜別』がなんとなく話題になりがたかった第二の理由は、やはりそれが「日華親善」の傾向的な文学だったからだろう。そして戦後はそのような立場からする日華親善が認められなくなったからだろう。しかし軍隊から復員して『惜別』を読み、ひどくがっかりして、いい気なもんだと思い、それ以後太宰の作品を読まなくなった、などという反応ははたして太宰の作品への客観的評価といえるのだろうか。戦争中は太宰治が非常に好きで尊敬もしていて全作品を読んだが、戦後は太宰の全作品に反感を持つ、といったアレルギー性の反応は、自己の内なる太宰的なるものへのかつての共感と、現在の反撥の表明だろう。それは太宰の作品にたいする客観的評価ではなくて、実は自己嫌悪を感じている人が、他人の中に自己と同質の欠点を見いだして、他人を威丈高《いたけだか》に非難している様に似ていはしないだろうか。

『惜別』は太宰治という天分豊かな作家にしては明らかに失敗作だが、——もっとも、太宰が戦後かなりの字句の修正をしていることを著者自身の自作にたいする不満のあらわれのようにいう人がいるが、しかしこれは進駐軍当局の検閲を顧慮しての修正だろう——しかし日本人が魯迅について書いた文章の中では必ずしも見劣りはしないと思う。太宰が示した『藤野先生』についての鋭い読みの例は前にも一、二あげたが、次のような太宰自身の文学者としての覚悟と結びつく魯迅解釈もまた作品の末尾にのっている。『藤野先生』や「『吶喊』自序」から安直に引き出されがちな結論に、文学を社会変革の道具と見做《みな》す見方があることについては前にもふれたが、太宰はそのように芸術が政治に屈することへの疑問を、魯迅自身の文章を引く形で反論した。戦時下であっても、また文学報国会の依嘱を受けて書いていても、太宰は政治主義的になるにはあまりに作家だった、といえるようである。魯迅が作中の「私」に渡したメッセージというのは次のような一文だった。

文章の本質は、個人および邦国の存立とは係属するところなく、実利はあらず、究理また存せず。故にその効たるや、智を増すことは史乗に如かず、人を誡むるは格言に如かず、富を致すは工商に如かず、功名を得るは卒業の券に如かざるなり。ただ世に文章ありて人すなはち以て具足するに幾し。厳冬永く留り、春気至らず、軀殻生くるも精魂は死するが如きは、生くると雖も人の生くべき道は失はれたるなり。文章無用の用は其れ斯に在らん乎。

第三章　魯迅と漱石先生

切なる共感

BBC放送のインターヴューでロイ・フラーから「あなたの翻訳は東洋諸国ではどのように受取られておりますか。なにか反響はございましたか」という質問を受けたアーサー・ウェイリーは、次のように答えている。

Fuller　: What about the reception of your translations in the Oriental countries ? Has there been any reaction there ?

Waley　: In Japan a great deal. Not in China, I think. But they get rather cross in China at one translating their own poems and think that, if anybody does it, it ought to be themselves.

ウェイリー　日本では非常に反響がありましたが、中国ではなかったように思います。どうも中国では自分たちの漢詩を英訳している人間にたいして腹を立てているらしい。中国人の考えでは、中国の詩をもし誰かが英訳するなら、それは中国人でなければいけないと思っているようです。

多少なりと詩の翻訳を手掛《てが》けたことのある人なら、外国語の詩を母国語へ訳すことはできてもその逆は不可能なことは心得ているだろう。ウェイリーはそのことを承知の上で、中国人にある中華思想の傾きを諷しているのだろう。日本の『万葉集』にしても国威宣揚《こくいせんよう》の狙いで日本人が英語に訳したようなこともあったが、そのようにして一語々々置き換えられてできた訳は、英語の詩としては読めたものではなかった。それなのに中国人も、「中国の詩をもし誰かが英訳するなら、それは中国人でなければいけないと思っているらしい。」

魯迅の作品の西洋語訳も、そのような関係からだろうか、中国人の手になるものが多い。中国人の手になる仏訳がさらに英語に重訳され、その英訳を参照して佐藤春夫が魯迅の作品を日本語に翻訳した、などという経緯もいままでは公表されている。しかし筆者がここで気にかけているのは、そのような翻訳者の国籍とそれに伴う翻訳の出来不出来ということではない。自国の作品は自国人の手で外国語に訳さなければならない、とするような過度の文化上の自尊心の問題である。もし万一そのような尊大な傾向が事実であるとするのなら、次のような筆者の説は中国の国民作家魯迅にたいする不敬罪ともなりかねないが、しかしそこは学問の自由であり、言論の自由である。仮説を一つ展開させていただく。その仮説とはまえおきにもふれたが、魯迅の『藤野先生』は漱石の『クレイグ先生』に刺戟されてできた作品なのではなかろうか、『藤野先生』は『クレイグ先生』の創造的模倣なのではあるまいか、という推定である。第一章の「夏目漱石とクレイグ先生」と第二章の「魯迅と藤野先生」で、二人のロンドンと仙台における留学生活という外的状況をダブらせてみた時、漱石と魯迅の間に見られるアナロジーの大きさに読者はすでに気づかれたことと思う。しかし筆者がこれから取りあげる刺戟伝播《でんぱ》の問題はそれよりずっと具体的な事柄なのである。はじめに漱石と魯迅の関係の外的な諸事実を列記し、次に『クレイグ先生』と『藤野先生』の芸術作品としての内在的諸価値の比較へ移ることとする。

目加田誠教授が昭和十二年五月の『大魯迅全集』月報第四号へ寄せた「魯迅の印象」という文は、一年半の北京留学を了えた目加田氏が上海で魯迅に面会した時の思い出を綴った好文章だが、その結びはこうなっている。

……去年の秋、私は又北京に行つたが、恰度飛仙と云ふ映画館で魯迅の葬儀のニュースが上映されてゐた。私は銀幕に写される霊柩に沁々とした気持ちで敬意を表した。東安市場の本屋には魯迅集と銘打つ各種のものが何れの店にも積まれて居た。『作家』其の他の雑誌は殆ど魯迅追悼号や、魯迅に関する記事で充されてゐた。私は手当り次第拾ひ読んでみた。周作人氏に逢つた時、その話をすると、氏は、「私にはどうも世間の魯迅に関する論文はどれも本当に魯迅を知つてゐない様な気がします」と云つた。

周作人は魯迅の実弟で、一九〇六年、明治三十九年以後、魯迅とともに日本に留学し、起居を共にし、文学に専念した人である。その周作人が魯迅に関する世間の論文に違和感を覚えたであろうことは――筆者はその世間の論文なるものに目を通していないので強いことはいえないが――たとえば日本の森鷗外の場合などからも察しがつかぬことでもない。森鷗外を研究する場合に第一に依拠するべきは作者の著作それ自体で、それは魯迅の場合とても無論同じことだろう。そして著者の個人全集の次に第二に依拠するべきは肉親知友の思い出で、これも魯迅の場合とても同じだろう。第三に来るのがおびただしい鷗外研究の文章で、これが玉石混淆《こんこう》なのだが、魯迅の場合とてもやはりそれは不可避的な現象だったにちがいない。先験的なイデオロギーで割切ってみせたり、作者の文章をトランプのカードでも繰るように配列しなおしてみせたり、内心では自信を欠いている癖に外面では時流に乗って強がりを言ってみせたりする。そうした知的不誠実の傾向はいずれの国いずれの作家の取扱いにも見られるところにちがいない。それで周作人も遺憾に思ったのだろうが、さすが他人の魯迅評に不満を洩す実弟であるだけに、周作人自身の思い出は具体性に富んでいる。まず魯迅の没後に書いた回憶文「魯迅に関しての二」（邦訳は『瓜豆集』所収）を引こう。

魯迅は日本文学には当時（日本留学時代）は全然注目していなかった。森鷗外、上田敏、長谷川二葉亭等、大体その批評や訳文だけを重視した。ただ夏目漱石は俳諧小説『吾輩は猫である』が有名であったので、予才（魯迅の字《あざな》）は単行本が出るとつぎつぎに買って読み、毎日『朝日新聞』に連載されていた『虞美人草』を熱心に読んでいたことがあった。そして島崎藤村等の作品にははじめから注意を向けたことはなかったし、自然主義全盛時代にも田山花袋の『蒲団』を一読したきりで、あまり興味を感じなかったらしい。その後予才が作った小説は、漱石の作風に似てはいないけれども、その嘲笑と諷刺のなかの軽妙な筆致は実は漱石の影響をかなり受けていたし、深みがあり重々しいところはゴーゴリとシェンキェウイッチから来ていた。

また戦後に周作人は漱石との関係をさらにはっきりとこうも書いている由である。

二、三年は中国人が一人もいない仙台に住み、日本の学生と一緒に暮したので、かれの語学力は留学生の中でも相当なものであった。だがかれは日本文学には少しの興味も感ぜず、ただ夏目漱石だけに感心して、かれの小説『吾輩は猫である』『漾虚集』『鶉籠』『永日小品』から無味乾燥な『文学論』まで全部買込んだ。さらにその新作『虞美人草』を読むために『朝日新聞』を購読し、その後単行本が出版された時はまた一冊買った。漱石の外はロシヤ小説を主として翻訳していた長谷川二葉亭と南欧文学を紹介する上田敏博士とに注目していた。この二人が創作を発表すると聞くと、毎日、新聞に連載される『平凡』と『うづまき』の二小説を読んだが、実際はかれの関心の的は作者であって作品ではなかったから、その単行本を買おうとはしなかった。

魯迅の漱石にたいする関心が奈辺《なへん》にあったか、また漱石にたいする関心と二葉亭や敏にたいする関心の質的な違いがどのようなものであったか、そのニュアンスまで伝える老成した文章だと思う。そのような陰翳《いんえい》は彼自身日本文学に精通し、二人で協同して文学活動に従事したこともある実弟の周作人でなければ識別できない種類のものだろう。しかもこの兄弟と許寿裳は、一九〇八年、明治四十一年四月には東京で本郷西片町十番地ロの七号の元漱石宅へ引越して、そこを「伍舎」と名づけて、そこで暮している。そのような地縁も漱石の影響力をいちだんと若いかれらの上に強めたことだろう。文学的使命感もまたいちだんと高まったことにちがいない。もっとも半年前まで漱石がいた家は家賃が高く（漱石は当初は二十七円、後に三十円払っていた由である）、魯迅はそれで当時の奨学金年額四百元では生活費が足りなくなって、他人の本の校正の仕事まで引受けたという。その家には一年足らずいて引越した後、魯迅は翌一九〇九年、明治四十二年夏、七年余に及ぶ日本留学を了えて帰国するのである。なにごとにも感じやすいわが夢、わが青春の七年である。二十歳から二十七歳にわたる時期の日本留学である。その影響は彼の生涯に深い刻印を残したことと思う。

ところで漱石の『クレイグ先生』だが、この作品は魯迅が帰国する明治四十二年のはじめ、『朝日新聞』に掲載された。しかしそれはどうやら大阪朝日の方だけであったらしい。それでも周作人が書いているように魯迅は『クレイグ先生』がおさめられている漱石の単行本『永日小品』を買い求めている。それも買っただけではない。漱石の『クレイグ先生』を中国語の『克萊喀先生』に訳して、十四年後の一九二三年六月には周作人名義の『日本小説集』に入れて上海の商務印書館から出版している。その一九二三年は『藤野先生』が書かれる一九二六年の三年前のことである。そして周作人の証言によれば、魯迅が訳した日本の小説のうちでは『クレイグ先生』の訳がいちばん秀れている由である。誰かその訳文と『藤野先生』の文体を比較分析してみる人はいないだろうか。『クレイグ先生』と『藤野先生』という二つの作品ははたしてたがいに無縁でありうるのだろうか。

漱石と魯迅の間にある種の共感が働いたにちがいないという推定は実は前に『魯迅と伝統』（勁草書房）の著者今村与志雄氏によっても行なわれていた。氏は「文学者魯迅の形成に日本の近代文学が影響を及ぼしたと想像することも、あり得ることだし、当然だともいえる」として成仿吾などの発言にふれ、『クレイグ先生』の著者と『藤野先生』の著者との関係については同書二五三ページで次のように述べている。

魯迅は日本留学中、同国人留学生から孤立していた。仙台でただ一人医学を学んでいた時、日本人学生からは馬鹿に思われ、侮辱された。生活はもちろん楽ではない。そういう中で藤野厳九郎先生が人間的にかれに接した。かれの作品『藤野先生』における藤野先生像は、レンブラント的光と影を帯びている。子規に「漱石はロンドンで下宿屋の婆さんにいじめられているそうだ」と言わせた、「しがない、みじめな生活」をわびしい素人下宿の一室で毎日迎えていた漱石が、一週一回、クレイグというアイルランド生まれのシェイクスピア学者の講義を受けたときに感受した「あたたかみ」を、この魯迅は人ごととは思わなかっただろう。……魯迅は漱石に対し、同病相憐れむというような切なる共感を持っていたのであろう。

漱石はイギリスで、魯迅は日本で、ともに後進国から来た留学生として使命感と重圧感に悩まされた。魯迅は敬愛する漱石がロンドンでつらい生活を送ったことを『文学論』の序などを読んで知った時、漱石に対してますます愛着を覚えたのだろう。そしてその漱石の『クレイグ先生』を訳するうちに、仙台で自分を大事にしてくれた藤野先生が無性《むしょう》に懐しく思い出されもしたのだろう。太宰治の『惜別』が魯迅の『藤野先生』をもとに書かれたことは周知の事実だが、その『藤野先生』も漱石の『クレイグ先生』に刺戟されてできた作品なのではなかろうか。いま両者の内在的価値を比較して創造的模倣の過程を明らかにしてみよう。漱石と魯迅の関係はおそらく切なる共感以上に、短篇製作の職人的な技法の面にまで及んでいるにちがいないからである。

刺戟伝播

「比較文学研究や比較史研究というのはまるで子供が隠し絵を見つけるようなものですね。それまではどうにでも見えた絵が、いったん隠されていたパターンが見つかってしまうと、それから先はもうどうしてもそれとしか見えなくなってしまう。」

隣接する科学史科学哲学課程の大森荘蔵教授が、近ごろの大学に長くなった日直の待機時間のつれづれに、そのような指摘をされたことがあったが、それでは『クレイグ先生』と『藤野先生』に内在する類似点と相違点にふれて——それはおのずから二つの作品への評価にも通じることとなるから——この第一部の結びとしよう。作者の漱石と魯迅の外国体験の共通性についてはすでに詳しくふれた。本人の貧しい物質的な環境、下宿とか食事とかも作中で話題となっていたし、本人の貧しい精神的な環境、後進国民としてのいらだちやうまく進まぬ学問とかも作中で話題となっていた。しかしここでは主として芸術作品のテクニカルな面に注意して論ずることとする。

外国留学中に出会った先生の思い出を語るという共通の主題によって結ばれた『クレイグ先生』と『藤野先生』は、形式の面でも、話の筋の運びの面でも、スケッチの技法や作品中のユーモアという面でも、また読後感や余情といった面でも、いくつか共通する特徴を持っている。それは二つの作品が同じような主題を取扱っているためにたまたま一致した特徴であるのかもしれないのだが、魯迅が漱石の短篇を手本として巧みに自己の短篇を作っていった結果であるのかもしれない。形式面からいえば、これはたしかに偶然の暗合だろうが、『クレイグ先生』は長さが四百字詰原稿用紙十四枚、『藤野先生』の邦訳もおよそ十四枚である。

その短い作品の中から類似点を拾うと、クレイグ先生は漱石によれば、

> 其の顔が又決して尋常ぢやない。西洋人だから鼻は高いけれども、段があつて、肉が厚過ぎる。……其処《そこ》いら中むしやくしやしてゐて、何となく野趣がある。髯抔《など》はまことに御気の毒な位黒白乱生《こくびやくらんせい》してゐた。

そのような風貌の描写は『藤野先生』の中でもひとしく繰返される。藤野先生は魯迅によれば、

> そのとき、はいって来たのは、色の黒い、痩せた先生であった。八字髯を生やし、眼鏡をかけ、大小とりどりの書物をひと抱えかかえていた。

クレイグ先生が陣取《じんど》っているのは、別段装飾も何もない取附《とつつき》の客間――漱石にいわせると「始めは客間とも思はなかつた」部屋――で、窓が二つあって、書物が沢山並んでいるだけである。藤野先生が坐っているのは、人骨やら多くの単独の頭蓋骨やらの間《あいだ》である。この二人の学究はともに服装にお構いなしで、漱石がクレイグ先生の「白襯衣《しろシャツ》や白襟を着けたのは未だ曾て見た事がない。いつでも縞のフラネルをきて、むく〳〵した上靴《うはぐつ》を足に穿《は》いて、其の足を煖炉《ストーブ》の中へ突き込む位に出して」いる。この二人にはなんとなく滑稽でヒューモラスな面もある。漱石によれば、

> いつかベーカーストリートで先生に出合つた時には、鞭を忘れた御者《カブマン》かと思つた。

そして魯迅によれば、

この藤野先生は、服の着方が無頓着である。時にはネクタイすら忘れることがある。冬は古外套一枚で顫《ふる》えている。一度など、汽車のなかで、車掌がてっきりスリと勘ちがいして、車内の旅客に用心をうながしたこともある。

これなど漱石のユーモアに富むスケッチの流儀を魯迅が意識的に追った例だろう。もっともクレイグ先生と藤野先生は二人ともたまたま似たような点も持ちあわせている。一人はアイルランドの出身の田舎者、もう一人は福井の出身の田舎者で、言葉にひどい訛《なまり》がある。二人ともエリート・コースを真直に進んでゆく人ではなさそうだ。すくなくとも冷徹な知性の持主という感じではない。それどころか一人は漱石好みの表現を使えば車夫馬丁風、一人は一見掏摸《すり》風――それで車掌が「車内の旅客に用心をうながしたこともある。」こんな思い切った教師の叙述も、実は書く方が二人とも教師と異なる国籍に属していたからできたことなのかもしれない。

文章作法のより技巧的な面にもふれよう。『クレイグ先生』の中で巧みに使用される反覆の（ほとんど作曲の技法を連想させる）テクニークの一例に、クレイグ先生の「消極的な手」、「毛だらけな皺だらけな、さうして例によつて消極的な手」というのがある。消極的な、というのは、先生は「やあと云つて手を出す。握手をしろといふ相図だから、手を握る事は握るが、向《むかふ》ではかつて握り返した事がない。」それだから「消極的な手」と漱石はいうのである。もっともこれはクレイグ先生の性格というよりイギリス人の握手の仕方一般がそうなので、ラテン系の人の熱のこもった握手とはおよそ感じが違う。それだからダニノスは『トムソン少佐の手記』という英仏国民性比較論で、その握手の仕方の違いについてわざわざ一章を設けて論じたほどである。――ところで漱石は話を展開する際に「この手の所有者は」といった英語風のおかしみのある表現を使ってみせたりする。これは『猫』の中で金田夫人鼻子を「この偉大なる鼻の所有主は」といってみたりしたのと同じ筆法である。それでそのクレイグ先生の手や指なのだが、それがこの短い作品の中で幾度となく現われる。クレイグ先生は金貨を受取る時は「やあ済まんと受取りながら、例の消極的な手を拡げて、一寸掌《てのひら》の上で眺めた」りする。またその先生の授業振りだが「時々短い膝を敲いて――其の時始めて気が附いたのだが、先生は消極的の手に金の指輪を嵌《は》めてゐた。――時には敲く代りに股《もゝ》を擦《こす》つて、教へて呉れる。」漱石の説に共感した際は「先生は其の時例の膝を叩いて僕もさう思ふと云はれた。」また漱石に書生に置いて貰えないかと頼まれた時は「先生忽ち膝を敲いて、成程、」その他「二本の指で汚《きた》ない表紙をぴしや〳〵敲きながら」とか「真黒なシユミツドをぴしや〳〵敲き始めた」とか、その手や指の話は前後十回近く出てくる。それが意識的な反覆で効果を計算したものであることはいうまでもない。

それにたいして『藤野先生』の中で反覆されるのは、福井の田舎言葉丸出しの「抑揚のひどい口調」である。ここで両作品に対応があるというのはクレイグ先生も「愛蘭土《アイヤランド》の人で言葉が頗る分らない」という二人の田舎弁という共通点をさすのではない。そうではなくて魯迅が藤野先生のその「抑揚のひどい口調」をクレイグ先生の「消極的な手」に相応するような反覆の効果を狙って用いている、ということである。藤野先生が最初の時間に自己紹介した時も、その「抑揚のひどい口調」のために学生は笑ったが、

解剖実習がはじまってたしか一週間目ごろ、彼はまた私を呼んで、上機嫌で、例の抑揚のひどい口調でこう言った――

藤野先生はまたよく嘆息する人である。纏足について魯迅に質した時も、魯迅が別れの挨拶に行ってこれからは生物学を学びますとつい言った時もそうである。先生は嘆息して言った。

「医学のために教えた解剖学の類は、生物学には大して役に立つまい」

魯迅がついた見え透いた嘘を嘘と取らずにこうしたまともな感想を言ってしまうところに藤野先生の学究としての生真面目な性格がのぞけて見えるというものである。

また学者としての精励努力という点についていえば、クレイグ先生も労を惜しまぬ人として、その「シュミツドが前後二巻一頁として完膚なき迄真黒になつてゐる。」黒と赤と色は違うかもしれぬが、また自分のためと生徒のためという違いはあるかもしれぬが、藤野先生も労を惜しまぬ教師として周樹人のノートを添削してくれる。「私のノートは、はじめから終りまで、全部朱筆で添削してあった。多くの抜けた箇所が書き加えてあるばかりでなく、文法の誤りまで、一々訂正してある。」

そして別れる前後の悲哀の感情について二人はどのように書いているだろう。漱石はクレイグ先生をこう描いている。

自分は其《そ》の後暫《ご》くして先生の所へ行かなくなつた。行かなくなる少し前に、先生は日本の大学に西洋人の教授は要らんかね。僕も若いと行くがなと云つて、何となく無常を感じた様な顔をしてゐられた。先生の顔にセンチメントの出たのは此の時丈《だ》けである。自分はまだ若いぢやありませんかといつて慰めたら、いや〳〵何時《いつ》どんな事があるかも知れない。もう五十六だからと云つて、妙に沈んで仕舞つた。

そして魯迅は別れの場をこう描いている。

第二学年の終りに、私は藤野先生を訪ねて、医学の勉強をやめたいこと、そしてこの仙台を去るつもりであることを告げた。彼の顔には、悲哀の色がうかんだように見えた。何か言いたそうであったが、ついに何も言い出さなかった。

そして別れた後の余情——それはそれぞれの作品の余情ともなっているのだが——についてはどうだろう。漱石の結びはしみじみとした情感をさりげない文字にたたえている。

日本へ帰つて二年程したら、新着の文芸雑誌にクレイグ氏が死んだと云ふ記事が出た。沙翁《さをう》の専門学者であると云ふことが、二三行書き加へてあつた丈《だけ》である。自分は其の時雑誌を下へ置いて、あの字引はつひに完成されずに、反故《ほご》になつて仕舞つたのかと考へた。

魯迅の方は、自分から、

ついに一通の手紙、一枚の写真も送らずにしまった。彼の方から見れば、去ってのち杳《よう》として消息がなかったわけである。……ただ彼の写真だけは、今なお北京のわが寓居の東の壁に、机に面してかけてある。夜ごと、仕事に倦んでなまけたくなるとき、仰いで灯火のなかに、彼の黒い、痩せた、今にも抑揚のひどい口調で語り出しそうな顔を眺めやると……

例の「抑揚のひどい口調」がこの結びの節にもまた出てきた。口下手なだけにいっそう余情のこもった藤野先生の口調である。

『クレイグ先生』と『藤野先生』から意識的、無意識的な共通点を拾うと、ざっと以上のような諸点が指摘できるのではないかと思われる。二つの作品ははたしてたがいに無縁でありうるのだろうか。

最良質の英国映画

昔の留学時代をなつかしみ、それぞれ創作家へ転じた後も学問への尊敬を失わず、先生と留学生のヒューマンな気持の交流を回顧する二つの作品が、多くの共通する特徴をもつことについては以上見た通りだが、しかしだからといって魯迅の『藤野先生』は漱石の『クレイグ先生』を下敷にしてできたというわけのものではない。両者の関係は、同じく留学生活にふれているという観点から例を引けば、レンジェルの『颱風』から刺戟を受けた鷗外が『普請中』を書いた、という程度のつかず離れずの関係にあるといえる。魯迅は『クレイグ先生』から情感の上で刺戟を受けて、同一の枠組を借りて自分の作品である『藤野先生』を創ったので、その関係は刺戟伝播といってよい心理現象だろうと思う。しかし『藤野先生』にはそれ以上のなにかもある。また『クレイグ先生』にあったけれども『藤野先生』からは失《う》せてしまったなにかもある。それは二人の作者の狙いや資質がそれぞれ違うからである。背後にある国民や社会が違う以上、重心の置き方も異なってくるからである。それでは類似点を拾い出した次に相違点にふれて、それぞれの作品の個性を確めておこう。その相違があるために、二つの作品は読者に与える読後感を異にするし、また文学史や思想史の上ではなはだ異なる評価を受けて今日に及んでいるのである。

夏目漱石の『クレイグ先生』は英国映画のもっとも趣味の良いものを見ているような感じを与えるが、その映画的人物の一人にジェーンという婆さんがいた。いったい「燕の様に四階の上に巣をくつてゐる」クレイグ先生は、超俗的というか脱俗的というか、生活自体が少々地上から離れているわけである。その先生の変人めいた脱俗的気分を間接的に感じさせるのがこの婆さんなので、漱石はここでも反覆《レペティション》の技法を巧みに用いている。

　開けて呉れるものは、何時《いつ》でも女である。近眼《ちかめ》の所為《せゐ》か眼鏡を掛けて、絶えず驚いてゐる。年は五十位だから、随分久しい間世の中を見て暮した筈だが、矢つ張りまだ驚いてゐる。戸を敲くのが気の毒な位大きな眼をして入らつしやいと云ふ。

　この婆さんは絶えず驚いているというのがいわば一種トレード・マークになっている存在で、無論端役《はやく》なのだが、しかし遠巻きに日常的風景をユーモアをこめて描きながらクレイグ先生を生き生きと描き切るという漱石のすばらしい表現力は、この婆さんを引合いに出すことによって躍動する。こんなうまいロンドンの一界隈の情景はちょっとディッケンズでも描けまいと思う。

　先生は疎忽《そゝつ》かしいから、自分の本抔《など》をよく置き違へる。さうして夫《それ》が見当らないと、大いに焦《せ》き込《こ》んで、台所に居る婆さんを、ぼやでも起つた様に、仰山《ぎやうさん》な声をして呼び立てる。すると例の婆さんが、是れも仰山《ぎやうさん》な顔をして客間へあらはれて来る。

「お、おれの「ウオーヅウオース」は何処へ遣《や》つた」

　婆さんは依然として驚いた眼を皿の様にして一応書棚を見廻してゐるが、いくら驚いても甚だ慥《たし》かなもので、すぐに、「ウオーヅウオース」を見附け出す。さうして、「ヒヤ、サー」と云つて、聊《いさゝ》かたしなめる様に先生の前に突き附ける。先生はそれを引つたくる様に受け取つて、二本の指で汚《きた》ない表紙をぴしや

〱敲きながら、君、ウォーヅウォースが……と遣り出す。婆さんは、益《ます〱》驚いた眼をして台所へ退《さが》つて行く。先生は二分も三分も「ウォーヅウォース」を敲いてゐる。さうして折角捜して貰つた「ウォーヅウォース」を遂に開けずに仕舞ふ。

ワーヅワースだけではない、作品の結び近くでダウデンを探す時にも同じような情景が繰返される。

先生は立つて向ふの書棚へ行つて、しきりに何か捜し出したが、又例の通り焦《じ》れつたさうな声でジエーン、ジエーン、おれのダウデンは何うしたと、婆さんが出て来ないうちから、ダウデンの在所《ありか》を尋ねてゐる。婆さんは又驚いて出て来る。さうして又例の如くヒヤ、サーと窘《たしな》めて帰つて行くと、先生は婆さんの一拶《いつさつ》には丸《まる》で頓着なく、餓《ひも》じさうに本を開けて、うん此処にある。……

漱石の文章の中にはともすると粉飾《ふんしょく》や細工が過ぎたり、奇を好んだり、理屈ぽかったりする欠点があるが、『永日小品』中のこの『クレイグ先生』は『硝子戸の中』の作品などと同様、美しい。いま引いた箇所のように面白おかしく書いた条りでも、淡泊な、さらっとした書き方で、描写に客観性が強い。こうした文章技術は江戸文学の伝統に英文学の修業が加わって洗練された漱石の持ち味というものだろうか。『クレイグ先生』には『猫』の文体がよみがえって伝わっている。寺田寅彦などがいちばん好いたに違いない初期の漱石の天性がふたたび出ている。さまざまな角度からスポットライトを当てて、平明簡潔な文章でもって、ひとりの人間の全体像を描きつくしてゆく。こういう文体や手法は従来の日本文学にあまり見られなかったもののような気もする。別に人を感激させるような文章ではないが、それでいて底に流れるクレイグ氏への暖い感情が行間から感じられる。表現はことごとく自分を源としている物語の文体で、ユーモアまじりの現在時制は一貫して用いられている。いってみれば漱石はカメラの眼に位置しており、話は視覚的に展開し、クレイグ氏の顔や手や指やらは読者の眼前に髣髴《ほうふつ》とする。この作品はやはり映画に通じる narrative なのだろう。それだけに漱石のイギリス留学中の風物誌といった性格があり、漱石はカメラの眼というか観察者の立場にいるのである。漱石自身も作中に登場しはするが、いってみれば名探偵の親友というのがいつも事件そのものの外に置かれているのと同じような関係にいるのである。またこれは余計な話かもしれないが、クレイグが住んでいたベーカー・ストリート（英語のよくできなかった魯迅は誤って **Becker Street** と註したようだが、これは無論 **Baker Street** が正しい）というのはシャーロック・ホームズが作品中で住んでいたとされている場所でもある。そしてコナン・ドイルが描く十九世紀の九十年代から二十世紀の初頭にかけてのロンドンのたたずまいが、しっとりと落着いていて、一種リラックスした雰囲気を漂わせているように、漱石のこのロンドン回想の作品もいわば趣味の世界をなつかしんでいるようで、印象は明るく、気持は穏やかなのである。

しかし、かりに時間的余裕があったとして、夏目漱石は彼自身がロンドン滞在中にはたして『クレイグ先生』のような一文をものすることができただろうか。「官命を帯びて遠く海を渡れる……」「迢逓《てうてい》冠《かんむり》を正《ただ》して天外《てんぐわい》に之《ゆ》く」という責任感に押されて、もっと真剣なというか、もっとせっぱつまった気持にとらわれていたのではなかっただろうか。異国に学ぶ後進国の留学生が感ぜずにはいられないであろうような圧迫感に悩まされて、筆はのびのびと走らなかったのではないだろうか。そのような漱石が『クレイグ先生』のような明るい追憶が書けたのは、やはり漱石が日本人であることに自信もつき、また作家としても『三四郎』などを好評裡に書き了えて、天職を見いだした人の落着きとゆとりとを取戻していたからにちがいない。

異なる読後感

『クレイグ先生』の特徴は同じ作者の『ケーベル先生』などと同様、あくまでポートレート文学であることだろう。夏目漱石の『クレイグ先生』は題名の示す通り、クレイグ先生を取りあげてその人間像を描くことに鮮やかに成功した。しかし魯迅の『藤野先生』は、同一の枠組を借りて短篇を創作したにもかかわらず、またその外的なスタイルの類似性にもかかわらず、異《こと》なる読後感を与える。それは『藤野先生』が必ずしもポートレート文学に徹していないからである。漱石はカメラの眼に位置して焦点をクレイグ先生にあわせたが、魯迅の場合、彼自身は必ずしもカメラの眼に位置していないし、作品の主題は藤野先生だけではない。作者の関心は藤野先生と私と民族問題の三つに跨《また》がってしまった。魯迅の『藤野先生』が先生の人間像を客観的に描いているというよりも、魯迅の主観の中に結晶した藤野先生のイメージであることについてはすでにふれたが、それには作者の留学体験の時期と執筆の時期のへだたりも関係していよう。夏目漱石が『クレイグ先生』を書いたのは一九〇九年、明治四十二年、著者四十二歳の時で、はじめてクレイグ先生に会った時からかぞえて八年ほど経った時である。それにたいして魯迅が『藤野先生』を書いたのは一九二六年、民国十五年、著者四十四歳の時で、はじめて藤野先生に会った時からかぞえて二十四年、別れの挨拶をしに行った時からかぞえても二十二年余が経った時である。魯迅の記憶の中で藤野先生の人間像が変質していったとしても、それは避けられない現象だったろう。先生に会った時の年齢も、漱石は三十四歳という大人だったが、魯迅はまだ二十二歳の青年だった。クレイグ先生の人間が成熟した漱石の眼で観察され、その人間苦のペーソスまで描かれているのに比べて、藤野先生はむしろ明治日本の平均的な教師像に近い人で、それほど明確な個性的特徴をもって描かれているとはいえないのかもしれない。師弟の間の美談も、太宰治が「仰げば尊し我が師の恩」を連想したように、類型的な美談の域を出ていないのかもしれない。しかしそれにもかかわらず、漱石の心中に占めているクレイグ先生の割合より、魯迅の心中に占めている藤野先生の割合の方がよほど大きいようである。異国における劣等意識や自国にたいする嫌悪めいた弱者意識は、留学生の心を傷つきやすくすると同時に善意にたいしては感じやすくする。susceptibilité と sentimentalité とはしばしば組《ペア》になって留学生の心裡にあらわれる。魯迅はそのような精神状態にあったから、藤野先生の善意がひときわ尊く、輝くように思えたのだろう。

夏目漱石も後進国から来た国費留学生としてロンドンで使命感と重圧感とに悩まされた。しかし『藤野先生』が与える読後感が陰鬱《いんうつ》であるのと違って、『クレイグ先生』が与える読後感は明るくおだやかなものである。それは漱石も抱いたであろう悩みが『クレイグ先生』には直接文面にあらわれていないからである。それは漱石が生《なま》な形で「私」を作中に出すことを気恥しく思う都会人であったせいもあったろうが、そしてそのような漱石のはじらいが洒脱《しゃだつ》な文章となって軽みをもってあらわれているのだろうが、しかし最大の相違はやはり背景にある日本と中国という東アジアの二つの国の国状の差に求められよう。作家を取巻く社会的環境がまるで違うのである。

明治四十二年の漱石は、満州や韓国へ観光客として旅行して、

黍遠し河原の風呂へ渡る人

などという句を作る余裕をもっていた。なるほど作家としての漱石は、『三四郎』の中では広田先生の口を借りて「日本は亡びるね」という警告を発しているが、その発言が逆説として響いたように明治日本は安定していた。すくなくとも魯迅が北京を去って厦門《アモイ》へ行ったり、またさらに広州へ渡るというような生活を送っていた一九二六年の軍閥支配下の中国よりは格段に安定していた。明治四十二年の日本は太平の国だった。そこでは春の日は永く、それでまた『永日小品』も生れたのである。夏目漱石がロンドンで英文学者になろうとして闇黒に光明を模索した悩みは、彼自身が創作家になることによって解消していた。しかし同じく留学帰朝者とはいっても、魯迅が日本で抱えこんだ民族、政治、歴史の問題は、彼が中国へ引揚げた後も

まったく解消しはしなかった。夏目漱石の批判が──漱石の初期の小説は小説という形式を借りた文明批判という趣が著しく強いのが特徴だが──一見新しくなったかに見える現代日本の文化に向けられているのにたいし、魯迅の批判は旧態然たる中国に向けられたものであった。魯迅の眼前には漱石が直面したよりも一次元下の問題がいくらでも転がっていたのである。中国の民衆には愛想をつかした、しかし中国は祖国である、そして自分もまた中国人の一人である、放っておくわけにはゆかない──そのような関心が『藤野先生』の陰の主題なのである。そのような作者の関心が働いているから「先生」を思い出す時にもおのずから異なるニュアンスがまつわりついてしまうのである。『藤野先生』は陰鬱な読後感を与える、といったが、この作品の主題はそのまま『阿Q正伝』や『引き廻し』の主題に通じることはすでに諸家の指摘した通りである。

日本人の中国人蔑視《べっし》についてはどうであろう。夏目漱石もイギリスで日本人蔑視を体験してはいただろう。しかし『クレイグ先生』にはそれは表面へ出てこない。それに日英同盟という政治的関係は日本とイギリスの関係としては最良のものだった。それに反して日本人と中国人とはひとしく黄色人種であるために、その両者の間にはかえって近親憎悪に似た感情が働いていたのかもしれない。朱舜水の遺跡を水戸に訪ねた魯迅ならずとも、誇高い漢民族の人ならば過去の栄光と現在の悲惨とを思いくらべて慷慨《こうがい》せずにはいられなかっただろう。自分たちは過去においては日本よりもはるかに文化的であると自他ともに許していた。それがいま列強の帝国主義的侵略に屈した結果、逆に日本へ留学して、しかもそこではなんと女子供からも馬鹿にされている……

漱石と魯迅と性格の違いもあるだろうが、そのような背景の違いもあった。それで魯迅はあくまで真面目に、時に気ばって、力んで、書いている。良かれ悪しかれクライマックス的な文章まで用意している。ヒロイックなポーズといわれるかもしれないが、戦闘意欲十分という姿勢で最後には「私」を前面へ押し出している。その意味では『藤野先生』は魯迅の私小説である。魯迅はカメラを覗くというよりはカメラに自分で写っている。この作品ではすべての言葉が「私」の発する牽引力の作用を受けている。魯迅はずるいくらい生真面目《きまじめ》に、自分自身が民族意識に目覚めていった過程を描いて訴えている。その説明が多少図式化されていて、自己肯定的な感じを与え、本当にこの通りなのか、という疑問を抱かせる点についてはすでにふれた。そのような自己主張があるから、漱石の軽やかなユーモアと違って、魯迅のユーモアは重苦しい。皮肉にも露骨《ろこつ》に批判がまじってしまう。辮髪が富士山の恰好《かっこう》をしているという形容もそうだが、辮髪を平たく巻いて油でテカテカさせてあるから、「少女の髪にそっくりである。これで首でもひねってみせれば、色気は満点だ」となると、これはもうエロティックというよりはグロテスクで、支那趣味が出た、という感じさえする。総じて、『クレイグ先生』の文章が軽やかな心のはずみを伝えるのにたいし魯迅の作品はどうも息苦しい。もっともこの文体については、厳密には、中国文に即して検討しなければならぬ問題だから、これ以上ここで云々《うんぬん》することはできない。

創造的模倣

ウェイリーはかつて日本文化の独自性を論じた一文の中で、『源氏物語』を司馬遷《しばせん》の『史記』に、『枕草子』を李商隠《りしょういん》の『雑纂』に結びつけて、前者は後者の影響裡に生れたとするような日本の中世学者の説を「学者的遊戯」と名づけて一笑に付したことがあった。しかし日本では神道についてさえ本地垂迹《ほんじすいじゃく》説が発生したほどの国であるから、漢学者が日本の過去の文化はその大部分を漢文化に負うているように説き、また西洋学者が日本の近代の文化はその大部分を西洋文化に負うているように主張する傾きは避けられない現象であった。それは学者たちが自分たちの文化的伝道努力を過大に評価するためか、あるいは中国人や西洋人にたいするコンプリメントであるか、あるいは地理的に規定された心理現象のせいであるかもしれなかった。

古代からアジア大陸の東辺の列島に生活してきた日本人は、文明は西から海を渡ってくると思い、海の彼方の文明の源泉と自分自身とを結びつけたく思う欲求に強く駆られてきたからだった。

そのような心理的傾向は実は今日の日本の比較文学研究にまで投射している。ひとしく比較文学研究といっても、フランスのように中華思想の強い国では、自分の国の文学が他の国へ影響を与えたことを強調し、その種類の研究を歓迎する傾向が顕著であるのに反し、日本のように他華思想の強い国では、自分の国の文学が他の国の文学から影響を受けたことを強調し、その種類の研究に専念する傾向が顕著なのである。それは日本の文化史的状況の実際の反映というよりも、そうした日本の比較研究者の無意識裡の前提に、西洋文学や外国思想の影響を受けることは良いことだ、という考えがあるためらしい。しかしその影響の実体がもし単なる模倣《もほう》の域を出ないものとするなら、そのような影響は詰《つま》らぬことではないだろうか。

ところで日本の学者自身が、別にさしたる学問的根拠もなく、一種の漠然とした確信に基いて、日本の文化はその大半を中国文化や西洋文化に負うているむね発言した時、中国人や西洋人は一種の満足を覚えたにちがいない。漱石の言葉をまた引くなら「西洋人の日本を賞讃するは、半ば己れに模倣し己れに師事するが為なり」ということになる。そのような西洋化途上の日本へ留学に来た清《しん》末民初の中国人の心理は複雑だった。なぜならかれらは先進国日本をアジアにおける一つのモデルと考えて留学に来たのだが、その地でさまざまの屈辱感を覚えた際には、あるいは「日本の文明は支那の娘だ」と言うことにより、またあるいは「日本へ来て学ぶ対象は西洋の学問であって日本の学問ではない」と言うことにより、その屈辱感をはらすこともできたからである。

しかしそのような劣性コンプレクスと優性コンプレクスの間で歪められた日本観は、はたして当《とう》を得《え》たものだったろうか。劣等感を持つ者が、その裏返しとして、劣等感を自分に感じさせる存在をやたらに軽蔑《けいべつ》したり批判したりするようになる傾向は、人間誰しも多かれ少かれ、内心で経験しているところだろう。日中関係はそのように心理的に見ても複雑な側面をもっていたのではないだろうか。

ところで「日本の文明は支那の娘だ」という世間に広く流布《るふ》されている日本観を是正しようとして、日本の文化は「創造的模倣」というべきものだ、と北京大学文科研究所でいまから半世紀以上も昔に説いた中国人の日本学者がいた。その人はほかならぬ魯迅の弟の周作人だった。中国と日本の関係は、過去においてはたしかに文化上の一方通行であって、日本の文化の特性はポジティヴに評価しても漢文化の「創造的模倣」といったところであったろう。明治以後の日本の近代化も西洋の「創造的模倣」という面が強かったのだろう。しかし、日清戦争以後の日中関係についてはどうであろう。遣唐使以来の留学生の流れが西行から東行に転じて大陸から日本へ渡る人の数が激増したことからもわかるように、今度は逆に中国人が日本を「創造的に模倣」した面もなかったわけではないだろう。筆者がここでこのような巨視的な文化史的考察をするのはほかでもない。周作人が日本文化を論じた際に用いた「創造的模倣」という言葉は、まさにそのまま魯迅の『藤野先生』にも適用できるように考えるからである。『藤野先生』は『クレイグ先生』の **creative imitation** だというのである。すでに述べた通り、二つの作品には多くの類似点と多くの相違点があった。単なる模倣なら詰《つま》らないことだが、しかし創造的模倣は価値ある行為である。魯迅は同一の枠組を借りて別箇の自己自身の作品を創りあげたからである。

ここでまたこんなことも考える。漱石もそうだったろうが、魯迅も、少くとも許広平《きょこうへい》女史とめぐりあうまでは、あまり女性的な愛情に恵まれた人ではなかったのではないだろうか。そのような境遇にある人は――漱石が弟子たちに宛てた手紙などにそれは実によく示されているが――師弟の間の愛に感じやすくなるのだろう。魯迅が『クレイグ先生』を訳して、なにか心の琴線《きんせん》にふれるものを感じ、旧師を思い出して一文に書きとどめたく思った衝動は、これは模倣などと呼ぶ人工的な作為ではない。その自然的な衝動は強《し》いて名づければ、先にもふれたように、刺戟伝播《でんぱ》という心理現象である。一方になつかしい藤野先生の思い出があり、しかもそれに、先生の期待にそむいた、礼を欠いたという負目《おいめ》の感情も多少まじっているところへ、漱石の『クレイグ先生』を読んだのなら、作家はやはり執筆の衝動に駆られるものだろう。『クレイグ先生』や『藤野先生』を読むと小学校の先生が無性に懐しくなります、といった学生がいたが、彼はそのような原衝動に駆られたことを正直に口に出したのである。ただ彼は作家ではなかったから筆は取らず、「ただ、今の心境は、やたらと小学校の先生が懐しいのです」とやや照れ気味に言ったのだった。

最後にこの種の研究の意味について二、三自問自答して自戒としよう。いったいこの「創造的模倣」という現象の分析は、個々の作家の創作心理の解明にも役立つが、より広くは文化史的な現象の究明にも役立つものだろう。文学作品を微視的に分析することは、文学自体の理解のためにも許される行為だろうが、しかし『クレイグ先生』と『藤野先生』の場合には、それを西洋、日本、中国の三角関係を巨視的に把握する比較文化史上の材料としても役立てることができる。歴史をその当事者の心理の内面にまで立ちいって、その当事者の目を通して眺め直す歴史の証言としても読むことができる。一日本人夏目金之助のロンドン体験を参照の基準として一中国人周樹人の仙台体験に光を投げることもできる。ちょうど飛行機を探すサーチライトの光が、二本交叉することによって飛行機の所在や運動方向をはっきりと確認できるように、私たちは西を見、東を見ることによって、世界史の中における日本の所在や中国の運動方向をより正確に見定めることができるだろう。筆者がそのような月並《つきなみ》なことをいうのはほかでもない。かつての日の日本人の中には、自分たちだけがなにか別種の特別な存在であるかのように考えて他のアジア人に臨む独善的な人々がいたからである。そのような思考習慣はいまでは消え失せたかに見えるが、経済大国日本にはまた旧来の形のままで復活しないとも限らない。それにそのような思考習慣は、実は裏返された形で一部の人々の間にはまだ根強く残っているようにも見受けられるからである。日本人だけがなにか特別に悪い存在であるかのように言いはやして他のアジア人におもねたりする人々――そして自分たちは他の日本人一般を批判することによって正義の立場に立っていると信ずるほどに独善的な人々——そのような人々を見かけるとこれは看板が変っただけで品物の生地は元のままのような気もする。ジャーナリズムで旗を振っている人の中には、そのような素質の人が存外多いような気もする。そのような右であれ左であれ独善化の傾向は、事態を相対化して見る、複眼の考察によって多少なりとも防げはしないだろうか。知的誠実を尊ぶ人の務めは、事実に即して過不足なく評価するところにあるのだろう。人を卑しめず、人に阿諛《おもね》らず、言うべきことの言える国に生きてこそ人間の尊厳というものは維持できるのではないだろうか。文明というのは生活様式をハイカラにすることではなくて、つねに眼が醒めていることが本質であり、偽善を勘で見抜くことだ、という魯迅の言葉は立派な指摘であると思う。

筆者が柄にもなくこのような生真面目《きまじめ》なことを述べる時、脳裏をかすめる一中国人の思い出がないでもない。パリで出会ったその人は誇高い学生だった。その中国の学生にはフランス人の友人があまりいなかったせいか、学生食堂でもいつも一人で食事していた。日本人ともつき合おうともしなかった。戦争中になにか苦い思い出があったのかもしれない。また人間は海外へ出るとかく愛国主義的になるものだが（フランス人でも海外在留者の間ではドゴール支持が滅法《めつぽう》多かった）、彼もまた千九百五十年代の在仏の中国人学生の多くと同じように毛沢東の中華人民共和国の支持者だった。その彼と筆者は隣合せに坐ったことが一度あった。それは **Amitié Franco-Chinoise** 中法友好協会というフランス共産党系の中仏友好の集会を覗きに行った時で——それは倹約好きなフランス人の一友人がロハで見られる映画があると筆者を誘ってくれたので出掛けたのだが——そのホールにその中国人学生もまた居合せたからだった。もっともイデオロギー的な共鳴という程度のことでは国籍や文化を異にする人間はそう友達になれるものではないらしくて、その中国人学生はその中法友好協会の席上でも、腕に赤い章《しるし》をつけたフランス人の「同志」たちからかけ離れて、一人ぽつんと坐っていた。それでも私が隣に腰を掛けるとおのずから会話も生じた。昆明《こんめい》の出身で化学を専攻しているのだそうである。二人の間のフランス語会話はとぼしかったが、それでも別れ際に彼がこう言った時には熱がこもっていた。

「ルーシン、君知っているだろう、魯迅《ルーシン》の、あれは日本語では何と発音するのかな、『藤野先生《トンイエシエンション》』、あれはいいぞ、君、読み給え」

それがなにか命令するような口調だったことを覚えている。いま考えてみると、彼は『藤野先生』を一個の文学作品として読んでいたのだろうか、それとも一篇の教訓として筆者に語っていたのだろうか。——一篇の教訓として取るのなら、作中の藤野先生はいまもなお私たちにこう語り続けているのだろう。日本の大学はもっと外国人にたいして開かれた大学になれ、日本の大学は外国から来た学生にたいしてもっと親切であれ。そう抑揚のひどい口調で語り続けていることだろう。魯迅が北京の彼の住居の東の壁に藤野先生の写真をかけておいたのは、魯迅が自分の日本留学体験をポジティヴに高く評価していたことのシンボルなのだろう。そしてその昆明出身の中国人留学生がパリで筆者に『藤野先生』について語ったのも、もしかするとやはり彼が留学で孤独な淋しい思いをしていたからかもしれない。

いまああした人はどのような運命をたどっているのだろう。もしまだ中国へ帰っていないのならば、報道に管制のしかれていない海外にいることだから、中国国内にいる人々とは違って、文化大革命についても、林彪《りんぴょう》事件についても、おのずから異なった自分自身の見解を内心では抱いていることだろう。中国近代文学の解釈についても、よもや画一的な見解を鸚鵡《おうむ》返しに繰返す、などということはしないだろう。中国は広い国である。もっとさまざまな考え方の人がいてもよいはずの国である。そのうちに中国から日本へふたたび留学生が自由に渡航してくるような日があれば——その日の近いことを祈るが——そうした外国留学体験者は必ずや新しい目で魯迅の『藤野先生』を読み返すにちがいない。いつの日か、この拙論がそうした人々の目にもふれることがあれば、筆者は幸いに思うのである。はなばなしい報道のかげに薄れて日本では話題にならなかったが、北京で田中首相を出迎えた中国側要人の中には魯迅や周作人の弟の周建人氏がまじっていた。その顔はよく見えなかったが、中国側の通訳者が、

「魯迅先生の弟様でいらっしゃいます」

と紹介する声だけがテレビでも聞えた。魯迅の短篇『藤野先生』は、中国人にとっても、国際間の友好のシンボルとなっているはずである。

第二部　漱石のあばたづら、鼻、白いシャツ

――執筆衝動の裏にひそむもの――

奇妙で執拗な偏向

夏目漱石の幼児体験や恋愛のことが近ごろしきりと話題にのぼる。諸家の諸説を読むと、まるで推理小説でも読むような心地がして興味深いが、しかしこの話題は、それが漱石文学を解く鍵、それも重要な鍵の一つであるから、それだけの詮索《せんさく》に値する主題であるに相違ない。というのも漱石は、以下で実例に即して説明するように、自分が過去に受けた心の傷にひどくこだわる人だった。意識的にこだわったというひねくれ者であるよりも、精神病理的にこだわらざるを得ない体質の持主だったのだろう。そして作家漱石にとってそのような傷痕《きずあと》は、常人以上に、深い意味をもっている。というのは漱石の作品は、自分が過去に受けた精神の傷痕を知らず知らずのうちに主題とし、それをいわばライト・モティーフとして展開されてゆく場合が見られるからだ。

人間、過去に不幸な体験を味うと、それにまつわる事柄に異常なまでに感じやすくなることがある。比喩的な意味でいわれる「アレルギー反応」というのがそれだが、漱石にはその種の症状が異常なまでに顕著だった。漱石のそのような傾向を北垣隆一氏は『漱石の精神分析』（北沢書店）の中で、「奇妙で執拗な偏向」と呼んでいるが、漱石の幼児体験という心の古傷やしこりがとかく話題にのぼるのは、漱石自身にそのようにこだわる傾向があり、しかもそれが作家漱石の執筆衝動を促す強力な原因となっていたからである。

筆者が、漱石のそのような「奇妙で執拗な偏向」と創作活動の関連に自分なりに気づいたのは、第一部でもふれたが漱石がニーチェの『ツァラトゥストラ』の英訳本に残したおびただしい英文書入れを調査した際だった。実際、ある本への書入れをその本文との関係で分析しながら、読書当時の漱石の思想なり感情なりを追体験するという試みは、漱石の頭の中の神経の伝達路を目《ま》のあたりに見るようで興味ふかい。それで、その書入れの中からその伝達路の原型とでもいったいちばん単純な例をまず取り出してみる。そして漱石の執筆衝動のダイナミックスに一つの法則性があると仮定して、その型に照して、さまざまの心の傷となって残った原体験と創作活動の関係について、実例に即して説き明してゆきたい。

筆者がそのように漱石の内部を問題にするのはほかでもない。原体験が創作衝動にどのように関係するかは、外部の事実の調査に終始する、ある意味では私小説的な興味と重なりあった、「実証主義的研究」の機械的な適用だけでは説明が十分につかず、研究はじきに行詰ってしまうからである。

一体、作家としての漱石を知る上では、外部の事実それ自体よりも、その事実を漱石が自分自身の内部でどのように感じとったか、という受けとめ方の方がおそらく重要だろう。というのは、もしかすると漱石は、他人の他愛もない会話の中にも自分にたいする当てこすりや諷刺《ふうし》を聞きつけるような、異常に耳ざとい男だったのかもしれないのだ。そのような漱石の過剰反応をまず例をあげて説明する。

夏目漱石は周知のように明治三十三年秋から明治三十六年一月帰朝するまで、二年余をロンドンに留学して過した。そのイギリス生活の二年は、漱石の『文学論』の序によると「尤も不愉快の二年」であった。もっとも「帰朝後の三年有半も亦不愉快の三年有半」であった。そのように神経がピリピリしていた帰朝後第三年か四年の明治三十八年か三十九年に、漱石は英訳本でニーチェの『ツァラトゥストラ』を読んだ。はじめのうちは『ツァラトゥストラ』の内容に即した感想を英文で記入していたが、そのうちにニーチェの片言隻句に刺戟されて『ツァラトゥストラ』の内容とは無関係に自己の感想をぶちまけ始めた。興奮していた漱石の目には、たとえば「王たちとの対話」の章の次のような英語表現が、目に針を刺すように、とまった。

Good manners ! With us, all is false and rotten.

〈良風美俗だって！　われわれのところでは、一切が虚偽であり、腐っている。〉この句を読んだ時、漱石は前後の見境もなく、突如として心中の遣瀬《やるせ》ない憤懣《ふんまん》を紙面に叩きつけた。漱石は短絡《たんらく》反応を起して、〈good manners〉という英語表現それ自体に腹を立てて、ニーチェの前後の思想とはまったく無関係に、長々と英文の感想を書きこんだのである。漱石は「アレルギー反応」を起したのだ。彼のこの書入れは「クレイグ先生と藤野先生」を論じた際にも留学時の漱石の心事を忖度《そんたく》するために引用したが、今度はその漱石の留学体験の後遺症を探るために、いま一度引用させていただく。

Go to England to see what is meant by good manners. They say this is nice, that is nice. Everything seems to them nice enough. Strange to say, however, it is those who use the word most that do not know its meaning..... They do not know a person may be offended by being called nice by those who do not know what 'nice' is.

good manners トカ良風美俗トカ云フ言葉デ何ガ意味サレテキルカ英国へ行ツテ見テミルガイイ。彼等ニトツテハ何事モ結構ヅクメ nice enough ダ。シカシ奇妙ナ話ダガ、コノ nice ト云フ言葉ノ意味ヲ知ラナイノハ、コノ言葉ヲ一番ヨク使フ連中ダ。…… nice ガ何デアルカヲ知ラヌ連中ニヨツテ nice ト呼バレルコトニヨリ人ガ傷ツケラレルカモシレナイ、ト云フ事ヲ彼等ハソモソモ知ラナイノダ。

読者もすぐおわかりのように、漱石がもともと他人に読まれることなど意識せず、その場の感情にまかせて書き飛ばしたこの言葉は、ニーチェの思想よりも、漱石自身の個人的体験と深く関係している。二年間イギリスで鬱屈した留学生生活を送った夏目金之助は、たまたま目にふれた〈good manners〉という英語に触発されて、不愉快な過去を思い出し、英人のいう nice という語を思い出し、異常なまでにたかぶって——駒込の書斎で夜ひとりでこのように興奮している漱石を想像するとなにか不気味だが——反英感情のルサンチマンやら怨恨《えんこん》やらを英文でぶちまけたのだ。そしてこの書入れに露骨に示された生《なま》な感想は、後にずっと抑制された形で『吾輩は猫である』の中へひょいとまた姿を現わすのである。ニーチェ読書の余波は、不快なイギリス生活という漱石の原体験を起点に観察する時、一、英文の書入れ、二、創作ノートである『断片』の感想、三、創作中の発言、という順でその波動をたどることができる。というのも、明治三十八、九年の『猫』執筆のための覚書である『断片』にも、

英人の所謂 nice なるものは矢張り己れを離れざるの nice なり。nice を為すとも実は pain なり。

という当時の漱石の脳裏にわだかまっていた感想が記されており、そしてその感想は明治三十九年の晩春に書かれた『吾輩は猫である』の締めくくりの第十一章でも八木独仙君の発言となって繰返されるのである。八木君の発言という形となると数多い作中人物の一人の意見ということになって、漱石が『ツァラトゥストラ』に書入れた時のような、強烈な毒気はもはや抜けてしまい、自己客観視の余裕もおかしみもおのずと生じる。だが大多数の読者は気軽にあっさりと笑って読み飛ばしたけれども、漱石はどうして真面目に深刻に『猫』を書いていたのだと思う。八木独仙君の発言のその部分を引けばこうである。

今の人は親切をしても自然をかいて居る。英吉利《イギリス》のナイス抔《など》と自慢する行為も存外自覚心が張り切れさうになつて居る。

ところで右に引いた例は、内容にとくに興味があって引いたのではない。そうではなく、漱石の芸術創造の一つのメカニズムというか執筆衝動のダイナミックスを示す、法則性のある心理の動きが、そこにきわめ

て単純化された形で示されている例として引いたのである。

無論、人間はスロット・マシーンではないのだから、外部からなにか体質に見合う刺戟——適合体験《シリュッセル・エルレープニス》——を加えられると、駅の切符の自動販売機のように内部でガチャガチャと反応し、下から切符をポイと出すような具合に、芸術作品を生み出すというわけにはいかない。しかしそれでも漱石の場合には、第一、不幸な原体験、第二、外部からの刺戟、第三、直接的な反応、第四、芸術的な変容、というプロセスがかなりはっきり追跡され得る場合がある。そしてそのうちの第一から第三にいたる法則性のある反応については医学的心理学の領域であるのかもしれない。周知のように漱石は敏感性関係妄想の素質をもった人だった。しかし（そこが文学外的な説明の限界というものだろうが）敏感性関係妄想にとらわれた人はみな漱石のようにすぐれた作家になるとは限らない。それは右の過程のうち第一から第三までは法則性のある心理上の反応であるとしても、第四の芸術的変容の過程には夏目漱石という偉大な個性が、彼が担う伝統や芸術とともに、参与しているからである。そしてそのような漱石の手作りの芸術的変容の仕事は、漱石にとっては日常鬱積《うっせき》していた重苦しい感情を解放してくれるという点では、カタルシスともなっていた。漱石の精神衛生にとっては日本文学の俳諧も英文学のユーモアもずいぶん救いとなっていたのだろう。この第四の芸術創作の秘密の解明こそ文学研究固有の領域だろうが、しかしここでは強いてそうした前後の間に学術上の仕切りや区分けは設けない。それよりもむしろ右に述べたような執筆衝動のダイナミックスを探るという見地から、漱石の精神の傷痕《きずあと》のいくつかにふれ、それが作品中にどのような姿を取って現われたか、漱石のその心的エネルギーの軌跡《きせき》を追跡してみようと思う。

「漱石のあばたづら、鼻、白いシャツ」などという題を掲げると三題噺《さんだいばなし》めいて、漱石の道義的性格を重んずる立場の人からは、いささか不謹慎に見えるだろうが、「あばたづら」「鼻」「白いシャツ」といった容貌や服装に関すること、またその先でさらにふれるが、「一銭五厘」といった金銭に関すること、さらには

「博士号」や「金時計」といった学者の栄誉や名誉に関すること、そうした卑近な問題を取りあげて、それが作品中にどう投影しているかを探ってみようと思う。「なくて七癖」といわれるように、人間誰しも奇妙な性癖はあるものだが、漱石のように偉くなってしまうと、微《び》に入り細《さい》を穿《うが》って調べられてしまうので、いささか恐縮な気もするが、その点は地下の漱石先生の御寛恕《ごかんじょ》を乞うこととする。

あばたづら

彼のあばたは、おそらく、漱石にとっては、根本的な存在論的な傷だった……。漱石の不幸は、あれだけ立派な顔に薄あばたがあったということにあるともいえる。

これは江藤淳氏が対談『鷗外・漱石・荷風』(『季刊芸術』二十五号)で、冗談ではなしに、漱石研究者として述べた至極《しごく》まじめな見解である。

日本で種痘の全国実施が定められたのは明治三年四月二十四日の由《よし》だが、その年かその翌年に満三歳か四歳の夏目金之助(より正確には塩原金之助と養家の姓で呼ぶべきかもしれない)は、その種痘が原因で疱瘡《ほうそう》を病んだため、生涯顔にあばたを残すこととなった。夏目漱石はその痘痕面《あばたづら》がなんとも気になってたまらなかったらしい。私たちは夏目漱石というと立派な作家、立派な人物という印象を持っている。そのような印象が先立つためか、漱石の容貌《ようぼう》もたいへん立派であったような感じを漠然と持っている。それに、世間に流布《るふ》しているさまざまの夏目漱石集の巻頭に掲げられている写真から受ける印象もどうして立派な風采《ふうさい》であって、この人に容貌についてのコンプレクスがあった、などとはさらさら思われないほどである。明治時代に写真館で撮られた写真だから、角度もポーズも工夫され、修正も施されているにせよ、とにかく立派な風貌である。

しかし金之助本人は自分の顔についてのは、ずいぶんひどい劣等感をもっていたらしい。そしてその自分の顔についての劣等感は、なにかにつけてインフェリオリティー・コンプレクスにさいなまれることの多かったロンドン留学中には、いっそう深刻となった。「クレイグ先生と藤野先生」でもすでにふれたが、明治三十四年四月の『倫敦消息』にはイギリス到着後半年目の漱石の神経症的な症状が次のように自覚的に描写されている。身長一六〇センチメートル足らずの漱石は、イギリス人の間に伍《ご》して、

何となく自分が肩身の狭い心持ちがする。向ふから人間並外れた低い奴が来た。占《しめ》たと思つてすれ違つて見ると自分より二寸許り高い。此度は向ふから妙な顔色をした一寸法師が来たなと思ふと、是《これ》即ち乃公《だい》自身の影が姿見《すがたみ》に写つたのである。不得已《やむをえず》苦笑ひをすると向ふでも苦笑ひをする。

この写生文にはカリカチャーとしての誇張化も矮小化《わいしょう》もあるのだが――そしてそれは四年後に『吾輩は猫である』を書く時にもしきりと使われる技法なのだが――しかし「不得已《やむをえず》苦笑ひをすると向ふでも苦笑ひを」した、などという記述はいかにもロンドンの大通りで漱石が実際に体験したことのように思える（明治三十四年一月二十二日の鏡子夫人宛の手紙にこの話はすでに出ている）。漱石はそのような自意識過剰の自分の哀れな様を、なかば笑いにまぎらせつつ、正岡子規に宛てて書き送った。『倫敦消息』は他人あての通信だから筆に諧謔味《かいぎゃくみ》もおのずと加わって、それが息抜きとなっているのだが、同じ留学時でも夏目金之助の『日記』や『断片』には、彼がロンドンの下宿で自分の容貌を気にしていたことが救いようのないほど露骨に出ている。

我々はポツトデの田舎者のアンポンタンの山家猿《やまがざる》のチンチクリンの土気色の不可思議ナ人間デアルカラ

西洋人から馬鹿にされるは尤だ。

この「の」を六回畳《たた》みかけた片かなと平がなまじりの『断片』には漱石の日本人としての劣等感が如実にあけすけに示されている。それでいてこの文章がどことなく滑稽であるのはそれが『坊つちやん』の有名な台詞である、

ハイカラ野郎の、ペテン師の、イカサマ師の、猫被《ねこつかぶ》りの、香具師《やし》の、モヽンガーの、岡《をか》つ引《ぴ》きの、わん〳〵鳴けば犬も同然な奴

と同質（後者は「の」を七回畳《たた》みかけて使っている）の文章構造、すなわち江戸っ子が切る啖呵《たんか》の調子でもって出来上っているからだろう。そうした自嘲的な、薄《うす》寒《ら》い心境の留学生夏目金之助だったから、明治三十四年三月三十日土曜日、サーカスを見物に行った時には『日記』にこんな事も書入れた。

……獅子ヤ虎ヤ白熊抔《など》ヲ見タ、帰リニ bus ニ乗ツタラ「アバタ」ノアル人ガ三人乗ツテ居タ。

サーカス見物に来た人々の中にはさまざまな階層の人もまじっていたのだろう。帰りにバスに乗ったら珍しく西洋にも自分と同類の痘痕面《あばたづら》が三人いた、と漱石は御丁寧《ごていねい》にも特筆したのだった。

そのようなことを書かずにはいられなかったほど自分のあばたが気になってしかたのなかった漱石は、『吾輩は猫である』を執筆中の明治三十八、九年にも創作ノートである『断片』に次のように書きこんだ。「西洋人の痘痕」とあるのは右に引いた数年前の留学中の見聞とかかわりあいのあることであり、「痘痕不《とうこんふ》

滅《めつ》」は悪い駄洒落《だじやれ》だが「霊魂不滅《れいこんふめつ》」のもじりである。

西洋人の痘痕。痘痕不滅。頬をふくらす。気の小さいのをかくす如し
二三間隔つて見る。鏡。あたまを五分に刈つた事。
小供あばたの意味を問ふ。アバタの数。痘瘡の転居

これだけでは何のことか判然としないが、しかしこの『断片』は『猫』執筆のための心覚えなので、『猫』の第九章には痘痕《あばた》について次のような論が長々と展開された。主人こと苦沙弥《くしやみ》先生は作者漱石と同様あばたづらなのだが、それを見ながら我輩こと猫はこう議論する。

主人は痘痕面《あばたづら》である。御維新前《ごゐつしんまへ》はあばたも大分《だいぶ》流行《はや》つたものださうだが日英同盟の今日《こんにち》から見ると、斯んな顔は聊《いさゝ》か時候後《おく》れの感がある。あばたの衰退は人口の増殖と反比例して近き将来には全く其迹《あと》を絶つに至るだらうとは医学上の統計から精密に割り出されたる結論であつて、吾輩の如き猫と雖《いへど》も毫も疑を挟《さしはさ》む余地のない程の名論である。現今地球上にあばたつ面《つら》を有して生息して居る人間は何人位あるか知らんが、吾輩が交際の区域内に於て打算して見ると、猫には一匹もない。人間にはたつた一人ある。而《しか》して其一人が即ち主人である。甚だ気の毒である。

吾輩は主人の顔を見る度に考へる。まあ何の因果でこんな妙な顔をして臆面なく二十世紀の空気を呼吸して居るのだらう。昔なら少しは幅も利いたか知らんが、あらゆるあばたが二の腕へ立ち退《の》きを命ぜられた昨今、依然として鼻の頭や頬の上へ陣取つて頑《ぐわん》として動かないのは自慢にならんのみか、却つてあばたの体面に関する訳だ。出来る事なら今のうち取り払つたらよささうなものだ。あばた自身だつて心細いに

違ひない。夫《それ》とも党勢不振の際、誓つて落日を中天《ちゆうてん》に挽回せずんば已《や》まずと云ふ意気込みで、あんなに横《わう》風《ふう》に顔一面を占領して居るのか知らん。さうするとこのあばたは決して軽蔑の意を以て視るべきものでない。滔々《たう〱》たる流俗に抗する万古不磨《ばんこふま》の穴の集合体であつて、大《おほい》に吾人の尊敬に値する凸凹《でこぼこ》と云つて宜しい。只きたならしいのが欠点である。

面白おかしく書いてあるので読者はつい笑って読み飛ばしてしまうが、しかしこの凸凹《でこぼこ》は漱石にとっては、とくにそれよりおよそ十五年前ほどの色気の出てきた当時の漱石にとっては、深刻な痘痕であり、深刻な心の傷痕ともなった。しかし一面では江戸の戯作者の伝統につらなり、他面では英文学にあるバーレスクの骨法《こつぽう》も心得ていた漱石は、才筆にまかせてあばた談義を延々と展開していった。その心的エネルギーは驚くべく巨大なのだが、それは同時に漱石の心中にひそんでいたわだかまりの総量の大きさを示すものだろう。話題は主人が子供のとき牛込の山伏町にいた漢方医の浅田宗伯の話に移る。「此老人が病家を見舞ふときには必ずかごに乗つてそろり〱と参られたさうだ。」そして、

主人のあばたも其の振はざる事に於ては宗伯老のかごと一般で、はたから見ると気の毒な位だが、漢法医にも劣らざる頑固な主人は依然として孤城落日のあばたを天下に曝露しつゝ毎日登校してリードルを教へて居る。

一高・東大の教壇に立っていたその当時の夏目教授は、学生が気づいたりおかしく思ったりした以上に、自己のあばたづらを意識していたのだろう。過剰気味の自意識でもって巧みに戯文を草してゆく。

かくの如き前世紀の紀念を満面に刻《こく》して教壇に立つ彼は、其生徒に対して授業以外に大《だい》なる訓戒を垂れつゝあるに相違ない。彼は「猿が手を持つ」を反覆するよりも「あばたの顔面に及ぼす影響」と云ふ大問題を造作《ざうさ》もなく解釈して、不言《ふげん》の間《かん》に其答案を生徒に与へつゝある。もし主人の様な人間が教師として存在しなくなつた暁には彼等生徒は此問題を研究する為めに図書館若《も》しくは博物館へ馳けつけて、吾人がミイラに因つて埃及人《エヂプトじん》を髣髴《はうふつ》すると同程度の労力を費やさねばならぬ。是点《このてん》から見ると主人の痘痕《あばた》も冥々《めいく》の裡《うち》に妙な功徳《くどく》を施こして居る。

尤も主人は此功徳《くどく》を施こす為に顔一面に疱瘡《はうさう》を種《う》ゑ付けたのではない。是でも実は種《う》ゑ疱瘡《ばうさう》をしたのである。不幸にして腕に種《う》ゑたと思つたのが、いつの間《ま》にか顔へ伝染して居たのである。其頃は小供の事で今の様に色気《いろけ》もなにもなかつたものだから、痒《かゆ》い〳〵と云ひながら無暗に顔中引き掻いたのださうだ。丁度噴火山が破裂してラヴが顔の上を流れた様なもので、親が生んでくれた顔を台なしにして仕舞つた。主人は折々細君に向つて疱瘡《はうさう》をせぬうちは玉の様な男子であつたと云つて居る。浅草の観音様で西洋人が振り反《かへ》つて見た位綺麗だつた抔《など》と自慢する事さへある。成程さうかも知れない。たゞ誰も保証人の居ないのが残念である。

浅草の観音様で西洋人が振返って見たくらい綺麗《きれい》だった、と西洋人をわざわざ引張り出すあたりは、ロンドンでたまたま背の低いイギリス人が来た、しめたと思って振向《ふりむ》いて見くらべてみた、という『倫敦消息』の漱石と対をなす挿話だろう。漱石は後に『三四郎』でも広田先生の口を借りて語っているが、

「どうも西洋人は美しい」

「(どうも日本人は)いづれも顔相応の所だ」

という観念に終生悩まされた人のように思える。対西洋への劣等感は日本人の顔、とくに自分自身の顔へ

の劣等感と重なっていたのである。それで親が自慢して（というよりか金之助のあばたづらにがっかりして）昔、浅草の観音へお詣《まい》りした時におこったエピソードを物語ってくれたのをいまは空しい自慢として、その空しさがもつ滑稽味を文章に生かしつつ、繰返したのだった。

『吾輩は猫である』の登場人物は苦沙弥《くしゃみ》先生のみならずも迷亭も猫もみな漱石の分身だが、第九章でも漱石は自分自身の分身を「洋行帰りの友人」に仕立てて、次のように会話を仕組んでいる。

> いくら功徳になつても訓戒になつても、きたない者は矢つ張りきたないものだから、物心《ものごゝろ》がついて以来と云ふもの主人は大《おほい》にあばたに就て心配し出して、あらゆる手段を尽して此醜態を揉み潰さうとした。所が宗伯老のかごと違つて、いやになつたからと云ふてさう急に打ちやられるものではない。今だに歴然と残つて居る。此歴然が多少気にかゝると見えて、主人は往来をあるく度毎にあばた面《づら》を勘定してあるくさうだ。今日何人あばたに出逢つて、其主《ぬし》は男か女か、其場所は小川町の勧工場であるか、上野の公園であるか、悉《ことごと》く彼の日記につけ込んである。彼はあばたに関する智識に於ては決して誰にも譲るまいと確信して居る。先達《せんだつ》てある洋行帰りの友人が来た折なぞは「君西洋人にはあばたがあるかな」と聞いた位だ。するど其友人が「さうだな」と首を曲げながら余程考へたあとで「まあ滅多にないね」と云つたら、主人は「滅多になくつても、少しはあるかい」と念を入れて聞き返へした。友人は気のない顔で「あつても乞食か立《たち》ん坊《ばう》だよ。教育のある人にはない様だ」と答へたら、主人は「さうかなあ、日本とは少し違ふね」と云つた。

『吾輩は猫である』を執筆していた当時の漱石は日記をつけていなかったのだろう、いま日記は伝わっていない。劇場へ行ったとか公園へ行ったとか、日記にきちんとつけ込んだのは「世界の勧工場」（『倫敦消息』にある表現）であるロンドンへ留学した第一年の明治三十四年のことだから、もしかすると漱石はこの章を書くに際して自分の滞英中の日記を読返したのかもしれない。そして自分がサーカスを見に行った帰り、

bus ニ乗ツタラ「アバタ」ノアル人ガ三人乗ツテ居タ。

という大発見をしたことを思い出したのかもしれない。それともその記憶は日記を読返さずともまざまざと思い出されるほど強烈な印象となって残り、それが創作ノートの『断片』の「西洋人の痘痕」という心覚えになって記録され、いまこうして作品化されたのかもしれない。

身辺のトリヴィアルな事柄を取りあげて自分と他者とを比較する、という手法は、表面はお道化《どけ》ているが内心は「優越者も自分と同じだ」という安心を求めたがる人間性に由来する。一例をあげればレマルクの『西部戦線異状なし』にはドイツ軍の一兵卒が「皇帝陛下《カイゼル》も大便をするのだな」と思って心中でふっと安らぎを覚える一節が描写されている。「西洋人にはあばたがあるかな」と質問して肯定的な返答を得て安心したいという苦沙弥先生の気にしようも――それは多分に漱石自身の気にしように通じるのだろうが――まさにそれなので、それだから留学中の漱石は御丁寧にも日記に「『アバタ』ノアル人ガ三人乗ツテ居タ」と記入したのだった。そしてそのような気にしようは「欧羅巴人は鼻糞をばほじらないのかな」と自問自答して肯定的な実例を得て安心したい、と思ったらしい森鷗外の『大発見』――キイドの小説についに鼻糞をほじる男を見つけました、という、あのただ単に面白おかしいといって笑って済ませることのできない劣性コンプレクスの心理に通じる節があるように思われる。

ところで『吾輩は猫である』には、右に引用した分のまだ二倍くらいの長さのあばた談義が続くのだが、その中には次のような描写もある。すなわち苦沙弥先生が髪を丁寧に分ける理由について。

……分け方のハイカラなのは偖措《さてお》いて、なぜあんなに髪を長くするのかと思つたら実はかう云ふ訳である。彼のあばたは単に彼の顔を侵蝕せるのみならず、とくの昔《むか》しに脳天迄食ひ込んで居るのださうだ。だから若し普通の人の様に五分刈や三分刈にすると、短かい毛の根本から何十となくあばたがあらはれてくる。いくら撫でゝも、さすつてもぽつ〳〵がとれない。枯野に蛍を放つた様なもので風流かも知れないが、細君の御意《ぎよい》に入らんのは勿論の事である。髪さへ長くして置けば露見しないで済む所を、好んで自己の非を曝くにも当らぬ訳だ。ならう事なら顔迄毛を生やして、こつちのあばたも内済《ないさい》にしたい位な所だから、只で生える毛を銭《ぜに》を出して刈り込ませて、私は頭蓋骨の上迄天然痘《てんねんとう》にやられましたよと吹聴《ふいちやう》する必要はあるまい。——是が主人の髪を長くする理由で、髪を長くするのが、彼の髪をわける原因で、其原因が鏡を見る訳で、其鏡が風呂場にある所以《ゆゑん》で、而《しか》して其鏡が一つしかないと云ふ事実である。

漱石という男は相当にしつこい。苦沙弥先生が書斎でその鏡を振り廻したり、自分の顔を一生懸命に見詰める描写がその次にさらに続く。それは漱石自身にその種の性癖が実際にあったからだろう。そういえば『それから』の冒頭でも主人公の長井代助が鏡の前でしきりに自分の顔かたちを気にして自分の顔に見とれている姿が細密に描かれている。

……立ち上がつて風呂場へ行つた。其所で叮嚀に歯を磨いた。彼は歯並《はならび》の好いのを常に嬉しく思つてゐる。肌を脱いで綺麗に胸と脊《せ》を摩擦《まさつ》した。彼の皮膚には濃《こまや》かな一種の光沢《つや》がある。香油を塗り込んだあとを、よく拭き取つた様に、肩を揺《うご》かしたり、腕を上げたりする度《たび》に、局所《きよくしよ》の脂肪が薄く漲《みなぎ》つて見える。かれは夫《それ》にも満足である。次に黒い髪を分けた。油を塗《つ》けないでも面白い程自由になる。髭も髪同様に細く且《かつ》初々《うひ〳〵》しく、口の上を品よく蔽ふてゐる。代助は其ふつくらした頬を、両手で両三度撫《な》でながら、鏡の前にわが顔を映してゐた。丸《まる》で女が御白粉《おしろい》を付ける時の手付と一般であつた。実際彼は必要があれば、御白粉《おしろい》さへ付けかねぬ程に、肉体に誇《ほこり》を置く人である。

ナルシシズムというのは自分で自分を美男《びなん》だと自覚した人が自分の像に見とれる自己陶酔《とうすい》であり、長井代助の場合はまさにそれとして描かれているが、苦沙弥先生の場合は自分で自分を醜男《ぶおとこ》だと自覚した人が自分の像をあれこれと見つめて、あれこれと文章に書いているのだから、その漱石の心事を思うと、いささかグロテスクな笑いが奥底から聞えないでもない。苦沙弥先生の鏡をのぞき見るしぐさはざっと次の通りだった。

……「成程きたない顔だ」と云つたあとで、何を考へ出したか、ぷうつと頬《ほ》つぺたを膨らました。さうしてふくれた頬つぺたを平手《ひらて》で二三度叩いて見る。何のまじないだか分らない。……かくの如くあらん限りの空気を以て頬《ほ》つぺたをふくらませたる彼は前《ぜん》申す通り手のひらで頬《ほっ》ぺたを叩きながら「此位皮膚が緊張するとあばたも眼につかん」と又独《ひと》り語《ごと》をいつた。

『断片』にあった「痘痕不滅。頬をふくらす。気の小さいのをかくす如し」と記されていた創作ノートは、このような情景を書くための心覚えだった。そして『断片』のその次の「二三間隔つて見る。鏡」はやはり作中の次の描写に相応する。

こんどは顔を横に向けて半面に光線を受けた所を鏡にうつして見る。「かうして見ると大変目立つ。矢つ張りまともに日の向いてる方が平《たひら》に見える。奇体な物だなあ」と大分《だいぶ》感心した様子であつた。それから右の手をうんと伸《のば》して、出来る丈《だけ》鏡を遠距離に持つて行つて静かに熟視してゐる。「此位離れるとそんなでもない。矢張り近過ぎるといかん。——顔許《ばか》りぢやない何でもそんなものだ」と悟つた様なことを云ふ。次に鏡を急に横にした。さうして鼻の根を中心にして眼や額や眉を一度に此中心に向つてくしや〱とあつめた。見るからに不愉快な容貌が出来上つたと思つたら「いや是は駄目だ」と当人も気がついたと見えて早々《さうく》やめて仕舞つた。「なぜこんなに毒々しい顔だらう」と少々不審の体《てい》で鏡を眼を去る三寸許《ばか》りの所へ引き寄せる。

あばたづらについての話はまだまだ続くのだが、引用はこの辺で了《お》えたい。『吾輩は猫である』のあばた談義は、以上見てきたように、夏目漱石が自分自身のあばたを気にし、それにこだわった挙句《あげく》に生れた文学なのであった。しかし読者はそうした漱石の執筆衝動のダイナミックスに必ずしも思いをいたさず、ただただ笑って読み過してしまう。それは漱石自身が巧みに自分自身の不幸な体験を滑稽化して、自分自身でも笑っているからである。そのような戯文化には俳諧の精神に通じるものがあり、そこに救いもあったのだろうと思う。

俳諧味といえば、若くてまだ結婚前の——色気が出てきたばかりにあばたがますます気になったころの——漱石の文章には次のように自分の顔を笑い物にした漢文の一節もある。すなわち明治二十二年の夏に書いた『木屑録《ぼくせつろく》』によれば、房総へ海水浴に行って一日に少い時は二、三回、多い時は五、六回も海水浴をした。そのために、

如是者数日毛髪漸赭面膚漸黄旬日之後赭者為赤黄者為黒対鏡爽然自失

「是の如きこと数日、毛髪漸く赭らみ、面膚漸く黄ばむ、旬日の後には、赭らむものは赤と為り、黄ばむものは黒となり、鏡に対して爽然自失せり」というのである。正岡子規はその年の十月帰京すると、この一節を評して、「白　素《もとより》罪なし、鏡豈《あに》心あらんや」と色黒の夏目金之助を冷やかした。正岡子規は漱石が自分の容貌をひどく気にして鏡を覗きこむ癖のあることを知っていた。夏、房州で海水浴をしていた漱石へ宛てて松山に帰省療養中の子規が、自分自身を女になぞらえ「妾より郎君へ」というふざけた手紙を送った時、漱石は子規宛の返書にすでに次のような戯詩を附していたからである。

鹹気《かんき》顔を射《い》りて顔黄《き》ならんと欲し
醜容《しゅうよう》鏡に対して悲傷し易《やす》し
馬齢今日《ばれいこんにち》廿三歳
はじめて佳人に我郎と呼ばる

この二人の同級生はたがいの肉体的欠陥をも揶揄《やゆ》できるほどの友情というか、いたわりの情に包まれていた。それだからそれから二年ほど後、漱石は眼科医の宅でとある娘に恋情を覚えたころ、自分の顔に自信がもてず、異性に向っては自分からなにも切り出せずにいたけれども、その癖《くせ》、親友の子規にはいろいろと打明けたのだった。そしてその際、正岡へ宛てた手紙には、いかにも二十四歳の漱石の心境を象徴することのように思えるが、どれもこれも「平凸凹」、あるいはそれをさらにつづめた「凸凹」と署名していたのである。夏目家は平氏の子孫ではない。夏目家は『坊つちやん』の中で坊っちゃんが「……是でも元は旗本だ。旗本の元は清和源氏で、多田の満仲の後裔だ」といきまく通りの家系というから平氏とは縁がない。それが「たひらのでこぼこ」と七回も八回も名乗ったのは、「平《たひら》」と「凸凹《でこぼこ》」という相矛盾する概念を結びつけて、しかもそれが名乗りめいていることを面白がったからである。それが予備門時代には「疵面漢」という仇名《あだな》をつけられた、あばたづらの漱石の自己戯称《ぎしょう》であったことはいうまでもない。漱石はその年の七月十八日、子規あての手紙にもこんなことを書いた。

ゑゝともう何か書く事はないかしら、あゝそう〳〵、昨日眼医者へいつた所が、いつか君に話した可愛らしい女の子を見たね、——(銀)杏返しに竹なは(たけなが)をかけて——天気予報なしの突然の邂逅だからひやつと驚いて思はず顔に紅葉を散らしたね、丸で夕日に映ずる嵐山の大火の如し、其代り君が羨ましがつた海気屋で買つた蝙蝠傘をとられた。

そして六日後の七月二十四日には子規へ宛てて次のような漢詩も書きおくった。

朱顔《しゆがん》を燬《や》き尽《つ》くして痘痕《とうこん》爛《ただ》る
軽傘《けいさん》を失ひ来たりて却って昏《こん》を開く

そのように親友に向って自分の痘痕を冗談まじりに報じているうちはまだ救いがあった。またあばたをもとに文学創作をしても、そこに戯作文学の伝統が尾を引いて、『猫』のように笑いがまじっている間はまだ救いがあった。というのもその笑いがひとたび消えてしまうと、その同じあばたが漱石にとっては養父母のもとで過した自分の不幸な幼年時代のシンボルであるかのように思い出されてくるからである。大正四年作の『道草』の第三十九章には主人公の「彼」は自分が三、四歳当時の暗い思い出の一つとして次のように語っている。なお、この箇所は何度も書きかけてはやめたらしく、反故《ほご》にした原稿が何枚も東北大学図書館に保存されている。

　彼の記憶がぼんやりしてゐるやうに、彼の家も始終薄暗かつた。彼は日光と其家とを連想する事が出来なかつた。

　彼は其処で疱瘡《はうさう》をした。大きくなつて聞くと、種痘が元で、本疱瘡《ほんばうさう》を誘ひ出したのだとかいふ話であつた。彼は暗い櫺子《れんじ》のうちで転げ廻つた。総身《そうしん》の肉を所嫌はず掻《か》き挘《むし》つて泣き叫んだ。

　そして『猫』の読者には意外なことだが、漱石はそのあばたのことで相手があっけに取られるような怒りを爆発させたこともあった。昭和四十一年の岩波版『漱石全集』月報4に出た新資料「夏目先生　芥川龍之介」によると、弟子が師になれて発したのであろう質問、

「先生の様な方でも、女に惚《ほ》れる様な事が、おありですか」

にたいして漱石は、しばらく無言で、その人をにらみつけていたが、

「あばただと思つて、莫迦《ばか》にするな！」

と言ったといわれる。

　もっとも漱石のあばたづらは、たしかに人の注意を惹くほどのものであったらしい。江藤淳氏は漱石の嫂の実家水田家の人々が陰で金之助のことを「芋金、芋金」といっていたことが、水田家に口伝として伝えられている旨『漱石の恋——再説』（『国文学』四十八年四月号）で述べている。いまそこから引用させていただく。

……その理由として水田家では、金之助が非常に芋が好きだったからだ、といっている。しかし、実はそうではないのですね。「いも」というのは痘痕のことです。疱瘡の痕《あと》のことを「いも」という。「いものある金之助」だから、「芋金」といったにちがいない。現存している水田家の人々は、われわれと同世代人ですから、すでに天然痘という病気を知らない。疱瘡がどんな痕跡を顔に残すかということすら、うつらとしか覚えていない。われわれの子どものころでも、もう天然痘の痘痕のある人はごく少数しかいませんでしたから、いわんや現代ではそれがどんなものかはまったくわからない。そうするとこの「いも」ということばは、そのまま食べものの「芋」に変化してしまう。そういう屈折した解釈が無意識のうちにおこなわれているのだろうと思うのです。

しかし、痘痕づらでありながら漱石の顔立ちが非常に立派な顔であったということの、アイロニイですね。これは漱石という「人間」を考える上で見のがすことのできない要素だと思う。彼がプライドが高く、しかもシャイ（shy）であって、なんとなく人間関係について引っ込み思案なところがあるというのは、やはり、痘痕というところからきている面がずいぶんある。

適確な解釈であり推論であると思う。そのような顔の漱石であってみれば、異性との交際、とくにお見合の際に、このあばたづらという問題がどうしてもクローズ・アップせずにはおかなかったが、それについてはほかならぬ鏡子夫人が『漱石の思ひ出』に、いかにも女らしく、その時の印象を次のように語っている。

……今記憶に残つてゐる見合ひの挿話は二つきりありません。

一つは夏目の鼻の頭のあばたです。といふのには曰くがあるのです。見合ひの写真を仲人《なかうど》のところへもつて来た夏目の兄さんが言はれるには、

「これは大変きれいに写つてゐるが、あばたはありませんよ」
とわざわざ断つてゆかれたといふその言葉がそのまま仲人の口から伝はつてきたので、私も妹の時子も、その妙な言葉つきからその事が頭にこびりついてゐたものとみえます。いづれ少しあばたがあるがくらゐにいつたのを、仲人が聞き違へたのか、仲人口でわざともぢつたのかいづれかなのでせう。ともかくなんの気なしにひよいと本人の顔をみると、鼻の頭にあばたがあるではありませんか。おやおや、さう思ひましたが、初めての羞《はづ》かしいばかりの見合ひに、鼻の頭ばかりみてゐるわけにもゆかず、……

とあり、夫人の妹の時子が漱石が帰ったあとで言ったという言葉、

「ねえ、ちよいと、お姉さん、夏目さんの鼻のあたま横から見ても縦《たて》から見てもでこぼこしてるのね。あれたしかにあばたぢやない」

が続けて引いてある。緊張したお見合いの雰囲気から解放されて、鏡子と母とおきゃんな妹の三人が、陽気に笑っている声が聞えるような一節である。（なお鏡子の記憶に残った見合いのいま一つの挿話というのは漱石が引物の鯛にぽくりと一箸たてて穴をあけた、という話である。）

鼻

夏目漱石はそのようなあばたのある自分の鼻が気になって仕方のない男であったから、他人を見る時もその鼻にとくに注目したりした。漱石がロンドンでついた個人教授の思い出は第一部に詳述した、『クレイグ先生』に鮮やかに描かれているが、そこでも先生の鼻のことが次のように出ていた。

其の顔が又決して尋常ぢやない。西洋人だから鼻は高いけれども、段があつて、肉が厚過ぎる。其処《そこ》は自分に善く似てゐるのだが、こんな鼻は一見した所がすつきりした好い感じは起らないものである。

先生の鼻の悪口ばかり書くのでは恐縮だろうが、中途に「其処は自分に善く似てゐるのだが」がはいるので、それで笑いも浮び、気分もほぐれるのである。しかしそのような一言がはいるので、「漱石は自分の鼻を気にしていたのだな」という彼の内面の心理が一瞬ちらりとかいま見られるのだ。そしてそのような漱石のこだわりに注意しつつ考えてみると、その自分の鼻へのこだわりが作中では変形して女の鼻となって現われる場合のあることにも気づかれてくる。『吾輩は猫である』の金田夫人の鼻がそれだが、読者は著者の漱石が金田夫人を描く際に一種の敵意を筆にこめているので、そのような鼻への異常な関心が著者自身の鼻への関心の逆投影であることには気づかずに過すのではないだろうか。『猫』の第三章から引用すると、漱石自身の鼻とは形態を異にするが、金田夫人の鼻とはこうである。

鼻丈《だけ》は無暗に大きい。人の鼻を盗んで来て顔の真中へ据ゑ付けた様に見える。三坪程の小庭へ招魂社《せうこんしや》の石灯籠を移した時の如く、独りで幅を利かして居るが、何となく落ち付かない。其鼻は所謂《いはゆる》鍵鼻で、ひと度《たび》は精一杯高くなつて見たが、是では余り《あんま》だと中途から謙遜して、先の方へ行くと、初めの勢に似ず垂れかゝつて、下にある唇を覗き込んで居る。かく著るしい鼻だから、此女が物を言ふときは口が物を言ふと云はんより、鼻が口をきいて居るとしか思はれない。吾輩は此偉大なる鼻に敬意を表する為め、以来は此女を称して鼻子《はなこ》〳〵と呼ぶ積りである。

周知のように漱石による金田鼻子の描写には相当にどぎついものがあって、文中に鼻子々々と繰返し出てくる。鼻子のいる前でも迷亭が水島寒月の絵葉書を差しだすと、

鼻子「此天女の鼻が少し小さ過ぎる様ですが」

迷亭「何、それが人並《ひとなみ》ですよ、鼻より文句を読んで御覧なさい」

などと応酬する会話もある。そして鼻子夫人が帰った後では内弁慶《うちべんけい》の苦沙弥《くしやみ》先生が「ありあ何だい」と次のようにやり出す。

主人は不満な口気《こうき》で「第一気に喰はん顔だ」と悪《にく》らしさうに云ふと、迷亭はすぐ引きうけて「鼻が顔の中央に陣取つて乙《おつ》に構へて居るなあ」とあとを付ける。「然も曲つて居らあ」「少し猫脊《ねこぜ》だね。猫脊の鼻は、ちと奇抜《きばつ》過ぎる」と面白さうに笑ふ。「夫《をつと》を剋《こく》する顔だ」と主人は猶口惜《くや》しさうである。「十九世紀で売れ残つて、二十世紀で店曝《たなざら》しに逢ふと云ふ相だ」と迷亭は妙な事ばかり云ふ。所へ妻君が奥の間《ま》から出て来て、女丈《だけ》に「あんまり悪口を仰つしやると、又車屋の神さんにいゝつけられますよ」と注意する。「少しいゝつける方が薬ですよ、奥さん」「然し顔の讒訴《ざんそ》抔《など》をなさるのは、あまり下等ですわ、誰だつて好んであんな鼻を持つてる訳でもありませんから――夫《それ》に相手が婦人ですからね、あんまり苛《ひど》いは」と鼻子の鼻を弁護すると、同時に自分の容貌も間接に弁護して置く。「何ひどいものか、あんなのは婦人ぢやない、愚人だ、ねえ迷亭君」「愚人かも知れんが、中々えら者だ、大分《だいぶ》引き掻かれたぢやないか」「全体教師を何と心得て居るんだらう」「裏の車屋位に心得て居るのさ。あゝ云ふ人物に尊敬されるには博士になるに限るよ、一体博士になつて置かんのが君の不了見さ、ねえ奥さん、さうでせう」と迷亭は笑ひ乍ら細君を顧みる。

「博士なんて到底駄目ですよ」と主人は細君に迄見離される。

そしてその鼻談義は紆余《うよ》曲折《きよくせつ》を経て、ついに苦沙弥先生以下の俳体詩の創作へと発展する。いまそれを並べると、

此顔に鼻祭り　　　　　　　　苦沙弥
此鼻に神酒《みき》供へ　　　　　　苦沙弥
穴二つ幽《かす》かなり　　　　　　迷　亭
奥深く毛も見えず　　　　　　寒　月

そしてその先にさらに『トリストラム・シャンディ』の鼻論を思わせるといわれる、迷亭の美学上の見地からする鼻についての演説が続くのである。漱石は第五高等学校教授時代の明治三十年にすでに『トリストラム、シャンデー』という念入りな評論を『江湖文学』三月号に発表していたほどだから、「鼻は大なるをもって尊しとする」というトリストラムの父ウォルター・シャンディの奇説も、巨大な鼻の持主ディエゴについて述べた「スラウケンベルギウスの物語」の挿話も、十分に承知していたにちがいない。『江湖文学』に寄せた記事にも息子のトリストラムが生れた時の模様が次のように紹介されている。

婦人科専門の医師「スロツプ」と云へるが、医療器械の助を藉りて生児を胎内より引き出したる為め、彼の鼻は無残にも圧し潰されて、扁平なる事鍋焼の菓子に似たりと、聞くや否や、父「シャンデー」は悲哀の念に堪ず、倉皇己れが居室に走り入り……

夏目漱石が十八世紀英文学に（日本の英文学者には珍しく）興味を寄せた背後には、その十八世紀英文学に漱石に親しかった江戸の戯作文学に通ずる滑稽や諧謔などの要素がふんだんに散り撒かれていたからではないだろうか。『トリストラム・シャンディ』を論じた右の評論にも比較例としておのずから『膝栗毛』や梅亭金鵞作の『七変人』――後者の刊行が終った文久三年は漱石誕生の慶応三年のわずか四年前のことだった――が話題にのぼっていた。

漱石が一巻の「結構なし、無始無終なり、尾か頭か心元なき事海鼠の如し」と評した『トリストラム・シャンディ』に、「此書は趣向もなく、構造もなく、尾頭の心元なき海鼠の様な文章である」と上篇自序で述べた『吾輩は猫である』執筆の姿勢やスタイルが、意識的か無意識的か似ていることはすでに研究家によって指摘されているが、それでは『猫』の鼻論が『トリストラム・シャンディ』を下敷にしているのか、といえばそうはいえないだろう。漱石はスターンのこの一大奇書を読んでヒントを得てはいるが、『猫』執筆に際しては、漱石流に自己身辺の材料でもって、自分の奥さんまで登場させて、仕上げているからである。

無論、「金田鼻子」という名前には、松村達雄・斎藤恵子氏が日本近代文学大系二十四『夏目漱石集』（角川書店）で注釈したように「金力を鼻にかけた、大鼻の女をそのままあらわした名」という面があることは勿論だが、しかし前にふれたあばたづらの場合と同様、漱石はなによりも自分自身の鼻のことを気に病んでいたからこそ、『トリストラム・シャンディ』を読んでも、その鼻談義が目にとまったのだし、またそれでこそ『猫』の中でも延々と鼻談義を展開したのだろうと思われる。ちょうど苦沙弥先生の痘痕について、

　御維新前《ごゐつしんまへ》はあばたも大分《だいぶ》流行《はや》つたものださうだが日英同盟の今日《こんにち》から見ると、斯んな顔は聊《いさゝ》か時候後《おく》れの感がある。

と書いたと同じように、金田夫人の顔についても、

十九世紀で売れ残つて、二十世紀で店曝《たなざら》しに逢ふと云ふ相だ。

と似たり寄ったりの進歩主義的（!?）審美観を披露したりもしている。実際、

まあ何の因果でこんな妙な顔をして臆面なく二十世紀の空気を呼吸して居るのだらう。

このような台詞《せりふ》は苦沙弥先生のあばたづらにも金田夫人の鼻づらにもそのまま通用するのである。漱石は、金田鼻子が鋭い声をあげて登場する直前にも、苦沙弥先生が鼻毛を抜いてその中に白髪《しらが》の鼻毛が混じっていることに感心する様を克明に描写していた。（なお小説を書く時に鼻毛を抜くのは漱石の癖の由で、内田百閒は漱石が便所か何かに立った隙に漱石の鼻毛を紙にくるんで持帰って宝物にした由である。）金田夫人の鼻も、自分の容貌を気に病む漱石の自意識が生み出した戯文の一例とみなしてよいのだろう。すくなくとも金田夫人のモデルを漱石が住んでいた駒込界隈《かいわい》に求めるような実証的研究はこの場合は通用しないに相違ない。ただ、あばたが作者その人を思わせる苦沙弥先生の顔に直接現われたのと違って、鼻の場合は、漱石の自意識は一つ余計に屈折して金田夫人という女の顔に大鼻となって現われた。『猫』第九章のあばた談義が著者自身にあまり密着してやや余裕を欠いているのに反して――実をいえばそのあばた談義の最中、猫は苦沙弥の行動を評して「是も精神病の徴候かも知れない」と言っている。漱石はそのころになって自分自身の異常に気がつき始めており、それが叙述に余裕を欠く一因ともなっていたのだ――それに反して、

第三章の鼻談義では、複数の登場人物にもそれぞれ個性があるし、笑いものびのびとしていて、それだけ戯文としても筆が自在に走っているようである。そしてそのような成功の秘訣はやはり作者が大鼻を異性の顔に据えるという巧みなすり代えをしたところにあると思われる。

芥川龍之介の『鼻』

ここで鼻の話のついでに脱線する。

芥川龍之介が短篇を書く際に『宇治拾遺物語』や『今昔物語』に材源を求めたとする説はよほど広く定着したと見えて、岩波の古典文学大系本のカバーにいたるまで「芥川龍之介の名作〝鼻〟〝芋粥〟の素材を提供し……」という文句で始っている。たしかに芥川の初期の短篇は、芥川自身がいう通り、『青年と死』も『羅生門』も『鼻』も『芋粥』も材料を『今昔物語』から借りている。しかしそのようにいう芥川は、なるほど舞台や道具立てこそ日本の中世物語から借りていたが、その主題やモティーフは意外にも身近な先輩の作物に求めていた、という事実が小堀桂一郎氏によって明らかにされた（小堀著『森鷗外の世界』所収「芥川龍之介の出発と『諸国物語』」、講談社）。

小堀氏の立証は見事なもので、氏が森鷗外訳のホフマンスタアルの『痴人と死と』の会話、

主人。併し何の用があつて此処へ来たのだ。
死。ふむ。わしの来るのには何日《いつ》でも一つしか用事はないわ。

と芥川の『青年と死』の、

Ａ　お前は何の用があつて来たのだ。
男　己の用は何時も一つしかない筈だが。

という問答を並べて見せる時、その会話こそがそれぞれ両作品の主題であるだけに、芥川が短篇の末尾で『今昔物語』に言及したのは読者を韜晦《とうかい》するための手段であったということが知られる。それに、そのようにしていったん種が割れてしまうと、『青年と死』という題そのものも『痴人と死と』というホフマンスタアルの題名からヒントを得たものであることが見えすいてしまう。

換骨奪胎《かんこつだったい》を得意とする芥川の小説作法は『羅生門』執筆の際もまったく同様で、小堀氏の本文解釈を読むと、『羅生門』の内面的構成は『今昔物語』ではなく、森鷗外訳のフレデリック・ブウテエ作『橋の下』に全面的に依拠していることが知られる。

そのような具合に次々と種明《たねあか》しが行なわれると、芥川の『鼻』についても、その初出（大正五年二月の第四次『新思潮』創刊号）の最後に六号活字で、「禅智内供は、禅珍内供とも云はれてゐる。出所は今昔（宇治拾遺にもある）である。……」と出ているからといって「したがって原典は『今昔物語』巻第二八」と結論してよいものか、という疑問が生ぜずにはいない。ひょっとして芥川はこの作品の、自意識過剰者の自尊心毀損《きそん》というモティーフを鷗外よりさらに身近な先輩夏目漱石の『吾輩は猫である』の中から拾ってきたのではないだろうか。芥川龍之介の『鼻』が、「歴史小説といっても、背景に歴史を借りるだけで、自己の問題を主題として設定し、古代人の心理や事蹟に現代的解釈を加え」たものであることは吉田精一氏もふれている。事実「あれを単なる歴史小説の仲間入りをさせられてはたまらない」といったのはほかならぬ芥川その人だった（「校正後に」『新思潮』創刊号）。すると『鼻』の場合も舞台や道具立てこそ『今昔物語』に借りていたが、しかし短篇の心理上の主題は『吾輩は猫である』から触発されたのではないだろうか。

（彼の考へたのは）この長い鼻を実際以上に短く見せる方法である。これは人のゐない時に、鏡へ向かつて、いろ〳〵な角度から顔を映しながら、熱心に工夫を凝らして見た。どうかすると、顔の位置を換へるだけでは、安心が出来なくなつて、頬杖をついたり頤《あご》の先へ指をあてがつたりして、根気よく鏡を覗いて見る事もあつた。しかし自分でも満足する程、鼻が短く見えた事は、是までに唯の一度もない。時によると、苦心すればする程、却《かへつ》て長く見えるやうな気さへした。

これは芥川の『鼻』の一節で主人公が自分の長過ぎる鼻を気にする条りだが、諧謔《かいぎやく》こそなけれ、漱石の『猫』に通じる描写ではないだろうか。いまそれからまた引くと、

かくとも知らぬ主人は甚だ熱心なる容子を以て一張来の鏡を見詰めて居る。元来鏡といふものは気味の悪いものである。……只見てさへあまり気味のいゝ顔ぢやない。稍《やゝ》あつて主人は「成程きたない顔だ」と独《ひと》り言《ごと》を云つた。……かくの如くあらん限りの空気を以て頬《ほ》つぺたをふくらませたる彼は前《ぜん》申す通り手のひらで頬《ほつ》ぺたを叩きながら「此位皮膚が緊張するとあばたも眼につかん」と又独《ひと》り語《ごと》をいつた。こんどは顔を横に向けて半面に光線を受けた所を鏡にうつして見る。「かうして見ると大変目立つ。矢つ張りまともに日の向いてる方が平《たひら》に見える。奇体な物だなあ」と大分《だいぶ》感心した様子であつた。それから右の手をうんと伸《のば》して、出来る丈《だけ》鏡を遠距離に持つて行つて静かに熟視してゐる。……次に鏡を急に横にした。……「なぜこんなに毒々しい顔だらう」と少々不審の体《てい》で鏡を眼を去る三寸許《ばか》りの所へ引き寄せる。

晩年の芥川は師の漱石があばたづらを気にしていたことをよく承知していた。先に引いた、或人が、「先

生の様な方でも、女に惚れる様な事が、おありですか」と訊いた時、漱石が暫《しばら》く無言で、その人を睨《にら》みつけて、「あばただと思つて、莫迦にするな！」と言った、という話を伝えたのは、「その話を最近友達から聞いた」という芥川その人だったからである。芥川はこの話を彼が死ぬ昭和二年のはじめ青森の講演会でしているのだが、しかしそれより以前の『鼻』執筆当時にも、漱石が自分のあばたのある鼻をひどく気にしていたことを知っていたか、どうか。

　芥川という人は彼自身、自分の顔をたいへん気にするスタイリストであった。大正十二年、鎌倉の藤屋旅館に投宿したが、その時、同宿した岡本かの子は、芥川が「誰も居ない洗面所の鏡の前へ停つて舌を出したり、額を撫でたり、はてはにやにや笑ひ、べつかつこをした顔を写し」ていたと『鶴は病みき』に書いている。そういう芥川だったからこそ、漱石の『猫』やゴーゴリの『鼻』からヒントを得て――ということは、鼻にまつわる過剰な自意識は、神経質な近代人の文芸意識に訴える、と直覚して――舞台や道具は例によって『今昔物語』から借用するという韜晦《とうかい》を行なうと、それでもってまず自分の短篇に外側から枠をはめ、そのあとは鼻にまつわる自意識を投入して、自己の主題に即して、一篇の心理小説風な短篇の構成を試みたのではないだろうか。（なおその際、鼻の主題を漱石とゴーゴリの二人から借りたために、三好行雄氏が指摘する前半部の志向と後半部の志向の間の亀裂が生じたのではないだろうか。）

　もし仮にこの推量が当っているとすれば、文学史的にはいささか興味ぶかいことになる。というのは周知のように『鼻』は満二十三歳で、当時まだ東大文学部英文科の学生であった芥川を文壇におし出したいわゆる出世作だったが、その際この『鼻』を激賞して芥川がデビューする機縁を作ってくれた人は、ほかならぬ夏目漱石だったからである。

……あなたのものは大変面白いと思ひます。落着があつて巫山戯《ふざけ》てゐなくつて自然其儘の可笑味がおつとり出てゐる所に上品な趣があります。夫《それ》から材料が非常に新らしいのが眼につきます。文章が要領を得て能く整つてゐます。敬服しました。あゝいふものを是から二三十並べて御覧なさい、文壇で類のない作家になれます。

最晩年の漱石がこのような親切な手紙を書いたことは、漱石の人徳を証するものとしてしばしば話題にのぼる。しかしもしかすると漱石は自分の後輩に当る新進の作家が自分の『猫』にヒントを得て『鼻』を書いたことに気がついてそれを嬉しく思い、それもあって手紙を書いたともいえないだろうか。「落着があつて巫山戯《ふざけ》てゐなくつて」というのは、『猫』の文章との比較における『鼻』の文章評価ではないだろうか。それともそれはこちらの思い過しで、鼻についてとかく感じやすい漱石だったから、芥川の『鼻』もやはり目に留ったのかもしれない。芥川の『鼻』そのものが漱石の『猫』中の鼻やあばたに由来して、それもその先をさらにたどると漱石自身の鼻に由来していようとは――そこまではさすがの漱石も考えていなかったような気もする。

白いシャツ

立派な、大きな、貴族的ともいえる顔に皮肉にもあばたのあった漱石は、それだけますます自分の容貌を気にしたが、その漱石は自分の身装《みなり》についても細かく気を遣う、性来洒落者《しやれもの》の江戸っ子でもあった。そして自分の容姿についての劣等感がなにかと深刻になったイギリス留学当時は、また漱石が自分の服装についてもなにかと細かく気を配った時でもあった。

今日 Camberwell ヲ歩行《ある》イテ居タラ二人ノ女ガ余ヲ目シテ least poor Chinese ト云ツタ。（明治三十四年四

月六日）

二三日前去る所へ呼ばれてシルクハツトにフロツクで出掛けたら、向ふから来た二人の職工みた様な者が **a handsome Jap.** といつた。難有いんだか失敬なんだか分らない。（同四月二十日）

東洋人といえば見すぼらしいに決っていると思われていた西暦一九〇一年のロンドンで、「珍しく全然そうでないシナ人がいるわネ」とか、「おやこれは不思議、あいつ日本人にしてはハンサムじゃないか」などと近くで私語する声が、ついつい漱石の耳にははいるのだった。それはもしかすると正確な聴取ではなかったのかもしれないのだが、しかし漱石にとってはとにかく気がかりな周囲の囁きであった。すると日本で仕立ててきた自分の服の恰好《かっこう》の悪さが必要以上に気になって仕方なくなった。ロンドン到着後半年の四月五日の漱石の日記には、そのみじめな心境が次のような誤字混《まじ》りの文章に写されている。その日は復活祭の聖金曜日の祭日に当っていたので、人々はきちんと着飾っていたのだろう。

四月五日　金

……往来ノモノイヅレモ外出行ノ着物ヲ着テ得々《とくとく》タリ。吾輩ノセビロハ少々色ガ変ツテ居ル、外套ハ今時ノ仕立デナイ、顔ハ黄色イ、脊ハ低ヒ、数ヘ来ルト余リ得意ニナレナイ。

宿ヘ帰ツテ例ノ如ク茶ヲ飲ム。今日ハ吾輩一人ダ、誰モ居ナイ。ソコデパンヲ一片余慶《よけい》食ツタ。是ハ少々下品ダツタ。

ところでこの夏目漱石の滞英中の日記にきわめて数多く記入されている事柄の一つは、一年足らずの間に

十八回も出てくる服装に関する記事である。とくにシャツについての記入が集中的に多い。いまそこを引くと、

二月二十五日　月

……今夜シャツ及ビ白シャツ襟ヲ着換ユル用意ヲナス。

三月一日　金

…… shower ニ出逢ヒ、ビショ濡トナル。帰リテ「シャツ」及ビ其他ヲ着換ユ。

三月七日　木

此日シャツ襟ヲ替ユ。

三月十二日　火

白シャツ下シャツ股引ヲ替ユ。

三月十七日　日

襟白シャツヲ易フ。

三月二十三日　土

明朝白シャツ襟履足袋ヲ易ル準備ヲナス。

三月三十日　土

白シヤツ襟ヲ易フ。

四月七日　日

白シヤツト襟ヲ易ユ。

筆者は、このように頻繁《ひんぱん》に出てくる「白シャツ」に関する記事は、漱石が下着類を洗濯に出すための心覚えであろうかとはじめのうちは漠然と思っていた。もっともそれなら曜日でも決めて白シャツを洗濯屋に出せば良さそうなものだ、と思わないでもなかった。

しかしその後、漱石の「あばたづら」や「鼻」にたいする異常な関心や執拗《しつよう》な文章に接すると、この「白シャツ」にたいする集中的な言及の裏にもなにか異常な傾向がひそんでいはしないか、と考えるようになった。自分の容貌にこだわりを持っているから、それでもって自分や他人のあばたづらや鼻について長々と述べる漱石だとすると、それと同様に自分の服装をなにかと気にする性質《たち》の漱石であるから、それでもって自分や他人のシャツについてもいろいろと言及するのに相違ない。――そう推測した上で、筆者は漱石の作品をあらためて読み返してみた。すると「白シャツ」は日記や書簡だけでなく小品にも長篇にも繰返し繰返しあらわれているのである。いまその例をいくつか拾って掲げよう。

明治三十四年一月二十二日ロンドン発の鏡子夫人宛の手紙に漱石はこう書いている。

他国にて独り居る事は日本にても不自由に候。況んや風俗習慣の異なる英国にては随分厄介に候。朝起きて冷水にて身を拭ひ、髯をそり、髪をけづるのみにても中々時間のとれるものに候。況んや白シヤツを着換へ、ボタンをはづし抔する、実にいやになり申候。

この手紙にはその後にロンドンでフロックと燕尾服《えんびふく》を作ったこと、ただしそのフロックは袖口が広く外套の袖は狭く、出来損いになってしまったこと、などを詳しく報じている。右に引いたような感想はごく当り前の反応で格別に異常を感じさせない。日本から留学に来た無精な男の言分とぐらいにしか感じられない。それと同様趣旨の通信は『倫敦消息』にも出ている。夫人宛の手紙よりも友人宛の通信の方が砕けた文体で書かれているのは、明治時代の日本人の人間関係からいえば自然なことにちがいない。

……其から一寸顔をしめして「シエヴイング、ブラツシ」を攫んで顔中無暗に塗廻す。剃は安全髪剃だから仕まつがいゝ。大工がかんなをかける様にスー〳〵と髭をそる。いゝ心持だ。夫《それ》から頭へ櫛を入れて、顔を拭て、白シヤツを着て、襟をかけて、襟飾をつけて……

吾輩は日本に居つても交際は嫌いだ。まして西洋へ来て無弁舌なる英語でもつて窮窟な交際をやるのは尤も厭ひだ。……御負にきたない「シヤツ」抔は着て行かれず、「ヅボン」の膝が前へせり出して居てはまづいし雨のふる時抔はなさけない金を出して馬車抔を驕らねばならないし、夫は〳〵気骨が折れる、金が入る、時間が費へる……

この『倫敦消息』それ自体は留学生活の至極《しごく》正直な報告となっているが、しかしそこに写生されたような不如意で不得意な日々を送るうちに、漱石の心中にはいつしかイギリス生活そのものにたいして敵意に似た感情が湧き出すにいたったのだと思う。漱石の不幸な留学生活の後遺症については、漱石が〈good manners〉という文字を見た時に突如として呈したアレルギー反応を叙した際にもすでにふれたが、それと前後して明治三十九年秋に書かれた『文学論』の序の中で、漱石の胸中にわだかまっていた黒い感情は次のような激語となってほとばしった。

倫敦に住み暮らしたる二年は尤も不愉快の二年なり。余は英国紳士の間にあつて狼群に伍する一匹のむく犬の如く、あはれなる生活を営みたり。倫敦の人口は五百万と聞く。五百万粒の油のなかに、一滴の水となつて辛うじて露命を繋げるは余が当時の状態なりといふ事を断言して憚からず。清らかに洗ひ濯《すす》げる白シヤツに一点の墨汁を落したる時、持主は定めて心よからざらん。墨汁に比すべき余が乞食の如き有様にてヱストミンスターあたりを徘徊して、人工的に煤烟の雲を漲らしつゝある此大都会の空気の何千立方尺かを二年間に吐呑したるは、英国紳士の為めに大に気の毒なる心地なり。

この文章を読むと漱石は「墨汁に比すべき」「乞食の如き有様」をしていた、ということになる。そして漱石が敵愾心《てきがいしん》を向けた英国紳士は「清らかに洗ひ濯《すす》げる白シヤツ」をまとうていた、ということになる。一言につづめていえば「白シャツ」は西洋文明生活の象徴ということになる。

それかあらぬか、注意して読むと、シャツの件は漱石が自分の短篇中に取りあげた三人の西洋人の先生をスケッチする際にも必ず話題にのぼっていた。年代順にいえば、まず明治四十二年作の『クレイグ先生』では、このアイルランド人がイギリス人社会ではアウトサイダーであることを象徴するかのように、その身装《みなり》が次のように写されている。

先生の白襯衣《しろシャツ》や白襟を着けたのは未だ曾て見た事がない。いつでも縞《しま》のフラネルをきて、むくむくした上靴《うはぐつ》を足に穿《は》いて……

次に明治四十四年三月の『博士問題とマードック先生と余』でもこのスコットランド人は「立派な英国風の紳士と極端なボヘミアニズムを合併した様な特殊の人格を具《そな》」えた先生として、その身装《みなり》と人となりが次のように活写されている。

> 先生の白襯衣《ホワイトシャート》を着た所は滅多に見る事が出来なかつた。大抵は鼠色のフラネルに風呂敷の切れ端の様な襟飾《ネクタイ》を結んで済まして居られた。しかも其風呂敷に似た襟飾《ネクタイ》が時々胴着《チョツキ》の胸から抜け出して風にひら〱するのを見受けた事があつた。高等学校の教授が黒いガウンを着出したのは其頃からの事であるが、先生も当時は例の鼠色のフラネルの上へ繻子か何かのガウンを法衣《ころも》の様に羽織《はおつ》てゐられた。ガウンの袖口には黄色い平打の紐が、ぐるりと縫ひ廻してあつた。是は装飾の為とも見られるし、又は袖口を括る用意とも受取れた。たゞし先生には全く両様の意義を失つた紐に過ぎなかつた。先生が教場で興に乗じて自分の面白いと思ふ問題を講じ出すと、殆んどガウンも鼠の襯衣《シャツ》も忘れて仕舞ふ。果はわが居る所が教場であると云ふ事さへ忘れるらしかつた。斯んな時には大股で教壇を下りて余等の前へ髯だらけの顔を持つてくる。もし余等の前に欠席者でもあつて、一脚の机が空《あ》いてゐれば、必ず其上へ腰を掛ける。さうして例のガウンの袖口に着いてゐる黄色い紐を引張つて、一尺程の長さを拵らへて置いて、それでぴしやり〱と机の上を敲いたものである。

いかにも見事な描写なので引用がつい長くなったが、これなぞマードック先生の教室における行状を伝えて実に生き生きした一文だと思う。

そして同じく明治四十四年七月の『ケーベル先生』でも、白布の代りにくすんだ更紗形《さらさがた》を置いた布《きれ》が一杯に被《かぶ》さっている食卓を前にして坐ったこのロシヤ生れのドイツ人教授の服装が、次のように描写される。ケーベル先生もまた白いシャツを着ていない人である。

此卓を前にして坐つた先生は、襟も襟飾も着けてはゐない。千筋《せんすぢ》の縮みの襯衣《しやつ》を着た上に、玉子色の薄い脊広を一枚無造作に引掛《ひつか》けた丈《だけ》である。始めから儀式ばらぬ様にとの注意ではあつたが、あまり失礼に当つてはと思つて、余は白い襯衣《しやつ》と白い襟と紺の着物を着てゐた。君が正装をしてゐるのに私《わたし》はこんな服《なり》でと先生が最前《さいぜん》云はれた時、正装の二字に痛み入る許《ばかり》であつたが、成程洗ひ立ての白いものが手と首に着いてゐるのが正装なら、余の方が先生よりも余程正装であつた。

このように漱石の好きな三人の外人の先生は、三人が三人ともフォーマルな身装《みなり》をしていなかった。偶然の暗合だろうか。漱石はマードック先生を描く際に『クレイグ先生』を思い起していたわけではあるまい。またケーベル先生の服装を描く際にクレイグ先生やマードック先生の身装を叙した自分自身の文章をいちいち思い返していたわけでもあるまい。しかしそれなのに話題はおのずとシャツの問題に絞られていったのである。

漱石の「白シャツ」にたいするこだわりは、西洋人教師の場合のみに限定されはしなかった。『三四郎』に出てくる広田先生は、流布された解釈では岩元禎先生がモデルだとかいわれるが、しかし実際は岩元先生であるよりも漱石自身の分身に近い、西洋文化をも身につけた明治時代の一教授ということなのだろう。三四郎が名古屋からの車中で見かけた時、先生は和服姿だったが、それが三四郎が東京大学へ通うようになって、ある日、本郷の通りで青木堂にはいってみると、そこに先生がいた。その広田先生の姿は次のように描かれている。

茶を一口飲んでは煙草を一吸《ひとすひ》すつて、大変悠然《ゆつくり》構へてゐる。今日は白地の浴衣《ゆかた》を已めて、背広を着てゐる。然し決して立派なものぢやない。……野々宮君より白襯衣《しろしやつ》丈《だけ》が増《ま》しな位なものである。

ここでも「白シャツ」が、大学生野々宮と教授広田とを区別するステイタス・シンボルとして、話題にのぼっている。そして読者は、筆者のこのような白シャツ談義の線上に何が登場するかをもう察しておられることと思う。夏目漱石はこのようにシャツのことがなにかと気にかかってたまらぬ性質《たち》の男であったから、それで自分の不快感を爆発させる相手には、わざとどぎつい色物のシャツを着せたのだった。それが『坊っちゃん』に出てくるあの教頭の「赤シャツ」である。松山中学校には実際にはフランネルの赤シャツなぞを着た先生はいなかったのだろう。それは漱石の家の近所に鼻の大きな金田夫人がいなかったのと同様だろう。「赤シャツ」も「金田鼻子」と同様、漱石の特異な自意識が結晶してできあがった人物なのである。自分自身こそが文学士（それも松山中学校の教師中でただ一人の文学士）であった癖《くせ》に漱石は面白がって、べらんめえ口調で相手のことをざっとこう書いている。

挨拶をしたうちに教頭のなにがしと云ふのが居た。是は文学士ださうだ。文学士と云へば大学の卒業生だからえらい人なんだらう。妙に女の様な優しい声を出す人だつた。尤も驚いたのは此暑いのにフランネルの襯衣《しやつ》を着て居る。いくらか薄い地には相違なくつても暑いには極つてる。文学士丈《だけ》に御苦労千万な服装《なり》をしたもんだ。しかも夫《それ》が赤シャツだから人を馬鹿にしてゐる。あとから聞いたら此男は年が年中赤シャツを着るんださうだ。妙な病気があつた者だ。当人の説明では赤は身体に薬になるから、衛生の為めにわざ〳〵誂らへるんださうだが、入らざる心配だ。そんなら序《ついで》に着物も袴も赤にすればいゝ。

一銭五厘

この『坊つちやん』が、東京時代にはいったとはいえ、江戸っ子の魅力を典型的に備えた作品であることはいまさら言うまでもない。その証拠に「坊つちやん」の「おれ」という一人称の語り口は江戸時代の江戸っ子勝小吉──漱石よりも六十五年前の享和二年（一八〇二年）に深川の油堀で生れた──が書いた自伝『夢酔独言』（平凡社、東洋文庫）の語り口と、リズムといい雰囲気といい、もうそっくりである。漱石の『坊つちやん』の出だしには、親譲りの無鉄砲《むてつぽう》で小学校の二階から飛び降りて腰を抜かしておやじに大きな眼をして叱られたり、貰ったナイフを見せびらかして「光る事は光るが切れさうもない」といわれて「何だ指位此通りだ」と自分の右の手の親指の甲にはすに切り込んだり、二つ許《ばか》り年上の山城屋の勘太郎と喧嘩《けんか》して垣根の向うへ足搦《あしがら》をかけて倒したり、などの話がぽんぽん並べ立ててあるが、勝海舟の親父の勝小吉の深川の「がきじぶん」の思い出も次のように威勢よく書いてある。

おれが五つの年、前町の仕ごと師の子の長吉といふやつと凧喧嘩《たこ》をしたが、向ふは年もおれより三つばかりおふきいゆへ、おれが凧をとつて破り、糸も取りおつた故、むなぐらをとつて、切り石で長吉のつらをぶつた故、くちべろをぶちこはして、血が大そう流れてなきおつた。そのときおれの親父が、庭の垣ねから見ておつて、侍を迎によこしたから、内へかへつたら、親父がおこつて、「人の子に疵をつけてすむか、すまぬか。おのれのよふなやつはすておかれず」とて、縁のはしらにおれをくゝして、庭下駄であたまをぶちやぶられた。いまにそのきづがはげて、くぼんでいるが、さかやきをする時は、いつにてもかみすりがひつかゝつて、血が出る。そのたび長吉の事をおもひ出す。

こんな話を読むと『坊つちやん』の、

幸《さいはひ》ナイフが小さいのと、親指の骨が堅かつたので、今だに親指は手に付いて居る。然し創痕《きずあと》は死ぬ迄消えぬ。

などという一節が即座に連想に浮ぶ。そのような江戸っ子的な側面に注目すれば「坊つちやん」は、作中の清《きよ》も、また多くの評家もいうように、たしかに「男らしい、竹を割ったような性格」といえるだろう。

しかし、その江戸っ子の気風《きっぷ》の良さという面にカバーされているために、笑って読み過しているが、この『坊つちやん』という短篇にも『吾輩は猫である』における「あばたづら」や「鼻」とかに相応するような、漱石自身の心中の深いわだかまりがどこかで表面化してはいないだろうか。そのような視点から読んでみると、偶然的に書きとめられた記録に頼り過ぎているという点でいささか心もとない推測なのだが、作中にあらわれた一挿話が漱石の現実の生涯に起った事件とどうも心理的に結びついているような気がしてならない。

まず先に鏡子夫人が『漱石の思ひ出』にたまたま書きとめた漱石の異常な振舞を引用すると、漱石が留学から帰国して三日目か四日目のこと、

……長女の筆子が火鉢の向う側に坐つてをりますと、どうしたのか火鉢の平べつたいふちの上に五厘銭が一つのせてありました。別にこれを筆子が持つて来たのでもない、またそれを弄《もてあそ》んでゐたのでもありません。ふとそれを見ますと、(漱石は) こいついやな真似をするとか何とかいふかと思ふと、いきなりぴしやりとなぐつたものです。何が何やらさつぱりわかりません。筆子は泣く、私も一向様子がわからないから、だんだんたづねて見ますと、ロンドンにゐた時の話、ある日街を散歩してゐると、乞食が哀れ

つぽく金をねだるので、銅貨を一枚出して手渡してやりましたさうです。するとかへつてきて便所に入ると、これ見よがしにそれと同じ銅貨が一枚便所の窓にのつてるといふではありませんか。小癪な真似をする、常々下宿の主婦《かみ》さんは自分のあとをつけて探偵のやうなことをしてゐると思つてゐたら、やつぱり推定どほり自分の行動は細大洩らさず見てゐるのだ。しかもそのお手柄を見せびらかしでもするやうに、これ見よがしに自分の目につくところにのつけておくとは何といふいやな婆さんだ。実に怪しからん奴だと憤慨したことがあつたのださうですが、それと同じやうな銅貨が、同じくこれ見よがしに火鉢のふちにのつけてある。いかにも人を莫迦《ばか》にした怪しからん子供だと思つて、一本参つたのだといふのですから変な話です。

鏡子夫人は「妙なことをいふ人だな」と思ったが、しかしその件はそれなり切りで終ってしまったという。家庭生活という面でいうなら、あるいは夫人のいうようにこの事はそれなり切りで終ってしまったのかもしれない。しかし作品を覗くと、一銭だか五厘だかの銅貨の件は、どうも普通の人間には考えも及ばない特殊な相貌を帯びて、漱石の身中にひそんでいたような気がしてならない。それともこちらがそのような先《せん》入主《にゅうしゅ》にとらわれて見るせいだろうか、坊っちゃんの振舞にもいささかエクセントリックな、神経症的な点があるのがどうも気になる。坊っちゃんは山嵐に通町で氷水を一杯奢《おご》られたが、山嵐が裏で生徒を煽動していると聞かされると、

……そんな裏表のある奴から、氷水でも奢つてもらつちや、おれの顔に関はる。おれはたつた一杯しか飲まなかつたから一銭五厘しか払はしちやない。然し一銭だらうが五厘だらうが、詐欺《さぎ》師の恩になつては、死ぬ迄心持ちがよくない。……あした行つて一銭五厘返して仕舞へば借も貸もない。さうして置いて喧嘩

をしてやらう。

そしてそのあくる日、

おれは、控所へ這入るや否や返さうと思つて、うちを出る時から、湯銭の様に手の平へ入れて一銭五厘、学校迄握つて来た。おれは膏《あぶら》つ手だから、開けて見ると一銭五厘が汗をかいて居る。汗をかいてる銭《ぜに》を返しちや、山嵐が何とか云ふだらうと思つたから、机の上へ置いてふう〳〵吹いて又握つた。

こうした『坊つちやん』の一節はいかにも主人公の面目が躍如としていて面白いから読者は惹きこまれて読んでしまうけれども、しかしもしかしてこのように一銭五厘にこだわる坊っちゃんの背後には、いたいけな娘を「こいついやな真似をする」と早合点していきなりぴしゃりと殴ったという漱石の暗い影が、どこかに尾を引いてはいないだろうか。坊っちゃんが「是をやるから取つて置け」と一銭五厘を出した時、山嵐は「何を云つてるんだ」と笑いかけたが、坊っちゃんが存外真面目で居るので「詰らない冗談をするな」と銭《ぜに》を坊っちゃんの机の上に掃《は》き返した。しかしその一瞬、山嵐は相手の眼中にひそむ異常をかいま見たはずである。二人はその一銭五厘にこだわった。

……机の上へ返した一銭五厘は未《いま》だに机の上に乗つて居る。ほこりだらけになつて乗つて居る。おれは無論手が出せない、山嵐は決して持つて帰らない。此一銭五厘が二人の間の墻壁《しやうへき》になつて、おれは話さうと思つても話せない、山嵐は頑《ぐわん》として黙つてる。おれと山嵐には一銭五厘が崇《たゝ》つた。仕舞には学校へ出て一銭五厘を見るのが苦になつた。

この苦になった感情は、いま一歩突きつめれば、ロンドンで便所の窓にこれ見よがしに銅貨が一枚のっけてある、それを見て「いやな真似をしやがる」――そう思った苦々しい感情に通じるなにかがあるのではないだろうか。机の上にのっけてある、これ見よがしの一銭五厘の銅貨にまつわる不快感は、作者の漱石には身にしみてよくわかっていた。それは漱石自身にとってもたえがたくいやな感情だった。それだから作中でも坊っちゃんは山嵐と和解すると、何とも言わずに山嵐の机の上にあった一銭五厘をとって自分の蝦蟇口《がまぐち》のなかへ入れ、自分でもほっとして正直にこう言った。

実は取らう〳〵と思つてたが、何だか妙だから其儘にして置いた。近来は学校へ来て一銭五厘を見るのが苦になる位いやだつた。

それでは坊っちゃんはなぜこれほど一銭五厘にこだわったのだろうか。ここではじめに仮定として示した漱石の執筆衝動のダイナミックスの法則性のある動きをいま一度くりかえして考えてみよう。「あばたづら」や「鼻」などの場合にその法則性ははっきり示されていた。すなわち、第一、心に傷痕が残るような不幸な原体験があると、第二、外部から刺戟を加えられた場合に、第三、異常なアレルギー反応を呈することがあり、第四、またその点に執拗《しつよう》にこだわった挙句《あげく》、芸術的な変容を加えてそれを作品中に示す、というプロセスである。

一銭五厘の場合には、ロンドンで便所の窓にこれ見よがしに銅貨が一枚のっけてある、「小癪な真似をする」と憤慨《ふんがい》したのも、帰国して火鉢のふちにこれ見よがしに銅貨が一枚のっけてある、「こいついやな真似をする」と娘を殴りつけたのも、外部から刺戟を加えられた漱石が異常な「アレルギー症状」を呈して、直接的な反応に出た場合であり、右のプロセスの第二・第三の過程に当る。『坊つちやん』の挿話はその一銭五厘に執拗にこだわった挙句、見事に芸術品に化した場合であり、右のプロセスの第四の過程に当る。それでは第一の、漱石の心に傷痕を残したような不幸な原体験はなにか、というと――これも偶然的に書きとめられた記録に頼るという点でいささか心もとない説明なのだが――『道草』で語られている一挿話がその間の経緯をなにか示唆するように思われる。

夏目漱石にとって不幸な幼年時代の不快な思い出は、吝嗇《りんしよく》な養父や飯櫃や御菜《おかず》のはいっている戸棚にもいつも錠を卸《お》ろしていた養母のことだった。『道草』第十六章によれば、

たとひ一銭でも二銭でも負けさせなければ物を買つた例《ためし》のない此人は、其時も僅か五厘の釣銭《つり》を取るべく店先へ腰を卸して頑《ぐわん》として動かなかつた。

「此人」とか「此男」とかここで他人行儀に（ないしはそれ以下に）呼ばれている養父のそうした振舞いが、漱石の思い出の中に、本人は気づかなかったかもしれないが、しこりとなって残っていたのではないだろうか。漱石は自分が子供の時、「此男」につれられて、池の端の本屋で習字の手本の法帖を買って貰った時のことを後年かつての養父に会った途端《とたん》に「われ知らず思ひ出した」と作中人物の口を借りて述べている。そして「こんな人に監督される大工や左官はさぞ腹の立つ事だらう」とも考えた。『道草』の引用を続けると、その養父は、

……其時も僅か五厘の釣銭《つり》を取るべく店先へ腰を卸して頑《ぐわん》として動かなかつた。董其昌《とうきしやう》の折手本《をりでほん》を抱《かゝ》へて傍《そば》に佇立《たゝず》んでゐる彼に取つては其態度が如何にも見苦しくまた不愉快であつた。

そのような印象がここでは「彼」と呼ばれている幼い夏目金之助——その当時は塩原金之助と呼ばれていた——の心に外傷となって残り、後々までうずくことがあったのではないか。一銭や五厘の銅貨を見ると、われ知らずかっとなり、不快感が赤く灼《や》けた鉄棒のように身内《みうち》を突っ走る——そうした幼時体験がひょっとして銅貨の中に刻まれてしまったのではないか。金之助にとっては一銭だか五厘だかを意地汚く惜む養父が子供心にもたまらなく厭だった。（その癖その養父は金之助には当時は大人にさえまだなじみのなかった洋服なども拵えてくれた。）そうした奇妙な反撥心を内に蔵していた漱石であるだけに、ロンドン留学中、自分も経済的に窮していたとはいえ、乞食に金をねだられてペニー銅貨しかくれてやらなかった自分自身が、われながらさもしく思われて不快な気分だった。そのようにこだわっていたからこそ追跡妄想におちいっていた当時の漱石は、下宿へ帰って便所の窓にペニー銅貨を見た時、いわれもなく、下宿のお主婦《かみ》め、小癪《こしゃく》な真似をする、と腹を立てたのだろう。娘を殴りつけたのも同じような衝動に駆られてのことだろう。坊っちゃんの一銭五厘にこだわった振舞には、作者自身も意識していなかっただろうが、こうした体験が暗々裡に背後で働いていたのではないか。漱石が明治二十二年に書いた高等学校時代の漢文の作文『居移気説』の中にも、養父母の下で暮した浅草時代を回顧して、あのあたりは往き来する子供まで金銭の臭《におい》がした。そのためにそこで四年間暮した自分もあやうく「鄙吝《ひりん》之徒」、いやしいけちな野郎になるところであった、「居四年余亦将化為鄙吝之徒」と書いている。

其ノ来往スル所モ亦皆銅臭之児、居ルコト四年、余モ亦将《まさ》ニ化シテ鄙吝《ひりん》之徒ト為ラントス。

これが、実家に戻って学問の道を進めるようになった夏目金之助が、それ以前の自分の境涯をふり返った時の感慨だった。漱石は晩年、『硝子戸の中』でも、自分が浅草の養家先から牛込の実家へ移された当時を回想して「何故か非常に嬉しかつた」と書いているが、その気持は学生時代の金之助のこの作文の先の方にもはっきりと示されている。

博士号

漱石は自分の「あばたづら」や「鼻」をさんざ気に病んだ挙句、そのわだかまりを子規宛の手紙や『猫』の中で笑いのめして面白おかしく書きつけた。その諧謔にはしかし一皮剝くと自虐の黒い深淵や赤い傷口が覗けて見えないわけでもなかった。そしてその漱石がなにかと気にしたのは、自分の容貌とか服装とかの外見的な体裁だけではなかった。江戸っ子のダンディズムというのは外面に関するだけのものではないだろう。坊っちゃんは山嵐に向かって「そんな裏表《うらおもて》のある奴から、氷水でも奢つてもらつちや、おれの顔に関《かゝ》はる」と頑《かたく》なに一銭五厘を押返そうとした。そのようにこだわるのは、「おれの顔に関《かゝ》はる」という台詞が端的《たんてき》に示すように、体面の問題だからである。容貌とか身装《みなり》とかの体裁を気にする漱石は、同時に精神面での体裁を相当気にかける性質《たち》だった。坊っちゃんが作中でいう、

無位無官でも一人前の独立した人間だ。独立した人間が頭を下げるのは百万両より尊《たつ》とい御礼と思はなければならない。

という気持は、その多少子供じみたニュアンスをも含めて、漱石自身の気持に通ずるところがあったのだろう。

ところで漱石の創作衝動の裏を探ると、根底に原体験というか自分にとって非常に気にかかる問題がまず

存在した。そしてその問題はなにも形而下の「あばたづら」や「鼻」などの卑近な事柄にのみ限られてはいなかった。形而上のいわゆる「道義」の問題についても、気にかかる事柄を日記や手紙にさかんに書きつけて、その挙句にその主観的な関心事を文芸化して創作中に吐き出すという営みが、法則性をもってたどり得る場合が実は存在する。

ここで道義上の問題などと言い出すと、一世代前の漱石論へ逆行してしまうようだが、筆者はそのように大上段に振りかぶって論じるつもりはない。筆者が注意を惹《ひ》きたいのは、容貌とか服装とかの物質的な体面を気にする漱石は、ほんの少し問題の焦点をずらしただけで、そのまま精神面での体面をひどく気にする漱石へ移行してしまう、という点である。「あばたづら」といえばいかにも肉体的であり、「博士号」といえばいかにも精神的であり、そのため両者は問題の次元をまったく異にするかのような印象を与えるが、しかし広く体面の問題として考える時、漱石のその種の問題にたいするこだわりようには意外に共通する特徴が認められる。

もしかりに「あばたづら」とか「鼻」とかの問題に示された漱石の心的エネルギーの運動の軌跡とほぼひとしい型の軌跡が、「博士号」への異常に執拗《しつよう》な関心にも繰返し現われるのだとすると、漱石にとって博士問題とはいったい何だったのだろうか。それは、従来説かれてきたように、文学博士号を拒絶した漱石について、「さすが漱石だ」「道徳的脊骨《モラル・バックボーン》のある人は違う」というようにもっぱら徳義的見地に立って評価すればよい事柄だろうか。それとも「博士号」も、「あばた」や「鼻」と同様、漱石の精神のしこりの一つとして取りあげればよいのだろうか。漱石の「博士号」に対する反撥は、『虞美人草』の中で作品化されて示されるが、それではその『虞美人草』で漱石がしきりと話題にのせた道義の問題は、はたして字義通りに道義の問題として受けとめてもよいのだろうか。それとも漱石の心中でとぐろを巻いていた奇妙で執拗なこだわりが、こちたくも「道義」の名を借りてたまたま表面化したまでだろうか。

筆者は夏目漱石を敬愛する読者の一人だが、漱石を「道義的人格」として聖人化したお弟子筋の傾向にたいしては同意しかねる一人でもある。一体、坊っちゃんの正義感にしても甲野欽吾の正義感にしても、あるいはその背後にある作者漱石その人の正義感にしても、手前勝手《てまえがつて》なところがあり過ぎはしないか。そのような漱石の社会批判をはたして額面通りに読んでよいものか。また『坊つちやん』に拍手し『虞美人草』に快哉《かいさい》を叫んだ読者の側にも稚心がありすぎはしないか。そのような問題関心に従って、漱石の「博士」についての発言をいま系統的に整理して検討してみる。

夏目金之助が書いたものには、手紙にせよ作品にせよ、博士のことが実にちょくちょく現われる。明治三十四年九月二十二日、ロンドンから妻の鏡子へ宛てた手紙には、

……帰朝後は東京に居り度と思へど此様子では熊本へ帰らねばならぬかも知れぬ。御前も其覚悟をして居るがいゝ。先達《せんだつて》御梅さんの手紙には博士になつて早く御帰りなさいとあつた。博士になるとはだれが申した。博士なんかは馬鹿々々敷《しい》。博士なんかを難有《ありがた》る様ではだめだ。御前はおれの女房だから其位な見識は持つて居らなくてはいけないよ。

とある。このような文面に接すると、漱石研究者の連想は十年後の明治四十四年の漱石の博士号辞退事件へ向って走り出すことが多いようである。

しかし鏡子夫人の妹の梅子にしてみれば、大いに激励した積りで、「兄さん、ぜひ博士になつて、えらくなつておかへり下さい、それをお待ちしてゐます」とかなんとか書いてやったのだろう。それは漱石の明治三十四年八月十五日の日記に出てくる「梅子ヨリ手紙来ル……梅子ヨリハンケチ二枚送リ来ル（ママ）」の手紙をさすのだろうが、いってみれば年若い女の世間並みの御挨拶というものだろう。ところがその世間一般のあ

りふれた御挨拶にたいし、むきになって反論して妻の了解を求めているところに漱石の潔癖《けつぺき》さが感じられる。潔癖さといえば聞えはいいが、やや異常にたかぶった反応が認められる。鏡子夫人は『漱石の思ひ出』でこの件にふれて、

するとと折角厚意を示したのにこのお小言なので、妹もすつかり怒つてしまつて、「私は博士になつておかへりなさいといつただけで、別に兄さんが博士になつたからえらいといつたんぢやない」て、大層ふくれたことがあります。

と語っている。そのような梅子の反応の方が世間並みというものだろう。梅子にしてみれば、ハンケチまで送ってやったのに変人の義兄《にい》さんから剣突《けんつく》を食ったのだ。たいそうふくれたというのもわからぬことではない。

二年の留学期間の半ばが終ろうとしていた明治三十四年九月、文部省留学生の夏目金之助は、選ばれてイギリスへ来ている身でありながら、どのようにして論文を書いてよいか見当がつかず、依然として苦慮していた。明治三十四年九月二十二日の「博士になるとはだれが申した」という手紙は、先にもふれたように、それより十年後の博士号辞退事件との関係でしばしば話題にされる。そしてまた両者の間には確かに関係もあるのだが、しかしその手紙は十年後の事件よりももっと手近なそれより十日前の、明治三十四年九月十二日の寺田寅彦宛の漱石の手紙によって、もっとはっきり説明される部分があるように思える。というのは漱石は、当時まだ理科大学の学生だった寺田寅彦に宛てて、英文学研究などでは自分の「あたまの上がる瀬は無之《これなき》」様を訴え、「学問をやるならコスモポリタンのものに限り候」と普遍的な万国共通の土俵で相手と対等に相撲の取れる自然科学の学徒への羨望の念を洩していたからである。その当時の漱石はそのように自分

の（やがて『文学論』となるべき）論文にどのように手を着けてよいやら自分自身でもわかりかねて絶えず難渋《なんじゅう》していた。そのような時期に義妹梅子から激励の手紙が舞込んだのだが、その当時の金之助は相手の朗らかな調子に自分では到底調子をあわせることができず、それでかえって威丈高《いたけだか》な、

博士になるとはだれが申した。博士なんかは馬鹿々々敷《しい》。博士なんかを難有《ありがた》る様ではだめだ。

という夫人宛の手紙を書くこととなったのではないだろうか。一生懸命に勉強はしているものの論文を書くということについてはまだ一向《いっこう》に目算がたたない。それだから留学生として文部省へ研究報告を送らなければならぬ身の上だが、報告したくても報告する成果も見通しもない。それで漱石は真面目にも白紙の報告書を送ったといわれる。漱石は莫迦《ばか》正直といわれようと、文学研究とは何か、という問題について自己を偽ることなく考え悩んでいたのである。

そうした手紙のやりとりのことが記憶に残っていたからか、それとも「末は博士か大将か」といった世間に盛んな肩書尊重の風潮にあらためて反撥を覚えたためか、自分自身も心中の一隅で絶えずその件を気にかけていた漱石は、『吾輩は猫である』の第三章で博士問題を次のような形で話題にとりあげた。それはほかでもない、先に引いた金田鼻子夫人が娘の婿にと思う水島寒月の将来性について苦沙弥や迷亭に向けて質問を発する会話の中でである。いま地の文は省略して会話だけを引用すると、

鼻子「寒月さんも理学士ださうですが、全体どんな事を専門にして居るので御座います」
主人「大学院では地球の磁気の研究をやつて居ます」
鼻子「へえー、それを勉強すると博士になれませうか」

主人「博士にならなければ遣れないと仰つしやるんですか」
鼻子「えゝ。只の学士ぢやね、いくらでもありますからね」

金の力にあかせて博士まで高望みする浅ましい成金の夫人として金田鼻子は描かれているが、しかしこれとてもただ金田夫人を戯画化して描くというだけの単なる外面のことではなく、漱石自身内心で博士号のことをなにかと気にしていたから、飛び出した会話と見るべきだろう。それで、前にも引いたが、次のような本人自身の肩書に関する珍問答が、苦沙弥と迷亭と苦沙弥の細君の間で交される。

「全体教師を何と心得て居るんだらう」「裏の車屋位に心得て居るのさ。あゝ云ふ人物に尊敬されるには博士になるに限るよ、一体博士になつて置かんのが君の不了見さ、ねえ奥さん、さうでせう」と迷亭は笑ひ乍ら細君を顧みる。「博士なんて到底駄目ですよ」と主人は細君に迄見離される。「是でも今になるかも知れん、軽蔑するな。貴様なぞは知るまいが昔《むか》しアイソクラチスと云ふ人は九十四歳で大著述をした。ソフオクリスが傑作を出して天下を驚かしたのは、殆んど百歳の高齢だつた。シモニヂスは八十で妙詩を作つた。おれだつて……」「馬鹿々々しいは、あなたの様な胃病でそんなに永く生きられるものですか」と細君はちやんと主人の寿命を予算して居る。

このような文面に接すると、漱石——とはいわずとも作中の苦沙弥先生は、博士号にたいして満更《まんざら》色気がない、というわけではなさそうである。それに漱石はこの一節を書いていた時、作中の苦沙弥先生が博士論文からは縁遠い中学校の英語教師だという人物設定を迂闊《うかつ》にも忘れてしまって書いている。漱石は自分自身をここで苦沙弥にアイデンティファイして、自分自身の関心事を、茶化《ちやか》してはいるが、作品中に書いているのである。

一体、漱石には、「偉い人を馬鹿にする程馬鹿な事はない」という「頑児《ぐわんじ》の悍傲《かんがう》」をたしなめる人生智が一面にはありながら、その癖《くせ》他面には、およそ自分より優位に立つと見られるものに対して青くさい抵抗を示す面もあった。その青くさい正義感を文芸化して成功した例は『坊っちゃん』で、失敗した例は『二百十日』だろう。そして『猫』における金田夫人攻撃は、雰囲気的には相違があるけれども、『二百十日』や『野分』の白井道也の成金や実業家攻撃の予兆といえる。漱石は自分の子供らしい気焔をあげたいために作中に金田夫人を登場させた、という創作心理も働いていたに相違ない。それだから実業家夫人の横柄《おうへい》な態度にたいしては、

「全体教師を何と心得て居るんだらう」

と教職の名誉を強調してみせたりした。

しかし教師の一人として実業家たちを「金さへ取れゝば何でもする、昔で云へば素町人《すちやうにん》だからな」と貶《おとし》める苦沙弥こと漱石ではあったけれども、その同じ教職の内部での地位や名誉の問題となると、漱石はやはり奇妙に感じやすくなり、傷つきやすくなる節《ふし》があった。漱石は自分でもその滑稽さ加減を多少自覚していたとみえて、明治三十九年一月十日の森田草平宛の手紙にこう書いている。

先達《せんだつて》晩翠が年始状をよこしてまだ教授にならんかと云ふから「人間も教授や博士を名誉と思ふ様では駄目だね。『失楽園』の訳者土井晩翠ともあるべきものがそんな事を真面目に云ふのはよくない。漱石は乞食になつても漱石だ……」と云ふ様な事をかいてやりました。あとで成程小供らしい気燄《きえん》だと気がついた。

この博士問題は『猫』の後半でも再三蒸返される。明治三十九年の春に書かれた第十一章には次のような

会話もあるが、話の落着《らくちやく》としてはなかなか見事な一節だと思う。

「そりや、さうと寒月君、近頃でも矢張り学校へ行つて珠許《たまばか》り磨いてるのかね」と迷亭先生はしばらくして話頭を転じた。

「いえ、此間中《こなひだうち》から国へ帰省して居たもんですから、暫時中止の姿です。珠ももうあきましたから、実はよさうかと思つてるんです」

「だつて珠が磨けないと博士にはなれんぜ」と主人は少しく眉をひそめたが、本人は存外気楽で、

「博士ですか、エヘヽヽヽ。博士ならもうならなくつてもいゝんです」

「でも結婚が延びて、双方困るだらう」

「結婚つて誰の結婚です」

「君のさ」

「私が誰と結婚するんです」

「金田の令嬢さ」

「へえゝ」

「へえつて、あれ程約束があるぢやないか」

「約束なんかありやしません、そんな事を言ひ触らすなあ、向ふの勝手です」

「こいつは少し乱暴だ。ねえ迷亭、君もあの一件は知つてるだらう」

「あの一件た、鼻事件かい。あの事件なら、君と僕が知つてる許《ばか》りぢやない、公然の秘密として天下一般に知れ渡つてる。……東風君抔《なぞ》は既に鴛鴦歌《ゑんあうか》と云ふ一大長篇を作つて、三箇月前《ぜん》から待つてるんだが、寒月君が博士にならない許《ばか》りで、折角の傑作も宝の持ち腐れになりさうで心配でたまらないさうだ。ねえ、

東風君さうだらう」

「まだ心配する程持ちあつかつては居ませんが、とに角満腹の同情をこめた作を公けにする積りです」

「それ見給へ、君が博士になるかならないかで、四方八方へ飛んだ影響が及んでくるよ。少ししつかりして、珠を磨いてくれ玉へ」

「へ、、、色々御心配をかけて済みませんが、もう博士にはならないでもいゝのです」

「なぜ」

「なぜつて、私にはもう歴然《れつき》とした女房があるんです」


居合せた人々のあっと驚く顔が目に浮ぶような面白い落ちである。寒月のモデルといわれた寺田寅彦は、明治三十八年八月、郷里の土佐で浜口寛子と再婚して上京して来た由だが、自分自身がこのように描かれていることにおかしみを感じて笑って読んだことだろう。それだけに『猫』における博士問題の扱い方には文明化されたユーモアが漂っている。なお寺田寅彦自身は明治四十一年、尺八の音響学的研究で理学博士の学位を得た。

造反教師のはしり

ところで教授や博士を名誉と思うようでは駄目《だめ》だと気焔を吐いた漱石は、それでは自分が教授より下の講師の地位で満足していたのかというとどうもそうではなかった。漱石は自分の大学における地位が常勤講師であって教授会メンバーではない以上、英語の試験を嘱託されることは御免蒙《ごめんこうむ》るとごねるような一面があった。漱石は文科大学の実権を握っている（と漱石には思えた）人々にたいし反感を抱いていたのである。漱石は大学を去った翌年に当る明治四十一年『処女作追懐談』で、自分より後輩でありながら先に名を成した人々へ自分がかつて嫉妬の情を覚えたことを正直に述べている。すなわち自分が大学を卒業した明治二十六年に入学した後輩である癖に、いちはやく有名になった樗牛高山林次郎らのことを「何の高山の林公抔と思つてゐた。」その高山は明治三十五年に死んでしまったが、その高山の親友でやはり二十六年度入学の後輩で、年は自分より六歳も下の癖に漱石よりも早く、明治三十七年にははやくも帝国大学文科大学宗教学の正教授となった姉崎正治や、そうした高山や姉崎を引き立てた博士連や教授連にたいしては必ずしも良い感情はもっていなかった。『坊っちゃん』は明治三十九年四月に発表される作品だが、そこで帝大出の文学士の赤シャツが悪く描かれているのには満更《まんざら》心理的根拠がなかったわけではないかもしれない。「赤シャツは時々『帝国文学』とか云ふ真赤な雑誌を学校へ持つて来て難有《ありがた》さうに読んでゐる。」このように、ペダントリーの象徴として描かれている『帝国文学』は井上哲次郎以下の創刊にかかわり、高山樗牛もその編輯委員を勤めたことがあった。漱石は自分自身もその出身者でありながら（いやむしろその出身者であるがゆえに）赤門の真赤な雑誌に対し、そのような屈折した反感を持っていたのかもしれない。それだからいけすかない帝大出の文学士の教頭に赤シャツを着せたのだろうか。もっとも漱石自身も『倫敦塔』などいくつかの小品をその『帝国文学』に発表しているが。

ところでこの漱石という男が意外に「ホスト的人間」――行政組織でいえば、むしろ管理者側に向いたような男――だということが山崎正和氏や江藤淳氏によっても指摘されている。それはあるいは名主の家の生れなどという家庭の雰囲気と関係していたことかもしれないが、漱石は第五高等学校教授当時は、学内行政も結構ビジネス・ライクに処理できるような男だった。それが留学帰朝後の一高講師・東大講師時代、その心的状態が対東大との関係でかつてなく悪くなったのは、本来ホストであるべき人間がホストの立場についていなかったからだ、という解釈は一面の真実を言い当てているように思える。漱石は朝日新聞社に入って実質的に文芸欄の編集長のような位置につけば、弟子たちを使って、結構うまく紙面を作っていけるような人だったのである。

漱石が大学教授という地位に無関心でなかったことは『三四郎』という東京帝国大学を背景にした小説で、自分自身のかつてのキャリヤーときわめて密接に関係したことを、その中に書きつけている一事からも推察される。

大学の外国文学科は従来西洋人の担当で、当事者は一切の授業を外国教師に依頼してゐたが、時勢の進歩と多数学生の希望に促《うなが》されて、今度愈《いよ》く本邦人の講義も必須課目として認めるに至つた。そこで此間中から適当の人物を人選中であつたが、漸く某氏に決定して、近々発表になるさうだ。某氏は近き過去に於て、海外留学の命を受けた事のある秀才だから至極適任だらう……

『三四郎』を書いた明治四十一年の漱石は、今日的な表現を使えば、すでにエスタブリッシュした大家だった。それだから彼はその作家としての栄光を背景に自分の過去のキャリヤーの問題も、余裕のある筆致で小説化することができたのである。しかしそれはまたなんという急速な変化だっただろう。わずか二年前までは、漱石は自分が帝国大学では講師であるということにたいして欝屈《うつくつ》した感情を胸中のどこかで懐き続けていた。というのも漱石は自分が教授でなく講師であるということを口実に英語の試験委員を断るという非協調的な態度に出ていたからである。明治三十九年二月十五日、漱石は姉崎正治に宛てて次のような多少威丈高《いたけだか》な節もある、長文の手紙を書き送った。『猫』を書いて創作意欲の高まっていた当時の漱石は、自分はもう大学はやめてもいいと思っていた。それだから、表面は一見整然としているが、それでいて関係者にたいしては一向に説得力のない理窟を捏《こ》ねた。イギリス仕込みの個人主義の思想も契約の観念も、どうやらここでは漱石の都合のよい方に一方的に利用されているらしい。漱石はいってみれば当世流行の試験拒否の造反教師の一先駆として、こう書いている。

拝啓今日は学校で立談の際御互の意志の通ぜぬ所もあるから改めて手紙で愚存を申し上げる。実は〇〇さんが逢ひたいとか又は折り返して罫紙《けいし》入りの半官文的のものをよこすと又面倒だから君迄申して置く。英語学試験嘱托《しよくたく》辞任の事はあれで済んだ事と思つて居た所はからずも君等に御心配をかけて相済《あひすま》ん、是は大に僕の謝《しや》する所である。謝する所であるから腹蔵《ふくざう》のない所を話して判断をしてもらはう。

辞任の理由は多忙といふ事に帰着する。僕は一週間に三十時間近くの課業をもつて居る。是丈《これだけ》持たなければ米塩《べいえん》の資に窮するのである、而してそれ以外にも用事がある。読書もしなければならぬ。だから多忙といふのは偽《いつは》りのない所で尤な理由である。

次に僕は講師である。講師といふのはどんなものか知らないが僕はまあ御客分と認定する。大学から普通の教授以上叮重に取扱はれてもよいと考へて居る。大学の方ではさうは思はんかも知れんが僕の方ではさう解釈してゐる。従つて担任させた仕事以外には可成《なるべく》面倒をかけぬのが礼である。

其代り講師には教授抔の様な権力がない、自分の教へる事以外の事に口は出せない。夫等《それら》は皆教授会で勝手にきめて居る。語学試験の規則だつても講師たる僕は一向あづかり知らん。いつの間にかあんなものが出来上つて居るのである。

だからあんなものから生ずる面倒は之《これ》をきめた先生方と当局の講師が処理して行くのが至当である。自分たちが面倒な事を勝手に製造して置いて其労力丈は関係のない御客分の講師にやれといふ理窟はない。尤も相談づくならそれでもよい。〇〇〇〇は僕を以て報酬がないからやらんのだと教授会で報告したさうだ。其解釈は至当である。僕自身もさう考へて居る。僕の様なものに手数(担任以外の)をかけるには金銭か、敬礼か、依頼か、何等かの報酬が必要である。それがなくて単に……嘱托相成候間右申し進候也といふ様な命令なら僕だつて此多忙の際だから御免蒙るのはあたり前である。

もし僕の辞任に対して学長始め其他の教授が不穏当と認めるならばそれ等の人々は講師と云ふもの丶解釈に於て全然僕と考を異にして居るのだ。僕の考では講師を使ふには教授を使ふよりも遠慮しなくてはならん。見玉へ講師は教授会の事に就て何等の権利ももつて居らんではないか。俸給の点から云つても無給のさへあるではないか。講師は教授に比すれば斯《かく》の如く特権が与へられて居らんのであるからして、講師の方では担任以外の事を命令的に押しつけられてヘイ々云ふ丈の義理がないぢやないか。

僕は僕の担任する六時間の講義さへして居れば講師としての義務はそれ以外にはないものと信じてゐる。夫《それ》だからして文科大学宛で断り状を出した。もし文句がわるいと云ふなら是にも理由がある。文科大学から来たのだから個人に対する様な愛嬌のある文句はかけないのである。文科大学御中としてはあれ丈の表面上の事しか言ひ得ないのである。

君は親切に色々心配してくれるし井上さんもさうだといふから一応僕の考を述べて英断を仰ぐ訳だ。でとにかく今回は御免蒙るよ。

此手紙は〇〇さんに見せても井上さんに見せても乃至は教授会で朗読してくれてもさし差《（ママ）》し支《つかへ》ない。君も迷惑だらうが妙に引きかゝつたもんだから宜しく取計つて下さい。以上

漱石は自分は東大では講師だから客分だと主張しているが、非常勤講師だったというわけではない。給料は東大から貰っている方が（年俸八百円）、第一高等学校から貰っている分（年俸七百円）より多かったくらいである。なるほどこの手紙に書かれた拒絶理由はそれなりに筋《すじ》が通っているらしく読めるが、しかしこれとてもやはり後からつけた理窟というものだろう。漱石はなんとかかんとか言っては第一高等学校の方でもやはり試験委員を逃げているからで、その点について釈明する翌々二月十七日の姉崎宛の手紙となると、

もう平然と駄々《だだ》を捏《こ》ねて居直っているという感がある。いま抜萃《ばっすい》すると、

高等学校の入学試験が毎年ある。其折には学校長がよく僕の宅へ依頼にくる事がある。然し僕は多忙の故で毎々辞する事がある。それでそれぎりになる。淡泊なものだ。世の中は夫《それ》で沢山である。夫では悪るいと云ふのは形式に拘泥した澆季の風習だ。二十世紀は澆季だから仕様がないが俗吏社会、無学社会ならとにかく学者の御そろひの大学でそんな事をむづかしく云ふのは大学が御屋敷風御大名風御役人風になつてるからだよ。

大学で語学試験を嘱托する、僕が多忙だから断はる。其間に何等の文句は入らない。もしそれが僕の一身上の不利益になつたり英文科の不利益になれば僕のわるいのぢやない。大学がわるいのだ。

語学試験なんか多忙で困つてる僕なんか引きずり出さなくつたつて手のあいて居る教授で充分間に合ふのだ。

そして二月二十三日には文科大学長坪井九馬三教授へ宛てて、

……かう申すと何か無暗に頑固を主張する様で甚だ済みませんが、私の方から教授会の御意見を伺ふと教授会の方が無理を云つて入らつしやる様に聞えます。実際出ないでも済むものを無理に出して二百人の答案をしらべさせる抔は人が悪いじやありませんか。どうか御助け下さい。

という手紙を送るのだった。このようなトラブルを起している漱石だったから、翌年喜んで大学を辞めて朝日新聞社へ入社したのだ、といえるのかもしれない。それに創作に興味が移りつつあった漱石は教職の方

は辞めてもよいという気になっていたから、それで平気で「人が悪いじゃありませんか。どうか御助け下さい」などという手紙を文科大学長宛に洒々《しやあしやあ》と出していたのだろう。そのような漱石は、今日の社会学の術語《ジャルゴン》に従えば、身分志向的であるよりも業績志向的になっていたともいえる。それだから明治三十八年の手紙には漱石のそうした意気込みがいま見られるものが多い。すなわち五月二十六日の山県五十雄宛のはがきには、

拝復小生の文章を二三行でも読んでくれる人があれば難有く思ひます。面白いと云ふ人があれば嬉しいと思ひます。敬服する抔といふ人がもしあれば非常な愉快を覚えます。此愉快はマニラの富にあたつたより、大学者だと云はれるより、教授や博士になつたより遥かに愉快です。小生は君の手紙を得て此大愉快を得たのだから御礼は此方より申さなければならんと考へます。　匆々

そしてそれと同様趣旨は、十月三十日の内田魯庵宛の手紙でも繰返される。

小生は漠然として学者なり篤学なり抔云はるゝを欲せざると同時に拙稿たりとも世に公に投げ出したるものに付ての褒辞は大に難有くアクセプトする主義に候。而も其難有味《そのありがたみ》は博士に推挙されたり勲章を貰つたりするよりも遥かに優る難有味に候。
大兄は小生をして此難有味を感ぜしめたる知己の一人なれば深く銘して絵葉書と共に此一事を永く抱懐致し可申候。

このように漱石の書いたものを調べてゆくと、漱石にとって博士問題は実際に晩年の明治四十四年、文部省が学位を授けるといってから生じた事件ではないことがわかる。明治三十八年の十一月十日、鈴木三重吉

宛の手紙で漱石はもうこんなことも言っていたのである。

……僕の理想を云へば学校へは出ないで毎週一回自宅へ平常出入する学生諸君を呼んで御馳走をして冗談を云つて遊びたいのです。中川君抔がきて先生は今に博士になるさうですなかと云はれるとうんざりたるいやな気持になります。先達て僕は博士にはならないと呉れもしないうちから中川君に断つて置きました。さうぢやありませんか何も博士になる為に生れて来やしまいし。

漱石の博士号にたいする反撥は、明治三十九年を通して一層激しくなる。これは自分自身の英文学の学理的研究にたいする反撥の声であるのかもしれない。創作家として立ちたいという衝動がアカデミック・キャリヤーがもたらす虚名を非難難詰《なんきつ》してやまないという態度を生んだのだろう。明治三十九年十月二十二日漱石は森田草平へ宛てて次のように書いている。漱石は草平を激励しつつ自分の本心を語っているので、手紙を書くうちに漱石は精神が高揚したと見えて、口語の文体は途中で文語体へと変化してゆく。

……君が生涯は是からである。功業は百歳の後に価値が定まる。百年の後誰か此一事を以て君が煩とする者ぞ。君若し大業をなさば此一事却つて君が為めに一光彩を反照し来らん。只眼前に汲々たるが故に進む能はず。此の如きは博士にならざるを苦にし、教授にならざるを苦にすると一般なり。百年の後百の博士は土と化し千の教授も泥と変ずべし。余は吾文を以て百代の後に伝へんと欲するの野心家なり。

そして翌十月二十三日には京都大学の狩野亨吉へ宛てて次のように書いている。漱石は自分が東京で生活するからこそ創作活動もできるのだとして京都大学教授のポストを次のように断わった。——実は裏でこのようなやり取りがあったから、前日に出した森田草平宛の手紙もあのように自己の決意を披瀝《ひれき》する一文ともなったのだろう。

京都はいゝ所に違ない。……僕も京都へ行きたい。行きたいが是は大学の先生になつて行きたいのではない。

……考へて見ると僕は愚物である。大学で成蹟がよかつた。それで少々自負の気味であつた。そんなら卒業して何をしたかと云ふと蛇の穴籠りと同様の体で十年余をくらして居た。僕が何かやらうとし出したのは洋行から帰つて以後であつて、それはまだ三四年に過ぎぬ。だから僕は発心してからまだほんの小供である。もし僕が何か成す事があれば是からである。而して何か成し得る様な状況に向つたのは東京で今の地位（学校の地位ではない）を得たからである。だからして僕の事業は此地位と少からざる関係を有してゐる。此の地位を棄てゝ京都へ行つて安閑としてゐるのは丁度熊本へ這入つて澄まして居たと同様になる。是は少し厭である。

無論人事は大観した点から云へばどうでもよいのである。ダーヰンも車夫も同じ事である。不義の者に頭を下げるのも伯夷叔斉の様な意地を通すのもつまりは一つである。大学の教授も小学校の先生も同じ事である。一歩進めて云へば生きても死んでもそんなに変りはない。然ししばらく世間的の見地に住して差別観の方から云ふと大に趣が違ふ。僕の東京を去るのは決してよくはない。教授や博士になるならんは瑣《さ》末《まつ》の問題である。夏目某なるものが伸すか縮むかといふ問題である。夏目某の天下に与ふる影響が広くなるか狭くなるかといふ問題である。だからして僕は先生としては京都へ行く気はないよ。

夏目漱石は作家としての自分が伸びる上では東京に留る方がよいということを、過去の松山や熊本時代の体験に徴《ちよう》してよく知っていた。そして翌年春には「大学も高等学校もやめに致して新聞屋に」相成《あいな》ったのだった。明治四十年三月二十三日には野上豊一郎に次のような返事を書いている。

御手紙拝見、小生が大学を退くに就て御懇篤なる御言葉をうけ慚愧《ざんき》の至に候。僕の講義でインスパヤーされたとあるのは甚だ本懐の至り、講座に上るものゝ名誉不過之と存候。世の中はみな博士とか教授とかを左も難有きものゝ様に申し居候。小生にも教授になれと申候。教授になつて席末に列するの名誉なるは云ふ迄もなく候。教授は皆エラキ男のみと存候。然しエラカラざる僕の如きは殆んど彼等の末席にさへ列するの資格なかるべきかと存じ。思ひ切つて野に下り候。

無論、教授が「エラキ男のみ」などというのは漱石の皮肉なので、作家として立とうとして力んでいる漱石の戦意が言外にあふれた文字である。明治四十年五月三日の朝日新聞には、アングロ・サクソン風に「アカデミック・ジョブ」という観念を持込んで、次のような『入社の辞』を発表した。

新聞屋が商売ならば、大学屋も商売である。商売でなければ、教授や博士になりたがる必要はなからう。月俸を上げてもらふ必要はなからう。勅任官になる必要はなからう。新聞が商売である如く大学も商売である。新聞が下卑た商売であれば大学も下卑た商売である。

漱石はそのような心境のうちに『虞美人草』の主題を構想し、その年の六月二十三日から朝日新聞に連載を始めるのである。そしてそれを執筆の最中の同年八月六日には、小宮豊隆に宛ててこんな手紙も書いた。戦闘意欲十分の漱石であった。

僕が洋行して帰つたらみんなが博士になれ〳〵と云つた。新聞屋になつてからそんな馬鹿を云ふものがなくなつて近来晴々した。……僕も小説家としてもう少しの間は大丈夫だ。博士にならなければ飯《めし》が食へないと思ふものに好例を示してやる。

『虞美人草』の主題

夏目漱石が明治二十九年、松山時代に子規へ送った俳句、

永き日や韋陀を講ずる博士あり

は漱石の言葉書きによると「井の哲の事」、すなわち文科大学教授の井上哲次郎博士のことだそうである。正岡子規はこの俳句ののどかな、のんびりとした春の雰囲気と、鬼が仏舎利を盗んで逃げた時、これを追って取戻したという韋駄天《いだてん》のことなどを漫談風に講義する博士との取りあわせを面白く感じたのだろう、秀句として自分のノート『承露盤』に書きとめておいた。その俳句で回想されている井上博士の講義は――それは『三四郎』にも面白く描いてあるが――おそらくそれほど熱のこもった充実した講義ではなかったのだろう。しかし漱石には目くじらをたててそれを咎《とが》め立てするような気配《けはい》は感じられない。「井の哲」とあだ名で呼んでいるが、そこには笑いもただよっている。

しかしその同じ漱石が十年後には博士の虚名という点についてすこぶる攻撃的になっていた。明治三十九年の『断片』には、前に引いた一連の書簡とうらはらをなす感想だろうが、「博士ノ仮面ハ死ヌト消えテナクナルサウダ」と書いてある。漱石は博士号を人間の実質と関係のない仮面であるとして攻撃するように

なった。いったい人間は、周囲にたいして攻撃的な関心をもつ際には、自己の内なる闘争本能が刺戟されて、積極的な行為に打って出ることもできるものらしい。漱石は学問の世界の貴族たち――その中には詰《つま》らぬ論文を麗々しく書きあげて博士号を得た人も、また実力というよりも人間関係の手蔓《てづる》で博士会に推薦《すいせん》されて博士号を得た人も混っていたにちがいない――である教授や博士を攻撃することによって、創作家として立とうとする自分自身を励した。明治三十九年の漱石には自分の『文学論』などの学理的な仕事よりも『吾輩は猫である』などの文学的な仕事の方が、よほど価値があるように思われた。それに、前者にたいしては冷淡であった世間も、後者にたいしては温い反応を示してくれた。そのような事情も手伝って、漱石は大学を去ってこれから先は小説を書いて生きようと決意したのだった。

しかし漱石のそのような転身は、それでもって博士問題が綺麗《きれい》さっぱり片づいた、ということにはならなかった。アカデミック・キャリヤーを離れて朝日新聞社にはいった漱石は、実はそこでも博士号問題にたいして依然として情念のいりまじったネガティヴな関心を持ち続けていたからである。ここでネガティヴというのは、漱石が一面では「馬鹿々々しい」といいながら、それでいてなお他面ではしきりと博士号のことを話題にするような、そうした関心の持ち方をさすのである。もしかするとそのような関心の持ちようはあまり高尚な態度とはいえないのかもしれない。真に上品な人なら、自分で馬鹿々々しいというような事柄にそういつまでもこだわるはずはないからである。

しかし漱石はしつこくこだわった。『虞美人草』は漱石が明治四十年、朝日入社後に作家として一人立ちして発表する作品であるだけに、本人にとってすこぶる重要な意味をもつ作品なのだが、漱石はその筋を構想した際に、かねがね自分の心中に黒くとぐろをまいていた博士号問題を、その小説の本筋にからめようと考えたのである。長篇小説のキー・ポイントに博士号などという問題を据えるのはどう見ても奇妙な設定だが、しかし過去数年来の漱石の博士号にたいする異常なこだわり方をその書簡等の中に読んでくると、漱石がそのような不自然な設定をあえてした心理もまたおのずから了解される。漱石の心中で火を噴いていた心的エネルギーは、『猫』の中で博士号問題を戯画化したことや、後足で砂をかけるような恰好《かっこう》で大学をやめたことくらいでは、解消しそうにもなかった。それだから博士に執着する金田鼻子夫人やその娘の富子は、いま一度なんらかの別の姿で作品中に引き出され、その上であらためて漱石によって筆誅《ひっちゅう》を加えられねばならなかったのである。

いま『虞美人草』の執筆衝動をそのように見たてて、「博士問題」という見地から『虞美人草』を読んで、この主題小説 **roman à thèse** の筋立てを解明してみよう。それは漱石も前篇は読んでいたであろう『金色夜叉』を思わせる節もある、勧善懲悪《かんぜんちょうあく》小説まがいの（しかし新聞小説としては俗受けのする）筋なのだが、作中の一中心人物である小野英文学士は次のように紹介されて登場する。彼は暗い所に生れ、京都で井上孤堂先生の世話で成人したという大学生である。

小野さんは考へずに進んで行く。友達は秀才だと云ふ。教授は有望だと云ふ。下宿では小野さん〳〵と云ふ。小野さんは考へずに進んで行く。進んで行つたら陛下から銀時計を賜はつた。

小野さんは帝国大学を優等の成績で卒業した。すると立身出世の道が目の前に開けてくる。二十七歳の小野さんの心境を漱石はこう書く。

……未来の節穴を得意の管《くだ》から眺めると、薔薇はもう開いて居る。手を出せば捕《つら》まへられさうである。早く捕《つら》まへろと誰かゞ耳の傍《そば》で云ふ。小野さんは博士論文を書かうと決心した。論文が出来たから博士になるものか、博士になる為に論文が出来るものか、博士に聞いて見なければ分らぬが、とにかく論文を書かねばならぬ。只の論文ではならぬ、必ず博士論文でなくてはならぬ。博士は学者のうちで色の尤も見事なるものである。未来の管《くだ》を覗く度に博士の二字が金色《こんじき》に燃えてゐる。博士の傍《そば》には金時計が天から懸つてゐる。

金時計というのは恩賜《おんし》の銀時計のいま一つ上のゴールとして漱石が意図的に配した品で、藤尾という我《が》の強い娘が小野さんの胴衣《ちょつき》の胸にかけて、

「上げませうか」

とコケットに流し目にいった藤尾の父の形見の品なのである。小野が博士になれば藤尾はその金時計と一緒に自分のものになるのかもしれない。……

しかし井上孤堂に引取られて養育された小野さんは、自分がこの恩人の娘の小夜子《さよこ》といいなづけのような間柄になっていることが気にかかる。それに井上老人の方でも、小野がいつまでも娘の小夜子と結婚するとはっきり言い出さぬことが気にかかる。京都の家を畳《たた》んで井上老人と小夜子が上京してきたのは娘の将来を案じてのことである。それでも井上孤堂は小野さんをまだ当《あて》にしているから小夜子に向ってこんなこともいった。

「――でも卒業の成績が優等で銀時計を頂戴して、まあ結構だ」

しかしその小野はもう以前の小野ではない。

――眼鏡は金に変つてゐる。久留米絣は背広に変つてゐる。五分刈《ごぶがり》は光沢《つや》のある毛に変つてゐる。――

髭は一躍して紳士の域に上《のぼ》る。……鼠の勝つた品《ひん》の好い胴衣《ちよつき》の隠袋《かくし》には――恩賜の時計が這入つてゐる。此上に金時計をとは、小さき胸の小夜子が夢にだも知る筈がない。

小野が小夜子にたいしてよそよそしい態度を取るのを見て、井上老人はこういった。

「――あの、小野はね。近頃忙がしいんだよ。近々《きんく》博士論文を出すんださうで……」

小夜子は銀時計すら入らぬと思ふ。百の博士も今の己《おの》れには無益である。

ところでこの小野さんと逆様《さかさま》の磊落《らいらく》な性格の持主は宗近さんである。彼は藤尾を嫁に貰おうかなどと考えて、妹の糸子に笑われる。妹は小野と藤尾の仲を敏感に察している。

「優等で銀時計を頂いたつて。今博士論文を書いて入らつしやるつてね。――藤尾さんはあゝ云ふ方《かた》が好なのよ」

「さうか。おや〳〵」

「何がおや〳〵なの。だつて名誉ですわ」

「兄さんは銀時計も頂けず。博士論文も書けず。落第はする。不名誉の至だ」

「あら不名誉だと誰も云やしないわ」

『虞美人草』はこのように人物が類型的に設定されて、対照が強調されている小説だが、小野文学士を描いた時、漱石の頭には仮想敵のようなイメージがあるいは浮んでいたのではないだろうか。資産家の娘の藤尾に惹《ひ》かれてゆく小野を叙する際に漱石はこんな文章も加えた。その文中の「美的生活」というのはいうまでもなく高山樗牛が『帝国文学』などの誌上で唱えた説である。

詩人程金にならん商買はない。同時に詩人程金の入《い》る商買もない。文明の詩人は是非共他《ひと》の金で詩を作り、他《ひと》の金で美的生活を送らねばならぬ事となる。

そのように他人の財産を当にする立身出世型の如才ない文学士の小野が、藤尾の母には頼み甲斐《がい》のある男に見えた。そうした藤尾の母の心境を漱石は次のように描き出す。

小野さんは大変学問の出来る人だと云ふ。恩賜の時計を頂いたと云ふ。もう少し立つと博士になると云ふ。のみならず愛嬌があつて親切である。上品で調子がいゝ。藤尾の聟として耻づかしくはあるまい。世話になつても心持がよからう。

その母親と藤尾の間に次のような会話が交わされる。母親は小野さんと娘の仲がひょっとして冷たくなりはしないかと心配なのである。

「あの人はいつ博士になるんだらうね」
「何時《いつ》ですか」と（藤尾は）余所事《よそごと》の様に云ふ。
「御前《おまい》――あの人と喧嘩でもしたのかい」
「小野さんに喧嘩が出来るもんですか」

「さうさ、只教へて貰やしまいし、相当の礼をしてゐるんだから」

小野文学士は藤尾の英語英文学の私教師としてお邸に出入りしている身の上なのだ。ところで資産家の母親が娘の配偶者に博士になるであろう学士に目をつける、という設定は、藤尾の母親の場合だけでなく、すでに『猫』にも原型が示されていた。金田富子の母親の金田鼻子夫人が水島寒月理学士に目をつけていた。そしていま藤尾の母親は、「さうさ、只教へて貰やしまいし、相当の礼をしてゐるんだから」という言葉の端に、金の力を鼻にかけている性分を洩《もら》したが、それは思い出してみると、金田鼻子が寒月の気を引くために工作していることを打明けた時の言葉と語気を同じうするものだった。鼻子はこう言った。

「……只ぢや出来ませんやね、それやこれやで色々物を使つて居るんですから」

『虞美人草』の主題というのは、このように『吾輩は猫である』の中にすでに示されていたのである。

「それでね。今云ふ通りの訳であるから、先方で云ふには何も金銭や財産は入らんから其代り当人に附属した資格が欲しい――資格と云ふと、まあ肩書だね、――博士になつたら遣つてもいゝなんて威張つてる次第ぢやない――誤解しちやいかん、……――それでさ本人が博士にでもなつて呉れゝば先方でも世間へ対して肩身が広い、面目《めんぼく》があると云ふんだがね、どうだらう、近々《きんく》の内小野君は博士論文でも呈出して、博士の学位を受ける様な運びには行くまいか。なあに――藤尾丈《だけ》なら博士も学士も入らんのさ、唯《たゞ》世間と云ふ者があるとね、さう手軽にも行かんからな」

これは実は『猫』の第四章の一節の「水島」を「小野」に、「金田」を「藤尾」に置き換えて引用したのだが、そのように置き換えれば、そのまま『虞美人草』の一節として通用してしまうのである。全体として見る時、あれほど読後感の異なる二作でありながら、その細部を見る時、『猫』中の一主題がふくらまされて『虞美人草』の主題と化していることが知られよう。

しかし『虞美人草』の小野清三は『猫』の水島寒月と違って、人柄におよそ飄逸味《ひよういつみ》がない。育ちのせいか、人間にゆとりがなく、いつもこせこせしている。しかしその小野も漱石の暗い幼年時代の印象を部分的には引継いだ人物像なのかもしれない。小野は小夜子との件をはっきり断わることもできず、いつも逃げている。しかしその小野の養父や養家にたいする態度にも、もしかすると漱石自身の養父や養家にたいする複雑な気持が投入されているのかもしれない。第四章で小野の過去は次のように記されている。

……自然の径路を逆しまにして、暗い土から、根を振り切つて、日の透る波の、明るい渚《なぎさ》へ漂ふて来た。――坑《あな》の底で生れて一段毎《ごと》に美しい浮世へ近寄る為には二十七年かゝつた。二十七年の歴史を過去の節穴《ふしあな》から覗いて見ると、遠くなればなる程暗い。

なにか夏目金之助自身の生い立ちと関係するような薄暗いイメージではないだろうか。そしてそのようなイメージはまた、どこで生れたか頓《とん》と見当がつかぬままに、何でも薄暗いじめじめした所で泣いて居た事丈《だけ》は記憶して居る――という有名な『吾輩は猫である』の冒頭の猫の回想を想い起させる。夏目漱石は――そして彼の分身である『虞美人草』の小野清三も――捨猫に似た暗い境涯から、自然の径路を逆《さか》しまにして、根を振り切って、日の透る波の、明るい渚《なぎさ》へ漂うて来たのである。そして小野文学士の井上孤堂にたいする態度には、夏目漱石自身の養父塩原昌之助にたいする気弱な、拒絶しきれない態度が投入されているのではないか。またとにもかくにも論文を書かねばならぬ――論文が出来たから博士になるものか、博士になる為に論文が出来るものか――という遮二無二《しやにむに》追いつめられた気持にも、ロンドン留学中の漱石の無理強《じ》いされた使命感の強圧の思い出が投入されているのではないか。小野清三と井上孤堂との間にはこんな会話が繰返される。小野はいう、

「論文の方がないと、まだ閑なんですが」

「論文。博士論文だね」

「えゝ、まあさうです」

「何時《いつ》出すのかね」


井上老人は小野が煮切《にえき》らないので、たまりかねて、「時に小夜の事だがね」と自分から娘の結婚の話を持ち出す。小野は「もう少しの間は……」と口を濁す。井上孤堂はいう。


「少しつて、何時《いつ》迄の事かい。そこが判然《はつきり》して居れば待つても好いさ。小夜にも私《わたし》からよく話して置く。然したゞ少しでは困る。いくら親でも子に対して幾分か責任があるから。――少しつて云ふのは博士論文でも書き上げて仕舞ふ迄かい」

「えゝ、先づさうです」


「えゝ、先づさうです」と返事したものの、藤尾に気を惹かれている小野には小夜と結婚する気はもはやない。しかし気の弱い小野には自分から、親代りに自分を育ててくれた恩人の井上先生に断るだけの勇気もない。それでその苦衷《くちゆう》を友人の浅井に打明ける。浅井に頼んで自分に代って彼の口からこの縁談を断っても

らおうと思う。すると浅井は「茶漬を掻き込む様に容易《たやす》く引き受けた。」この浅井がのこのこ井上老人の小家を訪れる条りはこの長篇の一つの山だが、浅井が小野に頼まれてその話を断りに来た旨を告げると、老人は鋭い声でいう。新派の舞台などでドラマタイズされる情景である。（なおこの情景の原型として、明治三十四年四月四日の『日記』に記された、留学生田中氏の留守宅での一情景のことが筆者には連想されてならない。田中氏の物語というのは、氏の旧師が同氏留守宅を訪問して父君と対談の時、「御子息ハ何年位外国ニ留マラル、ヤ」と質問したのに対し、父君が「二、三年」と答えた。すると旧師の言うよう「切角行ツタ位ヒナラ五六年居ツタガ好カラウ。」この話を蔭で妻君が聞いて「甚ダ悲シカリシ」旨留学中の夫に書き送ってきたというのである。この場合、若い女の気持にたいしてまるで無頓着なのは旧師の方だが、漱石は、この情景を、人物の立場だけは取換えて、『虞美人草』中に巧みに生かしたのではないだろうか。田中氏の物語を聞いて「婦人ノ情、昔シ流ノ先生ノ風、躍如トシテ小説ノ如シト思フ」とロンドン留学当時の漱石は『日記』に記していたのだった。）


「だから、どう云ふ理由で断はるんだか、夫《それ》を精しく話したら好いぢやないか」

襖の蔭で小夜子が洟《はな》をかんだ。つゝましき音ではあるが、一重隔《ひとへ》てゝすぐ向《むかふ》に居る人のそれと受け取れる。……

「理由はですな。博士にならなければならないから、どうも結婚なんぞして居られないと云ふんです」

「ぢや博士の称号の方が、小夜より大事だと云ふんだね」

「さう云ふ訳でもないでせうが、博士になつて置かんと将来非常な不利益ですからな」

「よし分つた。理由はそれぎりかい」

「それに確然たる契約のない事だからと云ふんです」

井上老人は怒って、自分は法律上の契約よりも徳義上の契約を重んずる人間だと云い返す。

「――人の娘は玩具《おもちゃ》ぢやないぜ。博士の称号と小夜と引き替にされて堪るものか。考へて見るがいゝ。如何な貧乏人の娘でも活物《いきもの》だよ。私《わし》から云へば大事な娘だ。人一人殺しても博士になる気かと小野に聞いてくれ。」

夏目漱石は博士号にまつわるいっさいの不快感を、このような啖呵《たんか》を作中人物に切らせることによって発散させようとした。気の弱い小野はその直後、宗近になじられて今度は藤尾との大森行の約束も破ってしまう。虚栄心を傷つけられた藤尾が自殺することで『虞美人草』は終るのだが、右に引いた一連の引用からも明らかなように、この長篇にライト・モティーフのように繰返し現われるテーマは「博士号」なのだ。そして「博士の称号と小夜《さよ》と引き替にされて堪るものか」という井上孤堂の啖呵は、「博士号」を悪のシンボルに仕立てたという点では漱石の気持に沿っていたのである。かつて『坊つちやん』の結末で山嵐や坊っちゃんの腕力でもって赤シャツや野だいこを成敗《せいばい》したことのある漱石は、『虞美人草』でも宗近一《はじめ》の手を借りて藤尾やその母を罰している。世間に流布《るふ》している解題などを見ると、『虞美人草』の主題は、漱石にとって切実な課題であった我《が》と道義の確執であって、藤尾という心のおごった「紫の女」が最後に毒を仰いで死んだのは、我《が》が破れ道義が勝ったからであり、小野文学士は真面目《まじめ》に復したのだ、とされている。漱石の筋道ではなるほどその積《つも》りであったかもしれない。

だが『虞美人草』は、そのように著者のいいなりに解釈してよい作品なのだろうか。いま仮に作中で当然自明とされているモラルに従って、小野文学士が、もはや愛情も冷えきっているのに、義理に縛られて、育ての親の井上孤堂の娘の小夜子と結婚するとする。それがはたして道義にかなった行為だろうか。もしそのような道義を良しとして宗近君の行為に拍手を送るのなら――それが明治四十年の『朝日新聞』の読者の平均的な反応だったのだろうが――それはまたいくらなんでも義理人情に縛られ過ぎた見方ではなかろうか。善玉と悪玉がはっきり区別されて描かれた『虞美人草』を読んで、作者の露骨な道義の主張に共感する人は、今日の読者としてよほどナイーヴな人だろう。『虞美人草』には漱石の手前勝手な正義感、self-righteous な側面が大写しになって出ている。なぜなら、いま分析してきたように、この作品は漱石が彼自身の内部にあった「博士号」についてのわだかまりをドライヴとして拵えあげた作品、という色彩が、あまりにもどぎつかったからである。かつて博士や教授の問題にこだわって、そうした肩書の無価値を十余通の通信の中で繰返し主張し続けた漱石は、朝日入社後のこの第一作の中で、創作という文筆行為によって報復を試みたのだ。しかしその正義の主張は、俗受けした割には質の高いものではなかった。それだからしまいには漱石自身が『虞美人草』がひどく臭味のあるものに思えて厭になってしまったのである。それで漱石自身、大正二年高原操へ宛てた手紙で、

該《がい》著作は小生の尤も興味なきもの、出来栄のよろしからざるものに有之……

と正直に自己嫌悪《じこけんお》の情を述べたのである。筆者も、四半世紀前、十六歳の時にこの『虞美人草』を読んで興奮したのだが、近頃はなぜ自分が昔あのように感激したのか、われながら一向に解《げ》せない。若い日の正義感というのは結構手前勝手なものだ、という興ざめた感想がいまは浮ぶばかりである。正宗白鳥は『夏目漱石論』(『正宗白鳥全集』第六巻、新潮社)の中で、『虞美人草』は「プロットが整然として、文章も絢爛と精緻を極めてゐることは、誰れにでも認められる」が、それでは「読んで面白かつたか、と訊かれると、私

は、言下に否と答へる」と書いている。「この一篇には、生き〳〵した人間は決して活躍してゐない。」

漱石の継子根性

阻害された意志がとかく変態的な方向へ走って復讐の精神と化することは、精神分析学者の指摘をまつまでもなく、私たちの周囲に多数見かけられる。父親に対する反感が抜け切れず、父なる社会、父なる権威へ楯《たて》つく若者を見ると、この人が口にする社会正義の実体はいったい何なのだろうかとも思う。

「おやぢは些《ちつ》ともおれを可愛がつて呉れなかつた」というのは『坊つちやん』の台詞だが、実際にも漱石と実父の関係はうまくいかなかったものらしい。『道草』の第五十七章には明治二十六年に金之助が東京高師へ奉職した時のことがこう書いてある。

卒業したてに、悉《ことごと》く他《ほか》の口を断つて、たゞ一つの学校から四十円貰つて、それで満足してゐた。彼はその四十円の半分を阿爺《おやぢ》に取られた。

「取られた」という表現は穏やかでないが、しかし考えてみると漱石の作品には財産を横領された、といった問題が執拗に繰返し出てくる。『虞美人草』が家督相続をめぐる争いの小説であるし、『門』や『こゝろ』の主人公は自分の財産を叔父に誤魔化《ごまか》されて、それで人間不信におちいったと説明されている。幼時に養子に出された漱石は、父親をはじめ社会にたいする不信というか怨みというものが心底のどこかにこびりついてしまったのだろう。実父は明治三十年、八十四歳で亡くなるのだが、その父親の死に際して漱石が覚えた感情は次のようなものであった。明治三十九年十二月二十二日の小宮豊隆宛の手紙によると、僕はおやぢで散々手コズツタ。不思議な事はおやぢが死んでも悲しくも何ともない。旧幕時代なら親不孝の罪を以て火あぶりにでもなる倅だね。

漱石は自分でも自分の冷淡さ加減に驚いていた。大正二年九月十五日の寺田寅彦宛の手紙にも、

小生は無法ものにて父の死んだ時、勝手に何処へでも出あるき申候。最も可笑しかりしは其節友人の父も死にたれば茶の鑵か何か携へて弔みに参り、其友人に変な顔をされた事に候。

とある。漱石はそのような自分の心中にひそむ継子根性《ままここんじょう》に気がついていた。気がついていてそれを憎んだりもした。『虞美人草』の主要人物の一人である甲野さんの母親が継母であるのは、漱石がそのような自分の感情を作中人物に投入するための設定だったのだろう。甲野藤尾が自殺した後で、甲野欽吾は母親に――「みんな私《わたし》が悪いんでせうね」という継母に――向って次のようにいう。

偽の子だとか、本当の子だとか区別しなければ好いんです。平たく当り前にして下されば好いんです。

……なんでもない事を六づかしく考へなければ好いんです。

こうした言分《いいぶん》には漱石自身の幼年時代の苦々しい記憶がこだましているのかもしれない。漱石が affectation や「振り」を嫌ったのは、彼の感受性が技巧的なわざとらしいものの下にひそむ正体を鋭く感じ取っていたからだろう。漱石がイギリス人の偽善性に反撥したのも同じような理由からだった。

今の人は親切をしても自然をかいて居る。英吉利《イギリス》のナイス抔と自慢する行為も存外自覚心が張り切れさうになつて居る。

これは本稿の冒頭に引いた『ツァラトゥストラ』に触発された漱石の感想の一つだったが、発言の趣旨は甲野さんの説教と同様なのである。

『道草』にも細かく記されている通り、金之助は養父母の愛情なるものが、愛情そのものの発現ではなくて、子供である自分の歓心を得、そこから代償を求めようとするものであることに敏感に反応していた。金之助は「平たく当り前に」扱われることを子供心にも欲したのだろう。しかしいま大人で高等遊民の哲学者である甲野欽吾のような義理の息子から、遠慮なぞせずに平たく当り前に扱ってくれ、といわれても、継母は、藤尾の母ならずとも、誰でも内心戸惑《とまど》うだろう。なにしろ相手は、本人も自覚しておらず、驚くべきことに作者の漱石も自覚していないらしいのだが、追跡妄想のいってみれば半病人なのである。しかし本人は自分こそが正気で、自分こそが正義だと思っているのだから始末が悪い。甲野は事もあろうに藤尾の葬式の席で引続き母――傷心の母――に向ってこういった。

　あなたは藤尾に家も財産も遣りたかつたのでせう。だから遣らうと私《わたし》が云ふのに、いつ迄も私を疑《うたぐ》つて信用なさらないのが悪いんです。あなたは私が家に居るのを面白く思つて御出《おいで》ゞなかつたでせう。だから私が家を出ると云ふのに、面当《つらあて》の為めだとか、何とか悪く考へるのが不可《いけ》ないです。あなたは小野さんを藤尾の養子にしたかつたんでせう。私が不承知を云ふだらうと思つて、私を京都へ遊びに遣つて、其留守中に小野と藤尾の関係を一日〳〵と深くして仕舞つたのでせう。さう云ふ策略が不可《いけ》ないです。私を京都へ遊びにやるんでも私の病気を癒す為に遣つたんだと、私にも人にも仰しやるでせう。さう云ふ嘘が悪いんです。――さう云ふ所さへ考へ直して下されば別に家を出る必要はないのです。何時迄も御世話をしても好いのです。

この甲野の発言は（漱石は道理のある言葉として書いているつもりなのだが）、はた目にはぐじゃぐじゃした不愉快なものに映じる。「……のでせう。……んです」という相手の心意の推量と自分の推理の結論が四回も五回も繰返されるが、こんな勘繰《かんぐ》りを働かす義理の息子――しかも大学出の哲学者――がいたら、継母が閉口するのはむしろ当然だろう。筆者にはしかしこの甲野の言分を聞くと、漱石自身が被害妄想で、はたが「策略」をめぐらすのがいけないのだという。筆者にはしかしこの甲野の言分を聞くと、漱石自身が被害妄想で、はたが「策略」や「小刀細工」を弄《ろう》するからいけないのだといったことが思い出されてならない。鏡子夫人の『漱石の思ひ出』には「小刀細工」という章があって、明治三十六年当時の思い出が次のように語られている。すなわち漱石は身《み》重《おも》で臥《ふ》せている夫人の屏風《びょうぶ》の蔭へ来て、

「お前はここの家にゐるのはいやなのだが、おれをいらいらさせるために頑張つてゐるんだらう」などと悪態をついたりなどするのです。さうして私が臥せつてゐても女中や何かを手懐《てなづ》けて、さうしてあれやこれやと指図をしたり策略《さくりやく》をめぐらしたり、夏目を苦しめよう苦しめようとするとでも思つてるのでせう。ある日学校からかへつて来ると、女中を呼んで、「これを奥さんのとこへ持つていつて、これで沢山小刀細工《こがたなざいく》をなさいつてさう言ひなさい」と申しまして、錆《さび》ついた小刀を渡しました。女中は何のことかわからないながら、ただならぬ気色におびえたものと見えまして、

「奥様、気味が悪うございますね」

とおどおどしてゐます。私はだまつて小刀を取つて、枕の下にかくしてしまひました。つまり私が何かにつけて小刀細工をして夏目を苦しめる。これでするならしろといふ皮肉なあてつけなのです。

漱石はそのように彼が幻視し、彼が幻聴したところの仮想敵に向って突っかかってゆくドン・キホーテじみた性癖があった。『猫』の中へ出てくるので有名な郁文館中学校――作中では落雲館となっている――の生徒のことを、漱石は下心があって自分の家へボールを投げこむものと本気で思っていた。向いの下宿屋の書生は自分を尾《つ》けている探偵だとこれも本気で思っていた。それだから漱石は毎朝、飯の前に書斎の窓の敷居の上に乗って、下宿の書生のいる部屋へ向って、

「おい、探偵君、今日のお出かけは何時だよ」

などと大真面目《おおまじめ》に呶鳴っていたというのだから無気味である。また大学を辞めて朝日新聞へ入社した時には、大学の図書館員の悪口を大真面目に『朝日新聞』に書いているが、それはいまなら大学の職員組合あたりから抗議文でも突きつけられかねない内容を含んでいる。もしかすると漱石は、自分が図書閲覧室へはいるたびに隣室の図書館員が「無暗に大きな声で話をする、笑ふ、ふざける」のは学部当局が「小刀細工」を弄《ろう》して、裏で手を廻してそう騒がせている――ちょうど金田夫人が車屋の神さんなど三、四人を使って垣根のそばで騒がせたのと同じように――のだと信じていたのかもしれない。

しかし苦心惨憺《さんたん》した『文学論』の大学での講義が反響を呼ばないのに反して、気楽に書いた『猫』の方が世評が高いとあれば、後者の創作家の道を選びたくなるのは人情の自然だろう。とくに朝日新聞社が生活や身分の保障をしてくれたとなると、漱石は断然作家として立とうとした。なにもわざわざアカデミックな論文という外から与えられた形式の枠内で重圧に喘《あえ》ぐ必要はないと思ったのだ。ただその際、漱石は、黙って職を変えるのでなく、派手に博士や教授やらの悪口をいって、それでもって勢をつけて外へ飛び出したよう

なところがあった。それはいってみれば漱石が自分自身の内に持っていた小野さん的要素、(例えば、先にも引いた、

論文が出来たから博士になるものか、博士になる為に論文が出来るものか、博士に聞いて見なければ分らぬが、とにかく論文を書かねばならぬ。

という小野清三の心境は、繰返すが、文部省留学生としてロンドンの下宿へ立籠った当時の夏目金之助の気持であったろう)、それに自己嫌悪を感じた上での突出《とっしゅつ》だったのかもしれない。漱石は自分自身の『文学論』や『文学評論』などのアカデミックな業績を「学理的閑文字」と貶《おとし》めつつ(これも誇大な自己《じこ》貶下《へんげ》なのだが)、自己心中のわだかまりを筆尖《ひっせん》から噴射して、その反動でもって創作家のキャリヤーという未知の空間へ飛び出していった。

その際、『虞美人草』という職業作家としての第一作は、加速度をつけて離陸しようと気ばった漱石が後方に向けて発射した排泄物——排泄物とまではいわずとも噴射物——心的エネルギーの噴射の一軌跡だったのである。そしてそのようにして書かれた作品であってみれば、作者自身が六年後には読み返すのも厭になるほどの自己嫌悪を感じたのは、そのあくの強さからいって、これは当然の成行だったかもしれない。もっとも『虞美人草』は、日本語の修辞の実験としては前人《ぜんじん》未踏《みとう》の域を進んだものであり、そのような文章美学の見地からはなお多くの分析や研究に価する言語芸術作品であることは見落せないと筆者は思う。

金時計や銀時計

「ホ、、、」

歇私的里性《ヒステリせい》の笑は窓外の雨を衝いて高く迸《ほとばし》つた。同時に握る拳を厚板の奥に差し込む途端にぬら〳〵と長い鎖を引き出した。深紅《しんく》の尾は怪しき光を帯びて、右へ左へ揺《うご》く。

「ぢや、是はあなたには不用なんですね。よう御座んす。――宗近さん、あなたに上げませう。さあ」

白い手は腕をあらはに、すらりと延びた。時計は赭黒い宗近君の掌《てのひら》に確《しつか》と落ちた。宗近君は一歩を煖炉に近く大股に開いた。やつと云ふ掛声と共に赭黒い拳が空《くう》に躍る。時計は大理石の角《かど》で砕けた。

夏目漱石が虚栄のシンボルに仕立てた金時計はこのようにして『虞美人草』の第十八章の終りで叩き潰された。その金時計の技巧的な描写はなにか世紀末絵画の蛇の描写を思わせるが、作者は藤尾を自殺させた後、その遺骸の側にもその金時計を置いた。

敷布《シート》の上に時計がある。濃《こまやか》に刻んだ七子《なゝこ》は無惨に潰れて仕舞つた。鎖丈《だけ》は慥である。ぐる〳〵と両蓋の縁《ふち》を巻いて、黄金《こがね》の光を五分毎《ごぶごと》に曲折する真中に、柘榴珠《ざくろだま》が、へしやげた蓋の眼《まなこ》の如く乗つてゐる。

『虞美人草』の結末は藤尾が自殺に追いこまれるのだから事態は深刻である。しかし筆者にとって奇異の念に耐えないのは、藤尾を自殺に追いこんだ宗近君等の「正義漢」が、一人の女を死に追いこんだことで感ずるはずのやましさをいっこうにもちあわせていないことである。漱石という作者は道徳的に不感症の一面があるのだろうか。それとも漱石にとって藤尾とその母を罰することは、金田富子や金田鼻子に筆誅《ひっちゅう》を加えるのと同じ程度の事件だったのだろうか。あるいは赤シャツや野だいこに天誅を加えるのと同じ程度の事件だったのだろうか。どうもそうだったに違いない。

やつと云ふ掛声と共に赭黒い拳が空《くう》に躍る。時計は大理石の角《かど》で砕けた。

このような情景を空想する漱石は、

やつと云ひながら、野だの面《つら》へ擲《たゝ》き付けた。玉子がぐちやりと割れて鼻の先から黄味《きみ》がだら〳〵流れだした。

という『坊つちゃん』の結末の情景を空想する漱石と、舞台の色彩《いろど》りこそ違え、本質的には同じ「天に代つて誅戮《ちゆうりく》を加へる」趣味なのだろう。そしてそのように金時計を叩きつけてぐちゃりと潰すと、それでもって自分が長年持ち続けてきたアカデミック・キャリヤーにたいするわだかまりも雲散霧消したのに相違ない。

実際考えてみると、金時計や銀時計は二十代や三十代の漱石にとっては、長い間わだかまりの種であった。それらは世間的な富のシンボルであり、しかもその上、学問的な栄達《えいたつ》の象徴でもあった。明治二十八年、松山中学の英語教師時代にも、漱石はすでにこの問題にたいして例のネガティヴな関心を示していた。愛媛県尋常中学校『保恵会雑誌』に載った『愚見数則』には、

人を観よ、金時計を観る勿れ、洋服を観る勿れ、泥棒は我々より立派に出で立つものなり。

という一節があった。泥棒なぞを例に引くところが後の『猫』の作者らしい面目だが、しかし同時に都落ちした漱石の気持の一端が窺える一節だろう。

ところで『虞美人草』で小道具に使われたこの時計も、漱石にとっては個人的な不幸な体験と結びつく品

であった。金時計や銀時計が学問的な栄達の象徴であるだけでなく、世間的な資産のシンボルであることは、藤尾がちらつかせる金時計が甲野家の資産を意味していることによっても明らかだが、漱石には、前項でもふれたように、家督相続にまつわる肉親への不信というものが抜きさしがたいまでに深かった。そして漱石にとって時計の件は、その種の遺産横領の事件のシンボルのように思われていたのだった。『道草』の第百章には次のような思い出が記されているが、ここでも「健三」はそのまま「金之助」と読みかえていいと思う。

それは彼の二番目の兄が病死する前後の事であつた。病人は平生《へいぜい》から自分の持つてゐる両蓋《りやうぶた》の銀側時計《ぎんがはどけい》を弟の健三に見せて、「是を今に御前に遣らう」と殆ど口癖のやうに云つてゐた。時計を所有した経験のない若い健三は、欲しくて堪まらない其装飾品が、何時《いつ》になつたら自分の帯に巻き付けられるのだらうかと想像して、暗《あん》に未来の得意を予算に組み込みながら、一二箇月を暮した。

病人が死んだ時、彼の細君は夫《をつと》の言葉を尊重して、その時計を健三に遣るとみんなの前で明言した。一つは亡《な》くなつた人の記念《かたみ》とも見るべき此品物は、不幸にして質に入れてあつた。無論健三にはそれを受出す力がなかつた。彼は義姉《あね》から所有権丈《だけ》を譲り渡されたと同様で、肝心《かんじん》の時計には手も触れる事が出来ずに幾日かを過ごした。

或日皆《みん》なが一つ所に落合つた。すると其席上で比田が問題の時計を懐中《ふところ》から出した。時計は見違へる様に磨かれて光つてゐた。新しい紐に珊瑚樹の珠《たま》が装飾として付け加へられた。彼はそれを勿体《もつたい》らしく兄の前に置いた。

「それでは是は貴方に上げることにしますから」

傍《そば》にゐた姉も殆ど比田と同じやうな口上を述べた。

「どうも色々御手数《おてかず》を掛けまして、有難う。ぢや頂戴します」

兄は礼を云つてそれを受取つた。

健三は黙つて三人の様子を見てゐた。三人は殆ど彼の其処にゐる事さへ眼中に置いてゐなかつた。仕舞迄一言《いちごん》も発しなかつた彼は、腹の中で甚だしい侮辱を受けたやうな心持がした。然し彼等は平気であつた。彼等の仕打《しうち》を仇敵の如く憎んだ健三も、何故《なぜ》彼等がそんな面中《つらあて》がましい事をしたのか、何うしても考へ出せなかつた。

彼は自分の権利も主張しなかつた。又説明も求めなかつた。たゞ無言のうちに愛想《あいさう》を尽かした。さうして親身の兄や姉に対して愛想を尽かす事が、彼等に取つて一番非道《ひど》い刑罰に違なからうと判断した。

「そんな事をまだ覚えてゐらつしやるんですか。貴夫《あなた》も随分執念深いわね。御兄《おあに》いさんが御聴きになつたら嘸《さぞ》御驚きなさるでせう」

細君は健三の顔を見て暗《あん》に其気色《けしき》を伺つた。健三はちつとも動かなかつた。

「執念深からうが、男らしくなからうが、事実は事実だよ。よし事実に棒を引いたつて、感情を打ち殺す訳には行かないからね。其時の感情はまだ生きてゐるんだ」

夏目漱石の次兄が死んだのは明治二十年だが、それにしても大正四年に書かれた『道草』にその昔の感情がなんと生き生きと描かれていることだろう。そして漱石夫人は、

「そんな事をまだ覚えてゐらつしやるんですか。貴夫《あなた》も随分執念深いわね」

と言った時、知らず知らずのうちに漱石の作家としての一特質も言い当てていたのだった。そのようなこだわりがあったからこそ、それがライト・モティーフとなって『虞美人草』も書けたのだし、『道草』も書

けたのにちがいない。そして漱石自身、作中の健三の口を借りて知らず知らずのうちに、過去の体験をいきいきとよみがえらせて書く自分自身の作家としての一特質を言い当てていたのである。

坊っちゃん的国民作家

最後に一つ問題が残った。

それは明治四十四年になって実際に起った漱石の博士号辞退の件である。この件は、従来多くの論者によって扱われてきたように、それ自体として取りあげて、道義的見地から論ずることもできないわけではない。しかし筆者がこれまで説いてきたような視点に立って眺めると、博士号事件の問題の根ざすところが意外に深かったことが知られる。明治四十四年の事件はそのような広角的な視野の中で眺めると、もはや一連の事件が終ったあとのほんのつけ足しのような感じさえする。というのは漱石自身にとっての博士号事件は実質的には明治三十年代の中期から四十年の『虞美人草』執筆期にかけて起っていたので、四十四年の博士号辞退事件はいわばその附録のようなものだったからである。この件のあらましは鏡子夫人の『漱石の思ひ出』に詳しいが、文部省がお役所仕事特有の無躾《ぶしつけ》な態度を取らなかったなら、漱石はあるいは博士号を受けたのではないか、と思われる節もある。ところが文部省が、本人の内意も聞かず、いきなり学位記を寄越《よこ》したものだから、それで漱石は腹を立てた。夫人はこう述べている。

元々一応こちらの内意をたしかめて、受けるといへばくれるものと思つてゐたのに、いきなり欲しいとも思はず、むしろ邪魔臭《じやまくさ》いと考へてゐるのに、断わりなしに押しつけて、その上出頭しろ代人を出せと言つておきながら、こちらから出頭もしないうちに届けてよこす。万事が夏目の気持に反してをりますので、至極簡単にこんなものはいらないから送りかへせといふことになつて、自分で当時の文部省専門学務局長福原鐐二郎さんにあてて手紙を書き、さうして同時に証書も病院から返送してしまひました。当時相当噂に上つた博士辞退問題といふ事の発端はこれでございます。

なおこの件についての漱石の主張は二月二十一日、四月十三日の福原専門学務局長宛の手紙、二月二十四日の『博士問題』、三月七日の『博士問題の成行』、三月六日―八日の『博士問題とマードック先生と余』、四月十一日の『学位問題に就て』、四月十五日の『博士問題の成行』などに示されている。それは、

小生は今日迄たゞの夏目なにがしとして世を渡つて参りましたし、是から先も矢張りたゞの夏目なにがしで暮したい希望を持つて居ります。従つて私は博士の学位を頂きたくないのであります。

という趣旨に要約される。それに対して相手はお役所だから頭をひねった挙句《あげく》、

復啓、二月二十一日附ヲ以テ学位授与ノ儀御辞退相成度趣御申出相成候処、已ニ発令済ニ付今更御辞退ノ途モ無之候間御了知相成度、大臣ノ命ニ依リ、別紙学位記御返付旁此段申進候。敬具。

という返事を寄越《よこ》した。紙筒入りの証書もまた返送されてきた。漱石は文部省のこの処置に腹を立てた。「親切は押し売をすべきものでない、押し売をすれば既に親切と云ふ事は出来ない。」漱石はそれでまた証書を文部省へ突き返すのだが、そのうちに夏目金之助は文部省の解釈では文学博士夏目金之助ということになり、自分の方ではただの夏目金之助ということになり、奇妙な休戦状態に膠着《こうちゃく》するのだった。

ところでこのようにして文学博士の学位の証書が、文部当局と夏目家の間を往来《ゆきき》して落着く場所がなく

なった有様は、——一見意想外な比較に見えるかもしれないが——「氷水を奢られる理由はない」と言って坊っちゃんが一銭五厘を山嵐の机の上へ返す、すると「詰まらない冗談をするな」と山嵐がその銭《ぜに》を坊っちゃんの机の上に掃き返す——そんな有様と当事者の心理という点では、なんとなく似通ってはしないか。昭和四十二年の岩波版『漱石全集』の月報によると、明治末年当時中学生だった向坂逸郎氏は、博士問題にたいする漱石の態度から学究としての心構えを学ばれた由だが、オエライ人はいうことが違う、私などには学位の証書の往ったり来たりが、一銭五厘の往復に似て、どちらかといえばコミカルな気がしないでもない。

その漱石はなかなか依怙地《いこぢ》なところもあると見えて、その事件が起って四年近く経った大正三年十二月三十日、一知人から蜜柑を送られた際、印刷した年賀状の端に礼を書き添えて、次のようにわざわざ注意した。漱石は相当徹底したところのある人だったと思うが、その賀状を受取った静岡県駿東郡富士岡村神山在の勝又和三郎は、正月早々ちょっと驚いたにちがいない。

ミカンをありがたく頂戴しました。御礼を申上ます。序だから申ますが私は文学博士ではありません。

漱石は明治・大正・昭和の日本で誰よりもよく読まれてきた作家だった。『坊っちゃん』の愛読者は非常に数多い。読者は「坊っちゃん」の振舞をいささか奇矯《ききょう》に思うけれども、それが異常であるとは思わない。若い人は「坊っちゃん」の心理に共鳴し、「坊っちゃん」の正義感に拍手を送っているのだろう。そしてやや年上の人もそれと似たり寄ったりの心理で、宗近君に喝采したり、漱石の博士号辞退に賞讃の辞を呈してきたりしたのだろう。どうも読者の側からするそのような共鳴や共感の拍手には、日本人の多くに底流する「正義感」なるものの心理が大写しに示されているのではないだろうか。

というのも、そのような漠然とした雰囲気を背景とする時、漱石と鷗外——この両者は生前たがいに敬しあった仲であった——にたいして、読者の側からは奇妙な評価の上での差別が生じてくるからである。すなわち博士号を辞退した漱石にたいしては安直な称讃の声が起り、医学博士、文学博士、陸軍軍医総監、帝室博物館総長兼図書頭森林太郎にたいしては、中野重治氏の鷗外遺言状解釈（昭和十八年発表）などに示されるように、安直な非難の声が湧いたりもしたのである。それは二人の個性が必然的にしからしめた反応であろうが、それに加えて、『漱石全集』の読者と『鷗外全集』の読者とでは平均年齢にも相当の差があるというから、その開きが二人の作家の世間的な人気にまで響いているのだろう。しかしそのような漠然とした雰囲気に乗っただけの評価が、いつまでも権威ある解釈であるかのように奉ぜられてよいものか、どうか。

正宗白鳥は、『坊っちゃん』の著者が日本で国民的作家となって愛敬されているのは、明るいお目出《めで》たい日本人の国民性の故だ、と『夏目漱石論』で評したが、当《とう》を得た解釈だろう。無論、そのように言った際の正宗は、人々の幼児のようにお目出たい性格にたいして仏頂面《ぶっちょうづら》で相対しているのである。永遠のコドモ大人である「坊っちゃん」の背後に、夏目金之助の暗い心の傷をかいま見る人々は、世の多くの読者がどっと哄笑する時にも、自分はもはやその笑いにすなおに和するわけにもいかないだろう。さりとて顰面《しかめつら》をするわけにもいかず、鼻白《はなじろ》んで、大の病人を相手にする医師か看護婦のような調子で、漱石を相手にせざるを得ないのではないか。呉博士から「ああいふ病気は一生なほり切るといふことがないものだ」と言われた後の鏡子夫人は、ひとりそうした気持で、腹を決めて、一生この夫に連れ添ったのではないかと思う。

「天が復活させる」

しかしそのように医学的心理学の立場から漱石を見て、それでもって漱石やその文学がわかったなどと思うなら、それもまた大それた誤りを犯すことになる。事が複雑であるのは、そして夫人自身が夫の病気を知っていたがゆえにかえって見落してしまったと思われるのは、漱石が作家として大をなしたのも、実は

「ああいふ病気」と裏で密接につながっていた、といううらはらをなす点だろう。そのような病的な体質の持主であったからこそ、漱石は自分の心に受けた傷に異常なまでにこだわり——ということは、漱石には長篇の心理小説を書く資格があるということなのだが——その傷をいわばライト・モティーフとして、自分の内心の声に耳を傾けつつ次々と作品を書いていったのである。四十歳以降の漱石のあの文筆活動は、なにか大作曲家の一連の交響曲創作を連想させる苦心と詩想の横溢《おういつ》である。そしてその際、漱石の文才はいわばそのオーケストレイションの技法の見事さのうちに示される。しかしそのような漱石の表現芸術の特質についてはまたの機会にふれるとして、最後に以上述べてきた原体験と執筆衝動の相関の法則に照して、漱石の晩年の一連の作品についてもここで一瞥《いちべつ》だけしておこう。

後期の長篇に繰返し現われる主題から推して、それらを執筆していた当時の漱石がどのような心中の声、どのような心中の問題に耳を傾けていたかはおのずから推察されよう。そしてそのような漱石の内面の声の収斂《しゅうれん》する方向線をたどってゆけば、その磁線の先に潜《ひそ》む漱石の原体験そのものも逆に推定されるような気がする。予言めいたことは言いたくないが、『それから』『門』『行人』『明暗』の作者には、若い日に、男女の間のことで、異常な、禁忌にふれるような体験があったのではないだろうか。それが体験といえるほどに客観的に確定できる事件であったかどうかはわからないが、しかしすくなくとも夏目金之助の主観にはその事件は確実に起っていた。それだからこそその件は金之助の心に傷となって残り、打殺す訳には行かぬ感情となって伝わり、倫理的な葛藤《かっとう》となって、生きて作家漱石に働きかけたのに相違ない。四十代の漱石は知名人としてその行動を周囲から看視される立場にあった。それに執筆活動に追われてその時間の大半を書斎のうちに過した。そのことはとりもなおさず、その四十代の大半を、そのような自分自身の内心の声に耳を傾けつつ、文章を書いていた、といえるのではないか。

彼は斯う云つて、依然として其女の美しい大な眸《ひとみ》を眼の前に描くやうに見えた。もし其女が今でも生きて居たなら何んな困難を冒しても、愚劣な親達の手から、若《も》しくは軽薄な夫の手から、永久に彼女を奪ひ取つて、己《おの》れの懐で暖めて見せるといふ強い決心が、同時に彼の固く結んだ口の辺《あたり》に現れた。

若い夏目金之助の主観の世界を、かつてそんな女が横切《よぎ》ったこともあったのだ。しかしそれにしてもそれから四半世紀をへだてた大正二年の『行人』執筆時に、またなんというなまなましい感情が、中老の漱石のこの文章に、勁《つよ》く、激しく、息づいていることか。そうした血脈の鼓動そのものを鮮明に伝える漱石の喚起力が、「奇妙で執拗な偏向」の賜物であることもほぼ明らかだろう。

文学の源泉の一つに巫女《みこ》やシャーマンの語りがある。巫女たちはものに憑かれて語るのだが、いかにも知的に見える漱石という作家にも、自分自身の意志を越えて、体を衝《つ》き、口を衝《つ》いて出てくるなにかがあった。そのような特質に恵まれていたからこそ、漱石は、その乏しい実人生の体験にもかかわらず、四十代の十年間をひたすら涸《か》れることのない創作活動に打込むことができたのだと思う。その後期の漱石の文学世界が前期に比べて即物的な実体から離れて、一種抽象化された心理小説という精神の世界を往き来しているのも、漱石が外を見て書くというよりは内に聞いて書く、という姿勢に移行したためだろう。漱石は『道草』で自分の性質として、

其時の感情はまだ生きてゐるんだ。生きて今でも何処かで働いてゐるんだ。己《おれ》が殺しても天が復活させるから何にもならない。

と書いた。『道草』ではそれは作中人物の健三の性質の一端として、何の気なしに述べられたままでだが、

しかし「天が復活させるから」という言葉の端に、本人の自覚的な意志そのものを超えて漱石に働きかけた天来のなにか、作家漱石の天才の特質がはからずも暗示されているような気がするのである。

第三部　詩の相会うところ、言葉の相結ぶところ

――漱石における俳諧とシェイクスピア――

きぬぎぬの別れ

HE. 'Dawn, dawn, dawn !' the crows are calling.
SHE. Let them cry !
For round the little tree-tops
Of yonder mountain
The night is still.

この英詩の意味は日本語に直訳するとおよそ次のようになる。

男　「夜明けだ、夜明けだ」と烏《からす》たちが時を告げている。
女　鳴いても構わないわ。
だって向うの山の
梢のあたりは
まだ夜が静かなのですもの。

この英詩を読んで、私たち日本人が連想するのはどのような光景だろうか。人によってまちまちな想像をするにちがいないが、『ロメオとジュリエット』の一節を思い出す人もいるのではないかと思う。シェイクスピアの悲劇の第三幕第五場で、ジュリエットとロメオはカプレット邸の二階のバルコンで、次のようにきぬぎぬの別れを惜しむ。

ジュリエット　もう行ってしまうの？　朝にはまだ間《ま》があるわ。いま聞えたのは雲雀《ひばり》ではなくてよ。

ロメオ　いや、朝を告げる雲雀だ。ほら、ごらん、あの向うの東の空を。ほがらかな朝がはや霧を破って山の頂きにつま先き立ちに立っている。

鳥の鳴く音《ね》に朝の近づく気配を察して、別れを惜しみつつ立ち去ろうとする青年は、瀟洒《しょうしゃ》な胴衣をぴっちりと身にまとい、腰に短剣をつるした騎士なのだろう。その青年を引き留めようとバルコンで寄りすがるのは、夜目にも白くナイトガウンの裾をひいた貴族の令嬢なのだろう。それがロメオとジュリエットの姿なのだし、またはじめに掲げた英語の詩から浮んでくる彼と彼女のイメージにちがいない。

ところで、そのように読者の想像を誘《いざな》っておいてから正体を明かすのも気が引けるが、実は冒頭に掲げた英語の原詩は『万葉集』の中にある。すなわち巻第七、作者未詳の、

暁《あかとき》と夜烏《よがらす》鳴けどこの山上《をか》の木末《こぬれ》の上はいまだ静けし

のアーサー・ウェイリーによる改訳（A. Waley : *The Originality of Japanese Civilization*）なのである。この「あかときと」の歌を読むと、銅版画のような、静かな、それでいて梢の枝の線が繊細にひろがる心象風景が感じられて、冷んやりと、爽やかな、まだ暗さの残る朝の大気を吸いこむような気分を覚えるが、しかしこの歌はただそのような自然描写の歌だけではないらしい。斎藤茂吉は『万葉秀歌』の中でこの歌の状況を次のように説明している。

烏等《からす》は、もう暁天《あかつき》になつたと告げるけれども、あのやうに岡の森は未だ静かなのですから、も少しゆつくりしておいでなさい、といふ女言葉のやうにも取れるし、或は男がまだ早いからも少しゆつくりしようといふことを女に向つて云つたものとも取れるし、或は男が女の許から帰る時の客観的光景を詠んだものとも取れる。

斎藤茂吉はこのように三通りの状況を設定してみたが、ウェイリーはその三通りの解釈のいずれにも該当しない訳詩を自分で創りだした。すなわち一つの歌を「彼」と「彼女」の対話に分けて、人間味の強い会話にドラマタイズしたのである。そのような工夫をこらしたのは、そのように男女に会話させる方が、イギリスの読者に理解されやすいと思ったからにちがいない。ウェイリーが『万葉集』のこの歌をそう訳した時、彼の脳裏には『ロメオとジュリエット』のきぬぎぬの別れの光景がおのずと浮んだから、このようなHEとSHEとの対話体の訳になったのではないかと私は空想する。（ちなみに両詩には偶然の一致かもしれないがyonderという形容詞がともに用いられている。）

いったい詩は、その国の伝統的な雰囲気にうまく合わないと、訳してもなかなか詩情が生きて伝わらない。それに各国の言葉には、その国のそれぞれ独自な歴史によって形づくられた含蓄《がんちく》が秘められているから、和英辞書に従って語と語とを置き換えてみたところで、翻訳によって喚起されるイメージはずいぶん別のものとなってしまう。それだから『万葉集』の歌でも英語で示されると、おのずと英国風の情景を喚び起してしまうことがあるので、そのような色彩《いろど》りの変化も、これまた翻訳がもたらす微妙な面白味といえるだろう。

東洋の詩　西洋の詩

筆者は前に同種のエッセイを書いたが（『文学界』昭和四十七年四月号）、それを書いた直後に、夏目漱石に次のような俳句があることに気がついた。

罪もうれし二人にかゝる朧月

この俳句を読んで私たちの連想に浮ぶのはどのような情景だろうか。これも人によってまちまちな想像をすると思うが、浄瑠璃や歌舞伎狂言の一節、とくに心中物を思い出す人もいるのではないかと思う。「罪もうれし」というのは、この世の掟《おきて》にそむきはしたが、しかし二人がともに共犯者であることの嬉しさである。その喜びの心のはずみは字余りにも出ている。「二人」が恋仲の男女であることは言うまでもない。そしてこの俳句の季語ともなっている朧月《おぼろづき》についていえば、私たち日本人には鐘がごーんと鳴る歌舞伎の舞台がおのずと連想に浮ぶ。

朧夜に星の影さへ二つ三つ
四つか五つか鐘の音《ね》も、
もしや我身の追人《おつて》かと、
胸に時打つ思ひにて、
廓《くるわ》を抜し十六夜《いざよひ》が。

これは極楽寺の役僧清心が扇屋の抱《かかえ》の十六夜《いざよい》と心中する場面で、河竹黙阿弥の『小袖曾我《こそでそが》薊色縫《あざみのいろぬひ》』の四立目にある清元の一節だが、漱石の俳句を読んで私たちが思い浮べる情景はそのような舞台だろう。十六夜・清心心中の場の浄瑠璃の角書にも、

朧夜《おぼろよ》に
　にくきものは
男《をとこ》おふなの
　影法師《かげほふし》

とある。

ところで、そのようなことを言っておいてからふたたび正体を明かすのもますます気が引けるが、

罪もうれし二人にかゝる朧月

という句は、実は漱石がシェイクスピアに題した俳句なのである。この世の掟にそむいて「罪もうれし」という二人は、ロメオとジュリエットなのである。先ほど『万葉集』の一和歌がイギリス人ウェイリーの手にかかって英訳されると『ロメオとジュリエット』の一節のようになる、と言ったが、ちょうどそれと正反対に、『ロメオとジュリエット』の一節が日本人漱石の手にかかって俳句に移されると歌舞伎の一情景のようになってしまう。各国の言葉は、先にも述べたように、その国のそれぞれ独自な文化的背景によって形づくられた連想力を秘めているから、それが呼びおこすイメージは原作品と異なるものとなってしまうのである。

ここで多少説明を加えると、漱石の俳句は『ロメオとジュリエット』の第二幕第二場のロメオの言葉、

Lady, by yonder blessed moon I swear,

That tips with silver all these fruit-tree tops.

ジュリエット様、ぼくは誓います。あのお月様、
見渡すかぎり、果樹の梢を銀色に光らせているあの祝福されたお月様にかけて。

を受けている。

ところで漢詩文や絵画に題して俳句を作る場合と同じく、漱石はここでも直訳的に翻訳したのではない。シェイクスピアの英詩を日本の俳諧の五七五へ移してみれば、その気分はざっとこのような句になる、という一種の詩的実験を試みたのである。それはシェイクスピアの西詩の等価物を十七字の俳諧の中に求めた、漱石のいわゆる「俳化」の実験であった。そのことも手伝って、漱石の句境も、ヨーロッパという風土を離れて、歌舞伎の情調の中へすっぽりはいってしまったのだろう。いったい日本は気候的にも湿度が高いせいか、それとも国民性がいわゆるウェットであるせいか、人情だけでなく、空にかかる月もとかく湿りがちである。それで、

今は涙に掻濁《かきにご》す月も袂《たもと》に掻曇《かきくも》る

などという台詞（『重井筒《かさねゐづつ》』）がすぐに「朧月」の連想裡に思い浮ぶ。それは『源氏物語』の「朧月夜」以来の伝統なのであろうが、先の漱石の「罪もうれし二人にかゝる朧月」の句でも春の月は湿っているのである。しかしシェイクスピアの『ロメオとジュリエット』では、舞台がアルプス以南の北イタリアの地に選ばれたということもあって、月は乾いた、金属質の光を放っている。シェイクスピアは、彼自身はイタリアの土

地を踏んだことはないといわれるが、しかし果樹の梢が見渡すかぎり銀色に輝いているこの月夜の光景は、これは間違いなくヴェローナの夜である。空気はさわやかに乾いている。私はかつて自分自身がブレンネル峠を越えてヴェローナへ着いた時、南国の夜空の紫色やオリーヴ畠の銀色の夜景に心打たれた思い出があるので、シェイクスピアの詩句にピサネルロの絵にあるような、宝石の光沢に似た硬い輝きを感ずる。思い返せばもう十六年前になる。初夏を思わせるヴェローナの五月の朝、城外にジュリエットの墓を訪ねようと、ホテルから大通りへ出た途端、外光のまぶしさに目がくらむ思いだった……

だがそのような追憶にふけることは控えて、本題へはいろう。西洋の詩や東洋の俳諧は翻訳の過程だけでこれほど変質してしまう。だとすると、そのような異質の文学的伝統を一身に荷《にな》う人が現れた場合、両者はその同一個人の中でどのようにぶつかり、いかように作用し、いかなる文学作品を生み出すものなのか。西と東の詩の相会うところ、言葉の相結ぶところとして漱石を考え、彼の文学における西洋と東洋のダイナミックな関係を具体的にとらえようとしたのが本稿である。その際、西を代表する詩として（漱石にも深い影響を与えた）シェイクスピアを取りあげ、東を代表する詩として日本固有といわれる（西洋詩歌と共通性がいちばん少いようにいわれる）俳諧を取りあげ、その東西遠くへだたった両者のかかわりあいを、漱石の㈠俳句について、㈡『草枕』について、㈢『虞美人草』について、という風に分析してみたい。漱石における東洋と西洋の出会いや衝突は、東洋の碁と西洋のチェスの対決のように、ルールを異にするために、無意味な智恵の絞りあいに終ったのだろうか。それともそのぶつかりあいから発した心的エネルギーは、漱石の自己表現の衝動に特殊な色彩りを添えることになったのだろうか。漱石という大きな英文学者兼作家の場合には、文化摩擦が単なる拒絶反応に終ったとは考えられない。いまその著作の中に交錯する二つの文学的伝統の軌跡をたどってみよう。

第一章　シェイクスピアと俳諧

俳眼を以て西詩を見る

漱石の文芸上のキャリヤーをたどる上で、彼が俳句や漢詩文の作者であったということは、彼が英文学者であったということと同じ程度に重要な事実ではないかと思われる。

西洋文明にふれた第一世代に属する漱石は、根が正直な男だったから、自分が英文学を学んで行く途上で覚えたさまざまの違和感を率直に述べた。しかも彼は人生の半ばで英文学の専門家となることを放棄して作家に転じた人だから、その違和感をアカデミック・プリテンスを抜きにして、あからさまに告げることができた。そしてその際、注目すべきことの一点は、漱石が自分自身の英文学（とくに英詩）における居心地の悪さをしばしば俳諧との対比において把握《はあく》した、ということである。漱石は八十年後の日本人が「比較詩法」などとこと新しく言いたてる前に、俳句の実作者としてかつ英文学者として文芸比較を強いられていたのである。漱石が『ホトトギス』と関係したことは、そうした対照比較をいっそう自覚的に試みるきっかけとなった。

明治三十一年、熊本の第五高等学校で英語英文学を教授していた漱石は、正岡子規の求めに応じて雑誌『ホトトギス』に『不言之言』という一文を寄せている。その中で、相手が俳諧の同人ということもあって、漱石は次のような俳句と西詩の比較論を展開する。

……俳句に禅味あり。西詩に耶蘇《やそ》味あり。故に俳句は淡泊なり。洒落なり。時に出世間的なり。西詩は濃厚なり、何処迄も人情を離れず。神光臂《ひぢ》を断ち雲門脚を折る。西人の眼より見ば殆んど狂人の沙汰ならん。耶蘇磔《はりつけ》せられて架上にあり。わが血を以て衆生の罪を償はん事を願ふ。其志常情を以て測り難からず。此故に西人愛を説けば未だ嘗て夫婦親子を離れず。俳家慈悲を歌ふ。時あつてか男女の相を絶す。

漱石は俳諧の世界と西詩の世界の差異を、その宗教的・文化的背景をも含めて大観し、その特色を拾おうとした。達磨《だるま》を少林寺に訪ねて入室を乞うたが許されなかった神光は自ら左臂を切断して求道心を示したが、そうした特異な人の志は世間の人には理解できない。雲門《うんもん》は睦州に参じ、門から追われた時、門に脚をはさんで折ったが、その時忽然と大悟したという。そうした故事も西洋人にとっては（いや今日の大部分の東洋人にとっても）ほとんどノンセンスだろう。また西洋人の説く愛は人情の世界を離れたためしがない。後に漱石は『文学論』でもふれるのだが、西洋の詩や小説の主題の大部分は love である。しかるに俳諧ではそうした愛情はまず取りあげないことになっている。

俳句をたしなんだ漱石は、俳諧に照らして西洋詩の特性（というか違和感）を指摘し、次のように分析を進めた。

……一草花の微と雖《いへども》感極つて泣く能はざるに至るといへる英国の詩人は明かに天然の趣を解し得たるものなり。去れども俳句より云へば、泣くの泣かぬのといふが既にしつ濃き処、従つて厭味の生ずる源なるべし。暫く十七字を藉《か》つて之を訳せんに「草花や感極つて涙なし」では如何に端書《はしがき》を付けて説明したればとて、余り露骨に過ぎて句にならざるべし。是固《もと》より訳の拙なるにも因るべけれど、其拙なるが西詩の俳化し難きを示すものにて、訳し難き丈其丈《それだけ》俳句に遠《とほざ》かれりとも見るべきか。其他人情的のものに至つては大方の思想、俳句にならぬもの多く、間々俳句的なるも用語抔《など》の点に於て類似を見出す事頗《すこぶ》る難し。去ればとて俳句が善くて西詩が悪しとにはあらず。

"To me the meanest flower that blows can give
Thoughts that do often lie too deep for tears."

といへば俳句にて味ひ難き一種の興味を感ずる人もあるべし。

漱石がここで引いた詩は、その自然にたいする共感によって日本人にも親しまれてきたワーズワースの *Ode : Intimations of Immortality from Recollections of Early Childhood* の最後の二行である。この英詩が、俳句とも和歌ともまた漢詩とも質を異にする西洋詩であることはその題を訳してみただけで判然とする。この『頌歌』は副題を『霊魂の不滅の暗示を幼年時代の回想の中から拾う』というのである。「西詩に耶蘇味あり」といった漱石の宗教文明史的な把握は巨視的には正しいのだろう。そして漱石はその二行を「俳化」の実験材料に供した。漱石という工夫に富んだ男は、ただ単に羅列《られつ》的に東西比較詩論を展開するのではなくて、英詩を五七五に置き換えればどうなるか、自分で実際に実験してみせたのである。

しかし漱石の批評態度の面白さは、俳諧の美学でもって西詩を論評すると同時に、西詩の美学でもって俳句を論評した点だろう。『不言之言』の前半と後半で視点を逆にして、諧謔《かいぎやく》をまじえつつ、漱石は次のように述べている。

……俳眼を以て西詩を見る、既に斯《かく》の如し。暫く双眼鏡を逆《さかし》まにして碧瞳《へきどう》を以て俳界を窺《うかがは》ば如何。……昔し子規子大学にあり。俳句に関する論文を英訳して古池の句に西洋人を消魂せしめたる事あり。尤《もつと》も子規の訳は Old pond ! the noise of the jumping frog. と云ふ様な頗《すこぶ》る怪しげなる訳し方なれば西洋人の驚きしも無理ならねど、よし子規が可なりに訳し得たりと仮定するも、洋人の驚きは依然として故《もと》の如くなりしならん。此驚を止むる事固《もと》より難きにあらず。但《ただし》之をとゞむると同時に、古池は深川よりセントジエームス公園に宿替をせねばならぬなり。

漱石は俳句が西洋人に理解されるためには訳が上手《じょうず》であると同時に、たとえば深川の古池は英京のセント・ジェームズ公園へ宿替をせねばならぬ、と述べた。漱石がシェイクスピアの詩句を「俳化」するのは、この『不言之言』を書いた五、六年後のことだが、そういえば先に引いた「罪もうれし二人にかゝる朧月」の句では『ロメオとジュリエット』のヴェローナという舞台が、逆に西洋から江戸の墨田川の堤あたりへ宿替させられていたようである。

見捨てられた花

漱石がイギリスへ留学して痛ましいほど感じたことは、母国語を異にし、異った文化圏で育った自分には、英文学はいくら勉強してもイギリス人と同じようにわかるはずはない、ということだった。近代化途上の国民の心理には先進国の文化に自分を一体化させたいという根深い欲求が潜《ひそ》むから、この違いの自覚を強要されたことは痛ましい体験でもあった。とくに漱石は英文学者としてイギリス人と同じ土俵で相撲《すもう》を取る心づもりでいただけに深く悩んだのだと思う。しかし漱石の偉さはその悩みを正直に述べた点にある。そしてその際も漱石は、日本人にとっての西詩の難しさを西洋人にとっての俳句の難しさと比較して学生の参考に供した。明治三十八年の『文学評論』の序言で、漱石はその点について詳しくふれている。

……殊に外国の文学に就ての批判となると是等の上に今一つの障害がある。即ち言葉である。言葉と云ふ意味は日本語と英語とは構造が違ふとか文法が違ふとかいふ意味ではない。言葉には意味の微妙《あや》(**delicate shade of meaning**)がある。又一種の調子の附著した者である。只此丈けでは説明にならんからもつと分り易い事を例に引いてお話をする。御承知の通り日本に俳句と云ふ一種の文学があつて十七字で詩形をなして居る。あの俳句で考へて見ると直ぐ分る。

そして俳句を見慣れている日本人には「明月や」と「明月よ」のニュアンスの差がわかるが、心得のない人にはそうはゆくまい、と説くのである。そして漱石は俳句の例をもとにしてさらに次のように推論した。

……是丈けの事実を推し拡げて吾人が外国文学に対する時の場合を思ふとよく分る。日本人は英語に就て其微妙なる濃淡《シエード》とか調子とか云ふ者を解する丈けに練習が積んで居らん。従つて先方の人が忌味《いやみ》な云ひ廻はし方だと思ふ者も忌味には聞えない事もあらう。縹緲《へうべう》たる神韻のある言語も平凡だと思つて読み過して仕舞ふ事もあるだらう。凡て此等の点になると日本人の感覚は余程遅鈍であるに極つて居る。

夏目漱石は漢詩を作った際には、自分が外国語でものを書いているという意識はあまりなかった。漱石は漢詩文の世界では読み書きが自在であった。しかし英語で詩を書いた時には、自由に自己表現はできなかった。ましてや自分が書いた英詩が体をなしているという自信はほとんど持てなかった。そうした実際上の能力の差も手伝って、漱石は『文学論』の序で英文学にたいしては「不安の念」を表明し、漢籍味読については「自信の念」を表明したのかもしれない。

明治初年の日本で育った漱石は、趣味性の上で漢詩の世界には楽にはいりこめたが、英詩の世界には違和感や抵抗を覚えた。その際、自分自身に忠実であろうとした漱石は、無理と思うことまでも西洋の学者・批評家の説に同調することはないと思っていた。ロンドン留学中の夏目金之助の孤独感の一半は、英文学をも含む外部からの刺戟に対して、自分が周囲のイギリス人たちと同じような反応を呈し得ない別人だという自覚に由来していたに相違ない。一般に留学生生活の最初の冬は淋しく辛いものだが、漱石の明治三十四年二月十三日の日記には次のように記されている。

……家の者共は犬ノ共進会を見に行た。悪い天気デ雪が降つて居る。当地のものは天気を気にかけない禽獣に近い。

漱石は下宿のかみさん共の動物性（？）に閉口したのだが、そのような西洋人の獣くささに辟易《へきえき》していた時だけに、英文学の中にも自分にも共感できる一節を見いだした時には、夕闇の中に一抹の光明を認めたようなほっとした気持になった。漱石は「当地のものは……禽獣に近い」と書いた直後に続けて次のように書いている。

And on the bank a lonely flower he spied,
A meek and forlorn flower, with nought of pride,
Drooping its beauty o'er the watery clearness,
To woo its own sad image into nearness.

——Keats.

面白キ句ナリシ故此ニ書キタリ。

漱石は華麗で、自己主張の強い西洋人の世界の中でひとり小さくなって暮していた時だけに「水に顔を寄せて、自らの悲しげなイメージを見つめる、つつましい、見捨てられた花」に自分自身の分身を見る思いもあったのだろう。江藤淳氏はそのことと関連して、同年二月二十三日付で高浜虚子に宛てた葉書に添えた、

或詩人の作を読で非常に嬉しかりし時。
見付たる菫の花や夕明り

の詞書《ことばがき》の「或詩人」は右のジョン・キーツだろうと推測した（『漱石とその時代』「崩壊の端緒」の章、新潮社）。漱石が四行だけを写した原詩は菫《すみれ》でなくて水仙を歌った長詩だが、日付の近さから推して漱石が水仙を菫に代えて俳句にしたてたのかもしれない。あるいはつつましい、人目にふれぬ少女のイメージとしてワーズワースの *Lucy* の菫を念頭においていたのかもしれない。漱石は後に『文学論』では *Lucy* の第二連を引いて、

A violet by a mossy stone
Half-hidden from the eye!
—Fair as a star, when only one
Is shining in the sky.

「菫の風丰《ふうぼう》の躍如として活動するを見るべ」しと評しているからである。漱石の好みの女性については後でふれるが、ルーシーのような人目につかぬ、小夜《さよ》ふけてただ一つ星のように光る女が、漱石の夢想の中で

はしたわしい人として存在していたのであろう。

菫の詩的伝統

それでは、英詩にたいしてあれほど違和感を言い立てた漱石は、キーツであるかワーズワースであるかの詩を読んだ時には、なぜまたあれほど嬉しく思い、「見付たる菫の花や夕明り」の句をすなおにものすることができたのだろうか。その詩的共感はいったい何に由来するのだろうか。西詩と俳諧のコントラストを強調した論の次に、共感や相互理解の前提となる西洋の詩と東洋の詩の共通性についても考えてみたい。ここではその一例として「菫」へ寄せる東西の詩人の気持を、その花がもつ詩的含蓄（connotation）をふくめて、問題にしてみよう。もっともここで東西の詩人などとおおまかな言い方をするのは、正しい把握ではないのかもしれない。同じく東アジアの文明圏に属するといっても、日本人と違って、中国人や朝鮮人は、豊麗な色彩や強烈な芳香を愛好するせいか、漢詩などに菫の花をとくに歌ってはいないらしいからである。昭和初期に広く利用された小柳司気太著『新修漢和大字典』（博文館）の「菫」の項には、

一、スミレ、国訓、恋愛の表識として軟派文学に用ひらる。
二、トリカブト、毒草の名。

などと出ている。いかにも硬派の漢学者風の説明で、星菫派《せいきんは》なぞ女々《めめ》しくて汚《けが》らわしい、といわんばかりの口調が感じられ、読む人の微苦笑を誘わずにはおかない。

しかし「すみれ」は日本人にはすでに上代からしたわしい草花だった。『万葉集』には山部赤人の歌、

春の野にすみれ採《つ》みにと来《こ》しわれそ野をなつかしみ一夜《ひとよ》寝にける

がのっている。この菫は食用に供されたのだろうが、しかしなにか女を示唆しているような印象も受ける。背景におおらかな恋愛感情すらも感得されるのである。だが日本人にいちばんしたしい菫の詩は芭蕉の、

山路来て何やらゆかしすみれ草

だろう。ワーズワースの先に引いた「人も通わぬ道のべに女は住んでいた。苔むした岩蔭に咲いた菫よ、世間の人の目にもふれず……」という英詩を日本人が読む時、その脳裏には必ずといってよいほど芭蕉のこの句が浮んでいるように思える。「死」と「菫」の取合せで見事なのは蕪村の、

骨拾ふ人にしたしき菫かな

だろう。昭和二十年代の半ばまで、日本の田舎では死人が出ると野辺《のべ》で焼いた。漁村などで浜で焼いたあと、黄色い傘をさした婆さまがお骨《こつ》を拾っていた(蕪村の句でも「骨拾《こつ》ふ」と読むべきなのだろう)。蕪村は「骨拾ふ人」と「菫」という異質な二要素を五七五の世界に組みいれて、心理的にも審美的にも鮮やかな効果をあげている。菫の花は故人をしのぶよすがともなっており、それで句の印象はすがすがしく美しい。なにかお骨を拾う箸の指先の細かな感触や感情の動きが読者にまで伝わってくるようである。

ところで蕪村や芭蕉を愛読した漱石は菫の句を六つほど作っている。その中にはロマン的な地理や空間のひろがりを織りこんだ、

大和路や紀の路へつゞく菫草
川幅の五尺に足らで菫かな

など（明治二十九年）もあった。そして従来の俳人とはやや趣きを異にする、

菫程な小さき人に生れたし

という人生観風の俳句（明治三十年）もあった。

見付たる菫の花や夕明り

がロンドン留学最初の冬（明治三十四年二月）の作であることはすでに述べた。そして留学帰朝後（明治三十七年）にはシェイクスピアの『ハムレット』に題して、

骸骨を叩いて見たる菫かな

の句もものした。この句とシェイクスピアの詩句とのイメージの重なりについては後で述べるが、いまここで大観した日本の詩的伝統における菫との関連でこの俳句を眺めると、「骸骨」と「菫」という取合せは蕪村の先の句と趣向を同じうするものであることがわかるだろう。

漱石は当然のことながら、自分の趣味性の半径内にはいってくる英詩を好いた。漱石は鷗外などと同じく、東洋文化と西洋文化の伝統にそれぞれ足をおろした、いわゆる「二本足」の人だった。しかし中年になってから西洋へ留学したせいか、その力点のかけ方が多少日本寄りとなる傾きが見られた。己《おのれ》を空《むな》しうして英文学を英国人のように理解しようと努力するより、自分自身の（コンパスの固定脚にあたる）日本人としての趣味性を主軸として固定し、その半径内にはいってくる英詩をとくに愛したようである。そのような態度で西洋詩歌に対していた時、菫の花は、人目《ひとめ》に立たぬゆかしい女を暗示するという、その詩的含蓄においても東西に通ずる意味の微妙《あや》 **delicate shade of meaning** を共有していた。審美的感覚も女性評価の倫理的感覚もこの場合には共通していたのである。それで漱石は「非常に嬉しかりし」とすなおに反応し、ワーズワースの詩を激賞したのに相違ない。

もっとも同じく菫といっても西洋の三色菫、いわゆるパンジーでは華美に過ぎて漱石の趣味にあわない。現に漱石は『草枕』で壺菫と三色菫を東西審美比較の一例として引いている。

日本の菫《すみれ》は眠つて居る感じである。「天来の奇想の様に」、と形容した西人《せいじん》の句は到底あてはまるまい。

pansy《パンジー》 は、*The Oxford English Dictionary* によるとフランス語の「パンセ」思想、が語源だという。(a fanciful application of *pensée* thought) そのような天来の奇想でもって名づけられた三色菫と、「うららかな春の日を受けて、萌え出でた下草《したぐさ》さへある。壺菫の淡き影が、ちらり〱と其間に見える」という日本の菫とでは風情が違う。花でさえ西洋と東洋では好みが違う、と漱石はことさらに東西の趣味性の違いを言い立てたのである。

小羊物語に題す十句

西詩と俳諧はどのように違うものか。その実感を得るには両者について交差文化研究（cross-cultural research）を意識的に試みればよいのだろう。そういえば大仰《おおぎょう》に響くが、漱石流にいえば西詩を俳化する実験である。それでシェイクスピアの『真夏の夜の夢』第二幕第一場を読んでその印象を俳句に記せ、という題を私も学生たちに課してみた。すると、

露ひと粒揺れ夏の夜の夢始まらむとす　　中込千枝子
妖しき夢を縁取《ふちど》りてをり金銀花《すひかづら》　　同
菫つむ丘のべに見ゆる鯨かな　　芳賀　徹

など、いかにもフェアリー・テール風の華麗な西洋俳諧が次々と現出したのに驚いた。メンデルスゾーンの『真夏の夜の夢』序曲を俳化したらこうもなろうか、と思われる金管楽器の調べさえ聞えるような雰囲気であった。そのような試験をしてみたのはほかでもない。すでに二十世紀の初頭に漱石がシェイクスピアの悲劇・喜劇・ロマンス劇の俳化を試みていたからである。それは彼の手すさびでしかなかったが、しかし実験者が漱石であるだけに、句の出来映《できば》えは別として、いまなお私たちの注意を惹《ひ》くのである。

漱石が帝国大学英文学科で一連のシェイクスピア講義を行なった時、それが学生の人気を博して「大入り繁昌の札止め景気」（金子健二）となったことはよく知られている。上田敏や外人講師のロイドまでがシェイクスピアの評釈をはじめた。学外でも川上音二郎・貞奴《さだやっこ》一座が『ハムレット』を上演したりして学生たちのシェイクスピア熱に輪をかけた。そのような風潮に刺戟されてのことだろうが、当時文科大学の学生

だった小松武治はラム姉弟の『シェイクスピア物語』の邦訳を企てた。そして小松は夏目講師と上田講師にそれぞれ五章ずつ校閲を乞うた。当時まだ文筆活動を開始していなかった漱石は時間的余裕もあったと見え、実際に添削もしてやった。それで小松は訳本が日高有倫堂から出版される手筈《てはず》が整うと、漱石に序文を依頼した。すると漱石は月並《つきなみ》な序文は書かず、『小羊物語に題す十句』を手渡した。「小羊物語」とは著者Lambの語義「小羊《ラム》」にかけたのである。いま四大悲劇に題して作られた俳句を漱石が引用した英詩句との関連で説明してみよう。

娘たちにそむかれた年老いたリヤ王は（二幕四場）、

えい、俺は泣かぬぞ、泣かねばならぬわけは重々あるが、ここで泣くくらいなら、この心臓を千万片《せんまんぺん》にも引きちぎってずたずたにしてくれる。ああ阿呆、俺は気が狂う。

と叫ぶ。心中を冷たく凍《い》てついた初冬の風が吹き荒ぶのだが、リヤ王は涙さえ流そうとしない。その「俺は泣かぬわい」というリヤ王の心境を漱石は、

雨ともならず唯凩《こがらし》の吹き募る

という句にした。日は暮れて嵐は吹きつのり、見渡す限りブリテンの荒野には灌木の茂みさえ見えない。その背景を心得ていれば、この句にもドラマの切迫が感じられよう。「雨ともならず」の字余りの破調にも不吉なエネルギーの潜勢《せんせい》が感じられる。

しかしシェイクスピアのドラマを考える時、漱石の句の軽さは否定できない。主君を殺害したマクベスはもはや安眠を得ることができずマクベス夫人に向ってこういった。

Methought I heard a voice cry 'Sleep no more!
Macbeth does murder sleep.'
ACT II SCENE II

己にはこんな声が聞えるように思えた、「もう眠るな、マクベスは眠《ねむ》りを殺した」

マクベスの世界は、どす黒く血にまみれているが、しかしそれが漱石の手を経て、

小夜時雨《さよしぐれ》眠るなかれと鐘を撞《つ》く

に転じると、凶悪な人殺しと、その犯行後の陰惨不吉な心理がこの句に投影しているとはどうしても思われない。

そのように対比してゆくと、シェイクスピアの悲劇の動物性に比べて俳諧の世界の特徴が（季語に依存する文芸であるから当然といえば当然だが）、植物性であることがあらためて意識される。『オセロ』の最終幕では、肌の黒いオセロが嫉妬に狂いながら城の寝室へはいってくる。そこにはオセロの白人の妻デスデモーナが眠っており、燭台には蠟燭《ろうそく》が一本燃えている。

だがあれの血は流したくない、
雪よりも白いあれの肌、
記念碑の大理石よりも滑らかなあれの肌を傷《いた》めたくない、
だが生かしておくわけにはいかぬ、
灯《ひ》を消せ、そしてあれの命の灯も消してやる。

シェイクスピアのドラマでは、ムーア人オセロの黒、デスデモーナの白、血の赤、と色彩の取合せも三者三様にどぎつくて、その強さがそのまま登場人物の夜の情念の激しさを示している。しかしそのルネサンス絵画のような原色が、漱石の俳句では、昼の淡い単彩と化してしまう。

白菊にしばし逡巡《ため》らふ鋏かな

これでは切っても別に赤い血は流れないのである。オセロの壮年の血気や内心の葛藤《かつとう》が、ここではお年寄りの園芸趣味へ宿替させられた憾《うら》みは免れない。しかしこうした月並な句でもって俳句というジャンルそのものを貶《おとし》めるべきではないだろう。なぜなら同じく花を剪《き》るといっても、いまここに蕪村の句「牡丹切て気のおとろひし夕かな」を並べれば、その女王のごとき壮麗と張りつめた気持の推移は、よく一篇のドラマに拮抗《きつこう》する力を感じさせるからである。

漱石の俳化の試みはけっして失敗作ばかりではなかった。『ハムレット』の第五幕は、人足《にんそく》が卑猥《ひわい》な歌を陽気に歌いながら墓を掘る場面で始まる。悲劇的雰囲気の中に滑稽を対置するシェイクスピアの美学（漱石のいわゆる仮対法）が示される条りだが、その場を眺めていたハムレットは近づくと、墓掘人夫が抛《ほう》り出し

た髑髏《しゃりこうべ》を拾い、

ACT V SCENE I

That skull had a tongue in it, and could sing once;

あの骸骨《がいこつ》にも舌はあった。昔は歌もうたえたものを。

と呟く。漱石も、ロマン派がシェイクスピアに認めたグロテスクなるものとの対照裡に際立《きわだ》つ美を認めたのだろう、右の詩句に題して、

骸骨を叩いて見たる菫かな

という句を作った。その菫は、前にふれたように、蕪村の「骨拾ふ人にしたしき菫かな」にも一方では由来している。しかし他方ではオフェリアのイメージと明らかに重なっている。『ハムレット』第四幕第五場では気が狂ったオフェリアが国王や王妃などに花を配るのだが、その中に菫の花もまじっていた。また第五幕でも、牧師が、自殺した女にたいしこれ以上お勤《つと》めをすることは罷《まか》りならぬ、と言い出した時、オフェリアの兄は激怒して、

墓穴の中へオフェリアを埋めろ、
あの美しい無垢《むく》の体から
菫の花が咲くように！

と叫ぶ。そのように菫の花の連想裡にオフェリアの姿がほのかに浮ぶからこそ「骸骨を叩いて見たる菫かな」の句も生れたのに相違ない。「叩いて見たる」という言い廻しに滑稽の響きがあることは否めないが、それは漱石の滑稽趣味の地金《ぢがね》が表へ出たともいえるし、墓掘人足の酔余《すいよ》の哄笑《こうしょう》がここまでこだましているともいえる。美に醜や滑稽を取合せるシェイクスピア風美学を漱石は意識的にこの十七字の小世界に応用しているからである。考えてみると、すでに十七世紀に杜甫《とほ》などの漢詩を巧みに自家薬籠《じかやくろう》中のものとした俳諧である。芭蕉が外国人の老杜の詩美を自作に生かしたことがある以上、漱石に沙翁《さおう》風という句もあっていいわけだ。

ロマンス劇の世界

『沙翁物語集』に俳句を序の代りに寄せた時、漱石はまさか後代の人がその句をあれこれ論評しようなどとは夢想だにしなかったに相違ない。月並な句も混じえたが、しかしシェイクスピアの俳化が気持よく行なわれた句もあった。それはシェイクスピアの晩年の作といわれる『冬物語』『嵐』などロマンス劇の場合である。

『冬物語』では、罪もないのに僻地《へきち》へ追い、そこで死なせてしまったはずの王妃の彫像があると聞いて、いまは悔悟《かいご》した国王が女官ポーリーナの家を訪ねて来る。ポーリーナが幕を引くと、王妃ハーマイオニーの像があらわれる。それは年老いて額《ひたい》に皺の寄った王妃の姿である。それを見て驚く国王に向い、女官ポーリーナがいう。

女官　左様でございますとも。彫物師《ほりものし》の腕がそれだけ達者なのでございます。お別れになりましてから十六年の歳月《さいげつ》、その年月をもしお妃《きさき》さまが生きておいでてございましたら、このような御姿になるかとばかりに彫ってございます。

国王　だが、なにか息吹きのようなものが感じられる……

女官　楽隊、演奏を開始。さあ、時が来たのでございます。お妃《きさき》さま、降りていらっしゃいませ。石であることはもうおやめ遊ばして、近づいて、呆気《あっけ》に取られている人々を驚かしてくださいませ。

Music, awake her; strike !
'Tis time; descend; be stone no more; approach;
Strike all that look upon with marvel.

ACT V SCENE III

『冬物語』のしみじみとした情感を短い引用で伝えることは難しいが、十六年の別離の後の再会と和解は——国王が王妃がまだ生きているとは予期していなかっただけに——いっそう感動的である。彫像のように立っていたハーマイオニーが台石から下へ静かに降りてくるその情景を漱石は、

人形の独りと動く日永かな

という十七字へ移した。それは漱石が『冬物語』の情趣をどのように鑑賞したかをはっきり示している句である。『冬物語』はロマンス劇といわれるだけに、現実性を欠いた「物語」であり、登場人物の王妃ハーマイオニーなども生身《なまみ》の人間としての実在感は稀薄である。しかしそれでもこの『冬物語』にはしみじみと

した情感が漂っている。そのメルヘンを思わせる性格は、漱石の句では、王妃を「人形」に置換えることによって示された。そして人形であるだけに、「独りと動く」ことが驚異であるのだ。俳句も魔法にかけられた不思議の世界へはいりこんでゆく。「独《ひと》り」という音は「ことり」という音を連想させる。耳を澄せば、人形の動いた音が本当に聞えるのだろう。静かな、透明な雰囲気が温くそこにひろがっている。時は春の午後であろう。*The Winter's Tale* という原題は〈**a sad tale's best for winter.**〉「悲しい話は冬にいちばん向いている」という作品中の句に由来するといわれるが、そして十六年の別離はたしかに悲しい話だが、しかしハーマイオニーが台石から静かに下へ降り立ついま、怒りも怨《うら》みも消えて、国王と王妃の再会の雰囲気は春の日永のように温かく平和である。「人形の独りと動く日永かな」にはそうした幸深い結びの温雅な心持がおのずから伝わっている。「独りと」という表現には多少無理があるように感じられるが、その **hi** の音は「日永かな」の **hi** の音と繰返しになって、読む人の注意をかすかな動きやかそけき音に集中する役割を果している。後に『永日小品』を書く漱石は、このような春の日永の雰囲気をとくに好いたのだと思う。

シェイクスピアのロマンス劇には『冬物語』にせよ『嵐』にせよ、漱石流の語彙《ごい》を借りれば「出世間的な詩情、「俗念を放棄して、しばらくでも塵界を離れた心持ちになれる詩」がある。『嵐』の舞台の島の設定がまさにそれで、ミランダ姫はそこで父プロスペロ以外は人間という姿を見ずに成人したことになっている。その第一幕第二場では、ミランダが難船して島へたどりついた王子フェルディナンドをはじめて見てうっとりとする様が次のように描かれる。

ミランダ　あれは何かしら、すばらしい姿をしているわ。神々しいものに思えてよ。

フェルディナンドの方もこの南海の孤島に美しい姫を見いだして夢かと思う。

フェルディナンド　音楽の伴奏が聞える。
きっとあれは女神《めがみ》なのだ。どうかお教えくださいい、
あなたはこの島にお住いの方でございますか。

Most sure, the Goddess
On whom these airs attend! Vouchsafe my prayer
May know if you remain upon this island;

ACT I SCENE II

その二人の出会いの光景を漱石は、

見るからに涼しき島に住むからに

という句にうつした。「見るからに」という言葉は美しい姫を見た時、フェルディナンドが即座に覚えた心の高まりを活写している。この感嘆の句ではエモーションの動きが「に」を三回反覆《はんぷく》することによって読者へ伝えられるが、ルフランの効果は短い十七字の中に「見るからに」「住むからに」と「からに」の三音を二度繰返すことによっていっそう強められる。「涼しき」とあるのは直接には島の気候・風土をさすが、読む人の脳裏にはおのずから相手のさわやかな姿、いわゆる涼しい目鼻立ちのミランダの出現が感じられる。漱石は『嵐』という作品全体がもつ涼しく清らかな詩境を、見事に俳化したといえるだろう。

それに漱石にはもともとこの『嵐』の作品にあるような雰囲気を受容《うけい》れる素地があった。かつて森鷗外の雅文体小説に感嘆した漱石は、鷗外が編集した雑誌『めさまし草』に、鷗外の雅文体と趣味の相通じる神仙体と呼ばれる俳句を寄稿したことがあった。それは明治二十九年のことだが、その中にすでに『嵐』のエアリエルが奏でる音楽を思わせる、

催馬楽《さいばら》や縹緲《へうべう》として島一つ

のような句もまじえていたのである。

無人島の天子

漱石が『沙翁物語集』序として右の一連の句を発表したのは明治三十七年春だが、漱石がシェイクスピアの俳化を試みていたのは、それ以前からのことだったのではあるまいか。その推測の理由は、まず「序」とはいい条、漱石はラムの *Tales from Shakespeare* に依って句作したわけではない。ラムの物語にのっていないシェイクスピアのさわりの句を基に俳句を作っている。また前年の明治三十六年六月十七日には熊本時代の俳句のつきあいだった井上微笑へ宛てて、東京から次のような俳句を送っている。

無人島の天子とならば涼しかろ

そのような句境は同じ井上宛の手紙に並べて書かれた、

愚かければ独りすゞしくおはします
能もなき教師とならんあら涼し

などの自虐的で修辞も粗雑な句と一面では軌を一にしているが、しかし他面ではシェイクスピアの『嵐』を俳化した、

見るからに涼しき島に住むからに

と発想・語彙・雰囲気をすこぶる同じくしている。無人島の句については松根東洋城《まつねとうようじょう》は次のような解釈を下した（寺田・松根・小宮共著『漱石俳句研究』）。

無人島の天子とならば涼しかろ

これはもう何等説明する事もなく、読んだだけと思ふ。――或絶海の孤島を想像して見る。それを所有して我れ一人で天下をとつて自分がそこで唯我独尊を決めこんでゐるといふ様な心持である。さういふ境地に立つたらさぞ涼しいだらうといふのだ。――句を読むと同時にそこに島――広い海の小さい島といふ様な場面が裏付けられてゐる様な心持がする。勿論唯一人きりの世界になつてしまつたら、煩くも暑くもない。さういふ場面を描く事によつて、さういふ心持が的確に表はれる。此句一応は暑いとか涼しいとかであるが、その奥には現在の世の中が下らないとかうるさいとか、又現世に対する不平とか嫌悪とかさういふ事から厭離しようとする心持があると思ふ。さうして、それは此句の作者である先生の不断の腹中で

あつたのでなからうかと思ふ。で、此句が一つの俳句として極りのついた処は、さういふ人生観とか社会観とかいふ重苦しい切実な問題とは全然別の世界である、広い広い大洋にある無人島に唯一人ゐるといふ様な処である。此句は先生の句の中でも一流どこの句の中に入れたい。かういふ筋の句は先生には可也多く他の人には少ない。

松根東洋城が指摘するように、漱石には現世から厭離《えんり》したいという気持があった。その東洋城の発言を受けて寺田寅彦は、

……無人島は元来熱帯にも寒帯にもあつていい訳だが、此句ではどうしても南洋あたりにある天産の豊富なそして貿易風の吹いてゐる美しい島を思はされる。——無人島なら自分たつた一人で、天子も臣下もない訳なのを、「天子となる」と云ふ処に複雑な味がある。——これは第一高等学校の先生をしてゐる時分の句で、『猫』の中に表れてゐると同じ様な、煩はしい世間に対する反感といふ様なものが出て居ると思ふ。

と評している。それぞれもっともな評釈だが、この無人島は私にはシェイクスピアの『嵐』のプロスペロが住んでいた島ででもあるような連想が消しがたく浮ぶ。プロスペロはその無人島で妖精エアリエルやカリバンを手下《てした》にして天子となっていた。漱石は『文学評論』でポープについて語る際にも『嵐』を引合いに出し、親しみをこめて語っているが、漱石はシェイクスピアのロマンス劇の境地に心ひかれていたのだろう。漱石の「則天去私」などという境地も、いかにも東洋的なものであるようでいて、その実、シェイクスピアの晩年の『嵐』などの境地に近かったのではあるまいか。

寺田寅彦は無人島の句と同系統の作として、

人に死し鶴に生れて冴え返る
菫程な小さき人に生れたし

の二句をあげている。後者は一面では一茶の、

きりぎりす今日や生れん菫さく

と語彙やイメージや感じ方の上で相通じる句であろう。俳句の歴史に詳しい国文学の人は、漱石の句を一茶の句の一変形と規定するにちがいない。しかし英詩に親しんでいる人は〈A violet by a mossy stone〉を連想するだろう。そしてワーズワースの詩境に親和する漱石の心を、その句に認めるにちがいない。漱石は後年、『文鳥』という短篇で、その小鳥の鳴き様を、

「菫程な小さい人が、黄金《こがね》の槌で瑪瑙《めなう》の碁石でもつゞけ様に敲《たゝ》いて居る様な気がする」

と形容した。そのように書いた時、漱石の念頭に自作の句があったことは明らかだが、そこから生れるイメージは、いかにも西洋のメルヘン風であると思う。

ここで漱石のその種の俳句の特色について考えてみよう。松根東洋城は、そのような筋の句は「他の俳人には少く、漱石にのみ多い」と評したが、その直観は正しかった。小宮豊隆も、そのような筋の句は「普通俳句と言はれ得るものの内容を遥かに超えて、到底俳句には盛り込める筈のものでない内容を、無理に俳句に盛り込んでゐるやうな感じである」と評したが（『漱石襍記』、五一ページ）、その観察も当っていた。漱

石が十七字の詩形式の中で主観性の強い想念を打出しているのは、英詩風の発想が俳句の中へしのびこんでいるからである。人生観を含む句を作っているのは、小宮豊隆が強調したような漱石の道義的性格の反映という以上に、五七五の器に英詩風を盛ったことの必然の結果なのではあるまいか。

すでに指摘されたことだが漱石の漢詩には英詩の影響が認められる作がある。（たとえば『菜花黄』には蕪村とともにシェリーの痕跡が認められる。）漢詩とても西詩の影響を受けて変化する以上、俳句とても変化することは当然あり得るにちがいない。しかし漱石自身にはその自覚はなかった。俳諧は漱石にとっては日本美のよって立つ世界であり、日本人としてのアイデンティティーを求め得る境地でさえあった。漱石は明治末年にも談話『西洋にはない』で、

「俳諧の趣味ですか、西洋には有りませんな。……俳句趣味のものは、詩の中にもないし、又それが詩の本質を形作つても居ない。日本独特と言つてゐゝでせう」

と語っている。しかしそう語った本人も知らぬ間に、英詩は英文学者夏目金之助の俳句の中へ時々しのびこみ、その俳句にかつての日本にはない西洋風の色彩《いろど》りをそっと染めつけていたのである。俳諧とても、いや「則天去私」の境地さえも、もはや日本文化や東洋文化の排他的な聖域ではあり得なくなっていたのである。

第二章　日本美の自己主張

反西洋としての東洋

明治三十六年の日本で、東京の帝国大学にはいってイギリス文学を専攻しようとしていた学生は、イギリスを理想国のように考えていただろう。日本国民が歓呼《かんこ》して迎えた日英同盟は、その前年に結ばれたばかりであった。そのような時期に文科大学の新任講師が英文学の講義の合間にイギリスの悪口を洩したら、その人と学生の間には冷たい空気が流れたにちがいない。新帰朝者の漱石は、外見はいかにも瀟洒《しようしや》な英国風紳士だったが、授業中に突然イギリス社会を貶《おとし》めるような、また日本人の英詩理解力を疑うような言葉をまじえた。その癖《くせ》、その本人の講義は難解な英詩文の引用で満ちていた。

教場の内外でそのような口吻《こうふん》を洩していた漱石は、その反英気分の代償として、自己のよって立つべき地歩を東洋に求めた。その当時の論壇ではニーチェを説くことが流行で、漱石も『ツァラトゥストラ』を英訳で読んだが、しかし漱石はニーチェに陶酔するより先に、キリスト教徒でもない日本人にとっては神《ゴツド》が死のうが死ぬまいが関係がないではないか、という考えが先行した。日本人が深刻な顔をして西洋哲学の請売《うけうり》をしなければならぬ必然性は一体どこにあるのか。「欧洲の哲学者は神のことを云々せざるを得ない。我々日本人は違ふ。根本的にそんな影響を蒙つて居らんから神抔《など》をどんなものだと考へる必要もない。西洋の哲学書にある神などの受売をする必要はない」（『文学評論』第二編）。

漱石はイギリスで西洋文明に反撥を覚えただけに、東洋人としてなにかと自己を主張したい心理に駆られていた。漱石には西洋にない価値が東洋にはあるように思えてならなかったのである。それは反動心理に基く、根拠のない期待だったのかもしれない。反西洋の情念が短絡的に東洋的諸価値の肯定へと転じた一例に過ぎなかったのかもしれない。しかし漢詩文を愛好し、俳句を実作した漱石には、東洋的伝統は体内で実感として生きていた。その趣味性は抜きがたいまでに強いものであった。それだけに、漱石の「東洋への回帰」には満更《まんざら》根拠がないわけでもなかったのである。

ところでそのように西洋と東洋の間で激しく揺れた漱石の心理が露骨に示されているドキュメントは、漱石の英訳本『ツァラトゥストラ』欄外余白へ書入れた英文の感想である。その感想の一端は日本語に移されて『断片』にも記入され、最終的には芸術的に加工されて作品中に再三姿を現わした。漱石の「東洋への回帰」の自己主張はまず『吾輩は猫である』の最終章に現われ、ついで『草枕』の中で本格的な論となる。そしてその余波は『虞美人草』の文体にまで及ぶのである。西洋詩歌との対照裡に俳諧の功徳《くどく》が話題となるのも、そのような前後関係の中においてであるから、問題の核心へ迂回《うかい》して迫ることになるが、その経緯をいま順を追ってたどってみよう。漱石は明治三十八、九年の『断片』には筆にまかせてこう書いている。

ニイチエは superman ヲ説ク、バーナード・ショーモ ideal man ヲ説ク、Wells モ giant ヲ説ク。Carlyle モ hero ヲトク。

此等ノ人ノ hero ヲトクハ Homer ガ *Iliad* ヲ歌ひ、*Chevy Chase* ニ勇武ヲ歌フトハ全然趣ヲ異ニス。現代ハパーソナリチーの出来ル丈膨脹する世なり、而して自由の世なり。自由は己れ一人自由ト云フ意ナラズ。人々ガ自由ト云フ意ナリ。人々ガ自己ノパーソナリチーヲ出来得る限リ主張スルト云フ意ナリ。出来る丈自由ニ出来得丈ノパーソナリチーヲ free play ニ bring スル以上は人ト人トの間ニハ常ニテンションアルナリ。社会の存在ヲ destroy セザル範囲内ニテ出来得る限りに我《が》ヲ張ラントスルナリ。我《が》は既ニ張リ尽シテ此先一歩デモ進メバ人ノ領分ニ踏ミ込ンデ人ト喧嘩ヲセネバナラヌ所迄張リツメテアルナリ。去れドモ心のウチニアル我《が》ハ際限ナシ、理想ハ現実以上ヲ意味ス。理想ハ realization ヲ意味ス。彼等は自由ヲ主張シ個人主義ヲ主張シ。パーソナリチーの独立ト発展とを主張シタル結果、世の中の存外窮窟にて滅多ニ身動キモナラヌコトヲ発見セルト同時ニ此傾向ヲドコ迄モ拡大セネバ自己の意志の自由を害スルコト非常ナリ。百尺竿頭ニ坐ス。一歩ヲ進メザレバ苦痛ナリ。一歩ヲ進ムレバ万事休ス。是ニ於テカ彼等ハ此一歩の開拓ヲ事実の上ニ試むる代りに文筆の上に試みたるなり。白紙の上に向つて superman ヲ説ク。人は其愚《そぐ》ヲ笑ふ。自己モ亦其愚ナルヲ知ラザルニアラズ。然レドモ内心の本能的要求は此愚ヲ無意義ナル楮墨《ちょぼく》ニヨリテ、カラクモ一条の活路ヲ開カントスルナリ。発言ヲ禁ジラレタルモノガ已《やむ》ヲ得ズアクビに托シテ何等カノ音ヲ洩ラシテ見タキト同ジキナリ。此故ニ彼等ノ ideal man ハ不平ノアラハレタル者ナリ。Homer ノ愉快ナク *Chevy Chase* ノ simplicity ナシ。

漱石は、同時代の高山樗牛などよりはるかに突っ込んだニーチェの読み方をしていた。漱石はニーチェの超人にエゴティスムの必然的帰結としての不平不満の一表現を認めた。(『チェヴィ・チェーズ』というのはイギリスの最古のバラードで、イングランドとスコットランドの境にある狩猟地帯の丘陵で二豪族が闘う様をうたった作品だが、ニーチェの『ツァラトゥストラ』にはそうした古代の英雄的叙事詩に見られる愉快や質樸さが見られない、と漱石はいうのである。)

自我と自我が膨脹して衝突し、緊張が生じた現代社会の行き詰りを漱石は危機と感じた。漱石は近代的自我の無条件な礼讃者ではなかった。漱石は「彼等」西洋人が謙抑《けんよく》の心を奴隷的なりとして見捨て、独立の方面へ向ったとして、そのことの結果を次のように観察する。

彼等ハ humiliation ヲ奴隷的ナリトシテ遥カニ後ヘニ見捨テ、独立ノ方面ニ向ヘリ。独立ノ方面ニ着々歩ヲ進メタル今日、今更ナガラ自由ノ甚シキ不自由ナルコトヲ悟レリ。昔日ノ humiliation ニ帰ラント欲スルヲ遂ニ得ベカラザルナリ。封建の世は只一ノ assumption ヲ要ス、分ニ安ンズ是ナリ。此 assumption アル以上は他ノ何等ノ刺激ナク障害ナク気楽ニシテ生ヲ過ゴシ得ルナリ。今日ノ世ハ分ニ安ンズル勿レトノ格言ノ下ニ打チ立テラレタリ。分ニ安ンゼザル者ガカラウジテ礼儀御世辞ノ油ノ力ニテ自他ノ摩擦ヲ免カレツヽアルナリ。昔は孔子ヲ聖ト云ひ釈迦《しやか》ヲ仏ト云ひ耶蘇ヲ神ノ子ト唱ヘテ自己は遥カニ之ニ及バザル者ト思ヘリ。此《これ》 humiliation ナリ。此《この》 humiliation アルガ故ニ世ハ安ク渡ラレタリ。今日ハワレモ孔子ナリ、ワレモ釈迦ナリト天下ヲ挙ゲテ皆思フ世ナリ。孔子ナル以上は崇拝者ナカルベカラズ、釈迦ナル以上は弟子ナカル可ラズ。弟子ナキ孔子ト釈迦トハ裸体の天子ノ如シ。然レドモ我孔子ナレバ隣りの車夫も亦孔子タリ、前ノ肴屋モ亦釈迦ナリ。人々釈迦ト孔子ナル以上は釈迦ト孔子ノ勢力ノ範囲内は自己ノ足ヲ据ゑる二尺四方以内ニ過ギズ。抑《そもそ》モ孔子タリ釈迦タルノ value ハ自己ノパーソナリチーヲ凡人ノ上ニ圧《お》シカケルニアリ。孔子釈迦トナツテ天下ニ孤立セバ切角パーソナリチーヲコヽ迄ミガキ上ゲタ甲斐ナキナリ。十年苦学シテ予期ト正反対ニシテ巡査ニ採用セラレタルガ如シ。彼等は巡査ヲ以テ満足スル能ハズ、巡査以上ニ出デントスレバ社会ノ秩序ヲ破ラザル可ラズ、茲ニ於テ毫ヲトツテ長嘯シテ其不平ノ気ヲ紙上ニモラス。Superman 是ナリ。

漱石はすこぶる真面目にニーチェの超人思想の批判を『断片』に記したが、それでも江戸っ子の気質のしからしめるところか、車屋、肴屋、巡査などを面白おかしく登場させている。いかにも『猫』の著者らしい筆致といえるだろう。（なお漱石がここで「謙遜」「謙抑」の意味で用いた humiliation はむしろ humility と書くべきところかと思う。）そのような漱石のニーチェ読書の感想は『猫』の最終章では八木独仙君の口を借りて次のように展開される。やや意味的に重複するが引用させていただく。

　とにかく人間に個性の自由を許せば許す程御互の間が窮屈になるに相違ないよ。ニーチエが超人なんか担ぎ出すのも全く此窮屈のやり所がなくなつて仕方なしにあんな哲学に変形したものだね。一寸見るとあれがあの男の理想の様に見えるが、ありや理想ぢやない、不平さ。個性の発展した十九世紀にすくんで、隣りの人には心置なく滅多に寝返りも打てないから、大将少しやけになつてあんな乱暴をかき散らしたのだね。あれを読むと壮快と云ふより寧ろ気の毒になる。あの声は勇猛《ゆうまう》精進《しやうじん》の声ぢやない、どうしても怨恨痛憤《ゑんこんつうふん》の音《おん》だ。……吾人は自由を欲して自由を得た。自由を得た結果不自由を感じて困つて居る。夫《それ》だから西洋の文明抔《など》は一寸いゝやうでもつまり駄目なものさ。之に反して東洋ぢや昔《むか》しから心の修行をした。その方が正しいのさ。見給へ個性発展の結果みんな神経衰弱を起して、始末がつかなくなつた時、王《わう》者《しや》の民蕩《たみたう》々たりと云ふ句の価値を始めて発見するから。無為《むゐ》にして化《くわ》すと云ふ語の馬鹿に出来ない事を悟るから。然し悟つたつて其時はもう仕様がない。アルコール中毒に罹つて、あゝ酒を飲まなければよかつたと考へる様なものさ。

太平の逸民の面白おかしい議論のように書いてあるので、読者はつい軽く読みすごしてしまうが、漱石の創作ノートであった『断片』に目を通し、またさらにさかのぼって漱石がニーチェの『ツァラトゥストラ』の英訳本の余白へ書入れた英文を調べてみると、八木独仙君の発言が漱石自身の深刻な感想であることは明らかだ。独仙君に仮託して述べた漱石のニーチェ批判は一転して反西洋近代の論となり、東洋人としての奇妙な強がりが「夫《それ》だから西洋の文明抔《など》は一寸いゝやうでもつまり駄目なものさ」「東洋ぢや昔しから心の修行をした。その方が正しいのさ」などの句となって顔をのぞかせる。『断片』には次のようなメモもある。

Self-consciousness の結果は神経衰弱を生ず。神経衰弱は二十世紀の共有病なり。人智、学問、百般の事物の進歩すると同時に此進歩を来したる人間は一歩一歩と頽癈し、衰弱す。其極に至つて「無為にして化す」と云ふ語の非常の名言なる事を自覚するに至る。然れども其自覚せる時は既に神経過敏にして何等の術も之を救済する能はざるの時なり。……一たび廻転せる因果の車は之を昔に逆転するを得ず。アルコール中毒のものが禁酒家を羨みつゝ昏睡して墓に入るが如し

漱石は横文字で Self-consciousness と書いたが、『断片』ではその強過ぎる自意識の問題を仏教の悟道と比較して、

今人について尤も注意すべき事は自覚心が強過ぎる事なり。自覚心とは直指人心見性成仏の謂にあらず。霊性の本体を実證せるの謂にあらず。自己と天地と同一体なるを発見せるの謂にあらず。自己と他と截然と区別あるを自覚せるの謂なり。此知覚は文明と共に切実に鋭敏になるが故に一挙手一投足も自然なる能はず。人々コセ〱して鷹揚な人を見る事能はざるに至る。

などとも書いている。漱石は東洋の文化的諸価値を担ぎ出したい衝動に駆られていたのである。しかしそれと同時に西洋の近代文明を「駄目」さと貶《おとし》めてみても、その文明の進歩がいまやその中に日本人をも包みこんで、不可避的に進行中であるという認識もあった。漱石は人類が文明を愛好するの度が過ぎて文明に中毒してしまい、文明以前の状態にあこがれたりもしてみるが、その時はもはや如何とも手の下しようのない

症状を呈している、という不吉な未来を、「アルコール中毒のものが禁酒家を羨みつゝ昏睡して墓に入るが如し」と滑稽なたとえもまじえて空想していた。表現そのものには笑いもユーモアもあるが、しかし漱石の西洋近代文明にたいする激越な批判的反撥の心の高ぶりは、この種の表現上の笑いやおかしみでもって雲散《うんさん》霧消《むしょう》する程度のものだったろうか。

『草枕』の別世界へ

普通、『吾輩は猫である』のような長篇を書きあげた人なら、そこで筆をおいてほっと一休みするところであろう。しかし漱石は『猫』の最後の章を書き了《お》えた半月ほど後の明治三十九年七月二十六日には、はやくも、『草枕』の稿を起し、そしてこの中篇を八月九日には脱稿している。そのように『草枕』を続けて一気《いっき》呵成《かせい》に書きあげたということは、とりもなおさずその当時の漱石の念頭に溜っていた感想を一時《いちどき》に『草枕』の中へ吐き出したということであり、それは同時に『猫』の最後の章で話題となった問題が『草枕』へ引続いた可能性を示唆している。「夫《それ》だから西洋の文明抔《など》は一寸いゝやうでもつまり駄目なものさ」という『猫』の八木独仙君に仮託された意見が、『草枕』では姿を変え、スタイルを変えて現われるので、漱石には、西洋への対抗意識があったから、『草枕』では自覚的に在来の伝統的な美的・詩的価値の再認識や強調が行われるわけである。そして作中の主人公は、この住みにくい人の世から一時的にせよ解脱《げだつ》できるのは、西洋の詩によってではなく、東洋の詩によってだ、とも主張した。

漱石には『猫』中の会話にもあったように、二十世紀《くじゅう》の文明社会がますます住みづらい世の中になるという予感があった。もしかすると漱石は自分自身の苦渋にみちたロンドン留学の体験を一般化して、近代文明の行き詰りが当時の先進国のイギリスでは現実化している、という風に拡大解釈したのかもしれない。一方では福沢諭吉が『福翁自伝』（明治三十二年）で文明の進歩を謳歌していたのとほぼ同じ時期に、漱石ははやくも文明の未来にたいして、懐疑的になっていた。『草枕』は、鉄道の通じた社会を文明とする発展段階説的な発想とは違う境地を理想として書かれた、という意味では「反文明」の作品ともいえる。それだからそこでは「非人情の世界」や「出世間の詩味」や「別乾坤《べつけんこん》」が話題とされたのである。それというのも漱石は、ニーチェと同じように、人々の自覚心が強くなり過ぎて、悪平等の大衆社会状況が到来することを心中でおそれていたからである。漱石が、暫《しばら》くの間でもよいからそのような世界から外へ出て俗事を忘却したい、と願った、行き詰り症状を呈しはじめた近代社会とは次のようなものだった。いま漱石の『断片』から引用する。

Self-conscious の age は individualism を生ず。社会主義を生ず、levelling tendency を生ず。団栗の脊くらべを生ず。数千の耶蘇、孔子、釈迦ありと雖も遂に数千の公民に過ぎず。

人々の自覚心が強くなり過ぎて、水平化現象が生じることを漱石はニーチェとともに憂えていたのである。しかし漱石はニーチェと違って、その行き詰りの打開を超人などに求めようとはしなかった。漱石は超人などを担ぎ出したニーチェの心事をむしろ皮肉な目付で観察していた。ツァラトゥストラの発言を「あの声は勇猛精進《ゆうまうしやうじん》の声ぢやない、どうしても怨恨痛憤《ゑんこんつうふん》の音《おん》だ」と評したのはニーチェ自身の心中にひそむルサンチマンを指摘して的確であると思う。

しかし二十世紀の、だんだんと住みにくくなる文明社会の病弊《びやうへい》については、漱石も彼なりにそれから解脱《げだつ》する方法をあれこれ考えていた。そうするうちに「Self-conscious の age は individualism を生ず」などという横文字まじりの感想は、いつのまにかいかにも日本語らしい表現へ和らげられ、おのずから漱石の口をついて出てきた。それが人口に膾炙《かいしや》する『草枕』の冒頭の句、智に働けば角が立つ。

なのではないだろうか。もとより「智に働けば角が立つ」という訓《おし》えには、日本社会の伝統的な人生智がこめられているのだろう。しかしその俗な訓えに新しい光を投じたところに『草枕』の新鮮味があった、といえるのではないだろうか。

美におけるナショナリズム

岡倉天心が英語で書いた *The Book of Tea*『茶の本』がニューヨークで出版された西暦一九〇六年五月は、日本暦の明治三十九年にあたる。外国世界で生活することの多かった岡倉は、日本人としての自己主張を「茶道という美の宗教」について語ることによって行なった。岡倉のナショナリズムが彼をして英語で日本美について語らせたのである。それと同じように日本内地で日本人読者向けに書かれた『草枕』にも、日露戦争の勝利の心理的ゆとりに幸いされて日本美の自己主張が表面化した、という面があったのかもしれない。明治三十九年の夏に書かれた『草枕』では、前にもふれたように、対西洋との関係で東洋の詩歌の功徳《くどく》が繰返し説かれているからである。

いったい詩論におけるナショナリズムなどというと、そのような自己主張があり得るのかと奇異に思われるかもしれない。しかしそうした「東洋主義」は、たとえばアメリカのカリフォルニアで生活し、英語で詩を書いて有名になった野口米次郎などにはなはだしく露骨だった。ヨネ・ノグチは一九一四年、招かれてオクスフォード大学で『日本詩歌論』を英語で講演しているが、この日本人離れしたバタ臭い詩人は、そこで「俳句対英詩論」を展開して、日本の「沈黙の詩」の意義を雄弁に説いた。野口はさすがに自己の中にある矛盾した衝動を自覚していたのだろう。彼自身、「私は……大胆に（イギリスへ）出掛けまして種々英詩に対する私の決闘状を発しました。自分乍ら其の健気な態度に感心するのですが、自然の結果として私の詩論は……日本では余り極論する勇気の無い箇所を英国では力説せなくてはならぬ境遇に自ら進んで踏みこんだのです」と自認している。詩の問題について「決闘状を発する」とか「英詩といふ古い城壁を攻め破る突貫の鬨声である」とかいうこと自体が、なにかそぐわない語彙を用いたという感を免れないが、しかしナショナリズムの自己主張という観点に立てば納得のいく表現といえよう。日本語で書いた時も、日本人ばなれした、バタ臭い、大仰《おおぎょう》な詩文を書いた野口米次郎が、彼自身俳人でもない癖《くせ》に俳句の暗示の効用をイギリス人に向って雄弁をふるって説いたという図には滑稽がなくもないのだが、そのようなヨネ・ノグチの言説と相似た心理上の反動作用は漱石の心中にも生じていた。しかもヨネ・ノグチと違って漱石は俳人であった。留学前の彼の名が日本で多少知られていたのは、時々新聞の片隅に漱石という名で俳句が載っていたからだった。そのような形で日本的伝統につらなっていた漱石が、「彼等」西洋人の文学を批判する際に俳諧に依拠したのは怪しむに足りない。『草枕』の中で漱石は西洋文芸一般を批判しつつ次のように語る。

苦しんだり、怒つたり、騒いだり、泣いたりは人の世につきものだ。余も三十年の間《あひだ》それを仕通して、飽々《あきあき》した。飽《あ》き々々した上に芝居や小説で同じ刺激を繰り返しては大変だ。余が欲する詩はそんな世間的の人情を鼓舞《こぶ》する様なものではない。俗念を放棄して、しばらくでも塵界を離れた心持ちになれる詩である。いくら傑作でも人情を離れた芝居はない、理非を絶した小説は少からう。どこ迄も世間を出る事が出来ぬのが彼等の特色である。

『草枕』の主人公はこのように「彼等」と「我等」の相違を対比させる。彼等西洋人と我等東洋人の差異の強調は、そのまま東西比較詩論へと引続く。

ことに西洋の詩になると、人事が根本になるから所謂詩歌《しいか》の純粋なるものも此境《きやう》を解脱《げだつ》する事を知らぬ。どこ迄も同情だとか、愛だとか、正義だとか、自由だとか、浮世《うきよ》の勧工場《くわんこうば》にあるものだけで用を弁《べん》じて居る。いくら詩的になつても地面の上を馳《か》けあるいて、銭《ぜに》の勘定を忘れるひまがない。……うれしい事に東洋の詩歌《しいか》はそこを解脱《げだつ》したのがある。

ところでこのような論に接すると、漱石が明治三十一年、まだ熊本にいたころに『ホトトギス』へ寄せた『不言之言』の中で、

俳句に禅味あり。西詩に耶蘇味あり。故に俳句は淡泊なり。洒落なり。時に出世間的なり。西詩は濃厚なり、何処迄も人情を離れず。

と書いていたことが思い出されよう。そしてロンドン留学の体験を経た漱石は「浮世の勧工場」である虚栄の市《ヴァニティ・フェア》から離れて「すこしの間でも非人情の天地に逍遥したい」と願い、

二十世紀に睡眠が必要ならば、二十世紀に此出世間的《しゆつせけんてき》の詩味は大切である。

と詩歌の功徳を説いたのである。漱石の「非人情」は普通の使用法と違い、「出世間」の意味で用いられているが、この「出世間的」の特徴については『不言之言』でも『文学論』第二編第三章でも指摘されていた。

漱石は渡英以前から西洋詩歌と異る日本の俳文学の趣を自覚していたが、その違いの深さをまざまざと実感させられたのは、やはりロンドン生活を通してであった。下宿のかみさんたちが雪が降っているのに犬の共進会を見に行くことに呆《あき》れ、西洋人は「禽獣に近い」などという悪口を日記に書いたことについてはすでにふれたが、その一月後の明治三十四年三月十二日の『日記』にはまた、

西洋人ハ執濃イコトガスキダ、華麗ナコトガスキダ、芝居ヲ観テモ分ル、食物ヲ見テモ分ル、建築及飾粧ヲ見テモ分ル、夫婦間ノ接吻ヤ抱キ合フノヲ見テモ分ル。是ガ皆文学ニ返照シテ居ル故ニ洒落超脱ノ趣ニ乏シイ、出頭天外シ観ヨト云フ様ナ様ニ乏シイ、又「笑而不答心自閑」ト云フ趣ニ乏シイ。

とも書いている。漱石が『草枕』で「彼等の特色」と言っていたものは、漱石のこのような西洋人観察に基いていたのである。

それでは西洋近代文明の行詰《いきづま》りは、『草枕』で説かれているように、東洋の芸術によって救済されるのだろうか。『草枕』がいちはやく中国語へ翻訳され、それも一種ならず翻訳が出たということは、この作品が東洋芸術哲学の優位を主張していたからだろう。しかしそこに説かれている漱石の東洋人としての自己主張は、はたして額面通りに受取ってよいものか。

俳句対西詩論

漱石は『文学論』第二編第三章では、「非人情」「即ち道徳抜きの文学にして、此種の文学には道徳的分子入り込み来る余地な」しといい、例として、

「李白一斗詩百篇、長安市上酒家に眠る」と歌はば如何。成程自堕落なるべし、されど之を以て別に不徳とは云ひ能はざるべし。「酔うて眠らんと欲す、君暫く去れ、明朝意あらば、琴を抱いて来れ。」礼を失したるものかは知らねど、不道徳にはあらざるべし、即ち始めより善悪界の外にあるものとす。

と述べている。『日記』に引かれた「笑而不答心自閑」もやはり李白の詩句で、『山中問答』の、

余に問ふ何の意ぞ碧山に栖《す》むと。
笑つて答へず心自ら閑なり。
桃花流水杳然として去る。
別に天地の人間に非ざる有り。

が出典である。『草枕』の「非人情」の論は遠くは李白等の漢詩に、近くは日本の俳諧に由来しているのだが、右の詩境など「俗念を放棄して、しばらくでも塵界を離れた心持ちになれる」という点で、『草枕』の主人公流にいわせれば、「超然と出世間的に利害損得の汗を流し去つた心持ちになれる。只二十八字のうちに優に別乾坤《べつけんこん》を建立《こんりふ》して居る」といえるだろう。

漱石は、西洋の詩が耳に愬《うつた》える魅力は外国人である自分にはわかりがたい、と大学でも、また『テニソンに就て』という談話や『私の個人主義』という講演の中でも繰返し述べている。それも自分には英詩の醍醐《だいご》味《み》がわからないという苦衷《くちゆう》を洩すだけでなく、英国人と同じように英詩がわかるような顔をする同僚たちを非難するために、そう言っているようなきらいもあった。

たとへば西洋人が是は立派な詩だとか、口調が大変好いとか云つても、それは其西洋人の見る所で、私の参考にならん事はないにしても、私にさう思へなければ、到底受売をすべき筈のものではないのです。私が独立した一個の日本人であつて、決して英国人の奴婢でない以上はこれ位の見識は国民の一員として具へてゐなければならない上に、世界に共通な正直といふ徳義を重んずる点から見ても、私は私の意見を曲げてはならないのです。

詩は御承知の通り散文で無いから特別の構造を持つてゐる。此は無論の話であるが、其特別な構造が、読んで直ぐ耳に愬へるので無ければ、詩としての面白味の半分以上は無くなってしまふ。其読んで直ぐ耳に愬へるので無ければ、詩としての面白味の半分以上は無くなってしまふ。其読んで直ぐ耳に愬へる点、即ち調子の面白味といふものは、外国人に取つては大変に困難な事である。ところが日本の外国文学を遣る人が、詩を研究して其面白味を頻りに説く処を見ると、自然其口調の面白味も其人々にはよく呑込めて居るとしきやあ見えないが、其が自分には頗る不思議である。今日迄外国文学を遣る人で、特に其難かしさを後進に教へた人も無く、自白した人も無い。だからさういふ人には判つてゐるのかも知れないが、自分は自分の経験から考へて、唯驚く許りである。

漱石がそのような点を強調したのは第一に自己に対する誠実からであったろう。しかしもしかすると第二には『猫』『草枕』執筆当時、帝国大学で同僚であり、自分より七つも年下でありながら西洋詩歌の翻訳と紹介でいちはやく名を成した上田敏の存在がなにかと気になっていたからかもしれない。世間でも『読売新聞』は正宗白鳥記者の『漱石と柳村』などという比較論を掲載して面白がっていたし、漱石自身『文学評論』の「序言」では「接吻」などという字を平気で使う新体詩人の悪口を言い、『猫』の第六章には『海潮音』のパロディともいうべき「倦んじて薫ずる香裏に君の」などという詩を東風君に書かせ、さらに上田敏の実名さえ持ち出して、自嘲的とも取れる次のような皮肉を迷亭に言わせていたからである。

　上田敏君の説によると俳味とか滑稽とか云ふものは消極的で亡国の音《いん》ださうだが、敏君丈あつてうまい事を云つたよ。そんな詰らない物（俳劇）をやつて見給へ。夫《それ》こそ上田君から笑はれる許《ばか》りだ。

そのように迷亭には言わせてはいたが、漱石自身は俳諧の功徳に依怙地《いこじ》なほどこだわった。『猫』の脱稿直後には、『草枕』の冒頭の章で「俳句対西詩論」を展開し、それを塵界《じんかい》から解脱《げだつ》する法として読者にもすすめていたからである。しかし次のような言葉など、同僚の英文学科講師の耳にはずいぶん厭味《いやみ》に聞えたことに相違ない。

　……二十世紀に此出世間的の詩味は大切である。惜しい事に今の詩を作る人も、詩を読む人もみんな、西洋人にかぶれて居るから、わざ〳〵呑気な扁舟《へんしう》を泛《うか》べて此桃源《たうげん》に溯《さかのぼ》るものはない様だ。

そして漱石は彼自身俳句を作る人として、またいまは亡き子規や、虚子の友人として、俳諧の精神衛生とでもいえるような効能を次のようにわかりやすく説いた。

　こんな時にどうすれば詩的な立脚地に帰れるかと云へば、おのれの感じ、其物を、おのが前に据ゑつけて、其感じから一歩退《しりぞ》いて有体《ありてい》に落ち付いて、他人らしく之を検査する余地《よち》さへ作ればいゝのである。詩人とは自分の屍骸《しがい》を、自分で解剖して、其《その》病状を天下に発表する義務を有して居る。其《その》方便は色々あるが一番手近《てぢか》なのは何《なん》でも蚊《か》でも手当り次第十七字にまとめて見るのが一番いゝ。十七字は詩形として尤も軽便であるから、顔を洗ふ時にも、厠《かはや》に上《のぼ》つた時にも、電車に乗つた時にも、容易に出来る。十七字が容易に出来ると云ふ意味は安直《あんちよく》に詩人になれると云ふ意味であつて、詩人になると云ふのは一種の悟りであるから軽便だと云つて侮蔑する必要はない。軽便であればある程功徳《くどく》になるから反《かへ》つて尊重すべきものと思ふ。まあ一寸《ちよつと》腹が立つと仮定する。腹が立つた所をすぐ十七字にする。十七字にするときは自分の腹立ちが既に他人に変じて居る。腹を立つたり、俳句を作つたり、さう一人《ひとり》が同時に働けるものではない。一寸《ちよつと》涙をこぼす。此涙を十七字にする。するや否《いな》やうれしくなる。涙を十七字に纏《まと》めた時には、苦しみの涙は自分から遊離《いうり》して、おれは泣く事の出来る男だと云ふ嬉しさ丈《だけ》の自分になる。

しかしそのように俳諧や風流の功徳《くどく》を説き「非人情」の美学を展開した時の漱石の心境が、「笑つて答へず心自ら閑なり」という穏やかなものであったかといえば、そうはいえない。ロンドン留学中にイギリス人の生活や文学を、

洒落超脱ノ趣ニ乏シイ、……又「笑而不答心自閑」ト云フ趣ニ乏シイ。

ときめつけた時にも、文部省留学生夏目金之助の心境は、使命感と西洋文明社会の重圧に気押《けお》されて暗澹《あんたん》たるものだった。してみると、そのような漱石の自己主張には奇妙な矛盾が少なからず見られるので、たとえば『草枕』で俳句の功徳を説いていたころの漱石は、実際の句作はいっこうに振わず、数も少く、見るべき秀句もなかった。

ここで漱石における俳諧の消長を一瞥《いちべつ》すると、次のような推移が観察される。句作はイギリス留学以前の

松山・熊本時代に断然多く、明治二十八年四六二句、二十九年四九五句、三十年二六五句、三十一年一〇二句、三十二年三三〇句であった。それがイギリスへ向けて出帆した明治三十三年には一五句、三十四年一九句、三十五年一〇句、日本へ帰国した三十六年には二二句、三十七年二〇句、三十八年五句、『草枕』を書いた三十九年も三二句（三二句のうち『草枕』に使われた一七句を引けば一五句）といたって数が少い。そして漱石におけるそのような俳諧の消長は漱石の英文学研究の緊張と密接に関係していたのである。漱石は英国留学に船出した直後から俳句が出なくなってしまった。その理由は一つには英文学研究に打込まねばならぬという精神の余裕の喪失であり、いま一つには俳諧を支えていた日本の雰囲気や季節感が、横浜でプロイセン号に乗船した途《と》端《たん》に、身のまわりから消え失せてしまったためである。思えばそのような日本美の環境の消失が留学生夏目金之助の神経衰弱の発端だったのかもしれない。われながら呆《あき》れつつ漱石は出帆第四日目の日記に書いた。

明治三十三年九月十二日
カバンノ中ニ『几董集』ト『召波集』ガアツタカラ少シ読マウト思フタガ読メヌ。周囲ガ西洋人クサクテ到底俳句抔《など》味《あぢは》フ余地ハナイ。……俳句モ一二句ハ作ツテ見度ガ一向出テ来ナイ。恐入ツテ仕舞ツタ。

阿呆鳥

漱石は趣味性の強い人であっただけに、西洋人に取囲まれ、三度々々洋食を食べさせられる破目におちいって狼狽したのである。それでも香港へ着くまでに一句を得て正岡子規へ書き送った。

阿呆鳥熱き国へぞ参りける

小宮豊隆は自分の師の夏目漱石が阿呆であろうなどとは、かりそめにも考えることのできない性質の人だったから、この阿呆鳥をアルバトロスかなにか、実際プロイセン号の船尾を追いかけて来た鳥のように解釈した（『漱石俳句研究』）。しかしこの阿呆鳥は外人船客の中でまごついてしくじってばかりいる漱石自身のカリカチュアだと思う。漱石にとっては実際の動物としての阿呆鳥は問題ではなかったので、阿呆鳥という呼び名そのものに面白味《おもしろみ》を感じたのである。「へぞ参りける」というお道化《どけ》た名乗り方にも自憫《じびん》の心持を裏返した滑稽が感じられる。

俳句はそのように自己客観視をするゆとりがあるうちはまだしも生れたが、ロンドンへ着いて英文学を学理的に研究して論文を書かねばならない、という状況へ追いこまれると、精神が過剰な負担感に硬直してしまって、俳句など出なくなってしまった。それでも見捨てられた可憐《かれん》な花をうたう英詩人がいると知った時は情が動いて、「見付たる菫の花や夕明り」の句がすなおに出た。薄暗い下宿を思わせるこの句についてはすでにふれた。留学第二年目は句作はさらに減ったが、それでも正岡子規の訃を聞いた時は心が動いた。

筒袖や秋の柩にしたがはず
手向くべき線香もなくて暮の秋
霧黄なる市に動くや影法師
きり〴〵すの昔を忍び帰るべし
招かざる薄に帰り来る人ぞ

漱石はその翌明治三十六年に日本へ帰って来るのだが、句作の習慣は一旦《いったん》失われてしまうとなかなか戻らないものなのだろう。それに留学前と違って東京大学の講壇に立つ漱石は、英文学の講義の準備で俳句どころではなくなっていたのである。それだから熊本時代に交際のあった井上微笑が俳句の投稿を再三懇請すると、漱石は、

「小生は最早俳界中の人に無之、新しき句抔もほとんど作り不申、……」

とか、

「近頃俳句抔やりたる事なく」

とか、

「近頃俳神に見離され候せいか一向作句無之」

などの返事を書いた。

「目下大多忙にて近来俳句とは全く絶縁の有様」

というのは実際その通りだったに違いない。帝国大学の英文科の教壇に立った漱石は、松山や熊本にいた時のようにのんびりと俳句をひねっているゆとりはなかった。それにイギリスに二年余りいて朝夕英語を使っていたこともあって、いまは俳句でなくひそかに英語で詩を書くような試みも重ねていた。漱石における俳諧はそのように英文学と輸贏《しゆえい》を競っている感があるのだが、そのような両者の反比例的な関係を裏から立証するように、漱石は明治四十年、大学の英文科の教職を去るやいなやまたおびただしい数の俳句を作るようになったのだった（明治四十年は一三二句）。

このように仔細《しさい》に調べてみると、漱石は自分の句作が最低の状態にあった時に、西洋詩に対する俳諧の優越を説いたという奇妙な関係になる。その矛盾した心境は、米英人に囲まれてそれと対抗的に生活したがゆえに、「俳句対英詩論」を講じて前者の優越を言わずにはいられなかったヨネ・ノグチの心理に相通ずるものがあった、と見なければならない。

漱石自身にも自己の精神状態の良さ悪さと俳句の出来不出来の関係については、自覚するところがあった。修善寺の大患の後に書いた『思ひ出す事など』第五章では漱石は次のように言っている。

余は平生事に追はれて簡易な俳句すら作らない。詩となると億劫《おくくふ》で猶《なほ》手を下《くだ》さない。たゞ斯様に現実界を遠くに見て、杳《はるか》な心に些《すこし》の蟠《わだかま》りのないとき丈《だけ》、句も自然と湧き、詩も興に乗じて種々な形のもとに浮んでくる。さうして後《あと》から顧みると、夫《それ》が自分の生涯の中《うち》で一番幸福な時期なのである。

生悟り

風流という趣味性の問題とナショナリズムという自己主張ほど一見奇妙な取合せはないだろう。しかし趣味性の問題は意外に深く国民感情に結びついているのではあるまいか。『思ひ出す事など』の第五章で漱石は修善寺の大患の後の心理状態をかえりみて、病中に句を得た心地を、「当時の余は西洋の語に殆《ほと》んど見当らぬ風流と云ふ趣をのみ愛してゐた。」と書いている。そうした風流の把握は『草枕』の東西比較審美論に連なるものだが、「西洋の語に殆《ほと》んど見当らぬ」という点、いいかえれば日本にしかないという点を強調すれば、「日本への回帰」は当然ナショナリスティックな響きを発する。そしてその種の趣味性についての自己主張はなかなか伝染性も強いらしい。いま漱石の『草枕』の一節と、それを念頭に置いていた谷崎潤一郎の『陰翳礼讃』の一節を並べて引いてみる。

余は凡ての菓子のうちで尤も羊羹が好だ。別段食《く》ひたくはないが、あの肌合《はだあひ》が滑《なめ》らかに、緻密《ちみつ》に、しかも半透明に光線を受ける具合は、どう見ても一個の美術品だ。ことに青味を帯びた煉上《ねりあ》げ方は、玉《ぎよく》と蠟石の雑種の様で、甚だ見て心持ちがいゝ。のみならず青磁の皿に盛られた青い煉羊羹は、青磁のなかゝら今生れた様につや〳〵して、思はず手を出して撫でゝ見たくなる。西洋の菓子で、これ程快感を与へるものは一《ひと》つもない。クリームの色は一寸柔《やはら》かだが、少し重苦しい。ジエリは、一目《いちもく》宝石の様に見えるが、ぶる〳〵顫へて、羊羹程の重味がない。白砂糖と牛乳で五重の塔を作るに至つては、言語道断の沙汰である。

漱石のウェディング・ケーキへの攻撃はこのように苛烈だが、谷崎は漱石の発言を受けて、やはり「瞑想的」な羊羹《ようかん》の色を西洋の菓子との対比において次のように讃美する。

玉《ぎよく》のやうに半透明に曇つた肌が、奥の方まで日の光りを吸ひ取つて夢みる如きほの明るさを啣んでゐる感じ、あの色あひの深さ、複雑さは、西洋の菓子には絶対に見られない。クリームなどはあれに比べると何と云ふ浅はかさ、単純さであらう。だがその羊羹の色あひも、あれを塗り物の菓子器に入れて、肌の色が辛うじて見分けられる暗がりへ沈めると、ひとしほ瞑想的になる。人はあの冷たく滑かなものを口中にふくむ時、恰も室内の暗黒が一箇の甘い塊になつて舌の先で融けるのを感じ、ほんたうはさう旨くない羊羹でも、味に異様な深みが添はるやうに思ふ。

明治三十九年に書かれた『草枕』と昭和九年に書かれた『陰翳礼讃』は、日本美の自己主張という点でこのように似通っていた。

ところで谷崎の『陰翳礼讃』の執筆動機について、従来わが国の読者は、谷崎の意図が日本文化の客観的な分析であるかのように受取ってきた。しかし最近、西洋人の日本研究者の中から、谷崎が西洋と呼ぶものは客観的な西洋というよりも、谷崎の中にある二つの傾向のうちの一つを名づけたものに過ぎない――谷崎の両極的心理の一極が西洋と呼ばれているのではないか、という指摘が行なわれるようになった。東洋とか西洋とかいうのは実際の東洋とか西洋であるよりも、むしろ谷崎の心的傾向のそれぞれの「面」を投影した「土地の名」だというのである（ジャクリーヌ・ピジョー氏説、『講座比較文学2』、東大出版会、所収）。

漱石の『草枕』執筆動機についても同様な指摘がなされ得る。『草枕』の東西比較詩論は一見客観的な分析のようでいて、その実、日本人としての文化的アイデンティティーを求める漱石の守勢的な強がりが根底に横たわっている。そのような強がりは、日本文化を一方に偏極させ、その対照裡に西洋文化を逆方向に偏極させる際に得てして表面化しやすいものなのだが、『草枕』の著者のそのようなポーズをいちはやく見破った人に正宗白鳥がいた。白鳥は『明治文壇総評』で『草枕』の主人公が陶淵明の詩などを引いて出世間的な東洋の詩歌の功徳を説くことを「生悟り」とくさしているからである。

そして正宗白鳥にそういわれるまでもなく、漱石自身が晩年には『草枕』に強い自己嫌悪を覚えるようになっていた。大正四年、『道草』を書くころの漱石は、留学帰朝時の自分の気持を次のように正確に見つめている。十二年余の間隔が、帰朝当時の自分のアンビヴァレントな気持を客観視するゆとりを漱石に与えてくれた。『道草』の書出しは、留学帰朝時の漱石のほとんど生理的といえる反英気分とそこにひそむ矛盾を次のように淡々と叙している。文中の健三は金之助と読みかえてよいに相違ない。

健三が遠い所から帰つて来て駒込の奥に世帯を持つたのは東京を出てから何年目になるだらう。彼は故郷の土を踏む珍らしさのうちに一種の淋《さび》し味《み》さへ感じた。

彼の身体には新らしく後《あと》に見捨てた遠い国の臭《にほひ》がまだ付着してゐた。彼はそれを忌《い》んだ。一日も早く其臭を振ひ落さなければならないと思つた。さうして其臭のうちに潜んでゐる彼の誇りと満足には却《かへ》つて気が付かなかつた。

第三章　クレオパトラと藤尾

淑女という理想

漱石が留学から帰って来て、故郷の土を踏む珍しさのうちに感じた「淋《さび》し味《み》」の実体は何だったのだろう。その第一はロンドンとの対比における東京の生活の遅れ、現代日本の開化の焦《あせ》りをいまさらのように感じたことだろう。しかし漱石には近代西洋文明に対するアンビヴァレントな、評価すると同時に反撥する心理もあった。その屈折が『草枕』の論にどのように反映したかについては、すでにふれた。

「淋し味」の第二は、自分の家庭や妻にたいする幻滅《げんめつ》だろう。自分たち夫婦の生活を自然主義的手法で描いた『道草』が、主人公が「遠い所から帰つて来て駒込の奥に世帯を持つた」時から書き出されているのは、その点で示唆的である。この夫婦の不和も西洋体験の後遺症の一つなのだ。洋行しなければ地方の学校の気難しい英語教師で終ったかもしれぬ金之助にとっては、たしかにこの機会が作家漱石を生み出すきっかけとなった。だが金之助の妻にとっては「この洋行を転機として、私ども一家の上に暗い影がさすやうになつてまゐりました」（夏目鏡子『漱石の思ひ出』一三章）。いまその間の心理の推移について臆測をめぐらしてみる。

漱石が留学する以前の夏目家は、鏡子夫人がヒステリーの発作を起したこともあったが、人並《ひとなみ》な夫婦だったと思う。とくに不幸であったとか不協和であったとは思われない。熊本時代には「内君の病を看護して」という詞書《ことばがき》のついた、

枕辺《まくらべ》や星別れんとする晨《あした》

などの濃やかな愛情をこめた句も見受けられる。イギリスへ向けて出発する時に作った、

秋風の一人をふくや海の上

も、妻と別れて一人船に乗って見知らぬ国へ行く自分の淋しさを想定した、妻への情愛を裏返して表現したともいえる句である。その妻をいとおしむ情は、ロンドンの孤独の中で当然つのった。「もう英国も厭になり候」という詞書のついた高浜虚子宛のはがき（明治三十四年二月二十三日付）に記された、

吾妹子《わぎもこ》を夢みる春の夜となりぬ

の句も、遠国にあって詩化され、美化された妻のイメージを思わせる。

しかしロンドンで生活した漱石は、その間に否応《いやおう》なしに西洋婦人を目撃した。漱石はかねて文学作品を通して知っていたイギリス女性を実際に目のあたりにするようになったのである。漱石の直接的な反応は、江戸っ子らしく西洋女にたいする悪口に似た違和感を言うことにはじまったが（「大抵の女は小生より（脊が）高く候、恐縮の外無之候」）、しかしその同じ手紙（明治三十四年一月二十二日付）の末尾に、妻の鏡子に向けて、

産後の経過よろしく、丈夫になり候へば、入歯をなさい。金がなければ御父ツさんから借りてもなさい。

帰つてから返して上ます。髪抔は結はぬ方が毛の為め脳の為よろしい。オードキニンといふ水がある。是はふけのたまらない薬だ、やつて御覧。はげがとまるかも知れない。

と妙に細かな事を一々言い出したのは、気の利《き》かない女を妻にした男の神経症的な気の配りようとも取れる。鏡子は自分の身なりもよく構わない、神経の太い女だったという感じもする。しかし漱石が事細かに入歯や髪のことまで言い出したのは、ロンドンに来て身なりもきちんとした西洋女性を日々まのあたりにしたことの反射作用ではあるまいか。漱石は一面ではイギリス女性の悪口を言いながら、他面ではイギリス女性との比較で日本女性（というか妻鏡子）のいたらなさを痛切に感じた。日常生活面での鏡子にたいする小さないらだちは同年二月二十日の鏡子宛の手紙に、

おれの下宿は気に喰はない所もあるが先々《まづ》辛防して居るよ。妻君の妹が洗濯や室の掃除抔の世話をする。中々行届いたものだ。シヤツや股引の破けたの抔は何にも云はんでもちやんと直して呉《くれ》る。御前も少々気をつけるが善い。

といった形で現われる。妻と離れて半年近く経っているのに、妻の行届かない点が思い出されてくるのである。それというのも漱石は妻に期待するところがあったからではあるまいか。イギリスへ来て放蕩《ほうとう》もせず、親しい英国女性の友人もなしに暮している漱石は、自分がイギリス社会から疎外されていただけに、はるかな祖国にいる鏡子にたいし本来望むべからざる望みを託するようになった。現在自分がこのような孤独な生活に耐えているのは東京に家族がいるからだ。漱石はそう思ってイギリスの下宿で〈home, sweet home〉のメロディーが流れるような真似事《まねごと》をしてみせた。この留学生は日本から届いた鏡子と娘の写真を——後年の

漱石には想像することさえできない図だが――マントルピースの上へ飾ったのである。もっとも下宿のかみさんと妹に、

「大変可愛らしい御嬢さんと奥さんだ」

と褒められた時は、つい江戸っ子の癖が英語にも出て、

「何、日本ぢやこんなのは皆御多福の部類に入れて仕舞《しまふ》んで美しいのはもつと沢山ある」

などと妙な力《りき》み方をしてみせた。しかしそのような事を報じた後で、漱石はあらたまった口調で鏡子へ向けてこう訓示を垂れている。

　善良なる淑女を養成するのは母のつとめだから能く心掛けて居らねばならぬ。夫《それ》につけては御前自身が淑女と云ふ事について一つの理想をもつて居なければならぬ。此理想は書物を読んだり自分で考へたり又は高尚な人に接して会得するものだ。ぼんやりして居ては行けない。

マントルピースの上に妻と娘の写真を飾った漱石が、この明治三十四年五月八日付の手紙で「淑女」という時、その日本語の裏にladyというイギリス風の理想があったことはいうまでもない。しかし赤ん坊の面倒や家事や家政に忙殺されていた鏡子には、こうした漱石の言葉はむしろ空々《そらぞら》しく響いたのではあるまいか。鏡子は後に主人の説教調の言葉には「手前味噌《てまへみそ》」の一言で応じたというが（『道草』第三章）、このような文面に接した鏡子が返事の書きように窮したのもわかる気がする。苦沙弥先生の妻君の言分《いいぶん》に「何故耶蘇学校の卒業生かなんかをお貰ひなさらなかつたんです」というのがあったが（『吾輩は猫である』第二章）、それはおそらく鏡子夫人の口を実際ついて出た言葉だったのだろう。漱石も都合のいい男で、自分は日本風の我儘《わがまま》な主人のままでいたい癖《くせ》に、妻に対しては日本風の柔順な婦徳も、またミッション・スクール出身の活潑

な才媛《さいえん》ぶりも、共に求めていたのである。もっとも漱石自身にも自分の高望みをひそかに笑っている節《ふし》もあるので、右の手紙を書き送った旬日後の五月二十日の『日記』には、自分で自分を次のように冷やかしている。

夜、池田（菊苗）ト話ス、理想美人ノ description アリ。両人共頗《すこぶ》ル精《くは》シキ説明ヲナシテ、両人現在ノ妻ト此理想美人ヲ比較スルニ殆ンド比較スベカラザル程遠カレリ。大笑ナリ。

この二人の会話では容姿だけが話題となっていたのかもしれないが、漱石がロンドンで、快にせよ不快にせよ、英国女性から感銘を受けたのは、教養という点についてだった。寺田寅彦宛の明治三十四年九月十二日付の手紙にも、正岡子規宛の同年十二月十八日付の手紙にも、同じ下宿にいる婆さんが「ミルトンやシエクスピヤーを読んで居ておまけに仏蘭西語をペラ〳〵弁ずるのだから一寸恐縮する」という図が描かれている。漱石は自分が英文学専攻と名乗っていただけに、そうした女性のいることに人一倍恐れいったにちがいない。

秋風の一人をふくや

ところでそのような漱石は、対西洋女性との関係でも、対西洋文明の場合と相似たアンビヴァレンスを呈することとなる。漱石が心のどこかで西洋風の「淑女」に憧れ、それにつられて妻に過大な期待を寄せたことはすでに見た通りだが、しかし自分が憧れたものが自分の手に届かない別世界に属する、という自覚を強いられると、漱石の心理は奇妙な屈折を示した。西洋の女性本位の社会から精神的にも性的にもシャット・アウトされたまま二年間を過した漱石は、はじめのうちこそナイーヴに「淑女」に感心したものの、しまいにはその憧憬と表裏をなす憎悪に近い感情さえつのらせた。漱石伝説の一つに漱石は帰国の途中、船からロ

ンドンの下宿へ宛てて、

「余ハ生涯二度ト英国ノ地ニ吾足ヲ踏ミ入ル、事ナカルベシ」

という趣旨の電報を打ったという話があるが、そのエピソードが事実であるらしいことは、漱石が帰国後『ツァラトゥストラ』英訳本へ書入れた激しい反英感情や偽善への非難からも類推できる。ロンドン到着当初には「御前自身が淑女と云ふ事について一つの理想をもつて居なければならぬ」とあらたまって説教したことを思うと、これはまたなんという激変であろう。漱石の気持は、ゆとりのある時は、苦沙弥先生風の諧謔《かいぎやく》をまじえることもできた。淑女の理想を掲げた十四ヵ月後には前の通信はけろりと忘れて次のような手紙を妻に書いている（明治三十五年七月二日。文中の御梅さんは鏡子の妹である）。

御梅さんは華族学校へ通ふよし、英語なんかなまなか出来ぬ方がよろしい。日本の婦人が西洋的になつては大変ぢや。こちらの男は婦人に対して皆召使の如きものである。

またここで注意すべきことの一つに、イギリス留学中の漱石と妻との間には愛情の交換で不均衡が生じた、という点がある。孤独であった漱石は、家事に追われ通しの鏡子が漱石を思う以上に、鏡子のことを思っていたからである。妻の手紙を心から待遠しく思い、来信回数の少いことに苛立《いらだ》った。もっとも手紙が来ると今度はその文面の無神経さ加減に腹を立てた。漱石はもともと家庭的な情愛に恵まれることが薄かっただけに人一倍人恋しい性質《たち》でもあった。イギリス生活の孤独が深ければ深かったほど、その代償として、日本の家族とのきずなにすがりたかったのだろう。それで鏡子に期待してはならぬと思いながらも、やはりなにか期待し、そしてその期待が空《むな》しいことを予感して、ひとり苛立つようなところがあった。祖国を離れて二年半近くも経てば、美化作用が心中で働こうというものである。ふだん顔を合せている夫婦なら、日々の相手のイメージは実像に即して平凡だろうが、別離の間に相手のイメージは修正が利かぬままに勝手に成長してゆく。

だが漱石のそのような夢は、明治三十六年一月二十四日、東京矢来《やらい》の、三年間畳替えもしなければ何の手入れもしていない中根の家へ帰って来た時、みじめにも破れた。それは「一種の淋し味」などという以上のもっとずっと激越な感情であった。漱石はロンドンで孤独だった自分の心が、日本へ帰ってもやはり慰められないことを直覚した。彼は妻の部屋へはいるなり、床の間の横にかけてあった、

秋風の一人をふくや海の上　漱石

の短冊《たんざく》をはずすと、びりびりに裂いて捨てた。旅へ出る前の漱石は、自分は留学に行くから一人になるのだと思っていたが、帰って来た漱石は、自分はこの家庭にいても一人なのだ、と思い、無性《むしょう》に腹立たしかったのである。帰朝後の漱石がひたすら仕事に打込み、心の交流を妻よりも弟子に求めるようになった理由の一半は、そのような幻滅に似た期待感の齟齬《そご》にもあったのではあるまいか。

漱石の「新しい女」たち

ここで前期の漱石文学における女性像について考えてみよう。漱石夫人は『吾輩は猫である』の苦沙弥先生の奥さんとして生き生きと登場する。そしてそれと並行して書かれた『漾虚集』の諸短篇には、しっくりゆかぬ夫婦という現状への不満の裏返しだろうか、漱石の漠然とした女性憧憬《しょうけい》がロマンティックに描かれる。それは「見付たる菫の花や夕明り」の好みや、a violet by a mossy stone への愛着とも通じるつつましやかな女たちであり、漱石が昔好意を寄せた人の面影《おもかげ》もほのかに浮んでいるのかもしれないが、実在感はあま

り鮮明でない。その系譜は『虞美人草』の小夜子まで続く。

それに対し印象に残る女たちは『草枕』の志保田那美、『虞美人草』の甲野藤尾、『三四郎』の里見美禰子などである。共通した性格として、これらのヒロインたちはいずれも並の女ではない。田舎から出て来たうぶな学士や学生を鼻先でひきまわす、というのが『虞美人草』の藤尾や『三四郎』の美禰子の得意だった。身上調査をすると、三人はいずれも両親が揃っておらず、彼女たちの上に立つ権威者がいない。みな美貌に恵まれ、経済的にも不自由しておらず、利口で、自分の意のままに振舞うことになれたのみか、男まで我が意のままになると思っている。しかし気位《きぐらい》の高い女であるだけに、華麗ではあるが、どこか不幸の影もただよわせている。

日露戦争後の文壇に漱石が登場した時、読者は作中の「新しい女」に目をみはった。漱石文学の女性について酷評したことのある谷崎潤一郎でさえも、その点を次のように指摘している。

「漱石は有数の英文学者でありながら決してハイカラの方ではなく、寧ろ東洋の文人型の作家であるが、それでも『三四郎』や『虞美人草』に出て来る女性とその扱ひ方とは、到底紅葉の作に見出し難いものであつて、此の二家の差は個人の相違でなく、時勢の相違なのである。」(『恋愛及び色情』)

谷崎は簡単に「時勢の相違」と言ってのけたが、はたしてそれだけだろうか。漱石の「新しい女」たちには、作者の西洋体験がやはりどこかでからんでいるのではないだろうか。作中のヒロインを構成する要素はもとよりさまざまあろうが、漱石の問題性を帯びた女性の現出を、漱石の西洋女性にたいするアンビヴァレンスや、西洋文学の書籍的知識という点からいまみてみよう。

学者作家漱石の初期の作品には英文学の知識を巧みに生かした作が多い。シェイクスピアの『リチャード三世』は『倫敦塔』に、『ハムレット』は『草枕』に、『アントニーとクレオパトラ』は『虞美人草』に使われる。そしてそのような博識の利用とも関係することだが、漱石の作品の中では男女が英文学の作品を読むという情景が再三出てくる。『草枕』でも「情の風が女から吹く」とメレディスを原文以上に詩的に読む場面がある。アフラ・ベーンが話題となるのは『三四郎』である。シェイクスピアやプルタークの読書は『虞美人草』では、後述するように、作品の本質に深くかかわりあっている。このような書籍的知識の利用は英文学者漱石のひそかな誇りと満足でもあったのだろう。その上、華麗な文体の中に、男とともにシェイクスピアを読む新しい女が現われた時、若い世代は歓呼して藤尾を迎えた。小宮豊隆は「狂喜するばかりに歓迎した」と書いている。

ところが世間の喝采とはうらはらに、漱石は敵意のある眼差で自分の作中人物を見つめていた。彼は文科大学の学生だった小宮豊隆をたしなめて次のように書いている（明治四十年七月十九日）。

『虞美人草』は毎日かいてゐる。藤尾といふ女にそんな同情をもつてはいけない。あれは嫌な女だ。詩的であるが大人しくない。徳義心が欠乏した女である。あいつを仕舞に殺すのが一篇の主意である。……だから決してあんな女をいゝと思つちやいけない。小夜子といふ女の方がいくら可憐だか分りやしない。

そして作者の藤尾への敵意は、

「早く女を殺して仕舞たい」

という一層露骨《ろこつ》な言葉でもって示される（高浜虚子宛、同年七月十六日）。もっとも「早く女を殺して仕舞たい」という言い方には、はやく小説を書き了えてほっとしたい、という意味も含まれている。しかし「嫌な女」がヒロインであるにせよ、作者がこの新聞小説の「製造」へかけた熱意は並大抵《なみたいてい》のものではなかった。同年八月六日の小宮豊隆宛の手紙には、……小説をかいて仕舞はないと雑誌さへ読む気にならん。旅行抔は来年に延ばして仕舞ふ。あの小説をかいてゐるうちは腹のなかにカタマリがあつて始終気が重い。妊娠の女はこんなだらう。

とも書いている。腹の中のカタマリとは漱石が作品中に吐き出さずにはいられなかったわだかまりや精神のしこりをさすのだろう。漱石が博士号をめぐる憤懣《ふんまん》を『虞美人草』の執筆衝動の一つとしたことについてはすでにふれたが、漱石はいまある種の女性に筆誅《ひっちゅう》を加えるために、藤尾やその母を描いているのだ。そして漱石が藤尾を仮想敵とした時、そこには西洋の誇り高い女の姿が二重写しとなって見えた。藤尾がシェイクスピアを読む新しい女として登場してくる時、その背後には漱石がかつてロンドンで恐れいった「ミルトンやシエクスピヤーを読んで居ておまけに仏蘭西語をペラ〳〵喋るイギリスの淑女のイメージが、どこかにひそんでいたにちがいない。漱石は口先では反撥することがあっても、そうした近代的女性の存在にもはや無関心ではいられなかった。そしてイギリスから明治日本へ「宿替」をした時、漱石の西洋女性への愛憎は、明治日本の西洋風女性への愛憎へ転位したのである。漱石が小野文学士や藤尾を嫌っていたことは、その筆誅の加えぶりからいっても疑いないだろう。しかしそれでいながら漱石は、小野さんや藤尾のように男女二人してシェイクスピアを読むような関係をどれほど羨しく思っていたことだろう。漱石が一方では藤尾のような女に反撥しながら、他方では自分と一緒に文学を論じてくれるような女性に憧れていたことは、その当時の次の手紙にはしなくも示されている（野上豊一郎宛、明治四十年七月八日）。

『虞美人草』の御批評拝受。善くても悪くても本当に読んでくれゝば結構。僕ハウチノモノガ読マヌウチニ切抜帳へ張込ンデシマウ。ワカラナイ人ニ読ンデモラウノガイヤダカラデアル。

執筆時の神経過敏のせいもあろうが、なにも大学生相手に妻君の悪口など書かずともよさそうなものだ。しかしこうした文面に自作を家人にも読んでわかってもらいたいと思った漱石の切《せつ》ないまでの鏡子への期待と、それが満たされぬことへの憤懣があらわに示されている。しかし漱石の妻への過剰な期待は、家庭の現実に目を向けようとしない漱石の無神経を示すものではあるまいか。その年の六月十日には長男純一が生まれている以上、鏡子夫人には夫の新聞小説第一作といえども「本当に」読むゆとりなどなかったであろう。またかりに読んで感想を述べたところで、それが漱石の意にかなうはずもなかったのである。

徳川時代であったならば、儒者であれ戯作者であれ、自分の著作の読後感を妻に求める、などという真似はしなかったはずである。それが明治も四十年になると、女の側だけでなく男の側からも「新しい女」を求め出した。そしてそのような時代的雰囲気に乗じたからこそ、『虞美人草』も『三四郎』も大学生を中心とする読者層から非常な喝采をもって迎えられたのだ。漱石自身が小夜子の方が「いくら可憐だか分りやしない」といっても、世間にとってのヒロインは今日にいたるまで藤尾なのである。

我《が》の女

現代ハパーソナリチーの出来ル丈膨脹する世なり、而して自由の世なり。……人々が自己ノパーソナリチーヲ出来得る限リ主張スルト云フ意ナリ。出来る丈自由ニ出来得丈ノパーソナリチーヲ free play ニ bring スル以上は人ト人トの間ニハ常ニテンションアルナリ。……我《が》は既ニ張リ尽シテ此先一歩デモ進メバ人ノ領分ニ踏ミ込ンデ人ト喧嘩ヲセネバナラヌ所迄張リツメテアルナリ。

前にも引用した明治三十八、九年の『断片』で、漱石は近代的自我の病弊をこのように観察した。人間のエゴの問題は漱石文学を一貫する主題だが、漱石は『虞美人草』でその問題を取りあげて、それにふさわしい「我《が》の女」として藤尾を構想したのである。そしてその際、漱石は藤尾の原型を西洋に求めた。それも西洋の歴史の上でもっとも気位の高い女、エジプトの女王であったクレオパトラに求めた。漱石はシェイクスピアの戯曲に現われるこの女を、モデルというか、人格結晶上の一触媒として、女王風の藤尾を創り出したのである。『虞美人草』で甲野藤尾がはじめて現われる第二章から引こう。

静かなる昼を、静かに栞《しをり》を抽《ぬ》いて、箔《はく》に重き一巻を、女は膝の上に読む。

「墓の前に跪《ひざま》づいて云ふ。此手にて――此手にて君を埋《うづ》め参らせしを、今は此手も自由ならず。捕はれて遠き国に、行く程もあらねば、此手にて君が墓を掃《はら》ひ、此手にて香を焚くべき折々の、長しへ《とこ》に尽きたりと思ひ給へ。生ける時は、莫耶《ばくや》も我等を割き難きに、死こそ無惨なれ。羅馬《ろうま》の君は埃及《えじぷと》に葬むられ、埃及《えじ》なるわれは、君が羅馬《ろうま》に埋《うづ》められんとす。……君が羅馬《ろうま》は、つれなき君が羅馬《ろうま》なり。去れど、情《なさけ》だにあらば、羅馬《ろうま》の神は、よも生きながらの辱《はづかしめ》に、市《いち》に引かるゝわれを、雲の上より余所《よそ》に見給はざるべし。君が仇なる人の勝利を飾るわれを。……情《なさけ》ある羅馬《ろうま》の神に祈る。――われを隠し給へ。耻見えぬ墓の底に、君とわれを永劫に隠し給へ。」

藤尾が読んでいる書物は、漱石の韜晦《とうかい》趣味で題名も人物名も示されていないが、プルターク『英雄伝』の英訳本である(シェイクスピアはそれを材料に『アントニーとクレオパトラ』を書いた)。シーザーに捕えられたクレオパトラがアントニーの墓に詣で、「わたくしローマへ行って生恥をさらしたくございません、あなたのおあとを追って自害いたします」といっているのだが、散文的な英訳が、漱石の手にかかると、赫《かく》奕《やく》たる光彩を発する。中国の名剣の謂《いい》である「莫耶《ばくや》」も無論だが、「死こそ無惨なれ」も漱石の補筆である。そしてこの一文をめぐって藤尾がリードする会話が始った。

「小野さん」と女が呼びかけた。

「此女は羅馬《ろうま》へ行く積《つもり》なんでせうか」

女は腑《ふ》に落ちぬ不快の面持《おももち》で男の顔を見た。小野さんは「クレオパトラ」の行為に対して責任を持たねばならぬ。

「行きはしませんよ。行きはしませんよ」

と縁もない女王を弁護した様な事を云ふ。

「行かないの？　私だつて行かないわ」と女は漸く納得する。

藤尾は作中の女王と自己を同一化して登場した。生きてローマへ辱《はずかし》めを受けに行くことを腑《ふ》に落ちぬ不快事とみなす藤尾は、返事を聞いて「行かないの？　私だつて行かないわ」と自分をクレオパトラと重ねて納得する。そしてこの会話は『虞美人草』の結びの藤尾の自殺——気位が高いがゆえに誇りを傷つけられて自殺する、その結末をすでに暗示している。「クレオパトラ」はただ単に藤尾と小野の読書の対象ではない。藤尾その人がクレオパトラなのである。はじめに藤尾が、侍女チャーミアンが女王の死を告げた言葉、「埃及《えじぷと》の御代しろし召す人の最後ぞ、斯くありてこそ」を読んだ時、クレオパトラはまだ藤尾の読書の対象でしかなかった。しかしその言葉は『虞美人草』を通してルフランのように繰返され、最後には藤尾その人の死方を告げる言葉ともなる。

藤尾は北を枕に寐る。……高蒔絵の上には一巻の書物が載せてある。……栞を差し込んだ頁の上から七行目に「埃及《えじぷと》の御代しろし召す人の最後ぞ、斯くありてこそ」の一句がある。色鉛筆で細い筋を入れてある。

クレオパトラと藤尾が意識的に重ねて用いられた例は、作中になお多々拾うことができる。帝大出の小野文学士は——というのはこの場合漱石自身のシェイクスピア鑑賞の様を示すものだが——アントニーがオクタヴィアと結婚するという報道《しらせ》を使いが伝えた時、クレオパトラの性格がよく現われる、と言った。そして『虞美人草』でも、自分になびくにきまっていると藤尾が信じていた小野が、博覧会場で小夜子と連れだっているのを目撃した時、そしてまた最後に小野が決定的に藤尾から離れた時、藤尾の性格は露骨に示される。漱石はその際、換語法を用いて、藤尾を次のように描写する。

此時一輛の車はクレオパトラの怒《いかり》を乗せて韋駄天《ゐだてん》の如く新橋から馳けて来る。……車は千筋《ちすぢ》の雨を、黒い幌に弾《はじ》いて一散に飛んで来る。クレオパトラの怒《いかり》は布団の上で躍り上る。……

濃い紫の絹紐《リボン》に、怒《いかり》をあつめて、幌を潜《くゞ》るときに颯《さつ》とふるはしたクレオパトラは、突然と玄関に飛び上がつた。……怒《いかり》の権化《ごんげ》は、辱しめられたる女王の如く、書斎の真中に突つ立つた。……

「小野さん。何故入らつしやらなかつたんです」

稲妻ははたく〱とクレオパトラの眸から飛ぶ。

十九世紀はシェイクスピア熱が広くヨーロッパやロシヤを風靡《ふうび》した時代だった。ゲーテはシェイクスピアへの傾倒を『詩と真実』で生き生きと語っているが、自分もまた『ゲッツ・フォン・ベルリヒンゲン』を書いた。フランスではロマン派のユゴーやミュッセがシェイクスピアを模倣した。そのような風潮の一つに、日本の漱石の場合も位置づけてよいのではあるまいか。同一文化圏に属するヨーロッパ諸国の間と違って、イギリスと日本は文化的伝統を異にする。そのような両国の文芸的伝統の差異の幅を思えば、漱石の試みはまことに果敢《かかん》なものだった。先に『倫敦塔』に『リチャード三世』を小手調《こて》べに使って味をしめた漱石は、朝日新聞入社第一作にシェイクスピアの女王を念頭に置いて藤尾を書いた。外国文学を利用する手だてはいろいろあろうが、漱石の利用の仕方は明治の日本人らしくいかにも気宇壮大《きうそうだい》である。題名に含まれる虞美人は、漢の劉邦《りゆうほう》と競って滅ぼされた楚の項羽《こうう》の寵姫《ちようき》だが、ローマのシーザーと相競う英雄アントニーの寵姫としてクレオパトラを思う時、その同族の人として虞美人が漱石の念頭に浮び、それを踏まえて選ばれたのが「虞美人草」という題名だったにちがいない。

俳句的文章美学

西洋の女を念頭に置き、西洋の文学を利用して、西洋帰りの漱石は藤尾というヒロインを創り出した。それが西洋化――その西洋化という名で当時は近代化が自覚されていた――途上の明治末年の日本社会に迎えられた様についてはすでにふれた。それでは漱石における日本美の自己主張は、どこへ行ったのだろうか。明治三十九年の夏に『草枕』を書いてから翌四十年の春『虞美人草』の執筆に移るまで、まだ一年も経っていない。『草枕』であれほど力んでみせた日本美の自己主張は、やはり内容が空虚だったのだろうか。しかし亡くなった子規の親友だった漱石にとって、俳諧の美学は依然として貴重ななにかであった。漱石は、人物やプロットは西洋から借りても、文体そのものは、自分が『草枕』で説いた美学を実践に移そうとした。それが日本の言語芸術の実験の中でもユニークな位置を占める『虞美人草』の彫心鏤骨の美文となってあらわれたのである。小宮豊隆も指摘するように、漱石は「発句を重ねて行く様な心持ち」の美文を会話や地の文章の間にまじえた。その散文と詩の交錯は謡曲の詞章を思わせるが、漱石のチェインジ・オヴ・ペースは実に鮮やかである。当時の読者を驚嘆させたに相違ない冒頭の美文を引こう。

春はものゝ句になり易き京の町を、七条から一条迄横に貫《つら》ぬいて、烟《けぶ》る柳の間から、温《ぬく》き水打つ白き布を、高野川《たかのがは》の磧《かはら》に数へ尽くして、長々と北にうねる路を、大方《おほかた》は二里余りも来たら、山は自《おのづ》から左右に逼《せま》つて、脚下に奔《はし》る潺湲《せんくわん》の響も、折れる程に曲る程に、あるは、こなた、あるは、かなたと鳴る。山に入りて春は更けたるを、山を極《きは》めたらば春はまだ残る雪に寒からうと、見上げる峯の裾を縫ふて、暗き陰に走る一条《ひとすぢ》の路に、爪上《つまあが》りなる向ふから大原女《おはらめ》が来る。牛が来る。京の春は牛の尿《いばり》の尽きざる程に、長く且つ静かである。

ここで京の枕詞《まくらことば》のように用いられている冒頭の言葉は、漱石が十年前、子規に書き送った俳句「春は物の句になり易し古短冊」の転用である。漱石は俳諧の美学でもって京都の春をとらえようとした。明治四十年の春、京都に遊んだ時に得た句「布さらす磧《かはら》わたるや春の風」の風景も、また蕪村や芭蕉の句の世界もこの文章中におさめられている。「牛の尿《いばり》」を一幅《ぷく》の絵に見たてて春の日永《ひなが》を味う気分など西洋文学では無論《むろん》考えられない。

俳諧の美学でもって風景をとらえることはまだしも可能だが、ではそれでもって人物をとらえることはできるのだろうか。第一章で京の春を叙した漱石は第二章で女の春を描こうとする。すでに『草枕』でも「暮れなんとする春の色の……」に始まる美文で「紫の女」那美を描いたことのある漱石は、いま藤尾の出現を次のように描く。

紅《くれなゐ》を弥生《やよひ》に包む昼酣《たけなは》なるに、春を抽《ぬき》んずる紫の濃き一点を、天地《あめつち》の眠れるなかに、鮮やかに滴たらしたるが如き女である。夢の世を夢よりも艶《あでやか》に眺めしむる黒髪を、乱るゝなと畳める鬢《びん》の上には、玉虫貝《たまむしかひ》を冴々《さえ〳〵》と菫に刻んで、細き金脚《きんあし》にはつしと打ち込んでゐる。静かなる昼の、遠き世に心を奪ひ去らんとするを、黒き眸のさと動けば、見る人は、あなやと我に帰る。半滴のひろがりに、一瞬の短かきを偸《ぬす》んで、疾風の威を作《な》すは、春に居て春を制する深き眼《まなこ》である。此瞳を遡《さかのぼ》つて、魔力の境を窮むるとき、桃源《たうげん》に骨を白うして、再び塵寰《ぢんくわん》に帰るを得ず。只の夢ではない。糢糊《もこ》たる夢の大いなるうちに、燦《さん》たる一点の妖星《えうせい》が、死ぬる迄我を見よと、紫色の、眉近く逼るのである。女は紫色の着物を着て居る。

「女は紫色の着物を着て居る」という平叙文に接して、読者ははじめてほっとする。それまで読者の意識は華麗な色彩の乱舞の中へ投ぜられたかのごとくで、女の正体は夢かうつつかよく摑めない。舞いあがっては降り、また舞いあがっては降る足が、右の平叙文にいたってようやく地に着いた思いがする。藤尾という魔性の女を登場させる上で、実に効果的な名文といえるだろう。もっともこのような文体に対する好悪は、建築のスタイルについてルネサンスが好きかバロックが好きかという比較論などと同様、結局は見る側の趣味によって是非が分れてしまう事柄なのかもしれない。しかしもし同一の建築物の中に複数の様式が統一もなく混在したならやはり奇妙なこととなる。漱石はどのように西から来たシェイクスピア風の修辞や性格を東の修辞の中で受けとめようとしたのか。その移行ははたして滑らかに行なわれたのか。部分的には、右に引いたような名文をヴィルテュオーゾのように誇示することができても、そのような漱石の俳諧の美学を生かして、男女に生き生きと会話させることははたして可能なのか。

紫の恋

『虞美人草』第二章の冒頭の藤尾の描写は、第一章の京都の春の描写と同様、「発句を重ねて行く様な心持ち」の美文だが、その中から浮びあがるのは「紫の女」藤尾である。ただ単に紫色の着物を着て居る、というだけではない。性格も「紫の女」なのである。漱石はヒロインの名前にも紫の縁語として、藤尾を意識的に選んだ。紫は本来は袱紗《ふくさ》の色なのであろうが、ここでは女の富と驕慢《きょうまん》を示す色として使われているので、漱石のそのような使用法にはすでに先例があった。『草枕』の中でも志保田那美は紫の包を持ち、おちぶれた前の夫に紫の財布を渡したりしていたからである。那美その人についても「燦《きら》めき渡る春の星の、暁《あかつき》近くに、紫深き空の底に陥《おち》いる趣《おもむき》である」と書いている。(このように色彩で性格を暗示する名づけ方は西洋文学にも例がないわけではない。『風とともに去りぬ』のヒロイン、スカーレット・オハラも、やはりアメリカ南部流に「紫の女」Scarlet なのである。)いま小野文学士と甲野藤尾の会話を読んでみよう。クレオパトラの恋は、

「そよと吹く風の恋や、涙の恋や、嘆息《ためいき》の恋ぢやありません。暴風雨《あらし》の恋、暦にも録《の》つて居ない大暴雨《おほあらし》の恋。九寸五分の恋です」

「九寸五分の恋が紫なんですか」

「九寸五分の恋が紫なんぢやない、紫の恋が九寸五分なんです」

「恋を斬ると紫色の血が出るといふのですか」

「恋が怒《おこ》ると九寸五分が紫色に閃《ひか》ると云ふのです」


この条は、『虞美人草』に対する批評としていまなおもっとも重きをなしている『夏目漱石論』で正宗白鳥が引用し、

「かういふ気取つた洒落は、泉鏡花のある部分と同様に、私に取つては、ちんぷんかんぷんである」

と酷評した部分である。もっとも小野さんはその直後で「沙翁《しえくすぴや》が描いた所を私が評したのです」と言っているのだから、それを抜きにした白鳥の引用の仕方は多少公正を欠いたきらいがなくもない。しかしこの節

だけを読んだ人なら、おそらく漱石の修辞に当惑を覚えて反撥するだろう。(あるいは眩惑を覚えて感心するだろう。) そして実はこのような「ちんぷんかんぷん」が生れたのは、西のシェイクスピア風に東の俳諧風が接木されたためである。いま右の会話をその二つの要素に分解してみよう。

小野さんがはじめに言った言葉は、シェイクスピアの劇中で、部下のイノバーバスがアントニーにクレオパトラの恋の気持を伝えた言葉のほぼ直訳ともいうべきものだった。

Alack ! sir, no; her passions are made of nothing but the finest part of pure love. We cannot call her winds and waters sigh and tears; they are greater storms and tempests than almanacs can report: this cannot be cunning in her.

手練手管《カンニング》の恋でなく、真剣な恋だ、という「真剣」を漱石は彼独特の修辞で「九寸五分の恋」に仕立てた。(漱石は江戸時代から歌舞伎で使われたこの九寸五分という表現がよほど気に入ったと見えて『草枕』の志保田那美にも帯の間に九寸五分の懐剣を持たせていた。) 漱石のそのような翻訳がいかに生き生きとシェイクスピアの調子を伝えているか、いま同一箇所(第一幕第二場)の阿部知二氏訳を恐縮だが比較対照のために引用しよう。

おやおや、さようではありませぬ。彼女の情熱は、純なる愛の真の精粋からのみ成りたっております。彼女における風雨を、溜息や涙などと呼ぶことはできません。それはあらゆる暦の書にも告げられぬ大暴風雨です。彼女においては手管などであるはずはありません。

冗漫《じょうまん》を嫌った漱石は、昭和風の直訳調は取らなかった。「彼女の情熱は、純なる愛の真の精粋からのみ成りたっております」では、シェイクスピアの詩も語気も伝わらないと思ったのだろう、クレオパトラの恋の感じを俳諧の美学でとらえて「紫の恋」につづめた。そしてその置換によってクレオパトラの恋を藤尾の恋に移そうと試みた。紫はここでは王者の色ともなっている。実際漱石はわざとらしいほどクレオパトラと藤尾を重ねようとした。また二人の会話を引こう、

「沙翁《しえくすびや》の描《か》いたクレオパトラを見ると一種妙な心持ちになります」

「どんな心持ちに？」

「古い穴の中へ引き込まれて、出る事が出来なくなつて、ぼんやりしてゐるうちに、紫色のクレオパトラが眼の前に鮮やかに映つて来ます。剝げかゝつた錦絵《にしきゑ》のなかゝら、たつた一人がぱつと紫に燃えて浮き出して来ます」

「紫？　よく紫と仰やるのね。何故紫なんです」

「何故つて、さう云ふ感じがするのです」

「ぢや、斯んな色ですか」と女は青き畳の上に半《なか》ば敷ける、長き袖を、さつと捌《さば》いて、小野さんの鼻の先に翻へす。小野さんの眉間《みけん》の奥で、急にクレオパトラの臭がぷんとした。


新派の舞台でもあるなら、その袖の紫がまことに鮮やかに観客に映じる一場面でもあるだろう。シェイクスピアの劇中のクレオパトラの御座船は「水の上に燃えて、船尾は一面に金箔《きんぱく》を押して香を焚きこめた紫の帆は、風をその恋の香で酔わせて」ナイル川に浮んでいた（第二幕第二場）。漱石はその帆の色でもある紫を『虞美人草』のヒロインの色に移し、クレオパトラの蛇のような魅惑を藤尾の魅惑に移そうと計ったのである。

しかしシェイクスピアの作中であれば自然に通用した色彩の華麗も、日本文学へそのまま移すと、どぎつい、厚化粧の感を免れない。T・S・エリオットは『ダンテ』を論じた一文の中で、詩を書こうとする人は『地獄篇』から多くの修辞の術を学ぶことができるが、しかしシェイクスピアを模倣しようとすれば、言語に「一連の、力づくで無理を強いた歪曲《わいきょく》や誇張を生み出してしまうだろう」と述べている。そのエリオットの批評は、エリオットも知らなかった漱石の『虞美人草』の文体批評としても当てはまる節があるかのように思われる。

潜在した敬意と敵意

最近、漱石をめぐって誰某女が漱石の恋人であった、というような推理がしきりと行なわれる。筆者の友人の一作家が笑って言うには、「俺は有名でないから誰も調べてくれないが、あの程度のおつきあいで恋愛関係といわれるのなら、自分にも何人も恋人がいたことになってしまう。」学者は身許《みもと》調べが進めば進むほど、漱石文学がそうした人間関係によって解明されるようなことをいうが、はたしてそうだろうか。松山中学校の校長や教頭の身許をいくら調べても「狸」や「赤シャツ」の正体がわからないと同じように、大塚保治や楠緒子の身許を調べても、それでもって小野文学士や藤尾の正体がわかる、というものでもないだろう。恋愛体験は誰にでもある。その体験を生かして誰が文学作品を書き、誰が書かぬかは、その体験とはまた別の刺戟も加わってのことだろう。

第三部で筆者は、漱石文学における西洋と東洋のダイナミックな関係を、初期の漱石の文学活動のいわば一つの起爆剤として考えた。もっともそのようにシェイクスピアと対比してみた時、漱石文学には重大な要素が欠けていることが目についてくる。それは漱石文学における政治の不在である。

クレオパトラも虞美人と同様「傾国《けいこく》」の美人だった。傾国は字義通り、国を傾けるという政治の問題へつらなる。それだけにシェイクスピアの悲劇や史劇には政治人《ホモ・ポリティクス》が活写されている。しかし漱石は『リチャード三世』を読んでも『アントニーとクレオパトラ』を読んでも、政治人にはいっこう関心を払わなかったようである。そのような「非政治的」という意味での「出世間的」態度にも、良かれ悪しかれ東洋の文人気質の伝統が関係していたのだろう。『虞美人草』執筆当時の漱石を象徴する逸話に、西園寺首相の招待を「時《ほと》鳥《とぎす》厠半《かはや》ばに出かねたり」の句で断ったことがあった。世間はそのような「反骨」の漱石に喝采を送ったようだが、しかしそのような漱石はまたシェイクスピア文学に政治人を読みとることをしなかった漱石と実は同一人なのではあるまいか。

それでは漱石文学が広い意味での政治と無縁の世界から生れたかといえば、そうではない。漱石も時代の子だった。東京がまだ江戸と呼ばれていた一八六七年に生れた夏目金之助は、当時の世界の二大都市の一つだった江戸の文化を背景として育ち、そこで養われた趣味性と知性を頼りにしていま一つの大都市、ロンドンの文化を学んだのである。その際、漱石が一面では自分の日本人としてのよりどころを俳諧に求めつつ、他面では英文学を自家薬籠《じかやくろう》中のものとして取りいれようとした苦心の跡をたどると、明治のナショナリズムの興隆を思わずにはいられない。私には、漱石と同世代の法科出身の外交家や、兵学校出身の軍人の努力や精進が連想に浮ぶ。ちょうど日本の海軍がイギリスの「女王の海軍」をモデルに艦隊の建設に邁進《まいしん》したように、漱石もイギリスのシェイクスピアをモデルに明治の日本文学を創り出そうとしたのだ。その意味では、「維新の志士の如き烈しい精神で文学をやつて見たい」という鈴木三重吉宛明治三十九年十月二十六日付の手紙の言葉は嘘ではなかった。そして漱石自身が談話『戦後文界の趨勢』で予言しているように、日露戦争における聯合艦隊の勝利が作家たちにまで自信を与え、独立の気概《きがい》をもたらしたのである。

「(日露戦争の勝利の)余波が文学の方面に入れば、茲《ここ》にも一変化を起すのは順序である。……英国のヱリザベス時代の文学の興つたのは一つはスパニツシ・アーメーダの艦隊を破つたので天地が広くなつて歓楽を尽す方面に一般の気風が向き、世の中が自由であるといふ気で作するから勃々たる生気が湧いて来た。……（その事は）人を愕すやうにぱつと文学が盛んになつた例証に見ても解ることである。」

そして日本海軍の将校が英国海軍を範と仰ぎながらも、なお心中に反西洋の気分を漂わせていたように、漱石も英文学を学びながらも、なお西洋人の悪口をいい、俳諧の美学をことさらに強調していたのである。一般に非西洋の後発諸国における西洋と東洋という問題は、同一平面に西と東を横に並べて比較論評するだけでは十分な観察とはいえないだろう。圧倒的な西洋という上からの衝撃《インパクト》の下で、非西洋の人間がいかに苦闘しつつ対応したか、その一例として漱石の場合も見るべき現象に違いない。

中年期の漱石にとっては「西と東の対決」はそのように白熱した課題だった。しかし作家としての地位が安定し、また日本の国際的地位も相対的に安定して、漱石の関心が自己の内面へ移るにつれ、その種の問題への興味は次第に薄れていったようである。西洋に対する潜在した敬意と敵意の葛藤《かっとう》するままに、かつての漱石は俳諧の美学を『草枕』で強調したが、その『草枕』も、また俳諧の美学を修辞に応用した『虞美人草』も、かえって俳諧の精神からはほど遠い厭味《いやみ》や力み《りき》を多く感じさせた。晩年の漱石がこれらの作品にたいして強い自己嫌悪を覚えるようになった気持が、私たちにもわかるような気がする。漱石にしてもイギリスの悪口をいうより、『永日小品』の中でのように、異国の友人ディクソンに招かれてピトロクリへ遊んだことの思い出の方が、語る筆致《ひっち》もしみじみとして、ずっと心にしみて楽しかったはずである。

第四部　クレイグ先生ふたたび

——漱石の小品とルーカスの随筆——

ワット氏が見つけた写真

以前『新潮』昭和四十八年二月号に『クレイグ先生と藤野先生』を書いてから、漱石の小品にまつわる新資料がいくつか出て来た。中にたいへん面白いものもあるので私見を述べたい。

小さな新発見の中にはクレイグ先生の写真が三枚ある。興味深いのは『英語青年』昭和五十八年一月号の巻頭に載った写真で、草原の中で足を前に投げ出して坐ってシェイクスピアを読むクレイグの写真など、頬も顎も髯もじゃの顔といい、その大頭《おおあたま》に比べて小作《こづく》りの、ただ載《の》っけただけという感じの山高帽といい、右手に握ったちびた鉛筆といい、漱石の小品を読んで想像した人柄にぴったりである。この本好きのクレイグ先生は、本に読み耽っていて、写真を撮られるというのに、視線をあげようともしない。そしてよく見ると大判のシェイクスピアの本の下にもう一冊、別の本ものぞけて見える。

日本側で生じた漱石の『クレイグ先生』に対する関心に応じてくれた英国側の好事家《こうずか》は日英協会のアンドリュー・ワット氏で、氏は一九〇六年という昔に独身のまま六十三歳で死去したウィリアム・ジェイムズ・クレイグの縁者を探しあてて、この写真を手に入れ、さらにいろいろ文献に当って調べてくれたのである。まず写真と見比べるために漱石のクレイグ描写をあらためて読んでみよう。

其の顔が又決して尋常ぢやない。西洋人だから鼻は高いけれども、段があつて、肉が厚過ぎる。其処は自分に善く似てゐるのだが、こんな鼻は一見した所がすつきりした好い感じは起らないものである。其の代り其処《そこ》いら中《ちゆう》むしやくしやしてゐて、何となく野趣がある。髯抔《など》はまことに御気の毒な位黒白乱生《こくびやくらんせい》してゐた。いつかベーカーストリートで先生に出合つた時には、鞭《むち》を忘れた御者《カブマン》かと思つた。

先生の白襯衣《しろシャツ》や白襟を着けたのは未だ曾て見た事がない。いつでも縞のフランネルをきて、むく〳〵した上靴《うはぐつ》を足に穿《は》いて、其の足を煖炉《ストーブ》の中へ突き込む位に出して、さうして時々短い膝を敲いて……時には敲く代りに股《もゝ》を擦《こす》つて、教へて呉れる。

ワット氏はこの条りの始めを次のように英訳している。

His face isn't at all ordinary. He's a European, so his nose is long, but it's hooked too, and has too much flesh on it……

Still, with his all-over shagginess, he does have a kind of wild beauty. His beard is grey and black mixed together……

私は漱石の記述はいかにも写真のクレイグ先生に似ていると思った。写真のクレイグ先生も野人然としているし、ズボンにだって折目なぞついているわけでない。膝のあたりはズボンも円くなっている。それにこの人どちらかといえば短足だ。……そう思っただけにワット氏がその先で、クレイグがロンドンでどんな恰好をしていたかは知らないが、この田舎で撮った写真中のクレイグは「きちんと小綺麗」(neat and trim)であって、漱石の記述には劇的効果を狙った誇張も多少あるのでないか、という説を述べた時、意外に感じた。「白襯衣《しろシャツ》や白襟を着けたのは未だ曾て見た事がない」という原文をワット氏は、**"I never saw him wearing a proper shirt and collar."**と英訳している。ワット氏は「白」を訳するに**proper**(きちんとした)をもってしたが、なるほどこう英訳してしまうと、これなら不様《ぶざま》で不潔なクレイグという印象も浮びもしよう。しかしそれは漱石の原文というよりは、むしろ選択的に訳された英語の文章が招いた誤解なのではあるまいか。一体、漱石は相手の鼻を笑い物にしても、そのすぐ後で「其処は自分に善く似てゐるのだが」と自分の鼻も笑い物にして自身をたしなめている。そうしたユーモラスな弁を略してしまって、漱石の文章から諧謔と笑いを抜いて、それをクレイグ先生のただの客観的描写として訳してしまってよいものか。

それに漱石の記述は、大袈裟《おおげさ》なようでいて、その実、意外に正確なのである。たとえばクレイグの教え方について漱石はこんな風に書いている。右の引用の続きを引くと、

尤も何を教へて呉れるのか分らない。聞いてゐると、先生の好きな所へ連れて行つて、決して帰してくれない。さうして其の好きな所が、時候の変り目や、天気都合で色々に変化する。時によると昨日《きのふ》と今日《けふ》で両極へ引越しをする事さへある。わるく云へば、まあ出鱈目《でたらめ》で、よく評すると文学上の座談をして呉れるのだが、今になつて考へて見ると、一回七　志《シルリング》　位で纒つた規則正しい講義抔《など》の出来る訳のものではないのだから、是は先生の方が尤もなので、それを不平に考へた自分は馬鹿なのである。尤も先生の頭も、其の髯の代表する如く、少しは乱雑に傾いてゐた様でもあるから、寧ろ報酬の値上をして、えらい講義をして貰はない方が可《よ》かつたかも知れない。

漱石の言い分《ぶん》は、冗談めかしているが、クレイグの教え方は全然順序立っていない、ということである。それは漱石が明治三十四年二月五日ロンドンからベルリンにいた藤代禎輔へ宛てた手紙によれば、

system も何もなくて口から出まかせを夫《それ》から夫へとシヤベる奴だよ。

ということになる。そしてそれは漱石の誇張でなく事実その通りなのであった。ワット氏が調べたところによると、クレイグがウェールズのユニヴァーシティー・カレッジを辞めたのは、クレイグの教え方

に問題があって、職にあることわずか二年で解職され（一八七八年）、本人の抗議で翌年再任の話も出たが、クレイグの方が結局教職を捨ててロンドンへ上京したのであった。Ellis, E. L. 編の *The University College of Wales, Aberystwyth 1872-1972*（Cardiff, 1972）には、クレイグの「教育能力は怪しかった」（teaching ability was suspect）と出ている由で、この辺りはクレイグの知己のシドニー・リーが『タイムズ』に書いた「故人略伝」中の評価とはなはだ異る。ワット氏はまた大学幹部の間で交わされたJ・F・ロバーツ氏という人のこんな手紙も引いている。

クレイグは大学講師としては失敗（a failure）と見做されているが、これは重大であり、学生たちもそう感じている。あなたがあの男には感心できないと繰返し私に不満を洩らしたことは私も承知している。

漱石もクレイグの教え方が「規則正しい講義」でないことを短い随筆の中で何度も語っている。しかしだからといって、クレイグ先生が「自分の文学的熱情の幾分かを学生たちにもわかち伝えた」（『大英伝記辞典』）とか「彼はただ単に……教師だけでなく、それ以上のなにものかであった。彼は自分の教え子の中に親愛の感情を呼びおこしたが、その感情は後年しばしば堅固な友情へと発展していったのである」（『タイムズ』一九〇六年十二月十八日）とかいったシドニー・リーの記述が真実を語っていなかったわけではけっしてない。現にワット氏もそのような好ましい教育効果の上った例としてクレイグの古い友人ノーマン・ムーア卿の息子であったアラン・ムーアの例をあげている。その少年は学業の方は実はあまりふるわなかったのだが、クレイグがコーチしてくれたお蔭でシェイクスピアだけは得意となり、イートン・コレッジでシェイクスピア賞を取るにいたったそうである。

それでは漱石がなぜ一年間、このクレイグ先生のもとへ毎週通ったのだろう。「教師としては失敗」と思いながらも義理で通ったのだろうか。よもやそうではあるまい。この野趣に富める人の中に文学へのある熱情を直覚していたからこそ、夏休みの間も通ったのではないだろうか。そしてやはりある「親愛の情」をおぼえたからこそ、あの忘れがたい『クレイグ先生』の一文も生れたのではないだろうか。しかしその点についてて残念ながらワット氏が『英語青年』に寄せた文章はひどく否定的な調子で終っている。氏の Soseki's Professor Craig の結びを直訳するとこうなる。

というわけでこの二人の書巻の気の抜けぬ奇人は、一人は日本人で一人はアイルランド人であるが、一九〇一年という年に十二ヵ月の間、たがいの生活の中にはいりこんだが、それでいて二人はたがいに相手の感情に触れることなく過ぎてしまった。

「クレイグは私がかつて知りあった人の中で最良、かつもっとも幸《さち》多き人であった」とノーマン・ムーア卿は書いている。「善良で学識があって親切なクレイグ」とダウデンは書いている。だが漱石は彼の温かさも善良さも幸福も全然感じることがなかった。漱石が言い得たことは「クレイグは自分をいつも冷淡に扱った。クレイグが私に対して情合ある取扱いをしたことを見たことはない」というのである。

二人の人間関係にまつわるこれはまたなんと悲しい碑文であることか！

ここでこんな解釈をされて、これが碑文（epitaph）だとして二人のつき合いが冷たく埋められてしまっては、漱石にもクレイグにも気の毒な気がする。漱石の文章で、クレイグが漱石を詩の分る方の仲間へ入れてくれたのは甚だ有難いが、の次に来る——そしてそれがワット氏の右の結論の論拠ともなった——「其の割合には取扱が頗る冷淡である。自分は此の先生に於て未だ情合《じやうあひ》といふものを認めた事がない」という一節は、クレイグ先生を「全く器械的に喋舌《しやべ》つてる御爺さん」と思った漱石の幻滅を語っているかのようにも一見読める。だがそのネガティヴな冷淡な面の強調は、「けれども斯《こ》んな事があつた」とその次にそれとは違うポジティヴな面を示すための布石《ふせき》なのではあるまいか。その前後の脈絡《みやくらく》を見ないで、右の漱石の一節を、

"Craig always treated me coldly. He never treated me with any affection that I could see."

と訳されてしまうと、待てよ、本当にここでWhat a sad epitaph on their relationship！と結論していいのかな、それでは漱石は単なる文句言いになってしまうではないのかな、と疑問に思うのである。

それに別の視点から考えてみよう。もしワット氏がここで頭から決めてかかるように、漱石とクレイグの間柄が人間感情不在の関係だったとする。もしそんな二人の人間関係を描いたのが漱石の『クレイグ先生』だったとするなら、なぜ魯迅が数ある漱石の短篇の中から、よりによってそれを中国語の『克莱喀先生』に訳す労を取ったのだろうか。またそれを中国語に訳すうちに、魯迅自身が日本留学時代自分に好意を寄せてくれた教授のことを思い出し、『藤野先生』を書くにいたったのだろうか。こうしたことは第一部「クレイグ先生と藤野先生」で分析したのでここに詳述しないが、ワット氏が漱石の『クレイグ先生』から受けた印象と違って、魯迅は漱石の筆致に奇人クレイグ先生の人柄の良さや学識やある種の温かみが浮ぶのを感じとっていたのではないだろうか。そしてその懐しさに惹かれて、連想も湧き、刺戟伝播も起って、あの『藤野先生』という魯迅自身の作品を書くにいたったのではないだろうか。

以上がまずクレイグ先生の写真を掘り出し、その人物についてのイギリス側の情報を拾い出してくれたワット氏の論に対する私の感想で、本稿の序論のごときものである。

ルーカスの『葬式』

世間には日本人と英国人とを交わりがたい別世界に住む異人種のように考える人もいる。そういう人の中には、奇妙な話だが、そう主張してやまぬ日本人の英文学者もいれば、その言説に影響されたかに見える英国人もいる。両者の間には目に見えない「内なる壁」が存する、と言い張る人たちである。イギリスへ行って日本人同士かたまっている人たちであるとか、日本の大学へ来ても西洋人同士かたまって日本人の悪口を言っている人たちとかがそれで、本人は自分たちが悪口を言うから仲間に入れてもらえないのだ、という悪循環に気づいていないらしい。——私は、漱石とクレイグの関係が親密だったとは思わないが、無関係だったとも思わない。その二人の間に人間的な交わりが存しなかった、とする説は、漱石の文章から出て来た印象というよりは、右に述べた日英両国人は交わりがたいとする既成観念にもたれかかった言説ではないか、と思うのである。なにはともあれ漱石はクレイグを類型化してとらえてはいない。それどころか明治の日本人が描写した外国人でこれほど人間的な個性が出ているスケッチはむしろ類稀というかユニークであろう。

では漱石の『クレイグ先生』の価値をより客観的に判定する法はないのだろうか。たとえばイギリス人のクレイグに対する見方と並べて漱石の見方を考量し、漱石の文章を吟味するといった比較は出来ないものだろうか。実は出来ないことはないのである。それというのは、ほかならぬワット氏が、英国の文人ルーカスもクレイグ先生の肖像を文章に描き残していることを右の記事中で軽くふれていたからである。私にとっては写真よりもその文章の方が大発見なのである。翌昭和五十九年には棚橋克弥氏がその文章を『「クレイグ先生」異聞』として静岡大学『教育学部研究報告』第三十五号に報じ、さらに昭和六十年七月の『図書』（岩波書店）には『クレイグ先生と二人の弟子——漱石とルーカス』として手短かに紹介した。問題の一文は E. V. Lucas : A Funeral というエッセイで、いまはペンギン文庫の *A Book of English Essays* selected by W. E.

Williams にも収められている。この『英国随筆選』ともいうべき書物は、はじめペリカン文庫から一九四二年に刊行され、爾来版を重ねること二十回を越えている。――ついでに言うと、ルーカスの文のペリカン文庫の誤植が訂正もされずにそのままペンギン文庫へ引き継がれてもいる――言いかえるならE・V・ルーカスの『葬式』は英国を代表する随筆の一つと目《もく》されている、ということなのである。ベーコン、アディソン、ゴールドスミス、ラムと続く文人の名前を見て、その二十五人の随筆家の一人にかぞえられたE・V・ルーカスの幸運を思った。彼は、後でふれるが、三十代はチャールズ・ラムに打込んでその著作集を編み、あわせてラムの伝記を書いた人である。そのラム著作集の編集の過程で昵懇《じっこん》となった人こそウィリアム・ジェイムズ・クレイグなのである。その人を偲《しの》んだ文章が『英国随筆選』にはいることほど結構な話はないではないか。

ひとつここで共に同一人物を描いた漱石の『クレイグ先生』を E. V. Lucas : A Funeral と読み比べてみたらどうだろう。その『葬式』という随筆では主人公――というのはとりもなおさずある冬の日に埋葬される老学究のことだが――の名前は明示されていない。それで長い間、誰もそれが漱石のテューターであったクレイグ先生のことだとは気づかずにいた。だがそれをひとたびクレイグのことだと思って読めば、主人公がそうであることはあまりにも明らかなのである。ルーカス描くところの老学究は、漱石描くところのクレイグ先生と、甲乙つけがたいほど面影が似通っている。感情もたがいに相通じている。私は一瞬、漱石はルーカスを読んで『クレイグ先生』を書いたのではないかとさえ思った。『葬式』は日本語に訳すと四百字詰原稿用紙およそ十二枚で、漱石の『クレイグ先生』より二枚ほど少ない。そんなごく短いものであるから、比較論評するに先立ち、拙訳を掲げさせていただく。

葬式

くすんだ雨模様《あめもよう》の午後の、サリー州のとある教会の墓地でのことだった。人気《じんき》はまったくなく、ひっそりと静かな場処で、会葬者といえば顔見知りが何人かいるだけである。心優しい真実な友がいま私たちのもとを去ろうとしているのだが、それでもその人を失って私たちが悲嘆にくれるというような悲哀の感はなかった。墓地の隣りの原っぱでは蹴球の試合の真最中だった。私は墓のほとりに立ちながら、かりに私が校長先生であるとして、故人の遺体《いたい》が大地にゆだねられるこの数分の間、試合の中断を命ずるかどうか、とふと考えた。そして私なら中断は命じるまいなと考えた。この死のただ中にありて我等生けり。それは、我等この生のただ中にありて死せり、というのと同じである。騒々しい押しあいへしあいのこの奇妙な現《げん》世《せ》にあっては万事がまあこのようにあらねばならぬところのものなのである。それに私たちが埋葬のために集った故人は、他の誰にもまして子供たちが蹴球をそのまま続けることを望んだ人でもあったろう。

その人は一介《いっかい》の老学者で——といってもそれほどのお年でもなかった——その人と私が知合《しりあい》になったのはここ五年ほどのことだったが、よく一緒に長い散歩に出たものであった。その人は短軀《たんく》で頑健《がんけん》なアイルランド紳士で、にこやかな、でっかい、半白《はんぱく》の頭の持主で、その頭には奇妙な雑学と最良の文学とがいっぱい詰っていた。また天真爛漫《てんしんらんまん》、幼児のような心の持主でもあった。私はこれほど透《す》き通った性格というか腹蔵《ふくぞう》のない人をほかに知らない。その人は思ったことをことごとく人の前にさらけ出す。その人の脳中は、前にも誰かが言ったように、ガラス板の下にしつらえてある蜂の巣みたようなもので、見ようと思えばその動きはことごとく見すかせるのである。そしてその中にたっぷり溜ったこくのある蜜も！　一年のいかな季節であれ、その人と一緒に散歩するのは、英国詩人が森や生籬《いけがき》、牧場や空のさまざまな色や姿について歌った最良の詩句を想いおこす機会となった。その中には私が初めて耳にする詩句もいくつもあった。なにしろこの老学者の舌頭《ぜっとう》からはシェイクスピアの抒情的な名句が次々と転《ころが》り出たし、ワーズワースやキーツはことごとくそらんじていた。こうした詩人たちがこの人のお気に入りなのである。そのほかにも人の心をとらえる真実の響きのある詩句は、なにであれ、愛読していた。そしてその詩精神を忘れることはけっしてなかったのである。

その人の日常は、書物と友人と長い散歩とに三分《さんぶん》されていた。ひとりぼっちで年柄年中、大した方法もなしに、仕事していた。命取りの病気にかかったのも多分あんな暮し方をしていたからだろう。その人自身の名で世間に示すに足るような業績はそれほどない。しかしおよそ物惜しみしない気質だったから、絶えず他人の仕事の手助けをしてやっていた。だからその人の該博《がいはく》な学識の成果は世間のあちこちに広く流布《るふ》し、多数の、どちらかといえばその人とはさほど近づきでもなかった人々の名声を高めるのにも結構役立ったのである。その人自身の「畢生の事業」ともいうべき大作は、あれやそれやで結局完成に至らずじまいとなってしまった。その仕事に取りついてからあまりに長い歳月が経ってしまったものだから、その仕事はしまいには友人知人の間で一種の冗談めいた話に化してしまった。だがいまだに形らしい形を整えていないとはいえ、それは学術上の一大饗宴とでも呼ぶべき一大事業であった。世間がいつの日かその仕事の真価を認める日が来ることを私は心ひそかに念じている。だがもし、この貴重な宝が世間に知られず埋《うず》もれたまま朽ち果ててしまうとしたら、それはその人のこの仕事にそれだけの価値がないからではなく、その人の草稿の文字を読みほぐせるような人が世間には誰ひとり見当らないからであろう。というのは事のついでに言っておくと、その我等の古き友人はロンドン切っての悪筆家で、その人と文通した人々の間では、その人が寄越した手紙をどうかして判読しようと次々と回覧し、皆が眼を皿のようにしたこともよくあったからである。実際一度などこんな事もあった。その人から手紙を受取ってどうしても読めない人が二人ばったり出会って、二人同時にポケットから手紙を取り出して、頼むからなにをおいてもまずこの謎を解いてくれ給え、と相手に懇願した、というのである。

研究における組織立った方法の欠如と、行き当りばったりでそれでいて限りなく惜しみない気前のよさだけが、その人のアイルランド気質《かたぎ》というわけではない。その人は良く言えば義侠心《ぎきょうしん》、悪く言えば大《だい》の癇癪《かんしゃく》持ちであった。一度、グレート・ポートランド街の小さな煙草屋の店頭で、その人が煙草屋の主人の無礼きわまる態度に憤《いきどお》り、一発喰らわして懲《こら》しめてやる、とカウンターを跳び越さんばかりになったことがあり、私が一生懸命押しとどめたものである。それも相手がその人に対して無礼を働いたというのでなくて、私に対して無礼を働いたとその人が勝手に思いこんだからであった。そんな調子だから、ロンドンの乗合馬車の車掌なら一人ならずこの頑健でドン・キホーテ的乗客が、誰か知らない女客の肩を持って奮闘したことを憶えているはずである。その人にいわせればお気の毒にもその御婦人客に対する相手の態度が甚だぞんざいであったからだという。その人はふだんは親切で鷹揚《おうよう》だが、一旦不正を耳にして憤慨するとなると、真紅《まっか》になって怒るという風があった。卑劣な事を聞くと激昂して、そうした時は一晩中、「一体そんな事が本当にあっていいのかね？」と問いかけては、またしても怒り《いか》心頭に発するという風であった。

読むこと、書くこと、友人知人を惜しみなく助けること以外の一切のことについては、その人はすこぶるつましく身を節制に持していた。がそれでも自称高級ウィスキー・ポンチなるものの混合調整にかけては、その人の文学研究に欠落しているところのあの集中力のすべてを傾注した。それはその人にあっては一種の祭儀《さいぎ》であった。その祭儀に際しては何事も先を急いではならず、何事も手ぬかりがあってはならない。そしてその出来ばえが、いってみれば、その手段の正当性を立証してくれた。その人が死んでしまったので、こうした飲友達の錬金術士《れんきんじゅつし》ともいうべき愉快な仁《じん》の数は減ってたったの一人になってしまったが、その一人もいまは遥かタスマニア島にいる。それでは物の足《た》しにならぬ。私にとってはまったくいなくなったも同然だ……

その人は貪婪《どんらん》な物読みで、自己の研究主題を我物としたいという意欲ははなはだ強く、そのため時々愛すべくも奇態な事を平然とやらかした。たとえば毎日アールズ・コート・ロード駅とアディソン・ロード駅との間を汽車で往復したのだが、その人はその一駅の通勤のために書物で一杯の重たい手提鞄《てさげかばん》を持ち運んだ。それは「車中で読むため」であった。これは汽車がよく遅れるから、といった鉄道のサービスの悪さの諷刺《ふうし》でなくて、純粋に読書熱のしからしめたことである。そもそもその人は腹に諷刺や皮肉の一物《いちもつ》などのまったくない人で、なんであれ思ったことはすぐその場で口に出して言ってしまう。そして後はからりとしていたのである。

この親切で、独身のまま死んだ故人《こじん》の野辺送《のべおく》りに集った会葬者は、小人数の風変りな面々であった。身内の人がやっと二、三人、文学上の友人が八人。その大半はもういい齢《とし》で、たいていがいわゆるインテリ、中には世界的名声を博した学者も一、二いる。そのどれもこれもが着なれぬ黒の喪服《もふく》をまとい、いささか着心地《きごこち》悪げである。私たちは一同厳粛な物思いに耽ったが、だからといってとくに悲しい葬式というわけでもなかった。というのは、その人が仮にこれ以上長生きしたとしたら――故人は六十三歳であった――きっと体も不自由で、そうなればもともと活動的で疲れを知らぬ頭脳と体軀《たいく》の持主だっただけに、さぞかし病気に苛立って腹を立てたに相違ないからである。それに、その人はいかにも仕合せな生涯を送った挙句、病気らしい病気にはじめてかかってその初煩《はつわずら》いでもって亡くなったからである。そうした事情を知っていただけに、そしてその人が妻子もなくほとんど一人ぼっちで暮していたことも知っていただけに、私たちは親族でないということもあって、悲嘆の情に掻きくれるとか、悲哀のあまり取り乱すとかいうことはなかった――時ならぬ死や、取り返しのつかぬ別離の身を切るような悲哀は、時として葬儀をいかにも痛ましいものとするのであるが。しかしそうはいっても、いかなる死にようであれ、死は人の心を動かさずにはいない。その神秘を目の前にして人は惜別《せきべつ》の情に心打たれずにはいられない。で私はといえば、そこで佇立《ちょりつ》しながら、ああもっとしょっちゅう、先生の鳥の巣のように高いあの上の階まで登って行って、先生をもっと散歩に誘い出せばよかった――先生の好きなエッピングの森や、ハーフォードシャーの田舎や、いや散歩でなくとも晩飯やウィスキー・ポンチに引っ張り出せばよかった――そんなことはなんでもなかったのになあ、と思い返したのであった。葬儀は深く印象的に取り行われたが、その間も私は、あの知識が一杯、幾層にも詰った頭脳が、あの数千数万の佳句麗藻《かくれいそう》とおそらく他に比《ひ》を見ないシェイクスピア学の博識とともに、これでもって忽然《こつぜん》とこの世に存在することをやめてしまったのかと思うと、言うにいわれぬ淋しさを覚え、感慨に耽らずにはいられなかったのである。人間の不滅についてたといなんと言われようとも、こうした頭脳がこれでもって存在をやめてしまったということは、なにはともあれ、死の刺《はり》の一部であり、陰府《よみ》の勝《かち》の一端《いったん》である。パウロは壮麗な皮肉を弄《ろう》してそうしたことはないと言ってはいるが。

それがすむと私たちは列をなして教会の墓地へ向った。教会そのものは古いけれども、墓地の方は真新しくてずいぶん広いものだった。牧師の先導で私たちは蝸牛《かたつむり》のようにゆっくりと、匍《は》うように進んだ。この小さな黒づくめの一行は、くすんだ灰色の寒空の下を、ものの四、五町も歩いたと思う。前にも言った通り、私たちの多くは年配《ねんぱい》で、たいていは戸外《こがい》よりは室内向きの人間である。敬意のしるしに脱帽していたが、何人かは頭すれすれに――三分《さんぶ》ほどの間《ま》を置いただけで帽子をかざしていた。それは微笑を誘わずにはおかぬ光景だった。一方、墓掘人夫と牧師の方は、例の黒い天鵞絨《ビロード》製の頭蓋帽《づがいぼう》をかぶっている。神様は限りなく恵み深いお方だから、そんなことは全然目にされぬか、目にされたとしても、にっこりなさることだろう。そしてその墓地で、私たちの年老いた友の遺骸は大地に委《ゆだ》ねられた。その間、蹴球の少年たちの競い合う掛け声や叫び声があたり一面に響いていた。それから私たちはみなおもむろに帽子をしっかりとかぶりなおし――故人はさだめし私たちがもっと早く帽子をかぶることを望んでくれていたに相違ないが――それから町へ戻ると古い旅籠屋《はたごや》に寄り、お茶を飲みながら故人の思い出をしばし語りあったのである。奇人で、諧謔《かいぎゃく》に富み、胸を打つ、美しい、あの人にまつわる思い出の数々であった。

共通する印象

ルーカスの『葬式』を読むと、漱石の『クレイグ先生』と共通する印象に溢れていることに気づかされる。漱石の文章は、

クレイグ先生は燕の様に四階の上に巣をくつてゐる。鋪石《しきいし》の端に立つて見上げたつて、窓さへ見えない。下から段々と昇つて行くと、股《もゝ》の所が少し痛くなる時分に、漸く先生の門前に出る。

とすこぶる大袈裟《おおげさ》に、それでいてある気分の出る描写で始るのだが、ルーカスも、

ああもっとしょっちゅう、先生の鳥の巣のように高いあの上の階まで登って行って、自分も先生を散歩に誘えばよかった、と四階の上のクレイグ先生の塒《ねぐら》のことを思っている。その塒《ねぐら》と訳した元の英語は eyrie というので、樹木の上の方に出来た鳥の巣を指す言葉で、もとシェイクスピアも使った単語である。

クレイグが詩が好きなことをルーカスはこう回想した。

一年のいかな季節であれ、その人と一緒に散歩するのは、英国詩人が森や生籬《いけがき》、牧場や空のさまざまな色や姿について歌った最良の詩句を想いおこす機会となった。……老学者の舌頭《ぜっとう》からはシェイクスピアの抒情的な名句が次々と転《ころが》り出たし、ワーズワースやキーツはことごとくそらんじていた。

一方、漱石はこう回想した。

先生の得意なのは詩であつた。詩を読むときには顔から肩の辺《あたり》が陽炎《かげろふ》の様に振動する。——嘘ぢやない。全く振動した。……いつかスヰンバーンのロザモンドとか云ふものを持つて行つたら、先生一寸見せ玉へと云つて、二三行朗読したが、忽ち書物を膝の上に伏せて、鼻眼鏡をわざ〱はづして、あゝ駄目々々スヰンバーンも、こんな詩を書く様に老い込んだかなあと云つて嘆息された。自分がスヰンバーンの傑作アタランタを読んで見様《みやう》と思ひ出したのは此の時である。

会話をまじえ、具体例を引く漱石の記述はうまいものだ。本当は『ロザモンド』（一八六〇）の方が『アタランタ』（一八六五）より旧作で、クレイグも漱石もスウィンバーン（一八三七–一九〇九）の詩業について年代的に誤解しているのだが、そんなことはいま調べたからわかったことである。漱石の随筆の読者としては、私たちまで *Atalanta in Calydon* を読もうという気がおこるではないか。

クレイグの筆跡についてはどうだろう。ルーカスはクレイグの「畢生の事業」ともいうべき『シェイクスピア字典』がいつか世に出ることを念じている、と言う先から「この貴重な宝」は、だが世間に出ずに朽ちるだろう、と予測して、その理由はその仕事にそれだけの価値がないからではなく、クレイグの筆跡が読みがたいからだ、と言っている。そして出会い頭《がしら》に二人同時にクレイグの手紙を取り出して相手に読んでくれ、と懇願したというギャグめいた笑い話を伝えている。漱石もクレイグの筆跡に手こずったが、そこはうまく書いている。

先生は時々手紙を寄こす。其の字が決して読めない。尤も二三行だから、何遍でも繰返して見る時間はあるが、どうしたつて判定は出来ない。先生から手紙がくれば差支があつて稽古が出来ないと云ふことゝ断定して始めから読む手数《てすう》を省《はぶ》く様にした。……先生は、自分に、どうも字が下手で困ると嘆息してゐられた。さうして君の方が余程上手だと云はれた。

かう云ふ字で原稿を書いたら、どんなものが出来るか心配でならない。先生はアーデン・シエクスピヤの出版者である。よくあの字が活版に変形する資格があると思ふ。

ルーカスと漱石とよくもまあこう同じ話題を取りあげた、と思うほど二人のエッセイはこの老学者を描いて共通している。二人ともクレイグの手紙の字の読めないことを言い、「あの字が活版に変形する資格がある」か否かを問うている。そこには悪筆に呆《あき》れた笑いとともに秘められた悲しみもある。クレイグの学識が『シェイクスピア字典』に結晶し得ないのではないか、という危惧の悲しみである。だがその仕事ぶりを描いた漱石の次の記述のごときは、その吝坊《けちんぼう》のたとえといい漢語表現といい、またなんと見事なことだろう。

客間を鍵の手に曲ると六畳程な小さな書斎がある。先生が高く巣をくつてゐるのは、実を云ふと、此の四階の角で、其の角の又角に先生に取つては大切な宝物がある。——長さ一尺五寸幅一尺程な青表紙の手帳を約十冊ばかり併《なら》べて、先生はまがな隙《すき》がな、紙片《かみぎれ》に書いた文句を此の青表紙の中へ書き込んでは、吝坊《けちんぼう》が穴の開《あ》いた銭《ぜに》を蓄《ため》る様に、ぽつり〳〵と殖やして行くのを一生の楽みにして居る。此の青表紙が沙《さ》翁字典《をうじてん》の原稿であると云ふ事は、こゝへ来出《きだ》して暫く立つとすぐに知つた。……先生の頭のなかには此の字典が終日終夜槃桓磅礴《ばんくわうはうはく》してゐるのみである。

「槃桓磅礴」という表現などいまの日本人はもとより中国人にも意味はよくわからないのだが、それでいて感じはなんとなく伝わって来るのである。

漱石はそこでクレイグにシェイクスピア字典として定評のあるドイツ人アレクサンダー・シュミットの *Shakespeare-Lexicon* の話を持ち出して、「これがある上にまだそんなものを作るんですか」と聞いた。そして「前後二巻一頁として完膚なき迄真黒になつてゐる」先生所有のシュミットを見せられて、「君、もしシュミツドと同程度のものを拵へる位なら僕は何もこんなに骨を折りはしないさ」と云われて、漱石は「へえ」と云ったなりおそれいってしまったのだった。それがルーカス呼ぶところの *magnum opus*、畢生《ひっせい》の事業ともいうべき『シェイクスピア字典』に打込むクレイグ先生の姿なのである。その仕事の現場《げんば》の感じを伝える点では、ルーカスよりも漱石の記述の方が、具体的なだけに、人物が生動している。クレイグ先生の肉声も、先生の二本の指で敲《たた》かれる真黒なシュミットの本の音も、聞えてくるような気がする。

E・V・ルーカスという人

エドワード・ルーカス（Edward Verrall Lucas）は一八六八年に生れ一九三八年に亡くなった。生れは漱石より一歳年下の同時代人である。漱石がクレイグに初めて会ったのは一九〇〇年十一月二十二日で、日記には「面白キ爺ナリ」とある。その時漱石は三十三歳で、クレイグは五十七歳だった。そしてちょうどそのころ三十二歳のルーカスもまたクレイグと知合ったのである。

ルーカスは保険代理人の次男として生れ、十六歳でブライトンの本屋の小僧となった。その後サセックスの地方新聞の編輯に加わったこともある。二十四歳の時、伯父から二百ポンドの贈与を受け、それをきっかけにロンドンへ出てケア教授の講義を傍聴した。この **W.P.Ker** はカーと発音するのが正しいと信ずるが、日本ではどうしたことか漱石以来ケアと書くことになっている。日本人留学生夏目金之助にクレイグを紹介してくれたのはこのケア教授だが、ルーカスにクレイグを紹介してくれたのも同じ人であったらしい。ルーカスはケアに師事した人で、一九三二年 *Reading, Writing and Remembering*『読むこと、書くこと、思い出すこと』を出した時、その巻頭にケア教授の肖像を恭《うやうや》しく掲げている。ちなみにこの書物にも **A Funeral** は引用の形で、これは誤植なく再録されており、クレイグのいま一つのややフォーマルな写真が載っていることも先に棚橋氏が発見した。

ルーカスは新聞社づとめのころ、毎晩モーパッサンを英訳したそうである。日本に来て小泉八雲となったラフカディオ・ハーンもアメリカ時代、モーパッサンを英訳することで短篇を構成する骨法を学んだが、ルーカスは英訳することでもっぱら自分の英語の文体を磨いた由である。このルーカスは夥《おびただ》しい数の雑文を書いた人で、旅行案内やら画家案内までものしている。これは日本でも作家が原稿料稼ぎに画家について雑文を書くのなどと似たようなものであったろう。学問上の仕事としてはチャールズ・ラムとその姉メアリー・ラムの七巻本の著作集を一九〇三年から五年にかけて編んだことと、一九〇五年に二巻本の『チャールズ・ラム伝』を出したことがあげられる。この伝記について一九二二年、研究社英文学叢書でラムの『エリア随筆』に注釈をつけた平田喜一（禿木）は、

全篇悉く記実を以て成り、ラムに関する一切を網羅したもので、巻末の索引に依つて模索すればラム関係の人も事も、自在に出て来るといふ重宝至極なものである。斯うした書物もよいのであるが、

と一応褒めておいて、しかしラムの生涯やその周囲を深く研めたい人は、直接ラムの手紙以下を読むにしくはない、とも述べている。なおこのE・V・ルーカスは日本の英語教科書出版の世界とは大正末年から昭和初年にかけて直接接触もあった人のようで、北星堂からはこのルーカスがダウデンと共編したラムの教科

書版などが出ている。

ルーカスがそのラムの著作集を編んだ時、注釈をつけるのに「もろ手を差し伸べて自分を助けてくれた」のがクレイグであった。そのことは『読むこと、書くこと、思い出すこと』にも出ているが、『ラム著作集』第一巻の「総序」にも、

「引用や言及の出典を探る際にいちばん助けてくれたW・J・クレイグ氏には格別の謝意を表する」と特記されている。そしてその次に世話になった人としてケア教授の名が続く。

ロンドンに出たルーカスは、一八九三年からロンドンの有力な夕刊紙『グローブ』に関係し、後には『パンチ』にもしばしば寄稿した。一九二四年、メシューエンが亡くなるとその後を継いでメシューエン出版社の会長となった。先にふれた回想録『読むこと、書くこと、思い出すこと』も、実は後にそのメシューエン社から出版したものである。彼はこうして文壇の有力者となった。『大英伝記辞典』のE・V・ルーカスの項はE・V・ノックスの執筆にかかわるが、そこにはこの多彩な交友関係に恵まれたルーカスについてこうも記されている。

ルーカスは晩年、いろいろな社交倶楽部の会員となり、著述面で名を成しただけでなく通人《コネスール》としても名を成した。物惜しみなく客に奢る人でかつたいへん生きのいい *bon vivant*《ボン ヴィヴァン》でもあった。

bon vivant は「陽気な人」などとも訳されているが、「生活を享受する人」「陽気な楽天家」などの意味を含んだフランス語が、そのラテン的向日性とともに、英語にはいったものである。そのような記述に接した時、クレイグ先生を散歩でなくとももっと晩飯やウィスキー・ポンチを飲みに引っ張り出せばよかった、と書いたルーカスの面影がいっそう鮮明になるように思われた。

学者的ドン・キホーテ

正岡子規や夏目漱石は飲み食いの思い出を楽しげに書いた人たちである。『坊つちやん』の中にも食い物の話は盛んに出てくる。だがそんな漱石でありながら、漱石にはクレイグ先生と親しく食卓を共にした思い出はない。毎週火曜、例の四階で会う以外は、一回ベーカー・ストリートでばったり出会って「鞭を忘れた御者か」とけしからぬ印象を抱いたことがあっただけである。英国人のルーカスと違って、漱石は消極的なつき合いに終始したのだが、しかしもしクレイグ先生が、ある種の牧師様風に積極的で面倒見が良かったとしたなら、あんな親しみのこもった『クレイグ先生』が生れただろうか。私はそうは思わない。他の面では消極的であったかもしれないが、詩を語る時はクレイグは本心から語っている。その一途《いちづ》な語り口が漱石の心を安ませたのではなかったか。

他方、三十代後半のルーカスはクレイグと散歩するうちにも詩の世界に導かれた。小学校や中学校は十一回以上も出たりはいったりしたが、中学以上は高等教育を受けられなかったルーカスにとっては、この市井《しせい》の学究で、しかも学者然《ぜん》としていない人が、自分に詩を語ってくれることは心嬉しいことだった。もっともそれもクレイグがどれだけ相手を自覚して喋っていたのか、その辺はわからない。ルーカスを相手にした時も、漱石を相手にした時と同じく、自分の好きなところへ連れて行って、決して帰してくれなかったのだろう。その時だって突然「このワトソンの詩はシェレーに似た所があると云う人と、全く違っていると云う人とあるが、君はどう思うか」と相手のことも構わずに質問を発していたのだろう。

ところでハーフォードシャーの田舎やエッピングの森などへ一緒に遠出したことこそなかったが、クレイグ先生が興にまかせて詩人について語る様を書くことにかけても、漱石はルーカスよりよほど達者だと思う。それというのもルーカスの『葬式』には、クレイグ先生の人となりをあるがままに描写した条《くだ》りは存外多くない。蹴球をして遊ぶ小学生といったまわりの様子、十二月のサリーのうち淋しい埋葬の雰囲気、あるいは「私」の個人的感慨といったものに紙面の多くが割かれていて、「彼」（＝クレイグ先生）がいくぶんか後方に退ってしまったきらいがあるからだ。漱石を読むとクレイグ先生の鼻とか手とか指の毛とか声とかが初端《しょっぱな》から伝わってくるが、ルーカスの記述はその点で具体性に欠けている。故人が表裏のない人物であること、学識はあるがずぼらであること、そういうことを抽象的に述べて読者に頭で理解させることは出来る文章だが、故人の風貌が眼前にありありと浮んでくる文章ではないのだ。いいかえるとずぼらならどんな風にずぼらなのか、そこがどうも書けていない。私は両者を読み比べて、二十世紀初頭の日本のホトトギス派の写生力は、ひょっとして、同時代の英国散文の描写力を凌いでいたのではないか、とそのソフィスティケーションのほどに舌を捲いた。もっともこれは余人でなく漱石の文才あるがゆえの話で、写生ばかりでなく英国人が得意とするユーモアにかけてさえ、漱石は実は遜色《そんしょく》ないのである。漱石の小品には揶揄《やゆ》するようでいて、温かい笑いが文章から溢れている。

　では漱石は知らぬかに見えた、ルーカスの伝えるクレイグ先生のドン・キホーテ的側面についてはどうだろう。毎日一駅間の通勤の車中で読むために手提鞄《てさげかばん》いっぱい書物を持ち運んだという話――文中のアディソン・ロード駅は現在のケンジントン・オリンピア駅で、それとアールズ・コート・ロード駅は隣りあっている由である――あれはどこまで本当でどこまで誇張なのだろうか。グレート・ポートランド街の煙草屋で義憤を発した件、あれはほかならぬルーカスが当事者となっていることを後から明かしているからおかしいのだが、どこまでユーモラスに戯画化してあるのだろうか。

　だがよく読むと漱石もクレイグ先生をドン・キホーテとして、少くとも学者的ドン・キホーテとして見ていたことだけはすぐわかる。ただしこの際、我等のドン・キホーテが「仰山」な声をして呼び立てると、出て来るのはサンチョ・パンサでなくて「是れも仰山な顔をした」婆さんだ。渡してくれるのはさびた槍でなくて古びた書物で、この二人のやりとりはこうである。

先生は疎忽《そゝつ》かしいから、自分の本抔《など》をよく置き違へる。さうして夫《それ》が見当らないと、大いに焦《せ》き込《こ》んで、台所に居る婆さんを、ぼやでも起つた様に、仰山《ぎやうさん》な声をして呼び立てる。すると例の婆さんが、是れも仰山《ぎやうさん》な顔をして客間へあらはれて来る。

「お、おれの「ウオーヅウオース」は何処へ遣《や》つた」

婆さんは依然として驚いた眼を皿の様にして一応書棚を見廻してゐるが、いくら驚いても甚だ慥《たし》かなもので、すぐに、「ウオーヅウオース」を見附け出す。さうして、「ヒヤ、サー」と云つて、聊《いさゝ》かたしなめる様に先生の前に突き附ける。先生はそれを引つたくる様に受け取つて、二本の指で汚《きた》ない表紙をぴしや〳〵敲きながら、君、ウオーヅウオースが……と遣り出す。婆さんは、益《ます》〳〵驚いた眼をして台所へ退《さが》つて行く。先生は二分も三分も「ウオーヅウオース」を敲いてゐる。さうして折角捜して貰つた「ウオーヅウオース」を遂に開けずに仕舞ふ。

ルーカスはクレイグ先生を「童心の人」with a heart of a child と言ったが、漱石の『クレイグ先生』を面白くしているのは、とりもなおさずこの「童心」が活写されているからだろう。

「お、おれの「ウオーヅウオース」は何処へ遣《や》つた」

漱石は日本語で書いているのにクレイグが英語でどもる声までが聞える。それはまるで四歳の女の子が、

「あ、あたしのお、お人形はどこへ行ったの」

と泣かんばかりに言っている様にどこか似ている。そして目ざとく人形を見つけ出した母親に、

「はい、これ」

といささかたしなめるように目の前にお人形を突きつけられて、それを受取るなりもう抱き締めているようなものである。クレイグ先生は本を抱き締めているから「遂に開けずに仕舞ふ。」

惜別

漱石も江戸っ子だからそそっかしい。その漱石がやはりそそっかしいアイルランド気質まる出しのクレイグ先生に文句やら呆れやらを連発する。それなのに底に一層なにか温かいものが流れているのが感じられる。漱石の文章にはある照れが感じられる。漱石が文中であらたまるのは、

アーデン・シエクスピヤのハムレットは自分が帰朝後大学で講義をする時に非常な利益を受けた書物である。あのハムレットのノート程周到にして要領を得たものは恐らくあるまいと思ふ。

と教授面《づら》で語る時だけだが、しかしその格式ばった文章も、

然し其の時は左程《さほど》にも感じなかつた。

とたちまちあらたまった構えをほぐしてしまう。そんな有益な注釈付きの『シェイクスピア全集』を編ん

だクレイグだけに、漱石はクレイグが『シェイクスピア字典』を完成することをも望んだのであろう。漱石がクレイグの訃報を知ったのは明治四十年の新着の文芸雑誌であったが、実際に随筆『クレイグ先生』を書いたのはそれより更に二年経った明治四十二年三月のことで、そうなるとクレイグ先生の許へ通ったころからかぞえればもう八年が過ぎている。

それに対してルーカスの文章は、一九〇六年（明治三十九年）十二月十二日にクレイグが亡くなり、同十五日土曜日ロンドンの南隣りサリー州のライギット墓地で葬式が行われた直後にあまり名の知れぬ小雑誌に書かれたらしい。それだけに題そのものである葬式の模様がルーカスの文にはいろいろ出て来る。となるとユーモアをまじえているとはいえ、やはり格式ばった決り文句も点綴《てんてつ》されてしまうのだ。ちなみにこの葬式に著者が参列したことはロンドンの『タイムズ』十二月十八日号の訃報欄にも出ている。「顔見知りが何人かいるだけ」の葬式だったが、その「小人数の風変りな面々」の中にはP・S・アブラハム博士、J・M・バリー氏、シドニー・リー氏、E・V・ルーカス氏、J・M・ミンチン教授、ノーマン・ムーア博士、ジョン・ラック博士がいたのである。その誰がルーカスのいう「世界的名声を博した一、二の学者」なのか私にはよくわからない。世界的名声を博した作家ならバリーだと言えるかもしれないが、その言葉はおそらくルーカスが故人の交友に呈した一種の過褒《かほう》の辞であり、淋しい野辺《のべ》送りにそうした人も参会した、と言いたくもあったのであろう。「そのどれもこれもが着なれぬ黒の喪服をまとい、いささか着心地悪げである」という書き方はかすかな笑いを呼ぶ。とくに年配で「戸外よりは室内向きの人間」が、敬意のしるしに脱帽しているが、その実三分《さんぶ》ほどの隙を置いただけで黒い帽子をかざしている様はそうである。十二月のくすんだ雨模様の午後であってみれば、気候も寒く、気分もわびしいのだが、それと対照をなすかのように隣りの原っぱからは蹴球で遊ぶ少年たちの声が聞える。それは「この死のただ中にありて我等生けり」という『祈禱書』の「墓地で死者を埋葬する際に」唱える語句をそのまま実証しているかに思われた。そういえばあのすこぶる宗教色の濃い『トム・ブラウンの学校時代』にも「土曜日トムソンが死んだ時、日が燦々と輝く午後だったが、その時クリケットの試合はその側の大きなグラウンドで、いつものように行われていた」とあった。ルーカスの随筆にあって漱石の小品にないのは、そうしたキリスト教への言及である。もっともルーカスは、クエーカーの両親から生れた人だけれども、あまり熱烈な宗教心はなかった人らしい。ああしたクレイグ先生のような人がいなくなってしまったことは、やはり陰府《よみ》の勝《かち》の一端なのだ、と率直な感想を述べた。これは『コリント前書』第十五章五五節で、パウロがなんと言おうとも、「死よ爾《なんぢ》の刺《はり》は安《いづく》に在るや、陰府《よみ》よ爾《なんぢ》の勝《かち》は安《いづく》に在るや」と言ったのに対し、ルーカスが自分の実感をおだやかに述べたものである。

だがそんな細部にこだわらなければ、全体として二人の随筆は故人を懐旧《かいきゅう》するの情においていかにも共通し、補完している。漱石の『日記』でクレイグについての言及は、

明治三十三年十一月二十一日。……Craig ヨリ返事来ル。滅茶苦茶ノ字ヲカキテ読ミニクシ。来リテ相談セヨトノ意味ナリ。

が最初なのだが、最後の訃報に接した時の漱石は「あの字引はつひに完成されずに、反故《ほご》になつて仕舞つたのかと考へた」

ルーカスも、クレイグの悪筆と方法の欠如をよく知っていたから、彼の「畢生の事業」が「結局完成に至らずじまいとなってしまった」、あれは学術上のジョークのままに終ってしまったのか、と淋しく笑った……　しかしその口調は、人間精出して生きること自体に実存的な意味があるのであって、人間の価値は地上に遺した仕事によって測るべきではない、とでも言いたげである。ライフ・ワークは普通、その仕事の

社会的効用によって世間からは判断される。だがその本人にとってライフ・ワークはそれが本人の生涯の友として存在することに意味がある。そんな立場に立てば――それが人間的な立場だと私は思うのだが――完成か未完成かは所詮《しよせん》問うところではない。

「死ぬ迄遣る丈《だけ》の事さ」

と独身の老学究はすでに日本から来た留学生に言っていた。

クレイグ先生の『シェイクスピア字典』はこうしてついに日の目を見ずに了《おわ》ってしまった。ワット氏が見つけたところによると、ウェールズの大学時代の学生の一人は、クレイグを評して、

No man knew more or could teach less.

と言っていたそうである。「あれほどよく知っていて、あれほど下手な教え方をした人はいない」というこの銘句こそひょっとしてクレイグ先生に打ってつけの墓碑銘なのかもしれない。しかしそれよりも思いやりにおいて優る墓碑銘はルーカスの回想であろう。だがもしルーカスの『葬式』が書き手の主観にひたり過ぎているとするなら、故人の面目を客観的に躍如として伝えているのは、直接話法をまじえて書かれた漱石の『クレイグ先生』であろう。「クレイグ先生は燕の様に四階の上に巣をくつてゐる」という書き出しから始って、あの小品は全篇ことごとくが寄席の噺家《はなしか》めいた口調で活溌に語られる。クレイグ先生とジェーン婆さんのやりとりなどユーモラスで笑わずにはいられない。しかしどこか笑い切れない寂しさに似たものがずっと糸を引いている。そして前の話のおかしみがまだ残る中で、最後から二段目で文章の調子がすっと沈む。

自分は其《そ》の後暫《ご》くして先生の所へ行かなくなつた。行かなくなる少し前に、先生は日本の大学に西洋人

の教授は要らんかね。僕も若いと行くがなと云つて、何となく無常を感じた様な顔をしてゐられた。……自分はまだ若いぢやありませんかといつて慰めたら、いや〳〵何時《いつ》どんな事があるかも知れない。もう五十六だからと云つて、妙に沈んで仕舞つた。

一瞬胸をつくような寂しさが余韻として残る。話が急に沈んだこの落差は、そのままクレイグ先生の陽と陰でもある。漱石の『クレイグ先生』は文章それ自体がクレイグ先生の姿でもあったのだ。そして新着の文芸雑誌に出た二、三行の訃報へとつながって文章は終る。「反故《ほご》になつて仕舞つたのか」と思うその寂しい余韻はクレイグ先生を思う漱石の情である。

私は初めに、ワット氏の論は、やや単調に英訳された『クレイグ先生』に基いているために、誤解を招く、と述べた。私自身の漱石とルーカスの比較論も、後者を日本語に訳して、いうならば英国人を日本語の土俵に上げて取組みをさせたために、あるいはルーカスの方が見劣りしたのかもしれない。しかし英国と違って幸いいまの日本には日本語も英語も堪能《たんのう》でよく味読《みどく》できる人が多い。ペンギン文庫の『英国随筆選』ならすぐ手にはいる。好学の士に漱石は日文で、ルーカスは英文で、読み比べることをお薦めしたい。

ちなみにルーカスが『葬式』を初め *The Country Gentleman* という小雑誌に掲げた時、先にも名前の出たノーマン・ムーア卿がすぐルーカスに手紙を寄越した。

あなたのクレイグの野辺送りの記を今日読みましたが心にしみました。あなたはクレイグについて実によくお書きになっていらっしゃいます。過去三十年間、クレイグはロンドンにいる限りは毎週のように拙宅に遊びに来たものです。クレイグがいると座が楽しくて話がはずんであのなんともいえぬ人の良さがクレイグの身辺から光輝くように発散したものです。クレイグが拙宅で最後に朗読した詩はこれでした。

そういってムーアはスペンサーの詩を引いた。そしてムーアは、自分はクレイグはゴールドスミスにたいへん似ていると思うが、ゴールドスミスとかクレイグのようなアイルランド気質は英国ではしばしば誤解されるものです、とも書いている。

このムーア卿の手紙はルーカスの『読むこと、書くこと、思い出すこと』に引かれているのだが、その最後の行はこう結ばれている。

クレイグに対する惜別の念にたえません。それだけに生前クレイグに対して温かく接してくれた人に対しては、それが誰であれ、私は好意を感ずるのです。

We miss Craig and always shall, and I feel a kindness for anyone who cared for him.

一九〇六年当時のイギリスでは誰もそんなことを思いもしなかったろうが、いまとなってみれば、そのanyone の一人に夏目漱石もかぞえられると私は思うのである。知的交友 intellectual companionship とは所詮《しょせん》そんなものではあるまいか。なおこのノーマン・ムーア卿とはカーライルのかかりつけの医師だった人の由である。

一九七六年版あとがき
――漱石の交友の跡を求めて――

カーライル博物館

二昔前、ロンドンで一夏を過した時、レッスンの後でふと地下鉄をスローン・スクエアで降りたことがあった。案内を見ると近くに「カーライル博物館」と出ている。ああこれだ、これも見ておこう、と思って改札口を出、道を聞いたが、誰も知らない。Carlyle House という建物があったから、はいって階段を登ると、ドアの前に牛乳瓶が置いてある。二階も三階も牛乳瓶が置いてある。しかし夏目漱石もたしか暗い階段をだいぶ登ったように書いていたと記憶したので、天辺《てっぺん》まで登ったが、やはり牛乳瓶が扉口に置いてあるだけの私室であった。仕事中のペンキ屋に聞いたら Carlyle Mansion が別にあるという。しかしじきに目当ての博物館 Carlyle's House を見つけた。

跛の案内の婆さんは私の顔を見るなり、「日本人だろう」と言った。そして「ナツメ教授とニトベ教授の署名を見せてあげる」とこちらが頼みもしない先から、分厚い訪問者名簿の栞《しお》りをはさんだページを開いて見せた。K. Natsume は近くの South Kensington から友人の池田菊苗と一緒に見物に来ていた。一九〇一年、明治三十四年八月三日のことである。

博物館の部屋の内は本が書棚にたくさん詰っていた。ドイツ文学哲学の翻訳紹介に力を尽したカーライルの結婚記念に、ゲーテが贈って寄越した金の背文字入りの『ゲーテ全集』なども並んではいた。しかし何の変哲《へんてつ》もない部屋で、私は正直いって失望した。あの、空想場裡に故人が生動して雄弁をふるう漱石の『カーライル博物館』からかつて得た印象と、いま目の前に見る灰色のカーライル博物館から受ける印象と、そのあまりの隔《へだた》りにがっかりしたのである。またそれだけに、この「四階造《づくり》の真四角な家」を素材に、虚実とりまぜてあれだけの文章を仕立てた漱石の文才にあらためて驚き入った次第であった。

ところで二十世紀後半の今日、イギリス人であれ、スコットランド人であれ、チェルシーの一角までこんな家を見物に大勢来たりはしない。それなのに日本人だけがしきりと訪ねに来るという図には滑稽もなくはないが、要するに漱石の文章、彼のフィクションの魅力に惹かれてのことである。騙《だま》されたのだ、といっても過言ではない。たとえば漱石は、

余は倫敦《ロンドン》滞留中四たび此家に入り四たび此名簿に余が名を記録した覚えがある。

と書いているが、先の名簿を点検した人の話では、漱石の署名は一度きりだという。「四たび此家に入り」も多分漱石一流の文飾であろう。二年の留学中、ロンドン塔ならばともかく、カーライル博物館の訪問などそれこそ一度きりで沢山だ。法学者のT・K教授などは日本から先輩知友が来英するたびに、この家へ案内したらしい。その署名を次々と婆さんは得意気に指さしたが、私は生きたイギリス人と交際のない、「文学散歩」の空《むな》しさをむしろ感じた。

もっとも留学した先輩の同胞にたいして私がそのように無愛想だったのは、当時の私が西洋の文物を学ぶに急で、時間を惜しみ、日本人を避けるがごとくであったからだろう。当時私はサウス・ケンジントンからほど遠からぬ辺りに下宿していたが、漱石の旧居を訪ねようとも、その留学生活を探ろうとも、また夏目金之助と池田菊苗の署名を写真に撮っておこうとも考え及ばなかった。それに、いまから振返ると不思議な気

もするが、あのころは実に窮屈なまでに専門（ないしは専門の枠内での独創）という意識に縛られていて、フランス政府の留学生として留学の根拠地をパリに据えた私が、英文学を学んだ漱石を研究するのは自己の学問上の守備範囲を逸脱することのように思っていた。そしてそう感じた私は、タテ社会出身者としてなにも例外ではなかった。過度の謙遜《けんそん》にも似た自己制限に囚われていたのである。謙遜といえば聞えはいいが、裏返せば縄張り作りであり、他人を「専門」の名において排斥することである。そして事実、後年帰国した私はフランス語の教職につけず長いこと悩んだ。それはいま思えば贅沢な悩みかもしれないが、フランス政府留学生で渡欧しながら、英独伊の大学まで足をのばした罰でもあった。

留学の深傷

帰国後の私は西洋文学の翻訳も研究ももちろんしないわけではなかった。しかし自分の最大の関心事をやはり学問研究の場に生かすようつとめた。そして（本書の成立とも関係するので述べさせていただくが）、自分の一連の論文を『和魂洋才の系譜』（河出書房新社、一九七一年、『平川祐弘著作集』第一、二巻）にまとめた。それは森鷗外のドイツ留学を軸に据えて、明治日本のエリートが西洋文明の強力な挑戦に対応した様を論じたものであった。

言ってしまえば当り前のことだが、学問の普遍に通じる道は、西洋の文物を西洋の舞台に上って研究することだけではない。毀誉褒貶《きよほうへん》さまざまの書評が出た中に、次のような谷口茂氏の文章（『比較文学研究』第二十二号、朝日出版社）もあった。すなわち、

鷗外の留学はきわめて稀有な僥幸であって、（その）森鷗外の体験が基準とされていることに筆者は多少の疑問をもつ。……おそらく（平川）氏も恵まれた留学を体験されたのだろうと想像するが、それでも

数多くの辛い目にあわれたはずである。……

氏は留学という言葉の背後に横たわる累々たる死屍を見ることはないのだろうか。……そのための忠告として、留学ということの再考をお勧めしたい。具体的には氏がかたくなな人間として斥けた漱石夏目金之助の留学を、気質の面からだけではなく、西洋へ西洋文学を勉強に行っていうにいわれぬ苦労をし、帰ってのちも時折毛唐という不作法な言葉を口走らずにはすまなかった、そういう心の傷を負った面からも、真の意味で同情をこめて再考していただきたいと思う。

私は谷口氏の書評が出たころ、まだ活字にこそせね、漱石の留学体験については調べ始めていたので、いつか谷口氏の批判には書物の形で答えよう、と思っていた。

「西洋へ西洋文学を勉強に行っていうにいわれぬ苦労をする」という谷口氏の発言には、日本へ日本文学を勉強に来て苦労する西洋人学生の発言には必ずしも見られぬ苦衷が感じられる。その理由の一つは、研究者の国籍の差を自覚せず、相手本位の研究の枠組の中へ組みこまれてしまう日本人が多いためだろう。それでいわゆる fausse position へ追いこまれてしまうためではあるまいか。私は自分が西洋文化に関心を寄せた動機には、そうした枠には収まりきれぬ何かがあると感じた。それで私はその西洋本位の枠組は敬遠した。しかし教室へはよく通った。そこで頭角をあらわしたこともなくはなかった。しかしそれでも、敗戦国からの留学生として私には心の重荷があった。貧乏書生として金のない引目《ひけめ》もあった。そうした際に個人の心に重くのしかかった問題を、私は公の歴史の場へ還元して考えた。——非西洋と西洋の格闘の接点として、留学の問題は長く私の念頭を去らなかった。それで先には森鷗外の場合に即して考え、次いで内村鑑三や堀悌吉の外国体験を論じ、いままた夏目漱石や、漱石に付随して魯迅の場合も、取りあげてみた次第である。

ところでこの種の問題を後に私が教師として教室で論じた際、言葉数こそ少なかったが深い共感を示した学生の中には、祖国の近代化に思いをはせる来日したアジアの留学生諸氏もいた。その時私は、留学心理の普遍性や法則性のことをあらためて思わずにはいられなかった。また同じく日本人で職業を異にする人でも、外国体験という点では共通する心理をわかち持つものだ、といろいろな機会に思わずにはいられなかった。たとえば今日でも私たち人文の学徒は、海外で味の素の駐在員諸氏と交ればいろいろ啓発されるが、当時も夏目金之助は味の素の発明者池田菊苗と議論して得るところが多かったのだろう。そのような仲だったから、二人は連れ立ってカーライル博物館へ見物にも出かけたのである。

明治三十四年八月三日　土

朝 **Battersea** ヨリ **South Kensington** ニ至リ池田氏ヲ訪フ。同氏宅ニテ昼飯ヲ食フ。午後 **Cheyne Road 24** ニ至り **Carlyle** ノ故宅ヲ見ル、頗ル粗末ナリ。

池田菊苗の署名？

ところで夏目金之助の「留学の深傷」にふれようとすると、私の念頭に浮ぶのは、はじめに言及したカーライル博物館の **K. Natsume** の署名である。それはペン習字の上手な（英人にも褒められた）漱石に似ず、萎縮《いしゅく》した筆蹟であった。漱石は上手に書けなかったことを自分でも、

可成《なるべく》丁寧に書く積りであつたが例に因つて甚だ見苦しい字が出来上つた。

と滑稽的に卑下している。しかし私が夏目金之助の精神の萎縮を感じたのは、この文部省留学生が漢字まじりの署名をして自分の東洋人としての出自《しゅつじ》を誇示することもせず、東京のアドレスを記入して、日本国籍

を明示することも、またはるばる極東の国から来たことも言い立てなかった点である。作品の中では、

（名簿の）前の方を繰りひろげて見ると日本人の姓名は一人もない。して見ると日本人でこゝへ来たのは余が始めてだなと下らぬ事が嬉しく感ぜられる。

などと正直な気持を書きつけているくせに、門番の婆さんに向っては、何国人だか身許も明かさない風の記帳をしていた。夏目金之助はロンドンで、よく言えば謙遜、悪く言えば小さくこごんで暮していたのだな、とその時思った。

ところが――これはごく最近になって気がついたことだが――夏目金之助はロンドンで自分の下宿の住所さえ正確に書くのを躊《ため》らっていたのだ。明治三十四年八月、漱石が住んでいたのはサウス・ケンジントンではなくて、ロンドンの場末の侘しいクラパム・コモンだったのである。

昨宵《ゆうべ》は夜中枕の上で、ばち〳〵云ふ響《ひゞき》を聞いた。是は近所にクラパム・ジヤンクシヨンと云ふ大停車場《おほステーシヨン》のある御蔭である。

にはじまる『永日小品』中の『霧』に叙された淋しい、うらぶれた場所である。そのクラパム・コモンの場所柄を恥じたからだろうか、夏目金之助は池田菊苗に準じて住所は South Kensington と記入してしまったのである。それは個人としての体面もあったが、国家としての体面もあっての嘘だったかもしれない。私はそのような些事にも官費留学生夏目金之助の心の傷をかいま見るような気がした。

もっともカーライル博物館の訪問者名簿のこの K. Natsume の署名については古くから異説もあった。小

宮豊隆氏は——氏はもちろん漱石の随筆ゆえにカーライル博物館へ行った日本人の一人だが——すでに大正年代に栞《しお》りのはさまっていた訪問者名簿を見せられて、その字体の異なることに驚き、「(漱石先生が)是程不断と違ふ字を書いたらうとは到底考へる事が出来ないのである」として池田菊苗が代署した、という説を主張された(『漱石襍記』)。だとすると池田が「えい面倒」と漱石の住所も自分のと同じにしてしまったということになる。この問題の解決には筆蹟鑑定が必要となるだけに、あの時写真を撮っておけばよかったとまた思う。

ピトロクリの谷

ロンドンの漱石は「持てない人」であった。その暗い留学の日々が彼の心に残した深傷についてはすでに本文中で触れた。しかし漱石の留学といえども、その陰鬱な面のみを強調して怨《うら》みつらみを述べるのは、彼に好意を示してくれた英人に礼を失することとなる。「あとがき」の後半には漱石の幸福な旅の思い出にも是非ふれておきたい。

留学生夏目金之助の不幸が、しんみりとした話のできる英国の友人に恵まれなかった、という一事に尽きることはすでに述べた。しかしその漱石も一度だけ、帰国直前の一九〇二年(明治三十五年)十月、どうした訳かスコットランドのピトロクリへ招かれて数日を過し、しみじみとした幸福感にひたることができた。『昔』と題する漱石の回想は、明治四十二年に書かれたが、次のように始まる。

ピトロクリの谷は秋の真下《ました》にある。十月の日が、眼に入る野と林を暖かい色に染めた中に、人は寝たり起きたりしてゐる。十月の日は静かな谷の空気を空の半途《はんと》で包《くる》んで、ぢかには地にも落ちて来ぬ。と云つて、山向《やまむかふ》へ逃げても行かぬ。風のない村の上に、いつでも落附いて、凝《じつ》と動かずに靄《かす》んでゐる。其の間に野と林の色が次第に変つて来る。酸いものがいつの間《ま》にか甘くなる様に、谷全体に時代が附く。ピトロクリの谷は、此の時百年の昔《むか》し、二百年の昔にかへつて、安々《やすく》と寂《さ》びて仕舞ふ。人は世に熟《う》れた顔を揃へて、山の脊を渡る雲を見る。其の雲は或時は白くなり、或時は灰色になる。折々は薄い底から山の地《ぢ》を透《す》かせて見せる。いつ見ても古い雲の心地がする。

日が野や林を暖い色に染めただけでなくて、漱石その人の気持を暖く染めたピトロクリの谷だった。その時の日だまりのほのぼのとした気持は七年後に『永日小品』の一篇を書く時も心底から湧いてきた。それは漱石が英国へ留学してはじめて感じた暖かさであったかもしれない。少くともはじめての長い汽車と馬車の旅であった。人工と不満の都会ロンドンを離れて、自然と満足の田舎スコットランドに来た漱石は、桃源境といおうか、『草枕』の別乾坤《べつけんこん》に似た境地を味わった。白くなり灰色になる雲を眺めて、「いつ見ても古い雲の心地がする」と漱石は言ったが、漱石もピトロクリに逗留した間は、青雲《せいうん》の志に心かき乱される官費留学生ではなかった。白雲《はくうん》の、時間さえも動かぬ谷間で、「昔」に思いを返していたのだろう。mature な落着きが、時代がついたピトロクリである。

では誰が日本人夏目金之助を招いてくれたのだろう。どういう伝手《つて》だろう。漱石は「自分の家は」といかにも親しげにその家を語り、キルトの行燈袴《あんどんばかま》をつけた主人や、その主人が煖炉の傍でパイプを取り出すスポーランという木魚《もくぎょ》程の蟇口《がまぐち》やらを語っている。栗鼠《りす》もよほど印象的だったと見えて、その時の思い出話は坂元雪鳥の『修善寺日記』にも出てくる。

蘇格蘭土《スコットランド》を旅行した時山路を馬車で通つてるとね、道端の木にチョイ〱と飛んで遊んでた。可愛いもんだね、彼処辺《あそこいらへん》の様な田舎は日本にはないね、実に気持が宜いんだよ、一寸田舎町に出ると、それが又実に綺麗でね、神楽坂なんかよりズツと整つてるし道は宜しいね。

漱石が帰国してから繰返し、愉快の情をこめて、あるいは『日記』（大正一年八月十七日）に、あるいは『文学論』（第四編第五章）に、あるいは談話に回想しているのはこのスコットランドの旅である。その招待主については『文学論』に、

蘇国に招待を受けて逗留せるは宏壮なる屋敷なり。ある日主人と果園を散歩して、樹間の径路悉く苔蒸せるを看て、「よき具合に時代が着きて結構なり」と賞めたるに、主人は「近きうちに園丁に申し付けて此苔を悉く掻き払ふ積なり」と答へたるを記憶す。是等は固より文学趣味なき人に就いての例なれば……

とあるので文科系の大学関係者ではあるまい、という程度の推測しかつかなかった。漱石も『坊つちゃん』によれば学生時代「ある人の使に帝国ホテルへ行つた時は錠前直しと間違へられた事がある」とあるから、かつて東京か横浜でイギリス貿易商の通訳のような仕事をしたこともあって、そうした縁で呼ばれたのかと考えたこともあった。

それがその招待主の名前と職業を角野喜六氏が突きとめたのである。氏はピトロクリで警察署を訪ね、また日本庭園のある Dundarach Hotel の現在の持主に直接会って、一九〇二年当時の持主について聞かれたのであった（『英語青年』一九七四年三月号）。

漱石を招いた人は、東洋貿易で成功し、一九〇二年（一八九八年は現在の持主アームストロング氏の記憶違いだろう）この町へ来て住んだ John Henry Dixon という商人で、日本から庭師四人、大工二人、料理人一人、友達一人を連れ帰ってこの屋敷に住まわせたというから豪儀《ごうぎ》なものだ。その庭師が造った日本庭園もい

まは石燈籠に名残りをとどめるくらいで荒れて淋《さび》れてしまった。それでも目のある人が見れば、どれどれが日本から取り寄せた植木か見当はつくかもしれない。もっとも日本から園丁を呼んでも、それに命じて苔をことごとく掻き払わせたのだとすると、ディクソン翁の日本趣味もいささかあやしいことになる。その日本人たちが引揚げていったのは一九二四年というから、ずいぶん長くいたわけだ。

ところでこの豪商ディクソンと、漱石が大学時代に習った（そしてその人のために『方丈記』を英訳した）スコットランド出身の英語学教授ディクソンとは親戚ででもあったろうか。英語学教授 **James Main Dixon** は兄も来日して教壇に立ち、妹も日本政府のお雇い外人教師の妻となった人だが、しかしジョン・ヘンリー・ディクソンもその親族の一人であるという裏付けは、『英語青年』の **J. M. Dixon** 記念号（一九三三年十二月一日号）からも推測できなかった。ディクソンという姓は英国には多いのである。

ジョン・H・ディクソン翁

それで、それ以上詳しい事のわからぬままに、私は昨一九七五年十月、パリ大学へ講演に行く途中、ピトロクリへ立ち寄った。この時も日仏会館派遣学術使節であるのにこんな寄り道をしてと気がひけたが、パリの演題の一つは漱石であったので、その下調べといえないこともなかった。

ピトロクリは、停車場に着いた時から、私は魔法にかけられたような魅力を覚えた。漱石の幸福感がしみじみ胸に伝わるような土地柄であった。人気《じんき》がよくて、酒場の主人も客も、図書館の老嬢も、観光事務所の女性も、私の問に親切に答えてくれた。ダンダラック・ホテルはもうシーズンが過ぎて閉っていたが、私はゆっくりと庭を散歩し、薔薇の花の写真も撮った。所有者は行き違いに外出していなかった。代りに町の老人たちに次々と電話で問合わせてくれたラウンジの若主人がいた。しかし人の出入りの激しいこの小さな観光の町で、半世紀前（一九二六年）に亡くなった老翁のことは、その名前をつけた Dixon Terrace という坂道は残っているにせよ、子孫が残っていない限りわからぬものだ。「ボーイスカウトのことを熱心にやっていた」というのが聞き出せたせいぜいのところであった。「養老院《チェツカーズ》へ行ってお年寄りに問合せたらどうだろう」と勧めてくれた人もいたが、帰りの列車の時刻も迫っていた。その時 Information Centre 所長の Mrs. Dunbar が奥から私物の *Pitlochry, Past & Present* という書物を取り出して、索引を調べ、

「Dixon ……　ない」

と済まなさそうな顔をした。それで私も一旦《いったん》別れを告げて、ふとその本の表紙を見ると、一九二五年にピトロクリで出たその本の著者がなんと JOHN H. DIXON, FSA. (Scot.) だったのである。

その書物の序文から、ディクソンが十九世紀の六十年代の初めにピトロクリをはじめて訪れ、後一九〇二年にこの土地に腰を据え、以後もなお壮健にボーイスカウトの指導に当ったことが知られた。漱石との関係の詳細は依然として不明のままだが、しかしこの書物を読むと、かつて東洋貿易に従事したこの豪商が晩年の四半世紀をどのように善用したかが察せられる。FSA は「美術協会会員」の略号だろうか。年のころは漱石より三十くらいは上らしい。「髯も七分がた白くなりかけた」と漱石が書いた老翁は、ピトロクリの一木一草とまではいわずとも、その過去現在を丹念《たんねん》に調べあげた人だった。そしてこの書物を通覧し、また漱石の『昔』を読返すと、成程《なるほど》と首肯される節もある。いま『昔』の終りの部分を引くと、

主人と一所に崖《がけ》を下りて、小暗《をぐら》い路に這入つた。スコツチ・フアーと云ふ常磐木《ときはぎ》の葉が、刻《きざ》み昆布《こんぶ》に雲が這ひかゝつて、払つても落ちない様に見える。……

主人は横を振り向いて、ピトロクリの明るい谷を指《ゆび》さした。黒い河は依然として其の真中を流れてゐる。あの河を一里半北へ溯《さかのぼ》るとキリクランキーの峡間《はざま》があると云つた。

高地人《ハイランダース》と低地人《ローランダース》とキリクランキーの峡間《はざま》で戦つた時、屍《かばね》が岩の間に挟《はさま》つて、岩を打つ水を塞《せ》いた。

高地人《ハイランダース》と低地人《ローランダース》の血を飲んだ河の流れは色を変へて三日の間ピトロクリの谷を通つた。
自分は明日《あす》早朝キリクランキーの古戦場を訪《と》はうと決心した。崖から出たら足の下に美しい薔薇の花弁《はなびら》が二三片散つてゐた。

一六八九年の戦いの故事も、歴史趣味に富める主人がパイプを吹かしつつ漱石に語って聞かせたのだ。私が胸をはずませてディクソンの著書のページを繰っていると、ダンバー夫人も喜んで、行きずりの一日本人を信用してその本を貸してくれた。そうした善意の一つ一つが昔漱石がこの土地で受けたであろう善意の名残りのように私には有難く思われた。

　キリクランキーの古戦場へ寄る暇もなくて、私はその夜南へ引返したが、借りて来た本にはディクソン自身が水彩で描いたキリクランキーの絵もはいっていた。その複製を本書（新潮社版）の巻頭に掲げる。それは、留学生夏目金之助に好意を示してくれたジョン・H・ディクソン翁に対する小生の感謝の微志でもある。この絵に誘われてピトロクリに遊ぶ日本人が多少でもふえるなら、観光事務所長ダンバー夫人もおそらく喜ぶにちがいない。あの町では名産のスコッチのネクタイを買うのも、ビジネスというより穏やかに会話をしているという感じであった。

　以上が筆者が二昔前と昨秋にそれぞれ見聞した英国時代の漱石の交友の跡——筆跡と足跡である。それにあわせて筆者がこの書物に集めた三篇を書くにいたったその間の事情にもふれさせていただいた。随筆中に私事が再三まじりこんだ風の「あとがき」となって、恐縮である。謹しんで読者諸賢の御寛恕を乞う次第である。

　なお三篇の初出は、

「クレイグ先生と藤野先生」　『新潮』（昭和四十八年二月号）
「漱石のあばたづら、鼻、白いシャツ」　『新潮』（昭和四十八年九月号）
「詩の相会うところ、言葉の相結ぶところ」　『すばる』（昭和五十一年冬〈第二十二〉号）

であった。今回多少筆を入れた。
終りにとくにお世話になった新潮社の坂本忠雄、藍孝夫の両氏に御礼申しあげる。機械的に編輯を進める出版関係者が多い昨今、批判的に丹念に編輯の仕事を進める両氏の御好意が私にはまことにかたじけなかった。拙稿が書物の形を取って世に出るに際し、あらためて謝意を表する次第である。

一九七六年四月　　　　　　　　　　平川祐弘

右文中のディクソンについては、その後新聞の死亡記事を入手することを得、平川祐弘編『作家の世界　夏目漱石』（番町書房、昭和五十二年）に写真版を覆刻してある。それによると「東洋貿易で成功し」という角野氏の伝聞は誤りのようで、日本には一八九〇年代から観光客として何度か滞在した人のようである。

講談社学術文庫版へのあとがき（一九九一年）

私の著書や訳書は幸いにも目下この講談社学術文庫シリーズに十冊はいっているが、漱石関係の書物は『漱石の師マードック先生』についでこれが第二冊目である。本書『夏目漱石──非西洋の苦闘』は一九七六年新潮社から単行本で出、版を重ねたが、いつしか絶版となったので、この学術文庫から再刊していただくこととした。その際、第四部「クレイグ先生ふたたび」を新たに補うこととした。これは第一部の「クレイグ先生と藤野先生」が漱石と魯迅の比較論であるのに対して、今度は漱石とE・V・ルーカスの比較論をやはり第一部と同一人物であるクレイグ先生にまつわる日英両文人の二篇の肖像スケッチを通して試みたもので、初出は『新潮』一九九〇年十一月号である。学術文庫版への解説を劉岸偉さんに書いていただいた。東京大学を去るに際し有難い言葉に接し、あるセンチメントが私にも浮ぶのを禁じ得ない。それで日本に来て働きつつ学ぶ留学生の将来に幸多きことを祈りつつ「漱石の下宿と魯迅の下宿」にまつわる私見をこの余白に再録させていただこうと思う。『文藝春秋』一九九一年二月号の巻頭にこの随筆を寄せたところ、未見の中国留学生から共感のはがきや手紙を次々といただいた。私は真に心ある人ならどこの国の人でも、朝日新聞社のかつての広岡社長や森恭三論説委員、秋岡特派員やそのカウンターパートの流儀の「日中友好」は、あれは相手におもねる政治であって、真の友好とは信じていないのが真相ではないかとひそかに思っている。

松山に着いた「坊つちやん」が「宿屋へ連れて行け」と云いつけたら、車夫は威勢《いせい》よく山城屋《やましろや》というちに横づけにした。二階の階段下の暗い部屋に案内され熱くってたまらない。茶代をやらないから粗末に扱わ

れるのだと思って大枚五円を膳を持って来た下女に渡し、

「あとで帳場へ持って行け」

と言った。するとその日、中学に挨拶に行って帰ったら、

「御座敷があきました」

と今度は十五畳の表二階で大きな床の間のある座敷へ案内された。いい心持になって大の字に寝ていたら、

「この部屋かい」

と授業の打合せに来た山嵐に起された。そして山嵐の周旋で「いか銀」という町はずれの岡の中腹の至極閑静な下宿へ引越す。五円の茶代を奮発してすぐ移るのは残念だが仕方がない。もっとも「いか銀」もじきに飛び出して、今度はうらなり先生の周旋で萩野家の下宿人となる。ここは「いか銀」よりも叮寧で、親切で、しかも上品だが、惜しい事に食い物がまずい。昨日も芋、一昨日も芋で今夜も芋である。——


漱石が面白おかしく書いたこの話は誰もが知っている。それで迷惑したのはモデルと目された宿屋や下宿屋だ。山城屋が城戸屋《きどや》に当ることは漢字で一目瞭然である。城戸屋では五円の茶代をもらったからでなく、夏目先生が文学士で月給八十円の高給取りと新聞で知ったから、竹の間から翌日新館一番の十五畳へ移っていただいた、と後に釈明した。そこはいま「坊っちゃんの間」となっている。

「いか銀」に移ったのは実際は一月後で、主人は確かに骨董屋だが、その津田保吉が本当に漱石を骨董責めにしたかどうかはわからない。また次に移った松山の豪商米九の番頭、上野義方の離れ座敷で漱石が毎日毎晩芋責めにあったかどうかはさらにわからない。

漱石が日本の国民作家なら魯迅は中国の国民作家である。魯迅は漱石がロンドンの下宿に立籠っていた明治三十五年に来日した。東京で日本語を速成で学ぶと仙台の医学専門学校に入学した。魯迅は初めて仙台に来た留学生ということで優待された。自伝的短篇『藤野先生』には下宿のことがこんな風に書いてある。

……学校が授業料を免除してくれたばかりでなく、二、三の職員は、私のために食事や住居の世話までしてくれた。最初、私は監獄のそばの宿屋に泊っていた。初冬のころで、もうかなり寒いというのに、まだ蚊がたくさんいた。しまいには全身にフトンを引っかぶり、頭と顔は着物でくるみ、息をするために鼻の穴だけを出しておくことにした。この絶えず息が出ている場所へは、蚊も食いつきようがないので、やっとゆっくり眠れた。食事も悪くなかった。だが、ある先生は、この宿屋が囚人の賄いを請負っているので、そこに下宿しているのは適当でないといって、しきりに勧告した。宿屋が囚人の賄いを兼業するのは私に関係のないことだと思ったが、好意もだしがたく、ほかに適当な下宿を探すより仕方なかった。かくて別の家に引越した。監獄からは遠くなったが、お蔭で喉へ通らぬ芋がらの汁を毎日吸わせられた。

（竹内好訳）

毛沢東主席が讃えた魯迅が仙台でこんな日々を送ったかと思うと相済まぬと感じる日本人もいるらしい。下宿のことで日本人が余計なお節介《せっかい》を焼いたのが悪かったとか、最初の片平町五十二番地佐藤喜東治の二階十畳の方がまだしも食事がよかった。そこから芋がら責めの宮川信哉方へ引越しを強いたのは宮川と縁のある藤野先生その人だ、などと非難めいた声も出た。しかしこうした倫理的批判は私にはコミカルでならない。それはちょうど辻原登氏の『村の名前』が芥川賞を取ると「よその国の恥部」を揶揄して書くのはけしからん、といった日中友好協会風の批判が続出し、それが滑稽に響くのと同然である。『坊っちゃん』が面白いのは松山の下宿を誇張した筆で揶揄したからだ。その漱石を魯迅は愛読した。そして下宿の芋責めや芋がら責めもまたユーモラスな一挿話となり得ることを漱石から学んだからこそ、その手法を自作にも生かしたのだ。そういえば坊っちゃんは黒板に「天麩羅先生」と大書されたが、魯迅も黒板にいやみを書かれたことになっていた。もっとも江戸っ子漱石のすっきりした笑いと違って、魯迅のユーモアはどうもからっとしなかったが。

文化大革命が終熄する以前の一九七三年二月、私は魯迅の『藤野先生』は漱石の『クレイグ先生』の刺戟で書かれた創造的模倣だ、という説を『新潮』誌に発表し、社会主義を夢みる日本の魯迅崇拝者から非難を浴びた。だがこの平川解釈は台湾の *Tamkang Review*, vol. X, no. 4, summer 1980 にも紹介され、大陸の『中日文化与交流』誌（中国展望出版社、北京、一九八五）にも紹介翻訳され、今では多少の賛同も得ている。あれほど漱石を敬愛した魯迅だ。その彼の仙台の下宿引越しの哀れにおかしい記述が、漱石の松山の下宿引越しの滑稽に溢れる記述の応用としても一向に不思議はない。漱石も魯迅も揶揄のあるところがよい。揶揄の自由なきところに言論の自由があろうはずがない。

ところで（本書中にも書いたように）漱石が明治四十年まで住んだ東京の西片町十番地ロノ七号の家は、魯迅が下宿した家でもある。医学から文学に転向すべく上京した魯迅は、尊敬する漱石先生が半年前までそこで執筆していたと思うと、励まされる思いであったろう。もっとも魯迅は一年足らずでそこを出てしまった。留学生仲間と自炊していたのだから食事が口に合わなかったせいではない。家賃が高過ぎたのであろう。以上が下宿が取りもつ日中二作家の縁である。いま大都会の場末に下宿して頑張っている留学生の中からもやがて大作家が出ることであろうか。

一九九一年六月　　平川祐弘

解説

劉岸偉

平川祐弘先生の『夏目漱石――非西洋の苦闘』が講談社学術文庫に収められる際に、この本の解説を書いてみないか、と誘いの電話があった時、私は即座に喜んでお引き受けしますと答えました。この務めが果たして自分にできるだろうかという不安がある一方、今まで心の底にわだかまっている未済の何かがこれで果たされると思うと、「喜ぶ」云々は単なる礼儀ではなく、偽らざる心境でした。

話はおおよそ一昔前に遡《さかのぼ》ります。一九八二年十月に、当時二十五歳だった私は留学の夢を膨《ふく》らませて、海を渡ってきました。中国の若者が大量に欧米や日本に訪れる、いわゆる留学ブームの到来はそれより数年後のことで、当時は留学の機会に恵まれたのはごく少数でした。この少数の中で文学や芸術を学ぶものはさらに少なく、ほとんどが自然科学系の留学生でした。

「改革、開放」の政策を打ちだし、近代化路線がようやく軌道にのった中国の事情を考えると、当然と言えば当然の結果だと言えましょう。しかし、同行した留学生仲間の中には、版画を学ぶため、東京芸術大学に入る予定の友人もいたのです。ほんの僅《わず》かな人数とは言え、魯迅の留学した一九一〇年代ではおよそ考えられなかったことでしょう。なぜなら「二十世紀初頭の日本が夏目金之助を英語英文学の研究の目的でイギリスへ留学させたようなゆとりは当時の中国にはなかった」からです（本書第一部第二章参照）。

私が東京大学駒場キャンパス八号館にある比較文学・比較文化研究室を訪れたのは、下宿に落ち着いてから数日後のことでした。その日お会いした平川先生から一冊の本を恵贈され、それが『夏目漱石――非西洋の苦闘』でした。

本書は四部から成ります。第一部「クレイグ先生と藤野先生」は夏目漱石と魯迅の留学体験を扱っている研究で、新潮社版原書の約半分の紙幅を占めています。このたび学術文庫に入る際、第四部として収録された「クレイグ先生ふたたび」（初出は『新潮』一九九〇年十一月号）も漱石の小品にまつわる新資料について論じたもので、第一部を補完する形になっています。そして本書の題名に示唆されているとおり、この第一部を本書の中心とみてもさしつかえないでしょう。第一部の終わりに著者は次のように述べています。

そのうちに中国から日本へふたたび留学生が自由に渡航してくるような日があれば——その日の近いことを祈るが——そうした外国留学体験者は必ずや新しい目で魯迅の『藤野先生』を読み返すにちがいない。いつの日か、この拙論がそうした人々の目にもふれることがあれば、筆者は幸いに思うのである。

この研究が世に問われて以来すでに九年、この間一部の中国人読者の目にもふれたと思いますが、初対面の私にこの本を贈った先生の気持は右の一節より察せられます。

夏目漱石の『クレイグ先生』はともかく、魯迅の短篇『藤野先生』は、中国では中学校の教科書にも使われるほど広く知られている作品です。筆者は大学時代、竹内好の訳でこの作品を習ったこともあります。中国における外国語教育は一時ではあるが、外国の原書より、中国物の翻訳——それも多くは中国人の手による——を教材に使う傾向がありました。こう書いている私は思わずBBC放送のインターヴューに答えたアーサー・ウェイリーの言葉を思い浮べました。「（中国人は）中国の詩をもし誰かが英訳するなら、それは中国人でなければいけないと思っているらしい」（本書第一部第三章参照）。ウェイリーの答えは古来の中華思想を諷していますが、外国の物を何もかも中国化してしまうという精神風土にも一因があるように思われます。

話を本題に戻しましょう。魯迅と漱石の二短篇を綿密に分析することによって構築されたこの両作家についての比較論に接して、比較文学研究にめざした一学徒である私は蒙を啓《ひら》かれる思いがしました。しかし当時の私はどちらかと言えばこの並行研究の方法論、文章解釈の手法、「刺戟伝播」といった発想の新鮮さにより多く目を奪われ、この研究を支えている著者の最大の関心事、著者が「あとがき」にもふれている学問の普遍性や、非西洋と西洋の格闘の接点としての留学心理の問題――それも『和魂洋才の系譜』(河出書房新社、一九七一年、『平川祐弘著作集』第一、二巻)、『西欧の衝撃と日本』(講談社、一九七四年、同第五巻)に一貫している問題意識――をさほどにも意識しなかったように思います。

今となって振り返ってみますと、考えられる理由は二つあります。第一、あのころの私はそれこそ専門という意識に縛られていて、内実の伴わぬ「自己の学問上の守備範囲」を身勝手に決め付けたのです。来日以前から、私は徳川時代の文芸と歴史に興味をもち、作品も多少かじっていました。いったい日本の近世――中国史ではこういった時代区分がありませんが――に関しては、偏見をもっているかどうかはわかりませんが、中国の学界は冷淡です。筆者の知っている限りでは、昔、周作人が多少の翻訳とエッセイを残した以外、あまりこれといった実績がありません。それで私はこの空白を埋めようという大それた野望をひそかに抱いていたのです。従って修論のテーマを決める時も、本書に提示されたいくつかの課題に深入りするのではなく、江戸時代の怪異小説家上田秋成を取りあげることにしました。

今もう一つ考えられるのは、魯迅の作品に対する私の読みの問題です。同じく国民作家とはいっても、魯迅という作家は日本における夏目漱石とはやはりどこか違うように思えます。毛主席が『新民主主義論』において「魯迅の方向こそ中華民族新文化の方向である」と述べて以来、魯迅はもはや「国民的」作家にとどまらず、「国家的」作家へと変貌していきます。茅盾《ぼうじゅん》や巴金《ぱきん》らの大作家は次々と筆を折ったという事情もあって、魯迅はますます文壇の寂寞《じゃくまく》を象徴するような存在となりました。研究者たちは先を競うようにこの作家を語ります。歴史的背景をぬきにして、現在の生活感情や現在思惟している状況を無媒介的に移入して、彼の作品を解釈します。はなはだしいことにこの一作家と旧誼《きゅうぎ》があったということで栄達の資本にもなり、この一作家に文句を言われ、あるいは論争を交したということで失脚のきっかけにもなるほどです。こういう珍現象を別に珍しく思うこともなく、耳に聞き、目に睹《み》ながら私は育ちました。燕窩《えんか》と熊掌《ゆうしょう》は世にも稀《ま》れな珍味に違いありません。しかしこの珍味を十年二十年一日の如く、しかも変な調理法で食わされたら、どんな胃腸の強健な人間でも閉口してしまうでしょう。現に一部の人々がこれに擬《に》たような反逆心理が働いたせいか、魯迅を貶《そし》り、魯迅批判に走りました。ところが「愛屋及烏」（その人が好きになると、その屋根にとまる烏も可愛いらしく目に映る）と「恨及袈裟」（和尚さんが気にくわないと、その袈裟《けさ》も憎らしい）もそもそも同じ類の発想法で、世の常かもしれませんが、私はやはり近代中国が生んだこの硬骨の作家に崇敬《すうけい》の念をもっている多くの中国人の一人です。ときにこの老練の作家がいま何をわれわれに語りかけているのだろうかと、空想をしたりもします。

魯迅の作品に対する私の理解の深まりは、やはり自分自身の留学体験と重なっていくように思われます。船酔いに苦しみながら笈《きゅう》を負うて洋行した漱石や魯迅とは違って、航空機で五時間もたたぬうちに成田に着いた私にとって、『クレイグ先生』も『藤野先生』もただ一篇の歴史物語に過ぎませんでした。思えば一九八〇年代の中国人の留学は今世紀初頭のそれに比べて、物質条件の面を除けば、精神的にはどんな変化があったでしょうか。筆者が渡日した一九八二年前後は中日関係が長い歴史においても極めて平穏で、良好な一時期でしたし、東京の天気は北京の秋に比べて少々曇りがちですが、別に「東京の憂鬱《ゆううつ》」を感じさせませんでした。個人差があるにせよ、使命感と重圧感は留学に恵まれた喜びと未来への期待を押しつぶすほどのものではなかったと、そう感じたのは筆者一人だけでしょうか。魯迅と一緒に日本に留学した周作人は、なにかと兄と対照されながら論じられることの多い作家なのですが、私はこの周氏兄弟の作品を一様に愛読します。とはいえ重苦しい抑圧感を与える『藤野先生』よりも、軽みの口調で下駄《げた》に着物姿で古本さがしなどをした留学時代を回想する『東京を懐ふ』のほうに親しみを感じたのも事実です。時勢の変遷は時に滄海桑田《そうかいそうでん》の感があります。ところが日がたつにつれて、万事流転《ばんじるてん》の中に変わらぬ何ものかがあるのに私も気付きました。

いったい外国に留学することは、とかく本人の意志や当初の目的にかかわることなく、いままで安住していた世界とは全く異なる文化空間に身をさらすことになることを意味します。書物による外国文化の学習と違って、それこそ全方位の吸収です、異文化の影響は思わぬ側面より来たり、また思わぬ形に現れます。英語英文学の研究のため渡英した漱石はのちに創作家に転身し、西洋医学を志望して来日した魯迅はのちに文筆家として名を成しました。これは留学の副産物というより、本人にとってそれこそ留学の意味ではないでしょうか。留学生はいったん外国の社会に身を置くと、自分の目でものを見、自分の脳でものを考えざるを得なくなります。そして否応《いやおう》なしに新しい文化体系に直面し、自国の文化伝統、価値体系との比較を余儀《よぎ》なくされます。本書著者の言葉を借りて言えば、これは留学心理の普遍性と法則性というものです。特に後進国の学生が先進国へ留学した場合、この心理の反映は著しいものです。著者はこの問題に照準をあてて、まず森鷗外の場合に即して観察し、次いで内村鑑三や堀悌吉の外国体験を論じました。本書に取りあげられた漱石と魯迅との比較論もその延長線に位置します。ともに後進国から来た留学生――夏目金之助と周樹人のこうした内面に深く錘鉛《すいえん》をおろし、後進国の近代化とその屈折した心理の襞《ひだ》に鋭くメスを入れたからこそ、この研究は学問の普遍性を獲得したのだと、この解説を草するにあたって、本書を再読した際、つくづくとそう感じました。

魯迅の『藤野先生』は漱石の『クレイグ先生』の刺戟で書かれた創造的模倣《もほう》だという説に接して実に新鮮な感じを覚えたと、前に述べましたが、この「刺戟伝播」の理論が単なる一時の思い付きに終わらないのは、この両作品に即して施された微《び》に入り細《さい》を穿《うが》つといった分析、検討、対比によって裏付けられているからです。先験的な理論で割り切ったり、空理空論に流れることのないように、実証研究に立脚するよう心掛け、細部、真実の追求に力を入れるのが著者の一貫した態度です。マクロ的視点と、ミクロ的操作、使いこなされたエクスプリカシオン・ド・テクストの妙味は本書にも遺憾《いかん》なく発揮され、文学をいかに味読するかを教えられます。

漱石の小品に描かれるクレイグ先生の人物像を検討するにあたって、シドニー・リーの手になるクレイグの略伝、『タイムズ』紙へ寄せた追悼記事やルーカスの随筆などを引き合いに出して論じたのは、著者の体得した「三点測量」法による相互照射で、「同一の事件について、日本側にも西洋側にも時には中国側などにも証言を求め、さまざまな補助線を時間的にも空間的にも引いて評価や判断の公正を期した」(『和魂洋才の系譜』のあとがき参照)ためです。漱石が使った「槃桓磅礴《ばんかんほうはく》」という漢語についての指摘もそうですが、「日暮里」という漢字に魯迅の憂愁の気分を投影するとか、「惜別」の二字に藤野先生の善意と情合を魯迅が感じたといった分析は、やはり漢字文化圏に生きる人間ならではの読みではないでしょうか。そして本書第四部「クレイグ先生ふたたび」に紹介された日英協会のアンドリュー・ワット氏による漱石小品の英訳とその感想をみますと、この小品に示された魯迅の共感の背後には漢字文化という背景が潜んでいるのではないかと思いました。

周氏兄弟は夏目漱石の提唱した「低徊趣味《ていかいしゅみ》」に共感を示し、一九二三年六月『現代日本小説集』を上海の商務印書館より出版した際、漱石の文学主張を「低徊趣味」「余裕のある文学」と紹介し、彼の作風について「軽快洒脱《けいかいしゃだつ》で、機智に富み、明治文壇における新江戸芸術の主流」と評しました。この小説集に収録された漱石の作品は、『永日小品』の中にある「懸物」と「クレイグ先生」の二篇で、いずれも魯迅の訳です。漱石の厖大《ぼうだい》な作品の中からなぜこの二篇を選んだのでしょう。「クレイグ先生」については、すでに本書の第一部で詳しく論じられているように訳者魯迅の深い共感が働いたためでしょう。漱石によって描かれた「妙な爺」――アイルランド老学者の変った風貌は、『藤野先生』の描写にも幾分通じるところがありますが、実は魯迅自身も身なりに無頓着《むとんちゃく》だったことは知人たちの証言によって知られます。しかし人間はしょせん中身が大事です。魯迅が亡くなった後、弟の周作人は文学者魯迅の態度に見られる他人の企て及ばぬ特点として、次の二点をあげました。一つは「聞達《ぶんたつ》を求めぬ」こと、他の一つは「中国民族に対する深刻なる観察」です。いつ日の目をみるかもわからない沙翁字彙に畢生《ひっせい》の力をささげ、「聞達を求めぬ」独身の老学究に、魯迅は深く感動したに違いありません。

本書にはふれていませんけれども、魯迅が漱石の小品「懸物」「クレイグ先生」を選んだ理由にもう一つ考えられることがあります。即ち「低徊趣味」への思い込みです。漱石の特色を「低徊趣味」と理解し、その「低徊趣味」がもっとも表われている作品として『永日小品』の二篇を選んだのだ、と私は推定します。もっともこの「低徊趣味」という和製漢語について、魯迅の理解と漱石の主張とは必ずしも一致しません。魯迅は激情を抑えて、「低徊趣味」の小説を書くつもりで『藤野先生』を執筆したと思われますが、あの重苦しい読後感は、やはり彼自身の「低徊趣味」を暗示しているのではないでしょうか。

本書の初版は一九七六年ですが、それ以後も魯迅と漱石を扱う研究が出されました。藤井省三氏の『ロシアの影――夏目漱石と魯迅』（平凡社選書87）や檜山久雄氏の『魯迅と漱石』（第三文明社、一九七七年）がそれです。前者はアンドレーエフというロシア作家を中間項としてこの中日両作家の文学的核心に迫ろうとした労作で、後者は東洋という独自の場での近代創出を考察し、圧倒的な模倣文化に目を曇らされることのなかった数少ない文学者として魯迅と漱石を取りあげたのです。今後もアプローチの方法こそ違いますが、この両作家を並べて論じることは多いように思われます。筆者は魯迅、漱石のいずれもいまだ読破しておりませんけれども、限られた読書体験では、二人はかなり、性質あるいは型が異なる作家ではないかと感じます。漱石が都市派の作家だと言えば、魯迅は郷土作家だと言えましょう。両者の扱う客観対象が違うから、単純に割り切ってそういうのではありません。イギリス留学で吸収した風刺とユーモアの感性をおろそかにできませんが、漱石の創作を根底から支えたのは、やはり生れた時にまだ江戸と呼ばれていた、当時の世界の一大都市で養われた趣味性とセンスではないでしょうか。漱石の軽妙を好み、ゴーゴリやドストエフスキーの鈍重をも取り入れた魯迅ですが、その深刻と愛情の交錯する世界の遥かなルーツは、やはり濃厚な郷土息吹《いぶき》を湛えた中国江南の古城紹興《しょうこう》です。同じ「諧謔《かいぎゃく》」といっても、両国橋の上にパッと開いては消える花火の如く、江戸っ子のからりとした笑いもあれば、紹興師爺の辣腕《らつわん》を思わせるような「老吏の獄を断ずるが如き辛辣《しんらつ》」もありましょう。ある意味で、魯迅と漱石はいずれも典型的な「地方」作家ですが、それが故に、彼らは普遍性を獲得し、国民的作家の声望を手に入れたのでありましょう。

本書の第二部「漱石のあばたづら、鼻、白いシャツ」は、作家の容貌や服装に関すること、また金銭、名誉に関すること、そうした卑近《ひきん》な問題を取り上げて、それが作品中にどう投影しているかを探ってみようとしたものです。著者もことわっているように「漱石の道義的性格を重んずる立場の人からは、いささか不謹慎に見える」この一章は、夥《おびただ》しい漱石研究の中にはそう多くはない文字だろうと思います。作家の声望が高くなるにつれて、とかく聖人化されてしまう傾向はどこの国にもありがちなことですが、この一篇を読んで連想したことは、知的誠実をもって、率直にしかもぬくもりのこもった筆致で人間魯迅を描いた文章は、中国ではなかなか見当たらないということです。もちろん絶無ではありません。一九八五年の初夏、『魯迅筆下的紹興風情』という本が浙江教育出版社より出されました。魯迅作品の教育に関連資料を提供する目的で、魯迅にちなむ一種の風俗誌ですが、日本語訳者木山英雄氏が日本語版の「あとがき」でもこうふれています。

それもやはり、護教的な魯迅解説者の習慣から一度は我に返って、作家をあらためてわがものにしようとする流れのうちではあり、北京あたりの研究者の間で、これまでもっぱらイデオロギーとしてのみ論じられてきた「魯迅精神」の「戦闘性」や「風刺性」やらに、浙東人気質や紹興の地方文化の特性などを介して、血肉を回復させようとする動きがようやく目につくのと、互いに通底しあう事実にちがいない。

（『魯迅の紹興——江南古城の風俗誌』参照、岩波書店、一九九〇年）

中国はこれからも変わっていくでしょうが、魯迅はやはり幾世代の読み直しに耐え抜き、これからも読みつがれていく作家の一人だろうと思います。彼ほど「中国民族に対する深刻な観察」をし、それを表現した作家はこれからも極めて少ないと思われるからです。

本書の初版が出た後、大陸でいちはやくその一部を翻訳し、紹介したのが、実は筆者の北京大学時代の旧師劉振瀛先生です。去年の冬、先生の訃に接して、弔いの手紙を送りましたが、本書を愛読した劉先生が、もはや筆者の拙い解説を付したこの『夏目漱石』を読むことはあるまいと思うと、黯然《あんぜん》たる寂しさが心に残ります。ここに記して、故人の冥福をお祈りいたします。

去年の三月、早春の寒さの中を、私は東京に別れを告げ、北海道の札幌に移ってきました。札幌は間違いなく日本の中にありますが、どこか異質の息吹を伝え、異邦人にもぬくもりを感じさせる街です。北国の風物は時に故郷の北京を思い出させます。と同時に七年間暮した土地——東京も懐かしく思い出されます。晩秋になると、駒場八号館の前に黄色い銀杏の葉が一面に落ちます。その上を歩いて落葉のささやきを聞くのが好きでした。駒場の比較文学・比較文化専門課程に入り、自由闊達《かったつ》で、しかも刺戟に富んだ雰囲気の中に学べたことを私は幸福に思います。

平成三年五月二日

（当時札幌大学助教授、現東京工業大学教授）

国文学徒の眼を世界に開かせた本

西原大輔

平川祐弘先生の『夏目漱石——非西洋の苦闘』は、国文学の世界に衝撃を与えた。比較文学という新しい手法に、多くの日本文学研究者が関心を持つきっかけとなった。誰よりも僕自身が、激しい驚きをもって読んだ一冊である。

昭和末年に筑波大学で江戸文学を学んでいた僕は、平川先生の著作に触れて、国文学の限界を深く悟った。この書物を解説することは、「余は如何にして比較文学者となりし乎《か》」を語ることに他ならない。国文学に希望が持てなくなっていた僕は、進路に悩み、当時筑波で比較文学を講じていた万葉学者中西進先生にご相談申し上げた。東大・駒場の比較文学比較文化研究室に進学し、平川祐弘先生や芳賀徹先生の教えを乞いなさいというのが、中西先生のご助言だった。

多くの西洋人が、国文学は国粋主義的だから危険だという。しかし、これは日本に対するいわれなき偏見であろう。国文学者には、むしろ左翼的な言辞を弄する人が多かった。ナショナリズムは国文学の本質ではない。むしろ、極端な文献第一主義や先行研究の過剰な継承こそが、国文学の特徴だと思う。『夏目漱石——非西洋の苦闘』は、そのような旧来の学問の土壌を離れた、遥か上空で書かれた書物である。日本文学を広く外国文学との関係の中で論じること。文学者の生き方を地球大の国際政治の文脈で考えること。細かな文献穿鑿に陥らず、誰もが読めるわかりやすい文章で文学の本質に迫ること。社会に背を向けた文士ではなく、国を背負う気概を持った知識人として漱石を研究すること。本書を読んで、それまで想像もしていなかった作品探求のあり方に、僕は眼を開かれる思いがした。

ここで、昭和時代の国文学界の「常識」がどんなものだったかを振り返ってみよう。唐木順三の『無用者の系譜』は、世の中に背を向けた無用者の血脈が、我が国の文学に滔々と流れていることを論じている。法学部や工学部や医学部のような、いわゆる役に立つ実学分野に進まず、文学研究を目指した時点で、僕は既に「無用者」の裏街道に足を踏み入れた敗残者の気分になっていた。官僚にも、銀行員にも、技術者にもならず、閑文字をもてあそぶ国文学者。僕の持っていた作家のイメージは、鎌倉あたりに住んで、原稿用紙のマス目を埋めたり、着物でぶらぶら散歩したりしている有閑人士の姿だった。筑波大学の指導教官だった井原西鶴研究者谷脇理史《まさちか》先生も、自らを「市井《しせい》の隠者」と位置づけていた。

一方、平川祐弘先生が描く夏目漱石は、文字通り「苦闘」している。引用される漱石の文章は、閑文字ではなく、志の言葉である。世捨て人の哀歌ではなく、知識人渾身の思索である。社会・国家と文学者との間にあるのは、決して懸隔離反のみではないと、僕は初めて知ったのだった。夏目漱石は文士ではなく、知識人である。『夏目漱石——非西洋の苦闘』は、この視点で貫かれている。

夏目漱石を文士と見るか、知識人と位置付けるかは、作品の評価にもかかわってくる。当時の国文学流漱石研究には、小説ばかりを重視する傾向があった。恋愛小説こそが近代文学の本道であって、随筆・日記・断片・翻訳・書簡などは、ひとくくりにして店頭で売られる見切り品のようなものだった。せいぜい、伝記上の事実を知るための二次的な材料に過ぎなかったのである。しかし、夏目漱石を知識人と位置づけるならば、文豪の思索の跡をたどることのできるこれらの文章が、俄然輝きを帯びてくる。全集の後ろの方の巻が、断然面白いのである。

日本人作家の外国体験が盛んに論じられるようになったのも、平川祐弘先生の『夏目漱石——非西洋の苦闘』が一つの契機となったように思う。本書の核の一つとなっているのは、漱石のロンドン留学の研究である。恥ずかしながら、学部生時代の僕は、夏目金之助が英国に渡航したことも、英文学者だったことも全く知らなかった。だから、本書を手にして、四十七都道府県だけに限定されていた視野が、急に拡がったような解放感を感じずにはいられなかった。漱石とロンドン。国文学徒だった当時の僕にとっては、あまりに破天荒な結びつきだった。本書の出版から四十年、近代日本文学と外国文学との影響研究は、国文学の世界でも今やすっかり定着し、常識となった。

ただし、一昔前の国文学者の名誉のために弁護するならば、かつて日本文学研究者が概して西洋語・西洋文学に冷淡だったのにも、全く理由がないわけではない。英米独仏露文学が得意な人たちは、向こうの国に無闇に憧れて、あちらの文学者を盛んに祀り上げ、神殿の前にうやうやしく跪くばかりだった。まるで、欧米文学販売会社の日本代理店のように。その卑屈で滑稽な姿を見て、国文学者が西洋文学の勉強を軽んじたのも、心情としてはよく理解できる。大学の文学部では、国文科の隣に英文科や仏文科がある。同級生・同輩・同僚がどんな精神傾向を持っているのかは、日々の生活の中で手にとるようにわかるのである。それは、隣に住んでいる外国崇拝の異教徒のようなもので、全く別世界の人種だった。

『夏目漱石――非西洋の苦闘』は、学術性の高い本でありながら、誰もが楽しく読むことができる文体で書かれている。これもまた、学生時代の僕にとって、大変新鮮だった。国文学の研究会に出てみると、本質から外れた揚げ足取りの質問が多かった。権威主義もはびこっていた。議論に負けないためには、なるべく論旨をわかりにくくして、煙に巻いた方が良い。誰も知らない文献を引用して、偉そうに振る舞ってみたい。一学部生に過ぎない僕ですら、そのように感じていたのである。勢い、発表は趣旨朦朧、論文は意味不明瞭なものが多くなる。国文学の世界では、難しい論文は、読んで理解できない方が悪いのであり、一見学術的に見える晦渋な文章が溢れ返っていた。これに対し、平川祐弘先生の文章の明晰さはどうだろう。わかりやすく、しかも鋭く深いのである。僕は本書を読んで初めて、国文学者流の難解文体がいかに馬鹿馬鹿しいかを痛感したのだった。

物理学や法学の論文を読むのは、一部の職業専門家だけである。しかし幸いなことに、文学に関心を持っているのは、学者ばかりではない。平川祐弘先生は『夏目漱石——非西洋の苦闘』で、教養ある幅広い読者に向かって語りかけている。文学研究業界だけの評価を求めて書くのではなく、より広範囲の読み手を対象にした学問は、極めて魅力的であった。もちろん、専門的な学術論文も大事だろう。しかし、狭い研究者業界の枠を超え、成果を社会に開いてゆくことも大切だ。平川先生は、自分を特定分野の専門家と位置づけるのではなく、一人の教養人、一人の比較文学者として、学問を国内外に広く発信している。窮屈な国文学界で息苦しく逼塞していた僕は、この執筆姿勢にも爽快感を覚えた。

本書は、東アジア比較文学という新たな分野を切り開いた書物でもある。第一部では、夏目漱石の「クレイグ先生」と、魯迅の「藤野先生」が比較されている。僕は、東京大学の比較文学比較文学研究室に中国語で入学した初めての日本人大学院生だった。同期には、同じく中国語で受験した近代中国音楽研究の榎本泰子さんがいる。当時比較文学といえば、西洋文学と日本文学を比較するものと相場が決まっていたから、日中で比較文学が成立するのか、僕は不安でしかたなかった。平川祐弘先生による漱石と魯迅の比較研究は、未踏の領域を照らす心強い探照灯であった。

東大の近現代中国文学研究者は、若き日に共産主義に共鳴して中国語を学んだ人たちばかりだった。国際的視野を持つ愛国者が多い比較文学研究室を、彼らが目の敵のように思っていることは、一大学院生の僕にもよくわかった。中国文学専攻の見識未熟の院生ですら、平川先生の漱石・魯迅比較論の悪口を言っていた。現代中国文学のことを何も知らない素人に一体何がわかるのか、と。彼らは、自らの判断でそう主張したのではあるまい。指導教授の言うことを進んで口真似しただけだろう。しかしその後、東アジア比較文学は、一九九〇年代から大発展を遂げた。本書はその原点の一つである。

近年の文化研究は、「大きな物語」の批判ばかりしている。進歩主義・帝国主義・愛国主義・男性中心主義などを叩くのが、人文学者の仕事になっている。すなわち、否定のための研究である。しかし、平川祐弘先生の『夏目漱石――非西洋の苦闘』は、肯定的な一つの「大きな物語」を提示している。後進国の若き知識人夏目金之助が、西洋文明を学ぼうと苦闘しつつ、祖国愛に目覚めてゆくという物語である。それは、日本がまだ貧しかった昭和二十年代末、欧州航路の客船に乗ってヨーロッパに留学した著者自身の物語でもあったに違いない。この「解説」を執筆するために本書を三十年ぶりに読み返しながら、夏目漱石と平川祐弘が二重写しになる錯覚を、感じずにはいられなかった。

司馬遼太郎の『坂の上の雲』が魅力的なのは、登場人物の正岡子規や秋山好古・秋山真之兄弟が、日本の明るい未来を信じて、全身全霊奮闘するからだろう。その明治知識人の「大きな物語」を、子規の同級生夏目漱石も共有している。一九四五年の敗戦で日本が第二の開国を迎えた時、食糧難の中で学問に励み、西洋人の人種的偏見の中で欧州に学んだ若き日の平川祐弘先生には、明治第一世代の「苦闘」が極めて親しいものに感じられたに違いない。この意味で本書は、著者が自らの体験を漱石に投影した、自身を語る作品でもあると言えるだろう。

（広島大学大学院教授・詩人）

著作集第三巻に寄せて

――北京の一夜――

著作集各巻に思い出を書くようにという勉誠出版の池嶋洋次会長のお達しである。スクラップブックを探したら、駒場の東大生協書籍販売宣伝用冊子『ひろば』の一九七六年十月二十日号に「『夏目漱石　非西洋の苦闘』――自著を語る――」という一文があった。そこに本書の執筆模様が出ており解説に誂え向きと思うので掲げさせていただく。

私が駒場の地に御縁が深くて、一般教育演習などで多数の学生と接触があるせいか、私が本を出しますと、五年前の『和魂洋才の系譜』の時も、この生協書籍部でよく売れたようです。『和魂洋才の系譜』は今年（一九七六年）、河出文芸選書のペーパーバックにはいりましたが本来は私の博士論文で、主として森鷗外を扱いました。それに比べて今度の『夏目漱石』（新潮社）の方が読物として面白い、と皆さんおっしゃいますが、鷗外よりも漱石の文章の方が文芸性が高いためでしょう。

私は教養学科フランス科を経て比較文学比較文化の大学院を出た者ですが、前田陽一先生や島田謹二先生から非常な感化を受けました。その感化の一つに、難しい内容を平易に説く、という明晰を尊ぶフランス風の学風がありました。研究成果の公表という学術的な寄与を専門家に対してなしながら、かつその著書がそれ自体一つの自己表現として文学作品にもなっている、というのが私どもの理想でありました。私の著書は、漢字は多いかもしれないが、そうした意味では読みやすい。それで『和魂洋才の系譜』はアメリカやフランスや韓国の日本学者の間でも反響があり、書評も出たのだと思います。教養学科の図書室でも最初に借り出した学生は台湾か香港から見えた中国系の留学生と聞きました。私が日本の問題を非西洋の一つの場合として広く比較的考察しているので、いわゆる文芸批評家の評論と違って、外国人学徒の関心を惹き得たのだと信じます。今度出した『夏目漱石』は副題に「非西洋の苦闘」とあり、作家漱石を論ずるにしてはたけだけしい感じがして、はじめ新潮社の側では異論がないわけでもありませんでした。しかし漱石と魯迅とその外国体験の明暗を探った第一部の「クレイグ先生と藤野先生」など、題名通り「非西洋の苦闘」なので入江隆則氏などから同情ある書評を頂戴しました。福原麟太郎先生から「非西洋というのは今までになかったよい言葉ですが、それは貴兄の御発明ですか、あるいは誰か西洋人のこしらえた言葉でしょうか」とおたよりを頂戴しましたが、私の造語です。そして実はこの教養学部で昭和四十八年後の二・四学期に行った総合コース「西洋と非西洋」の「非西洋」を取ったのです。

この機会に大学教授の教育と研究と研究公刊の関係について述べますと、私は運がよくて昭和五十年十一月には朝日新聞社の朝日選書で『謡曲の詩と西洋の詩』を出すことができました。これは昭和四十九年度の大学院比較文学比較文化課程の演習内容をまとめたものです。それに対して今度の『夏目漱石　非西洋の苦闘』は昭和四十七年と四十八年の演習内容をまとめたものです。時間的には順が逆になって出版されました。

いったい教授はどれくらいオリジナルな仕事をやれるか、というと、個人々々の能力差はあるでしょうが、私はいま自分が担当している東大六コマ、東外大一コマの授業の中でその演習なり講義なりの内容をきちんとまとめて活字にしようと思っているのは、大学院の演習とジュニヤーの一般教育ゼミナールの二コマです。（イタリア語の中・上級の講読は毎回マンゾーニの『いいなづけ』の訳を四百字詰で十枚ほど用意して行くので、停年までには全訳ができる予定です。）私の今度の本の中で、留学生夏目金之助と留学生魯迅を取りあげた第一部は、はじめは国際関係論の衛藤瀋吉教授が主催した学際的な教官レベルの研究会で発表しました。私は外国語科のフランス語科に属して、ジュニヤーではフランス語、イタリア語、時に一般教育ゼミナールを担当し、シニヤーでもイタリア語や比較文学、人文科学の大学院では比較文学演習を担当しているので、本来は衛藤さんとは御縁がなかった。たまたま駒場キャンパスの同じ第八本館の建物に研究室があるので、怖そうな顔をした先生がいる、と一昔前までは思っていました。

ところが明治に来日した中国人留学生の心理について発表すると、衛藤司会者のコメントが的確なので私はたいへん感心いたしました。学際的なつきあいは意外に実り豊かなものだ、とその可能性を確信した次第です。衛藤瀋吉氏はお名前通り瀋陽生れで大陸育ち。一高の入試の際はじめて日本の東京へ渡って笈《きゅう》をおろした人だから、いってみれば御自身「北方留学生」のような恰好だったのでしょう。

衛藤教授は一例ですが、駒場には社会にも人文にも外国語にも科学史にも、交際して啓発されることの多い教官が多い。もちろん海軍にだって一等大将から三等大将までいたのですから、終身雇用の大学に一等教授も三等教授いるのは止むを得ません。学生が批判的になるのも止むを得ないが、しかし東大生についても同じで、後生畏るべし、の感を抱かせる人もいれば、全然そうでない人もいる。ただ私は今度の本で、一・二年生からのレポートやセミナーハウス合宿中の発言からずいぶん示唆を受けました。外国の事を扱うと東大生の判断力は落ちますが、漱石、鷗外、ハーンなどを読むと東大生の反応は鋭い。そして正直です。理科一類の学生の反応など結構面白かった。そのように教室で演習を重ねることを「演練」といいますが、私の書き物は良かれ悪しかれその「演練」の産物で、ところどころ講義調の名残りを留めているのはそのためです。読者の読後感に『クレイグ先生』や『藤野先生』を読むと昔お習いした自分の恩師が懐しい、というたよりが多くありました。そう感想を洩した人の中には大学紛争のとき教室で私と睨みあった仲の元学生もいて、その一人、藍孝夫君が実はこの見事な装丁のこの本の編集をやってくれました。

川上澄生の装画は文明開化の雰囲気をなつかしく伝えていると思います。

（東京大学駒場生協書籍部通信『ひろば』）

この四十年前の記事があれば自著を語るあとがきはなくともよかろうと思った。すると「本書については事件もあったではないか、西原大輔氏も平川は一部の人から目の敵にされたと言及している以上、経緯をはっきりさせておくがいい」と勧められた。竹内好氏以下の中文一派へ道場破りを挑んだ覚えは私にはさらさらないのだが、敵視されたことは事実なので、その顚末については書き留めておきたい。遠回りながら思い出すままに随筆風に綴らせて頂く。

私は戦後駒場に新しく創設された東大教養学部教養学科の出身でインテンシヴな語学教育を受けて育った。友人に外交官試験に通り一年先にフランスへ留学した加藤吉弥もいた。だから、周囲が文学士だけの狭い育ちとは違う。そんな実務の世界に入った友人もいたおかげと、パリ時代に通訳などして様々な職業の人に接したおかげとで、知見は多少は広がったのである。専攻が国際的・学際的な比較文学比較文化で複数の言語を習いはしたが、しかしそうはいっても書巻の気はなかなか抜けなかった。そんな青二才が多少変わったとしたら、それはいろんな国籍の人と付き合ったせいだろう。外国で日本人を発見した面すらあった。

一九八〇年は一月末から十月までパリ第七大学で教えたが、帰途北京へ寄れと同窓の加藤公使夫妻から招きを受けた。公使宅に泊まると「中国の改革開放は一体どこまで本気なのだろうか。明日の晩は中国の学者たちを全聚徳に招いたから話してみてくれ」という。加藤は日本の日中友好分子を一向に評価せぬ男で東大の元総長の誰それを「駄目だなあ、老醜だよ」とか「ああいう人はもう出てこない方がいいのだ。老害だ」などといった。「日本側の intellectual brilliance を示さないといけない。君は一人でいろんな言葉が話せるから、それで座が持てるだろう」などと如才なく言った。

烤鴨《カオヤー》の店に集まった最長老は北京大学のフランス文学教授で比較文学の創始者 Baldensperger から習ったと言うから驚いた。私はパリに五年いたがバルダンスペルジェから習ったという旧世代の人にはついぞ一人も会わなかった。親子ほども年の違う若い助教授はいかにも丁重に老教授に付き添い甲斐甲斐しかったが、その助教授が「唯物史観にのっとってフランス文学史を書きました」とにこにこ言ったのには失礼ながら内心で笑ってしまった。その夜、円い食卓で手前の教授たちとはフランス語で、向こうの女の先生とは英語で――この人は後にお偉いさんになった――ある人とはドイツ語で話した。公使も公使夫人のアイリンさんも英仏語を使い、時に大使館の若い人が中国語で通訳する。中国側で日本語を使う人もいた。台湾出身で大陸側に身を投じてしまった人もいた。加藤が頃合いを見はからって「皆さん、拙宅にいらっしゃいませんか」とだしぬけに誘った。つい先年までは外国人と付き合うことはご法度《はっと》で、ましてや外交官の家に行くなど夢想だにできなかった、文化大革命ですさんだ中国である。当時は北京の商店で外国人と見るとまだ警戒のまなざしで見られた。だがその一九八〇年十月は天安門広場に面した大きな建築物で劉少奇の復権を記念する写真を飾った展覧会も開かれていた。毛沢東の手で死に追いやられた「同志」の復権である。そんな時世となりつつあったから、大学社会にも自由化が進みつつあったのだろう。突然の申し出にもかかわらず、学者たちは招きに応じ加藤公使の自動車の後に付いて皆さん自転車を漕いで公使宅までやってきた。

公使宅では日本語を話す教授が中心となった。戦前、東京高等師範学校で能勢先生にお習いしたという。「私はそのころその付属小学校の生徒でした。占春園ですれ違ったに相違ない」とにわかに話が弾む。数日後、北京を去る私に加藤が「劉振瀛先生に君の書物を送ってあげてくれたまえ」といった。それで私は『夏目漱石――非西洋の苦闘』他をお送りしたのである。

それは私が一九七三年『新潮』二月号に掲げた長文を含む一冊で、魯迅の『藤野先生』は漱石の『クレイグ先生』に刺戟されてできた作品だ、という説（本書第一部）である。私が雑誌に発表すると竹内好が「題名にひかれて読んだ。そして一種の新時代を感じた。一種の、というのは、私にとって了解不能の含みである。これほどの人間（自他とも）蔑視が文学研究の名においてまかり通る時代の到来を私は予期していなかった」と大袈裟に怒り心頭に発した文章を書いた。この『メモ二則』が何を言いたいのだかよくわからないが、竹内の語気がすこぶる荒いことはわかる。私が当時、左翼では当然自明とされていた人民民主主義中国の資本主義日本に対する優位性などは認めず、後進国から魯迅が明治日本に学びに来たように論を進めたことに腹を立てたのではあるまいか。人を蔑視した覚えはないが竹内が私を蔑視したことだけは確かであった。するとどうなったか。『クレイグ先生と藤野先生』は日本の漱石研究者や一般読者の間では認められ、好評だった。私は国文学者や中国文学者の先行研究もほぼ網羅的にチェックし、引用に値いするものはそのお名前もきちんと挙げた。しかし日本の中国近代文学研究者によって私の仕事は無視というか黙殺されてしまった。竹内好の一声というのはさすがに大したもので、衆人を威圧し、否応なく従わせる力があるらしい。もっとも私は、中野重治とか竹内好とか別に尊敬もしていないから、平気でいた。もともと鈍感なせいかもしれない。

すると思わぬ事が起こった。胡耀邦が総書記の職を追われる前の一九八六年かと思う。私は特定の個人の一存で文化政策が左右されるような体制はあまり信を置いていないから、胡耀邦が活躍しようが失脚しようが一喜一憂しなかった。そのころ駒場で東大入試の採点をしていると本郷中文の丸山昇が現われた。漢文の竹田晃となにか話している。二人近づいてきた。「ご存知ですか。平川さんの研究が中国に紹介されてこの雑誌に載っています」。なるほど拙著の第一部『クレイグ先生と藤野先生』の第三章「魯迅と漱石先生」が全訳されている。当時は日中の文化交流が始まってまだ日が浅かったから、中国の雑誌に私ごとき日本人の研究が取り上げられようとは意外千万だったに相違ない。しかも中国側の批評がすこぶる好意的なのである。「由此可以看出、本書是在我国《文化大革命》中、也就是説、是在我国特定歴史時期中、由平川先生写就的。

因此本文中時而出現的陰約的、含蓄的、対我国当時情況的担心与看法、是不難理解的。対我們説来、一位国際友人的這種担心与看法、一位真誠希望中日友好的善意的学者的意見、也是応該虚心傾听的。……」

私のもとにも『中日文化与交流』第二号が届いた。訳者はほかならぬ劉振瀛教授で、無断で訳したことお許しくださいと書いてあった。だがこの論が中国で出たおかげで十数年来私に対して否定的であった日本のチャイナ・スクールの面々も一応おとなしくなった。それればかりではない。一九九六年になってからのことだが、本郷の中文主任の藤井省三教授からは、『しにか』に『『藤野先生』――留学体験という縁』について寄稿を求められた。その文章は本巻と多少重複するが論争の記念でもあるので『平川祐弘著作集』第四巻に収める予定である。

中国から最初の赴日留学生として東大駒場へ来た劉岸偉さんが北京大学で劉振瀛教授について学んだと知ったのはその後のことで、劉岸偉氏に一九九一年本書の解説（講談社学術文庫版）を書いていただいた。最晩年の劉振瀛先生とはお手紙で私はお付き合いしたがよいことをした。雑誌『無限大』に何度か寄稿していただいたこともある。先生にとっても日本留学は結局はよき思い出をもたらしたものと私は推察している。

なお、最後に私は西原大輔氏の寄稿を有難く拝読したことも述べておきたい。それは学問世界の実態を遠慮なく記述した一文で、平川がいかなる文学者であるか、西原学生の目にはこう映ったのかと鮮やかな筆致でスケッチしている。西原は漱石の「坊っちゃん」のような鉄砲玉で、シンガポール大学の日語系に助手のポストがあると伝えたら、さっさと日本を飛び出した。しばらくしたら激怒した主任から「貴方は何という無礼者を推薦するのだ。西原は私を女中扱いした」と抗議文とともに西原の手紙のコピーが私のもとに届いた。なるほど西原が猛烈な英語で「あなたは主任として学科のハウスキーピングをきちんとしていない」と苦情を申立てている。謝志淼博士は怒り心頭に発して西原助手を即刻馘《くび》にしたのである。実はその年の三月、私は満六十歳で東大を定年退官した。その時の挨拶に「私は比較研究室のハウスキーピングをしてきた者で」と言ったものだから、そして「それはその通りだ」と皆が相槌を打ったものだから、西原は主任はhousekeeperであるべきだと英語でも口走ったのである。引揚げた後は紆余曲折を経ていまは広島の鉄砲町に落着いた。

そんな彼の見方はおおむね正確とは思うが、それでも私は西原意見とやや違い、東大の近現代の中国文学研究者が「若き日に共産主義に共鳴して中国語を学んだ人たちばかりだった」とは思わない。戦時日本のドイツ研究者にヒトラーに共鳴して讃仰した者が多くいたように、戦後日本の中国研究者に毛沢東讃仰者が多くいたのは事実で、愚かしいかぎりであった。しかし東大大学院出身者のインテリジェンスがおしなべてそれほど低かったはずはない。大事な点はインテリジェンスよりもインテレクチュアル・インテグリティーにあったのではないだろうか。中国人はもとより日本人学者も毛沢東を讃仰するがごときふりをしていた時に、中嶋嶺雄氏などは、時流に反した例外かもしれぬが、まだ二十代の若さでありながら、毛沢東政治を党内権力闘争の視角から批判的に分析し発表した。いまなお天安門広場にその像が掲げられている新時代の専制君主について「王様は裸だ」と広言するだけの知的誠実と勇気は一九六〇年代にも求められたが、それはその半世紀後の今も求められる。私は自分が漱石と魯迅の外国体験の明暗を国際的視野の中で扱ったことで、左翼の中国文学者の反感を買ったかもしれぬが、衛藤瀋吉教授や中嶋嶺雄教授のような、優れた、勇気ある、中国研究者の知己を得、さらには改革開放以後の中国知識人や学生たちと親しくなることを得た。もっともこの先どうなるかわからない両国関係ではあるが、私は自分が三度長期にわたり中国で教える機会を得たことを学問上の有難い余徳にかぞえている。

【著者略歴】

平川祐弘（ひらかわ・すけひろ）

1931（昭和6）年生まれ。東京大学名誉教授。比較文化史家。第一高等学校一年を経て東京大学教養学部教養学科卒業。仏、独、英、伊に留学し、東京大学教養学部に勤務。1992年定年退官。その前後、北米、フランス、中国、台湾などでも教壇に立つ。

ダンテ『神曲』の翻訳で河出文化賞（1967年）、『小泉八雲――西洋脱出の夢』『東の橘　西のオレンジ』でサントリー学芸賞（1981年）、マンゾーニ『いいなづけ』の翻訳で読売文学賞（1991年）、鷗外・漱石・諭吉などの明治日本の研究で明治村賞（1998年）、『ラフカディオ・ハーン――植民地化・キリスト教化・文明開化』で和辻哲郎文化賞（2005年）、『アーサー・ウェイリー――『源氏物語』の翻訳者』で日本エッセイスト・クラブ賞（2009年）、『西洋人の神道観――日本人のアイデンティティーを求めて』で蓮如賞（2015年）を受賞。

『ルネサンスの詩』『和魂洋才の系譜』以下の著書は本著作集に収録。他に翻訳として小泉八雲『心』『骨董・怪談』、ボッカッチョ『デカメロン』、マンゾーニ『いいなづけ』、英語で書かれた主著に*Japan's Love-hate Relationship With The West*(Global Oriental, 後にBrill)、またフランス語で書かれた著書に*A la recherche de l'identité japonaise－le shintō interprété par les écrivains européens*(L'Harmattan)などがある。

【平川祐弘決定版著作集 第3巻】

夏目漱石《なつめそうせき》――非西洋の苦闘

2017（平成29）年2月25日　初版発行

著　者　平川祐弘

発行者　池嶋洋次

発行所　勉誠出版 株式会社

〒101-0051　東京都千代田区神田神保町 3-10-2

TEL：(03)5215-9021(代)　FAX：(03)5215-9025

〈出版詳細情報〉http://bensei.jp

印刷・製本　太平印刷社

ISBN 978-4-585-29403-0　C0095

公益財団法人東洋文庫 監修

東洋文庫善本叢書［第二期］欧文貴重書◉全三巻

［第一巻］

ラフカディオ ハーン、B.H.チェンバレン往復書簡

Letters addressed to and from Lafcadio Hearn and B.H. Chamberlain. Vol.1

世界史を描き出す白眉の書物を原寸原色で初公開

日本研究家で作家の小泉八雲（Lafcadio Hearn, 1850-1904）は、
帝国大学文科大学の教授で日本語学者B.H.チェンバレン（B. H. Chamberlain 1850-1935）の斡旋で
松江中学（1890）に勤め、第五高等学校（1891）の英語教師となり、
のち帝国大学文科大学の英文学講師（1896 ～ 1903）に任じた。
本書には1890 ～ 1896年にわたって八雲がチェンバレン
（ほか西田千太郎、メーソン W. S. Masonとの交信数通）と交わした自筆の手紙128通を収録。
往復書簡の肉筆は2人の交際をなまなましく再現しており、
西洋の日本理解の出発点の現場そのものといっても過言ではない。

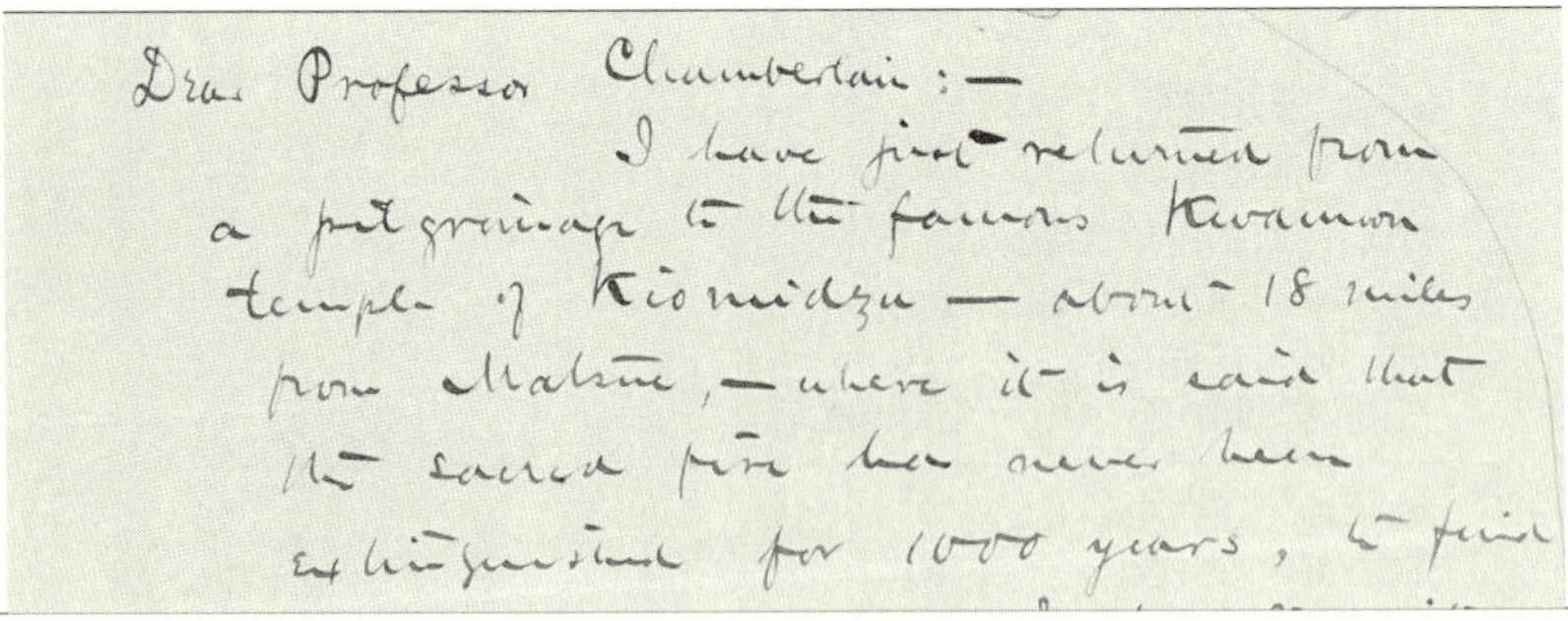
Dear Professor Chamberlain:—
I have just returned from
a pilgrimage to the famous Kwannon
temple of Kiomidzu — about 18 miles
from Matsue, — where it is said that
the sacred fire has never been
extinguished for 1000 years, to find

ハーンから
チェンバレン
に宛てた書簡

平川祐弘
東京大学名誉教授
［解題］

本体140,000円（＋税）・菊倍判上製（二分冊）・函入・884頁
ISBN978-4-585-28221-1 C3080